LES HAUTS ET LES BAS DE VALERIA

CHEZ LE MÊME ÉDITEUR

LA SAGA VALERIA

Dans les pas de Valeria (t. 1).

Dans le miroir de Valeria (t. 2).

Les Hauts et les Bas de Valeria (t. 3).

Passionnément Valeria (t. 4).

Elísabet Benavent

LES HAUTS ET LES BAS DE VALERIA

traduit de l'espagnol
par Catherine Delaruelle

l'Archipel

Ce livre a été publié sous le titre
Valeria en blanco y negro
par SUMA, département éditorial
de Penguin Random House, Barcelone.

Notre catalogue est consultable à l'adresse suivante :
www.editionsarchipel.com

Éditions de l'Archipel
34, rue des Bourdonnais
75001 Paris

ISBN 978-2-8098-2700-2

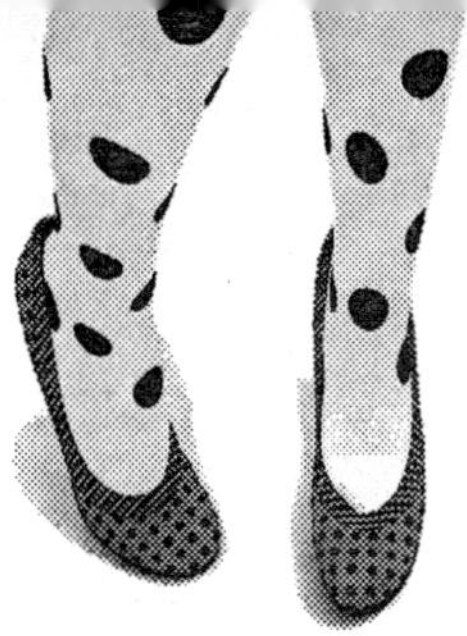

À Maria, parce que les mots me manquent
pour lui dire mon affection.

1

Ça commence très fort

Victor était à genoux sur le lit. Nu, splendide. Les cheveux en bataille, les tempes luisantes de sueur sous l'effort. Ses bras et ses cuisses se soulevaient en rythme, leur mouvement accompagnait ses gémissements qui devenaient de plus en plus saccadés et violents. Son torse se gonflait… Ce torse si masculin, parfaitement dessiné, puissant, velu mais pas trop, avec sa toison qui s'achevait par une ligne mince sur l'estomac. Et son va-et-vient entre mes hanches.

Il me tenait par les cuisses et me soulevait à son gré pour entrer en moi plus profondément. Je me cambrai, m'abandonnant entre ses bras, à sa merci. Allez savoir pourquoi, cette position me faisait toujours oublier tous mes soucis, et en particulier la nouvelle tournure qu'avait prise notre histoire. Un petit rappel : nous n'étions pas ensemble, aucun des deux n'avait de comptes à rendre, nous ne savions de l'autre que ce qu'il daignait dire. Bref, pas terrible ! En tout cas pour moi. Je voulais autre chose : une vraie histoire de couple, de celles où après la baise on se jure un amour éternel.

N'empêche que quand il me prenait comme ça, il aurait pu me dire que désormais il se contenterait de m'envoyer des télégrammes en morse, je m'en balançais totalement.

Haletant, Victor rejeta la tête en arrière et lança un gémissement sourd entre ses dents serrées. Il ne m'en fallut pas plus pour allumer mon interrupteur interne. Je sentis un frémissement me parcourir des pieds à la tête. Je me retins, je ne voulais pas que ça se finisse si vite. Je fis onduler mes hanches contre lui, pour mieux le sentir en moi.

— Tu me rends fou, articula-t-il. C'est comme une drogue, putain ! Je passerais ma vie à te baiser.

Je laissai échapper ce que je pensais être un soupir retenu, mais qui sortit plutôt comme un hurlement et j'agrippai les draps.

— Encore, encore… ne t'arrête pas, le suppliai-je.

Victor accéléra le mouvement. Je sentis mes mamelons se durcir et fus parcourue d'une décharge électrique qui irradiait depuis mon sexe. Je ne pus même pas crier quand mon corps explosa dans un orgasme intense et dévastateur. Je restai affalée sur le lit dans un état semi-comateux, laissant Victor aller et venir en moi. Quand il sentit qu'il allait jouir, il ralentit le rythme.

— Putain ! gronda-t-il.

Et ce fut fini. Victor s'immobilisa en moi, les yeux fermés. Dans ces moments-là, il me donnait toujours l'impression qu'il savourait l'instant comme si nous étions un vrai couple en train de faire l'amour, pas seulement un homme et une femme qui se payaient une partie de baise. Puis, comme toujours, cette sensation s'évanouit. Il se laissa retomber sur le dos et regarda le plafond.

Parfois, Victor se tournait vers moi et me disait quelque chose. Une bêtise, parce que, à part « je t'aime », je ne vois pas très bien ce qu'on peut dire dans ces moments-là. Par exemple, « waouh ! », « c'était génial », ou « donne-moi une demi-heure et on remet ça ». En fait, moi, j'aimais mieux qu'il se taise. En général, c'est ce que nous préférons, nous les femmes. Le silence nous convient parce que nous pouvons y mettre tout ce que nous voudrions que les hommes pensent, ou ressentent. Plutôt rester dans l'incertitude que de savoir qu'ils fredonnent mentalement la dernière chanson qu'ils ont entendue ou rêvent d'une bière bien fraîche.

Victor se tourna vers moi et cala sa tête contre l'oreiller. Il me fit une caresse, m'embrassa dans le cou et me demanda si j'avais envie de prendre une douche en sa compagnie. Victor et sa fichue douche d'après la baise. Cette douche fraîche et longue qui, généralement, se terminait par une deuxième séance.

— Non, non. Je m'en vais. J'ai plein de choses à faire demain, répondis-je tandis que je reprenais mon souffle.

— Quoi, par exemple ?

— Ma valise. Et puis envoyer un article à mon éditeur, ou agent, ou Dieu sait comment je devrais l'appeler.

— Un article ?

Il fronça les sourcils et me regarda d'un air très intéressé.

— Oui, pour une éventuelle collaboration avec une revue. Je ne sais pas si ça va marcher mais, vu l'état de mes finances, j'espère bien que oui !

— Super ! (Il se redressa dans le lit et se couvrit à demi avec le drap.) Tu t'en vas quand ?

Pendant un millième de seconde, je crus qu'il parlait du moment présent et qu'il me demandait ce que je faisais encore dans son lit. Le rouge commença à me monter aux joues mais je compris qu'en fait, il se référait à mon voyage imminent.

— Après-demain.

— Ton vol est à quelle heure ?

— Six heures vingt, si je me souviens bien. Je ne suis plus très sûre, je dois vérifier.

— Je t'emmène à l'aéroport ? proposa-t-il en me caressant le bras.

— Pas la peine, je prendrai un taxi.

— Un taxi à cette heure-là ? Ce n'est pas marrant. Non, je passe te prendre. Ou je reste dormir chez toi, si tu n'as rien contre. Comme ça je pourrai t'accompagner avant d'aller au boulot, et je porterai ta valise.

— Ça marche.

Je souris.

Au fond, nous étions toujours connectés, à notre façon. Moi, cette connerie de pseudo-couple post-moderne, ça ne me convenait pas. Mais je devais jouer les dures, lui donner l'impression que je ne voulais pas qu'il fasse partie de ma vie, et qu'entre nous c'était seulement une histoire de cul, point barre. En réalité, le moindre geste un peu tendre de sa part me transportait. Pour moi, c'était plus intime que le sexe, même si, au fond, rien ne disait que c'était un signe d'amour.

Lui aussi jouait sans cesse avec lui-même. Pour Victor, nous étions dans une position idéale. Et je ne parle pas de nos travaux pratiques au lit. Simplement, aucun des deux ne devait la moindre explication à l'autre, et il n'était pas question de couple. C'est ce à quoi il était habitué. J'imagine que, comme ça, il se sentait libéré de l'obligation de se comporter en mec responsable.

On sortait dîner, on allait boire des verres ensemble, on se retrouvait au lit. Parfois, aussi, il m'appelait et venait passer le dimanche chez moi, pas forcément pour s'envoyer en l'air. Pour ce genre de truc, pas de problème ! Il racontait sûrement à ses potes que oui, j'étais la meuf avec laquelle il baisait. Je trouvais ça complètement immature et absurde, parce que pour rester dans le cadre qu'il avait imposé, il n'arrêtait pas de lutter contre lui-même. Il devait sans cesse censurer des gestes qui lui venaient sans réfléchir et qui contredisaient clairement sa doctrine du « non-engagement ». Au fond, nous luttions tous les deux pour maintenir nos rapports dans les limites qu'il avait fixées. Sauf que moi, je commençais franchement à en avoir ma claque.

Je tendis la main, attrapai ma culotte qui avait atterri sur la table de nuit et l'enfilai. Je me levai, récupérai mon jean, mais avant que j'aie eu le temps de le mettre, Victor me saisit le poignet, me fit retomber sur le matelas et me colla un baiser sur les lèvres.

— Ne pars pas, tête de mule. Reste dormir ici.

Il frotta la pointe de son nez contre le mien.

— Mais demain, je dois…

— Je te réveillerai avant de partir au boulot. Tu t'en vas après-demain, on va rester des jours sans pouvoir dormir ensemble.

Étrange, vous ne trouvez pas, pour quelqu'un qui prétendait laisser les sentiments à la porte de la chambre ?

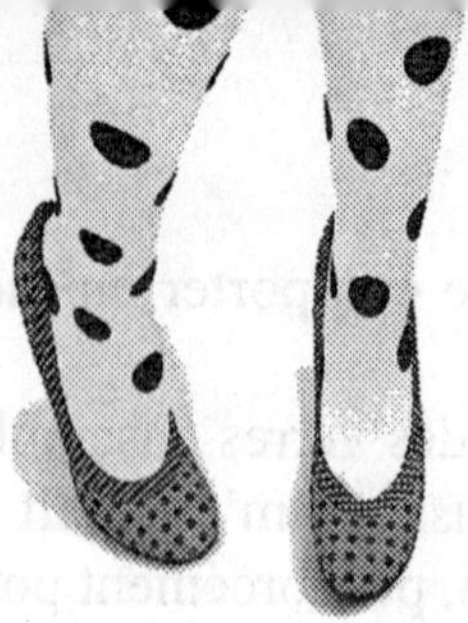

2

Et qu'est-ce que vous dites de ça ?

J'entendis le réveil au loin… c'est-à-dire de l'autre côté du lit. Bon, mon corps était bien là, mais j'étais encore complètement plongée dans mon rêve : c'était les soldes chez *Bimba y Lola*, et je me battais comme une chiffonnière avec une femme sans visage pour un petit sac sublime.

La main de Victor appuya sur le réveil et le bip-bip infernal cessa. Je me pelotonnai tandis que lui s'assit au bord du lit. Je l'entendis toussoter. Je me tournai vers le réveil et réussis à soulever mollement une paupière. Six heures et demie. L'acheteuse de mon rêve avait finalement réussi son coup, le super sac soldé était à elle.

Victor se leva et se dirigea à pas lents vers la salle de bains. J'ai toujours été fascinée par la facilité avec laquelle il se lève. C'est l'heure, un point c'est tout. Il ne ronchonne pas le moins du monde, ne demande jamais « encore cinq petites minutes ».

Tout le contraire de moi !

Quand il passa devant le lit, je ne pus m'empêcher de mater ses jambes, et son cul. C'était mon petit plaisir matinal… J'adorais l'habitude qu'il avait de dormir avec juste son boxer, alors qu'il faisait un froid de canard.

J'entendis la douche couler. Mes paupières pesaient des tonnes.

Je me rendormis quelques instants.

La porte de l'armoire s'ouvrit, un doux bruissement de cintres en bois qu'on remue. J'ouvris un œil.

Victor était en train d'enfiler sa chemise dans la taille de son pantalon. Il serra la ceinture. Je refermai les yeux. Trop canon !

Il se pencha et m'embrassa dans le cou. Je laissai échapper un petit gémissement. Dehors, il faisait encore nuit noire.

— Valeria, il est sept heures et demie. Le café t'attend dans la cuisine.

— Donne-moi cinq minutes de plus, cinq petites minutes, balbutiai-je.

— Tu m'as dit que tu voulais rentrer tôt chez toi.

— J'ai dit tôt, pas avant l'aube, protestai-je.

— Allez ! (Il me flanqua une claque sonore sur les fesses.) Je t'appelle dans la journée.

Le couloir résonna du son de ses pas, des clefs qui tombaient au fond de sa poche, puis de la porte qui se fermait. Je fixai le plafond. J'étais beaucoup plus heureuse quand il me câlinait et m'apportait le petit-déjeuner au lit. Aucun doute possible. Qu'est-ce qu'il m'avait pris de balancer tout ça aux orties ?

Inutile de gamberger. C'était comme ça, et si ça ne me plaisait pas, je n'avais qu'à prendre mes cliques et mes claques. Mais l'idée de laisser le champ libre à toutes les salopes qui ne demandaient pas mieux que de réchauffer ses draps ne me remontait pas franchement le moral. Il m'avait promis que, tant que nous continuerions à nous voir, il n'y aurait que moi et moi seule. Aucune pimbêche parfaitement roulée disposée à réaliser ses fantasmes les plus chauds n'occuperait dans ce lit une place que je revendiquais comme m'appartenant. En y réfléchissant, je me dis que la différence entre elles et moi, c'est qu'elles s'y connaissaient beaucoup mieux en la matière. Moi, j'étais presque une débutante. La cerise sur le gâteau, un peu l'équivalent d'un doudou sur le plan érotique.

Je jugeai préférable de stopper net mes cogitations et me levai. J'empruntai une chemise dans l'armoire et allai me servir un café à la cuisine. Comme je n'étais plus autorisée à laisser mes affaires chez lui, j'avais le choix entre me balader avec un grand sac, chargée comme une mule, ou m'habituer à n'avoir avec moi que l'indispensable en sacrifiant mon confort. Le confort, en l'occurrence, ça aurait été un pyjama, un baume démêlant et des sous-vêtements de rechange.

Je sirotai mon café, rinçai la tasse, regagnai la chambre et fis le lit. J'aurais dû le laisser tel quel, y compris avec une culotte entre les draps, juste pour l'emmerder. Mais j'étais un peu lâche. Je ramassai consciencieusement mes vêtements épars dans la chambre.

En fait, la veille, nous étions juste censés passer chez lui pour prendre les clefs de sa voiture avant d'aller dîner. Mais, pris d'une impulsion passionnée, Victor m'avait plaquée contre un mur, et adieu la table réservée pour deux ! Nous nous étions désapés l'un l'autre dans le feu de l'action, envoyant balader les vêtements un peu partout. Je n'étais donc pas très étonnée de ne pas retrouver mon soutien-gorge. Je finis par le dénicher sous les coussins d'un fauteuil dans un coin de la chambre, plutôt bien plié, étonnamment.

La première chose qui me surprit, ce fut le tissu. Puis quand je tentai de le mettre, je m'aperçus qu'il était trop petit. Je haussai un sourcil et me dis que ces derniers temps, je bouffais trop. Mais, attends… minute, papillon ! Certes, j'exagérais un peu avec les dîners en ville, mais de là à prendre une taille de soutif du jour au lendemain… Je l'enlevai et l'étudiai attentivement.

Par où commencer ? D'abord, c'était une marque que je ne portais jamais. Ensuite, ce n'était pas ma taille. En plus, il n'était pas de la même couleur que celui que je portais la veille. Assortir une culotte de dentelle blanche avec un soutien-gorge de satin synthétique noir ? Du satin synthétique, je répète !

Bon, inutile de faire durer le suspense. Ce n'était pas le mien.

Avant de partir en claquant la porte, je fouinai un peu partout jusqu'à ce que je trouve un rouleau de scotch. Je fixai le maudit soutif sur le miroir de l'entrée avec un petit message :

> N'essaie pas de me faire croire que c'est celui de ta sœur, connard d'enfoiré !

Oui, connard d'enfoiré. Quand on me cherche, on me trouve !

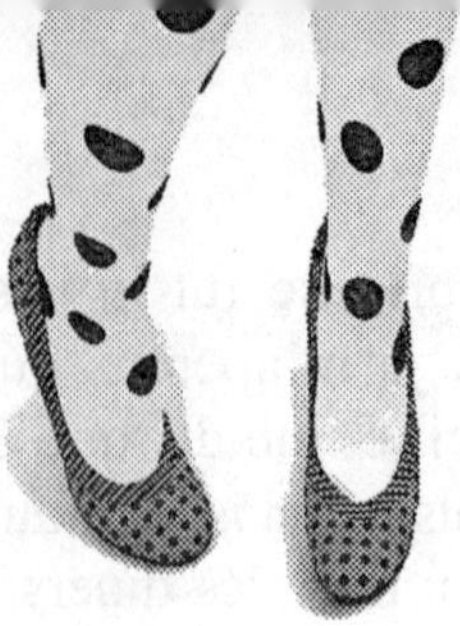

3

Je la ferme

Nous les femmes, nous savons très bien mettre sous le tapis les détails qui nous blessent et nous humilient parce qu'on n'a pas su rendre coup pour coup. En fait, nous nous comportons ainsi parce que nous ne voulons pas regarder en face ce que nous tolérons. Comment aurais-je pu raconter cette histoire de soutien-gorge ? Je ne dis rien. Je la fermai, comme si je n'étais qu'une salope de plus, et que tout cela aurait dû être parfaitement normal pour moi. Même quand Lola m'appela pour s'assurer que j'avais bien imprimé les cartes d'embarquement. Pareil quand Carmen téléphona et demanda pour la énième fois où on allait, « allez, dis-le, enfin ! ». Nerea m'avait laissé un message sur le répondeur, elle voulait que je la rappelle.

Bon, quand même, quand j'étais rentrée chez moi, prise d'un accès de rage, je m'étais défoulée sur le premier truc que j'avais trouvé en travers de mon chemin. Le porte-revues. Je l'avais démoli à coups de pied et envoyé valser tous les magazines qui, désormais, jonchaient le sol du coin salon. Après, je m'étais assise par terre et m'étais mise à chialer. Oui, à pleurer ! Moi ! Enfoiré de Victor. Quelle année de merde ! J'aurais donné cher pour me téléporter au mois d'avril et rejouer ma rencontre avec lui !

Mais j'aurais sûrement refait les mêmes conneries, sans en oublier une seule !

Au fond, je savais qu'il avait parfaitement le droit de faire ce qu'il voulait mais… sa promesse de ne pas baiser avec d'autres meufs ? Et pourquoi est-ce que, sexuellement, je ne lui suffisais pas ?

Les joues rouges de colère, je tirai la valise de dessous le lit. Je me repassai le film de la semaine qui venait de s'écouler. Vendredi, j'étais allée boire des bières avec les copines, Victor était passé me prendre, de sa propre initiative, pour me raccompagner chez moi. Mais nous avions fini par aller chez lui, et nous avions baisé sur le canapé. Et, comme d'hab, ça avait été génial. Sauvage. Selon toutes probabilités, Victor portait encore l'empreinte de mes dents sur son épaule gauche.

Samedi, nous avions déjeuné ensemble. Ensuite, j'étais rentrée chez moi. Le soir, nous étions sortis boire des verres. On avait bien picolé et on s'était affalés sur mon lit à peine rentrés. Dimanche, on était allés au ciné, puis retour chez moi où on s'était fait toutes sortes de choses cochonnes, à la française ou, plutôt, à l'espagnole. Et, comme toujours, on avait recommencé dans la douche. Là, c'était carrément le film porno. Un rien bestial et absolument torride. Lundi, il était passé chez moi, on avait remis ça dans la cuisine. Après, nous avions dîné de sushis que nous avions préparés nous-mêmes : saumon, avocat, papouilles et chatouilles. Mardi… Mardi, c'était la veille au soir. Voyons : soit ses jours faisaient plus de vingt-quatre heures, soit le samedi après-midi, entre une chose et l'autre, il avait trouvé le temps de baiser avec une pétasse qui avait des petits seins et portait un soutien-gorge en satin synthétique.

Merde ! Le fils de pute ! Ça le démangeait donc tout le temps ! C'était quoi, son problème, la peur de la monotonie ? Il avait besoin de baiser un max de nanas toutes fraîches et super bandantes pour se sentir toujours jeune ?

Logiquement, j'aurais dû lui téléphoner pour lui demander des explications, mais je me sentais trop humiliée, et trop idiote… Et puis je me disais que mon installation artistique – soutien-gorge et scotch sur miroir – allait tôt ou tard susciter une réaction. J'imaginais déjà des titres, comme pour une sculpture d'art contemporain. Une belle métaphore de la connerie féminine, en somme.

Je me concentrai, il fallait que je fasse ma valise. Au fait, j'ai oublié de dire pourquoi je devais faire mes bagages. Où avais-je la tête ?

Carmen enterrait sa vie de jeune fille. Elle se mariait au printemps, dans six mois. Oui, je sais, nous fêtions ça avec beaucoup d'avance, mais nous craignions une tuile : une chute de vélo, un bras ou une jambe cassée, bref, la galère ! Au cas où, nous voulions être certaines que la mariée aurait le temps de se rétablir et ne se pointerait pas à l'autel en fauteuil roulant. Nous allions à Amsterdam.

Lola nous avait trouvé un vol à un prix super *low cost*, et elle avait pris les billets sans nous demander notre avis, ni à moi ni à Nerea… et encore moins à Carmen, qui ne devait connaître la destination qu'au dernier moment.

Lola avait vécu une année à Amsterdam avec une bourse Erasmus, il y avait des siècles. Elle adorait la ville, surtout en hiver, et nous étions en décembre. Son amour de la ville faisait d'elle un guide idéal.

Revenons à la valise : je réussis à entasser quatre pulls à col roulé, trois jeans, des collants épais, des sous-vêtements, un pyjama, une trousse de toilette et quelques colliers. Comment ? Je n'en ai pas la moindre idée. Peut-être que ma colère me rendait plus méticuleuse que d'habitude. Bon, j'allais devoir me débrouiller pour assortir le tout avec une seule paire de bottes.

Ensuite, je m'installai un moment à l'ordi. J'avais l'intention d'écrire un peu, mais je réussis seulement à fumer une clope et à me traiter d'imbécile sur tous les tons. Je rêvassai en regardant par la fenêtre, et la journée passa comme par enchantement.

Saleté de Victor.

Le soir, vers vingt heures, coup de sonnette. C'était lui, évidemment. Je savais qu'il n'était pas repassé chez lui, je connaissais ses habitudes. Il était allé à son club de gym, après quoi il était venu directement chez moi. Si je ne voulais pas le voir, le plus simple aurait été de lui téléphoner pour le lui dire. Mais je ne l'avais pas fait. En fait, j'avais probablement envie de le voir. Et il était venu.

J'ouvris la porte. Il était là, tranquille, souriant, avec ce costard gris qui lui allait si bien. Il aurait quand même pu avoir la décence de débarquer en pull, histoire que je sois un peu plus à l'aise. N'importe quoi ! Même sapé comme un clochard, il m'aurait fait craquer. Cela dit, j'assurai un max : je m'appuyai contre le chambranle et lui lançai un regard pas franchement cordial.

— Qu'est-ce que tu fais ici ?

— Ben – il hésita un instant. Hier, je t'ai dit que je viendrais. Comme ça, demain, je peux t'emmener à l'aéroport. Non ?

— Rentre chez toi.

— Qu'est-ce qui se passe ?

Il fronça les sourcils.

— Rentre. Va chez toi, et si tu as encore des doutes, passe-moi un coup de fil.

Je refermai la porte en douceur et restai sans bouger à regarder dans le vide. Au bout de quelques secondes, je l'entendis frapper. Il était tout contre la porte.

— Valeria, ouvre, s'il te plaît – je ne répondis pas. Tu peux m'expliquer ce qu'il y a ?

Sa voix était tendue.

— On ne demande pas d'explications, on était d'accord, tu te souviens ? Casse-toi et fous-moi la paix.

Je l'entendis s'éloigner. Ses pas résonnèrent dans l'escalier. Il s'en alla sans faire d'histoires. Je savais qu'il en avait eu marre de mes scènes pendant les premiers mois que nous étions ensemble. Maintenant, il s'enfuyait à la première alerte. OK, compris. Mais à sa place, j'aurais quand même insisté un peu, non ?

Une heure s'écoula. Je pensais qu'il allait revenir et me supplier d'ouvrir la porte, ne serait-ce que pour me faire gober un joli mensonge.

Puis une deuxième heure. J'étais sûre qu'il était assis dans sa bagnole, en bas de chez moi, en train de se creuser le crâne pour trouver une explication plausible.

Au bout de trois heures, j'arrêtai de penser, et d'attendre. La conne, c'était moi.

J'étais déçue, humiliée, et je me sentais seule. Pour la première fois depuis la séparation, j'aurais voulu être avec Adrian. En fait, je me rendis rapidement compte que ce n'était pas Adrian que je voulais, mais juste quelqu'un à côté de moi dans le lit, qui m'aurait prise dans ses bras pour que je me sente moins idiote.

Victor ne reviendrait pas. Il n'avait probablement même pas envisagé de faire demi-tour pour s'expliquer. Vu l'heure, il devait déjà dormir à poings fermés, cet abruti. Oui, il existe bel et bien une loi qui ne connaît pas d'exception : les beaux gosses, c'est la galère assurée.

Ce que je ne comprenais pas, c'était qu'un mec soit capable de te dire, en fermant les yeux, qu'il t'aime… et que quatre mois plus tard il ait complètement oublié, au point qu'il ne te respecte même plus. Comment, dans ce bref laps de temps, quelqu'un réussit-il à être séduit, à tomber amoureux, à être vraiment mordu, puis à cesser d'aimer ? Mieux, comment deux personnes, après être passées par tous ces stades, peuvent-elles encore penser que c'est une bonne idée de continuer à se voir ?

Le réveil sonna à quatre heures et demie. J'arrêtai la sonnerie. De toute façon j'étais déjà levée : je n'avais pas fermé l'œil de la nuit. J'étais douchée, habillée de pied en cap, et je buvais un café. Je préférais m'activer plutôt que de rester à me morfondre. Et surtout, je ne voulais pas me gâcher le voyage. Après avoir commandé un taxi, je fermai ma valise et m'assis en l'attendant, les yeux cernés, écœurée.

Cinq minutes avant l'heure convenue avec le taxi, je sortis de l'immeuble. Il faisait un froid de canard. Avant de m'avancer, je boutonnai mon manteau jusqu'au menton et enroulai mon écharpe autour du col. Il soufflait un vent glacial qui me gelait les doigts, mais je ne pus résister au plaisir d'une clope. J'étais nerveuse. Il fallait que j'inspire à fond. J'espérais que l'air me remplirait et me ferait me sentir moins vide.

J'eus à peine le temps d'aspirer une taffe que je repérai sa voiture garée en double file avec les feux de détresse allumés. J'aspirai encore une bouffée et balançai ma clope.

La portière s'ouvrit et Victor descendit de la voiture en me regardant droit dans les yeux. Il s'empressa de boutonner sa veste. Il portait un costard noir impeccable sur une chemise blanche, pas de cravate. Rien à dire, il était top !

Merde. Victor…

Il remonta le col de sa veste, verrouilla les portières avec la télécommande et avança vers moi. J'avais l'air d'une loque. Il allait voir qu'il était capable de me faire passer une nuit blanche à gamberger, morte de jalousie. Grand bien lui en fasse !

Il se planta devant moi et tendit la main pour prendre ma valise, mais je le devançai et la tirai vers moi.

— Valeria, monte dans la voiture, dit-il sur un ton qui se voulait impérieux.

— Non. J'ai appelé un taxi. Il va arriver.

Il se redressa. Je le trouvais immense, avec son mètre quatre-vingt-dix.

— Pourquoi est-ce que tu es comme ça ? Pourquoi faut-il toujours que tu fasses ces putains de scènes ? Pourquoi est-ce qu'on ne peut pas rendre les choses plus simples, au lieu de les compliquer sans cesse ?

— C'est exactement ce que je suis en train de faire. Simple. Je ne te demande pas la moindre explication, vu que ça te gêne tellement d'en donner. Et comme ça, j'évite de me mettre encore plus en rage. Tu sais quoi ? Tant pis si tu me trouves complètement ridicule, mais je croyais vraiment que tu ne couchais qu'avec moi. Et il y a tellement de choses qui me gênent que si je commence à les énumérer, je vais rater mon avion.

Donc, s'il te plaît... (Je regardai en direction de la rue.) Le taxi est en train d'arriver. Tu m'as foutu la nuit en l'air, ça suffit, je ne vais pas te laisser me gâcher le voyage.

— C'est tout? demanda-t-il en levant les mains en signe de paix.

— Ah bon, t'en veux encore? (J'arquai les sourcils.) Tiens, prends aussi ça. Ce soutien-gorge, chez toi, qui, de toute évidence, ne m'appartient pas. Ce qui se passe à partir de maintenant ne dépend plus de moi. Désormais c'est toi qui dois demander à ton Jiminy Cricket ce que tu dois faire.

J'avançai vers la rue avec ma petite valise et mon sac à main. Le chauffeur descendit du taxi pour ouvrir le coffre. Victor s'approcha de lui.

— Excusez-moi, il y a eu un malentendu. C'est moi qui l'accompagne. Ne vous inquiétez pas, je vais vous payer la course dans son intégralité et...

Je me tournai vers lui avec l'envie de lui éclater la tête. Je ne réussis même pas à contrôler ma voix.

— Il n'y a aucun malentendu. Et ce n'est pas en sortant le portefeuille qu'on règle les problèmes, Victor. Ni avec des déshabillés La Perla, ni avec des restos étoilés, ni avec ce cinéma que tu es en train de me faire. Basta! Je n'attends plus rien de toi. T'as pigé? Rien! Que dalle! Ce que je ne comprends pas, c'est comment j'ai pu m'attendre à quelque chose...

Je grimpai dans le taxi qui démarra aussitôt. Je le vis s'éloigner par la lunette arrière. Il finit par s'appuyer à une voiture qui était garée le long du trottoir. Il avait laissé faire et, pour la première fois depuis longtemps, je n'avais pas envie qu'il insiste.

Lola, Nerea, Carmen et moi avions rendez-vous à l'aéroport à cinq heures et demie. Quand j'arrivai, seule Carmen était déjà là. Barto était avec elle, les yeux cernés et l'air endormi. Il se frottait les yeux avec ses poings, comme un bébé. Je m'approchai, imprimai à ma bouche un sourire forcé et leur flanquai deux bises sonores.

— T'es vachement sympa de l'accompagner, lançai-je à Barto en dissimulant la rage que j'avais contre Victor.

— Je croyais que ton amoureux en faisait autant, autrement nous serions passés te prendre, répondit-il avec un sourire.

— Pas de souci – je lui assénai une bourrade affectueuse sur le bras.

Carmen me lança un regard méfiant et, sans me laisser le temps de réagir, entama une grande tirade.

— Bon, je sais, je suis super trouillarde, c'est de ma faute. Oui oui. Mais j'ai les jetons. J'ai peur à un point… tu peux pas savoir. Surtout de Lola. Qu'est-ce qu'elle a bien pu imaginer ? Allez, dis-moi que vous allez me déguiser en poulet et m'emmener à Logroño pour me faire bouffer des tonnes de chorizo, oups, pardon, de *chistorra*. C'est bon, j'accepte. Mais ne pas savoir… c'est ce qu'il y a de pire, merde ! Le pauvre Barto, je lui ai fait passer une sale nuit… et moi je n'ai pas fermé l'œil. En plus, c'est probablement un de ces vols qui ne durent même pas une demi-heure, t'as à peine le temps de piquer un petit roupillon, comment je vais faire ? Hein ? Dis-moi ! Et vous, vous faites comment ? Parce que c'est sûr, ce soir vous allez vouloir me traîner dans la salle des fêtes d'un bled paumé de chez paumé pour me faire chanter des trucs débiles ou Dieu sait quoi. Et moi je te jure, je ne serai pas partante pour ce cirque !

Je haussai les sourcils et éclatai de rire.

— Relax, Carmen, c'est cool. Nous ne sommes pas aussi cruelles. Je te promets qu'on va faire une escapade géniale.

— Géniale ? OK, pour vous peut-être, mais moi, en attendant…

— Pourrr nous toutes ! répliquai-je en faisant le clown.

À cet instant, un bruit de talons résonna dans l'aérogare. Nous nous retournâmes pour voir Lola qui s'approchait en ondulant des hanches. C'est sa démarche habituelle. Elle se planta devant nous, nous dévisagea un instant et partit d'un grand éclat de rire. Elle nous annonça que nous avions vraiment une sale gueule.

Elle, évidemment, était parfaite. Absolument parfaite. Il n'y avait pas grand-chose qui l'empêchait de dormir. Et maintenant, elle n'avait même plus la question Sergio pour l'inquiéter, vu que le dossier était clos. Je me dis que Victor et elle feraient un couple idéal. Cette pensée me fit remonter un torrent de bile dans l'estomac. Je décidai d'arrêter de penser à ce putain d'enfoiré au moins jusqu'à mon retour d'Amsterdam.

Nous jetâmes un œil à la pendule. Lola, mastiquant un chewing-gum avec application, examina le panneau des départs.

— J'espère que Nerea va rappliquer vite fait parce que l'embarquement commence dans dix minutes. En tout cas c'est ce qui est marqué sur les billets.

— Allez, enfin, dites-le-moi ! brailla Carmen.

— Guadalajara, plaisantai-je. Enfin, le Guadalajara du Mexique. On va te faire chanter comme une bande de mariachis : aïe aïe aïe aïïïïïï…

Barto, Lola et moi nous tordîmes de rire tandis que Carmen nous adressait un doigt d'honneur. C'est à ce moment que Nerea apparut, avec un look de star en partance pour le festival de Cannes, valise Loewe et sac shopping Carolina Herrera compris. Elle nous salua d'un sourire et remit en place sa chevelure blonde.

— Greta Garbo est arrivée, plaisanta Barto. Vous êtes au complet, je vous laisse. Embrasse-moi.

— Ne me laisse pas toute seule – Carmen lui prit le bras avec force. Elles vont me faire des choses horribles, je le sens.

— Je sais où tu vas, je sais ce que vous allez faire, et la seule chose que je crains, c'est que tu n'aies pas envie de revenir. Allez, embrasse-moi et j'y vais.

Carmen lâcha un sourire. Elle posa sa valise et laissa Barto la prendre dans ses bras. Ils échangèrent un baiser interminable, un de ces baisers qui vous laissent le souffle coupé. Tendre, vrai, sincère. Un baiser d'amour.

Est-ce qu'un jour quelqu'un m'embrasserait comme ça ?

— À bientôt.

Barto nous salua sans quitter Carmen des yeux, toujours aussi raide dingue d'elle.

— Je t'aime.

— Ne l'oublie pas. (Il sourit en coin, comme les séducteurs dans les films des années 1940, et se tourna vers nous :) Prenez bien soin d'elle.

Évidemment, Carmen sauta de joie quand elle apprit enfin notre destination. Et quand il fut clair qu'on n'allait pas l'obliger à enfiler Dieu sait quel déguisement ridicule, elle nous embrassa toutes à tour de rôle, y compris Greta Garbo, que les effusions mettent toujours mal à l'aise.

L'avion n'était pas grand mais confortable, avec seulement quatre sièges par rangée, deux de chaque côté du couloir central. Nous étions toutes sur la même rangée, et le vol ne durait que deux heures et demie. Nous nous installâmes dans l'ordre d'arrivée, moi à côté de Carmen, laquelle n'arrêtait pas de faire des plans pour les quatre jours à venir :

— On va se balader à vélo le long des canaux, on va boire de la bière et fumer des joints, et…

Moi, je souriais, la tête un peu ailleurs… c'est-à-dire occupée par la discussion avec Victor. Cette fois, je pensais que notre histoire était bel et bien finie. On ne pouvait plus rien construire sur les décombres que nous avions accumulés. Tout n'aurait pu que s'écrouler de nouveau. Cette fois, il fallait vraiment passer à autre chose. Connaissant Victor, je savais qu'il n'insisterait pas après qu'il aurait vu ce maudit soutif scotché au miroir de son entrée. Il n'allait pas prendre le premier avion pour me rejoindre et me déclarer son amour sur les berges d'un canal. Non. Il ne le ferait pas.

De toute façon, ce n'est pas ce que je voulais.

L'amour est fait de gestes, pas de bonnes intentions. En tout cas, c'est que dit ma mère. À quoi bon une scène de *happy end* digne d'une comédie romantique ? Je n'avais plus confiance en lui, point final.

Après le décollage, Carmen se mit à réciter toutes les prières qu'elle avait apprises au catéchisme. Je me laissai bercer mais sans trouver ni le sommeil ni le repos. J'étais dans une sorte d'hébétude tendue. Quand je me dis que je ferais mieux de me réveiller pour de bon et demander un café à une des hôtesses, je sentis un coude qui exerçait une légère pression sur mon bras. J'ouvris les yeux. Carmen m'observait de ses yeux immenses, légèrement préoccupée. Je me tournai de l'autre côté. Nerea, chaussée de lunettes ultra chic, était plongée dans un bouquin de Paul Auster. Quant à Lola, elle dormait, la bouche ouverte.

— Valeria, murmura Carmen, qu'est-ce qu'il t'arrive ?

— Rien, mon chou. J'ai mal dormi, c'est tout – je me frottai les yeux, heureusement pas maquillés, et souris. En réalité, je n'ai pas fermé l'œil de la nuit, expliquai-je.

— Tu étais énervée ?

— J'étais évidemment surexcitée par le voyage. Et, pour info, je le suis toujours. Mais ce n'était pas ça, le problème.

— Victor… devina Carmen.

Elle soupira.

— Oui, Victor.

— Tu as envie d'en parler ?

En proie à l'agitation, je me mordillai les lèvres et finis par hocher la tête. S'il y avait quelqu'un capable de me comprendre, c'était elle : bienveillante, indulgente, et sentimentale juste ce qu'il fallait. Je ne veux pas dire que Lola et Nerea n'étaient pas humaines, mais sur le plan des sentiments amoureux… elles me semblaient plutôt des sortes de cyborgs.

— Je pense que cette fois, c'est fini entre nous.

— Quoi ?

Elle était interloquée.

— Je n'en peux plus, Carmen. Je n'en peux plus de cette relation post-moderne, ouverte, qui est tout et n'importe quoi. Je ne m'explique pas comment nous en sommes arrivés là… en six mois, merde !

— Mais Val, mon chou, tu es plus maligne que ça. Tu dois tenir bon. Au bout du compte, il finira par piger que vous vous aimez, un point c'est tout. C'est clair, Valeria, il suffit de voir comment il te regarde.

Je déglutis et me passai les mains sur le visage.

— Carmen…

— Oui ?

— Avant, c'est aussi ce que je croyais. Parfois, je pensais que c'était injuste que je sois obligée de tenir bon avec lui comme si c'était une stratégie que j'avais décidée. D'autres fois, je me disais que de toute façon, l'amour et la facilité, ça va rarement ensemble, et que plus tu luttes pour quelque chose, plus ça en vaut la peine.

— Qu'est-ce qui t'a fait changer d'avis ?

— Hier matin – je soupirai. Mon Dieu, Carmen, surtout ne le raconte à personne… Je ne me suis jamais sentie aussi humiliée.

— Bien sûr. Promis. Qu'est-ce qu'il se passe ?

Elle fronça les sourcils et m'agrippa l'avant-bras.

— Hier matin, j'étais en train de m'habiller chez lui et je suis tombée sur un soutien-gorge qui, de toute évidence, n'est pas à moi.

— Peut-être que…

— Ne me dis pas que c'était peut-être celui de sa sœur. Tu sais aussi bien que moi que ce n'est pas le cas. Les nichons de sa sœur ne pourraient jamais entrer dans ce truc, même par un tour de magie.

Nous restâmes toutes les deux sans rien dire. Je me passai la main dans les cheveux.

— Val, je peux te poser une question ?

— Évidemment.

— Qu'est-ce qui te dérange le plus, dans toute cette histoire ?

Je la fixai quelques instants. Que voulait-elle dire, ce qui me « dérange le plus » ? Carmen est une femme intelligente : si elle avait posé cette question, il y avait une raison. Elle voulait en venir quelque part. Je commençai à deviner ce qu'elle avait en tête.

— Ce qui me dérange? Je laisse parler ma tête ou mon cœur?

— Les deux, disons.

— Si je garde la tête froide, et que j'oublie tout le reste, ça me dérange parce que – je toussotai –, parce que Victor et moi nous n'avons pas pris de précautions. Plus précisément, il n'y a que moi qui en prends, je suis sous pilule. Donc j'ai toujours eu l'impression qu'entre nous, il y avait une grande intimité, une sorte d'engagement, sachant que, outre le fait que nous n'avons pas de maladies, nous couchons ensemble et avec personne d'autre, ni lui ni moi. Mais qui me dit que c'est vrai? Du coup, dès que nous serons rentrées d'Amsterdam, je vais filer chez le médecin et faire tous les tests de dépistage, même pour la peste bubonique…

Carmen me regarda d'un air déconcerté.

— Qu'est-ce qu'il y a?

— D'abord, nous ne savons pas s'il baise avec d'autres meufs. Peut-être que c'est juste une histoire d'un soir, et qu'il n'y a vraiment eu personne d'autre. Et au cas où… enfin, s'il alterne avec…

— Alterne? J'éclatai de rire.

— Tu préfères «baise»?

— Non, tu as raison. Je préfère «alterne».

— Et donc, s'il couche avec d'autres nanas, on peut supposer qu'il se protège, non? Pourquoi est-ce qu'il ne respecterait pas cela?

— Il n'a pas tenu parole sur le reste. Pourquoi veux-tu qu'il respecte ça?

Je regardai dans le vide, en rogne. Carmen passa à l'autre aspect de la question.

— Et ton cœur, qu'est-ce qu'il te dit ?

— Ça, c'est plus compliqué – je soupirai. Parce que je ne comprends pas ce que j'ai bien pu faire pour tout bousiller comme ça. Je t'assure que vraiment, je ne vois pas. Il m'a dit qu'il m'aimait. C'est moi qui l'ai largué. Il n'est jamais revenu sur ce qu'il m'avait dit, même quand je l'ai envoyé paître… Et maintenant, après ce que j'ai trouvé chez lui, je ne sais plus quoi penser. Qu'il ne m'a jamais aimée ? Qu'il a parlé trop vite ? Qu'il m'a dit qu'il m'aimait parce qu'il se sentait un peu obligé, il pensait que c'était ce que j'attendais ? Mais est-ce que c'est vraiment ce que j'attendais ?

— Val, ma cocotte, on se calme. Tu te rends compte de ce que tu me dis ?

— Quoi ?

— À t'entendre, c'est toi qui serais coupable de tout. Il t'a dit qu'il t'aimait parce que c'est ce qu'il ressentait à ce moment-là, et si tu veux mon avis, je te le dis franchement, je crois qu'il n'a jamais cessé de t'aimer depuis. Sauf que maintenant, il appelle ce sentiment autrement parce que ça l'arrange. Il a chié dans son froc. Tu l'as largué, ça l'a fait complètement flipper, et puis vous vous êtes revus. Ce mec, il est habitué à ce que les femmes se jettent à ses pieds, et toi tu n'es pas comme ça. Au début, il a pris ça comme un défi, mais tu l'as obligé à donner un peu plus que ce à quoi il était habitué. Vous vous êtes retrouvés dans une espèce de bras de fer. Tu te sentais très insécure, tu te souviens ? Et puis tu as décidé de reprendre les choses en main, de garder le contrôle de ta vie. C'est toi qui l'as quitté, les rôles se sont inversés. Et quand vous avez recommencé à vous voir, c'est toi qui semblais dominer la situation, pas lui. Bon, je pense qu'il n'est pas encore prêt à l'accepter, mais il le fera tôt ou tard.

— Il va l'accepter ? J'ai du mal à le croire, Carmen. Je ne vais pas rester là à attendre comme une conne qu'il ait baisé toute l'équipe de volley féminin et qu'il en ait marre.

— Elles sont plates comme des limandes, celles-là.

— Justement ! À en juger d'après le soutif que j'ai trouvé, la meuf qu'il se tape n'a pas grand-chose de ce côté-là. Si elle en porte un, c'est probablement pour se remonter le moral.

— Au fait, un détail qui a son importance : tu lui as dit ?

— Je me suis empressée de scotcher l'objet sur le miroir de l'entrée avec un mot qui disait : « N'essaie pas de me faire croire que c'est celui de ta sœur, connard d'enfoiré ! » Le soir, il a débarqué chez moi directement après le boulot, et je l'ai envoyé se faire voir. Je lui ai dit de passer chez lui s'il voulait comprendre. Il n'est pas revenu. Mais ce matin, je l'ai trouvé dans sa bagnole en bas de chez moi, à cinq heures moins le quart. Il voulait m'emmener à l'aéroport mais je n'avais aucune envie de discuter et de me bousiller le voyage.

— Si ça se trouve, il voulait en parler, te donner une explication.

— Victor ? Tu rêves ! Il était en mode « on ne va pas se compliquer la vie », ce qui, pour lui, signifie sans doute « laisse-moi baiser tout ce qui bouge et ne fais pas ton emmerdeuse ». Non, c'est fini. J'en ai ma claque. Je n'ai aucune raison de continuer à encaisser tout ça. C'est un con.

— Oui, il est un peu con, mais on l'est tous d'une façon ou d'une autre.

— Ne commence pas à l'excuser. En plus, dis-moi, Barto est un con ? Permets-moi d'en douter. Ma belle, tu vas épouser le seul vrai mec de la planète !

— Et sa mère, tu l'as oubliée ? rétorqua-t-elle en levant les yeux au ciel.

— Il a tenu bon devant elle.

— Oui, mais il y a mis le temps, tu ne penses pas ? Et Barto est comme tout le monde, il a ses défauts.

— Ah bon ? Lesquels ?

— Les siens… répondit-elle sur un ton énigmatique, en haussant les épaules.

— Allez, crache le morceau.

— Par exemple, il est super flegmatique.

Je haussai un sourcil et la fixai du regard en espérant qu'elle allait sortir des généralités et livrer quelque information intéressante. Elle fit claquer sa langue contre le palais et se rapprocha.

— C'est juste que – elle regarda autour d'elle – il ne veut jamais…

— Jamais baiser ?

— Tais-toi ! Non, pour ça, ça va très bien, merci. On n'arrête pas. Il assure.

— Et donc ?

— Il ne veut pas mettre…

— … une capote – je finis la phrase à sa place.

— Depuis quelque temps, jamais !

— Et alors ?

— Et alors voilà où nous en sommes – elle fit la moue.

— Il se retire ?

— Ouais, plus la méthode Ogino, ce genre de trucs.

— N'oublie pas qu'on peut remercier Ogino et Knaus pour le *baby boom* des années 1970. Tu le sais, non ?

— Oui, évidemment – elle regarda ses mains, gênée. Mais moi aussi… j'ai tendance à laisser faire. Tu vois ce que je veux dire ?

— Ben tiens ! (J'éclatai de rire.) T'as le feu aux fesses.

Quand nous débarquâmes dans la chambre que nous avions louée, Lola portait encore sur la joue la marque du coussin gonflable qu'on lui avait mis pour lui éviter un torticolis. Carmen et moi semblions sorties de *Halloween*. Nerea, elle, était fraîche comme une rose. Elle s'était juste passé un peu d'eau micellaire sur le visage avant de débarquer… difficile de ne pas la haïr.

Au début, nous avions pensé aller à l'hôtel, mais Lola avait trouvé une sorte de résidence universitaire où on pouvait soi-disant louer une chambre pour quatre. En réalité, je pense qu'elle était pour deux. À vrai dire, nous savions que c'était une chambre pour deux, mais le prix était parfait pour quatre. On se fichait de dormir à deux dans des lits de quatre-vingt-dix centimètres, c'était seulement pour quatre nuits.

La chambre était carrée et avait deux grandes fenêtres qui donnaient sur une rue piétonne. La vue était assez limitée : les briques rouges de l'immeuble d'en face et un petit coin de ciel. Deux lits simples, un fauteuil, une table basse, plus une table avec quatre chaises dépareillées, une minuscule kitchenette tout équipée avec quelques placards. La salle de bains était juste à côté dans le couloir. Nous n'avions besoin de rien de plus.

Lola nous traîna immédiatement dans un supermarché *Albert Heijn* où nous fîmes une montagne de provisions. À ce stade, nous étions surexcitées de nous retrouver toutes ensemble à Amsterdam : nous remplîmes le chariot d'une quantité invraisemblable de bières en tout genre. Des cannettes d'un demi-litre, en plus ! Deux de chaque style, pour essayer. Moi, j'avais flashé sur une marque qui avait un rat sur l'étiquette. Je trouvai ça très exotique.

J'escortai Carmen au rayon des chips. Nous prîmes toutes les marques introuvables en Espagne et, pour rester fidèle à mes habitudes, je choisis au hasard une boisson étrange que je ne connaissais pas. Évidemment, les autres se fichèrent de moi en me disant qu'elle avait tout du détergent parfumé au pin.

Le chariot fut bientôt rempli : pain de mie, dinde rôtie, fromage, chocolat, *stroopwafels* et cochonneries diverses et variées. Nous étions prêtes à aller dans le premier *coffee shop* venu pour démarrer l'expérience.

Nerea, qui a la tête sur les épaules, avait décidé que le premier jour, nous ferions les touristes et visiterions la ville. Et en soirée, c'était entendu, nous irions fumer quelques joints. Ce n'était pas dans nos habitudes : je crois que nous avions plus ou moins arrêté la fumette à l'âge de vingt ans. Mais nous étions à Amsterdam, c'était une obligation morale.

Lola nous emmena ensuite dans une boutique de location de vélos à côté de la gare centrale. Je dus les essayer tous avant d'en trouver un qui n'était pas trop haut pour moi. J'ai super peur à vélo depuis que je me suis pris une gamelle mémorable, il y a des siècles. Finalement, morte de trouille, je suivis les copines et nous partîmes… à bicyclette, comme dans la chanson. Au bout d'un quart d'heure, nous retournâmes à la boutique. Je rendis la mienne et Lola en prit une avec un porte-bagages assez grand pour qu'elle puisse me transporter comme un paquet !

C'était génial de parcourir la ville comme ça. Même avec le crachin. Longer les canaux, franchir les vieux ponts de pierre, prendre des millions de photos, nous arrêter pour boire une bière en admirant un drôle de château. Nous visitâmes une brasserie artisanale, fîmes un tour sur un marché, bûmes un vin chaud avec des épices et achetâmes une tonne de cochonneries. Les photos sont top.

Le seul problème, c'est qu'il faisait un froid de canard et que la nuit tombait hyper tôt. À six heures et demie, nous avions l'impression qu'il était trois heures du matin. Nous regagnâmes notre chambre, sans oublier de faire une halte dans un *coffee shop* pour acheter… Nous choisîmes la variété baptisée White Russian, si je me souviens bien.

Assise au bord de mon lit (enfin, du lit que j'allais partager avec Lola), vêtue de mon pyjama de pilou à motifs de gâteaux, je pensai à Victor pour la première fois depuis que nous avions atterri. Je tentai de me le sortir de la tête. Je me sentais super relax avec les copines. C'était la première fois que nous partions en vacances ensemble depuis des années, un moment historique ! Je n'avais aucune envie de le gâcher à me torturer les méninges en me demandant pourquoi l'histoire avec Victor avait foiré. Je tirai sur ma clope (c'était une clope, je le jure !) en les regardant.

Lola fouillait dans les placards à la recherche des chips. Si j'avais pu être comme elle… Et je ne parle pas uniquement du fait de pouvoir s'empiffrer tant et plus sans prendre un gramme. Si seulement j'avais été capable de gérer mes ruptures comme elle le faisait, sans m'empêtrer dans des frustrations et des sentiments de culpabilité sans fin, en tout cas en ce qui concernait Victor.

Puis mon regard se tourna vers Nerea, qui était en train de se mettre en pyjama devant la glace. Elle était en chemisette et culotte de dentelle noire. Rien à dire, elle était parfaite. Elle rassembla ses cheveux dans une queue de cheval et enfila le bas, un caleçon moulant, noir également. Si j'avais pu être comme elle… Si j'avais pu m'habiller comme ça sans me sentir ridicule, ressembler à une image sortie de *FHM*. Je me disais, à tort, que si j'avais été comme ça, ça n'aurait pas dérangé Victor de m'aimer.

Parfois, je suis une parfaite imbécile, mais on peut me pardonner, pas vrai ?

Carmen rentra dans la chambre à ce moment. Elle arrivait de la salle de bains, sa trousse de toilette sous le bras. Carmen, qui semblait tout le temps un peu paumée, s'était casée avant même que nous n'y songions. Et elle allait épouser un mec, un vrai, qui l'aimait comme un fou et prendrait soin d'elle pendant toute sa vie.

Est-ce qu'un jour, quelqu'un m'aimerait comme ça ?

Qu'est-ce qu'il m'arrivait ?

— Val, ça va ?

Nerea s'assit à côté de moi et me tendit une bière.

— Non, répondis-je sans détour. Je crois qu'entre Victor et moi, c'est foutu.

Lola se tourna vers nous la bouche pleine de chips, les yeux exorbités. Carmen s'assit sur l'autre lit avec une bouteille de bière à la main et replia les jambes.

— Qu'est-ce que tu racontes ? bafouilla Lola.

— Je n'ai pas envie d'en parler. On est là pour se marrer et…

— C'est toi qui l'as jeté ?

— Bon, moi… lui… je ne sais pas. Ça s'est terminé en queue de poisson.

— Qu'est-ce qu'il s'est passé ? demanda Lola d'une voix stridente. Quelle connerie il a faite, ce maudit fils de pute ?

J'avalai de travers. Merde !

— J'ai trouvé un soutien-gorge dans sa chambre. Pas un des miens. C'était trop. Avec lui, ça le fait pas, je ne peux pas. Je ne peux pas être avec lui en sachant qu'il sort avec d'autres meufs. Point barre. On arrête d'en parler, les filles, de grâce !

Toutes trois restèrent un moment à me regarder en silence. Lola poussa un gros soupir.

— Les mecs, c'est des vraies merdes.

— Ouais, des vraies merdes – Nerea renchérit, ce qui nous plongea dans la stupéfaction.

— Et toi ? demandai-je en direction de Lola.

— Moi quoi ?

— T'en es où, sur ce plan-là ?

— Nulle part. Rien. Je te l'ai dit l'autre jour. Je n'en ai rien à foutre des mecs. Des mecs, et du reste.

— Ça fait combien de temps que t'as pas baisé ? demanda Carmen avec désinvolture.

Lola se mordit la lèvre, un tantinet gênée.

— Trois mois – nous en restâmes bouche bée. Et j'ai bien l'intention de continuer comme ça. Je n'en ai pas besoin. Je ne veux plus d'embrouilles comme celles que j'ai vécues avec Sergio. J'ai eu ma dose.

— Super, Lolita, tu es en train de devenir adulte, lança Nerea d'un ton joyeux.

— Ce que je suis en train de devenir, c'est vieille et exigeante, et je sais très bien comment ça va se terminer.

— Qu'est-ce que tu racontes ?

— Je vais finir seule, répliqua-t-elle en riant. Seule, ou bien avec un chauve bedonnant et tendre qui me semblera super gentil et avec lequel je m'habituerai à passer le temps, avant de me rendre compte que j'ai laissé passer le coche. Mais ne vous en faites pas, les filles. J'assume.

— Et pourquoi te résigner à ne pas avoir ce que tu veux ? C'est vrai qu'ils nous en font baver, les mecs, mais de là à rester seule, il y a une marge, quand même, affirma Nerea, sérieuse comme un pape.

— Et l'amour, là-dedans ? demanda Carmen.

— L'amour ? Je ne crois pas à l'amour. Plus exactement, ce n'est pas pour moi, point final. C'est comme gagner au loto. Tu sais que ça peut arriver, mais toi, tu peux jouer tous les jours, tu ne gagneras jamais.

Lola s'assit sur le lit en soupirant.

— Arrête de dire des bêtises – Nerea semblait en colère.

— Et toi ? Je dis peut-être des conneries, mais toi, où tu en es ?

— Moi, ça va, merci, lança Nerea.

Elle n'avait visiblement aucune envie de se lancer dans ce genre de conversation.

Nous restâmes un moment à nous regarder sans rien dire.

— Nous voilà bien ! (Lola s'esclaffa.) L'équipe de choc ! Merde, Carmen, tu es la seule à avoir eu de la chance. Qui l'aurait cru !

— Je ne sais pas si je dois me vexer, lança celle-ci, les yeux mi-clos.

— Je t'envie, avouai-je à Carmen. Je t'envie dans le bon sens du terme, mais c'est quand même de l'envie.

— Et pourquoi ? Parce qu'en cas de cataclysme, mes réserves de graisse me permettraient de tenir un mois sans nourriture ? rétorqua-t-elle d'un ton mordant.

— Mais non. Ne fais pas l'idiote. Parce que tu vas t'engager pour de bon.

— Toi aussi, tu te marieras – son ton s'était radouci. C'est vraiment dommage que cette fois, ça ait foiré, mais ça ne signifie pas que…

— Non, mon chou. Ce que tu vas faire ne ressemble en rien à ce qui m'est arrivé. Toi, tu te maries vraiment, et je mettrais ma main au feu que c'est pour la vie.

Nerea lissa ses sourcils parfaitement dessinés et acquiesça :

— C'est vrai, moi aussi je t'envie. Tu vas avoir une cérémonie magnifique et en plus tu te maries par amour.

Évidemment que Carmen se mariait par amour ! Sinon, à quoi bon ? Nerea débarquait de la lune. Nous éclatâmes de rire toutes les trois mais elle soupira et poursuivit sur sa lancée :

— Parfois, je me dis que c'était une vraie folie de rompre avec Daniel. Que j'aurais dû me taire plutôt que de me laisser guider par ma vision romantique du couple. Mais quand je vous vois, Barto et toi, je comprends que ça n'aurait eu aucun sens qu'on se marie, avec Daniel. Je voudrais avoir ce que tu as toi, et je ne parle pas seulement du mariage.

Lola tendit la main vers le petit paquet d'herbe et se mit à rouler un joint.

— Il ne vous arrive jamais de vous dire « merde, j'attendais tellement de la vie, et voilà avec quoi je me retrouve » ?

J'étais d'humeur à philosopher.

Nerea hocha la tête.

— Toi, au moins, tu as ton boulot. En plus, tu l'adores.

— Et toi le tien, répondis-je.

Elle haussa un sourcil. Carmen la regarda, perplexe.

— Nerea, tu n'aimes pas ton job ?

— Non. Je crois que je ne l'ai jamais aimé. Je m'ennuie à mort.

Lola posa le pétard sur la table et déboucha une bière. Puis elle se mit debout sur le lit à côté de Carmen et leva sa cannette.

— Toutes debout, les filles. Nous devons nous faire une promesse.

— Descends du lit, Lola, tu as les pieds sales. Je dois y dormir, moi, protcsta Nerea.

— Je t'ai dit de te lever – Nerea fit claquer sa langue mais n'obtempéra pas le moins du monde. Écoutez-moi. Je parle sérieusement. Vous avez compris ? Dans la vie, rien n'arrive sur un plateau d'argent. Ce qu'on veut, il faut le prendre ! Quelque part en route, nous avons dû devenir complètement débiles, parce que voilà où nous en sommes, à attendre que la vie nous dépose le bonheur au creux de la main. Toi, qu'est-ce que tu veux ?

Elle s'adressait à moi.

— Être heureuse, je crois, répondis-je en haussant les épaules.

— Première règle : du concret. Les souhaits doivent être concrets, concis, réalistes et réalisables. Alors, qu'est-ce que tu veux ?

— Victor – j'avais répondu sans réfléchir. Je veux qu'il m'aime.

— Et quoi d'autre ?

— Je veux... – j'hésitai. Je veux perdre cinq kilos.

— N'importe quoi, murmura Carmen en me lançant un regard en coin.

— Et tu vas faire quoi pour y arriver ?

— Je vais me mettre à manger sainement, et je vais marcher tous les jours, affirmai-je, pleine de bonnes intentions, en me glissant dans le lit.

— Tu sais que tu n'en feras rien. Dis-moi quelque chose que tu veux vraiment faire.

— Je veux être adulte.

— Tu comptes t'y prendre comment ?

— Je vais être indépendante, je vais contrôler mes dépenses, je vais me nourrir correctement, je vais chercher le type de relation qui me convient et si Victor n'est pas d'accord avec ça, ce sera « ciao » et basta.

Lola applaudit et Carmen en fit autant. Nerea nous regardait comme si nous étions folles à lier.

— Carmen, et toi, qu'est-ce que tu veux ?

Celle-ci se mit debout sur l'oreiller et leva sa bière.

— Je veux une promotion.

— Et comment tu vas faire ?

— Je vais être super efficace. Une bête de travail.

— Qu'est-ce que tu veux d'autre ?

— Je veux… je veux porter toujours des chaussures à talons. Et me mettre plus souvent en jupe ! Parce que je me sens plus belle en jupe, et je ne vois pas pourquoi je m'en priverais !

— Bravo. Et quoi encore ?

— Je veux que ma belle-mère comprenne que chez moi, c'est moi qui commande.

— Tu comptes t'y prendre comment ?

— Grrrrrrrrr, rugit Carmen en levant les poings comme une boxeuse.

Lola et moi applaudîmes Carmen pour l'encourager.

— Nerea ?

— Je ne crois pas que je vais participer.

— Nerea !

Toutes les trois en chœur.

— Mais non, je suis tellement ridicule.

Lola haussa un sourcil, s'éclaircit la gorge et lança :

— Tu n'as pas de mec mais tu veux te marier. Tu as un boulot, mais il ne te plaît pas. Tu joues les nanas indépendantes, mais tu n'es même pas foutue de dire à voix haute ce que tu veux. Je pense que ça te ferait le plus grand bien d'être un peu plus ridicule.

Carmen et moi la suppliâmes de monter sur le lit. À la fin, après avoir retiré ses ballerines, elle finit elle aussi debout sur le matelas. Nous braillâmes à l'unisson :

— Nerea ! Qu'est-ce que tu veux ?

— Je veux que vous arrêtiez de hurler et que vous descendiez de mon lit.

— Qu'est-ce que tu veux de la vie ?

— Je veux être normale, répondit-elle en croisant les bras.

— Tu veux te marier – c'était Lola.

— Tu veux avoir des gosses – Carmen.

— Tu veux envoyer paître tous les précieux conseils que ta mère t'a donnés.

Nerea me regarda, décontenancée.

— Là, tu vas un peu trop loin.

— C'est faux ?

— Non.

— Nerea ! (Lola insistait.) Qu'est-ce que tu veux ?

— Je veux…

Tous les trois, nous commençâmes à l'encourager et elle esquissa un petit sourire.

— Nerea ne veut rien de la vie, balança Lola.

— Bouououh ! Nerea ! Nerea ! Nerea !

— Je veux changer de travail, articula-t-elle, la bouche pincée.

— Qu'est-ce que tu veux faire ?

— Autre chose. Un truc plus sympa. Un job qui me plaise.

— Qu'est-ce que tu veux, Nerea ?

— Nerea le glaçon ! Nerea le glaçon !

Nous étions déchaînées.

— Je veux arrêter d'être Nerea le glaçon.

Lola retrouva immédiatement son sérieux et, après nous avoir regardées à tour de rôle, leva sa bière.

— Alors promettons-nous que jamais nous n'accepterons quelque chose qui ne nous plaît pas simplement parce que c'est plus commode – nous acquiesçâmes à l'unisson. Nous méritons ce qu'il y a de mieux. En tous cas, nous méritons d'y croire.

Sur ce, nous descendîmes nos bières en trois gorgées, ce qui donna lieu à un concert de rots digne d'une bande de supporters de foot.

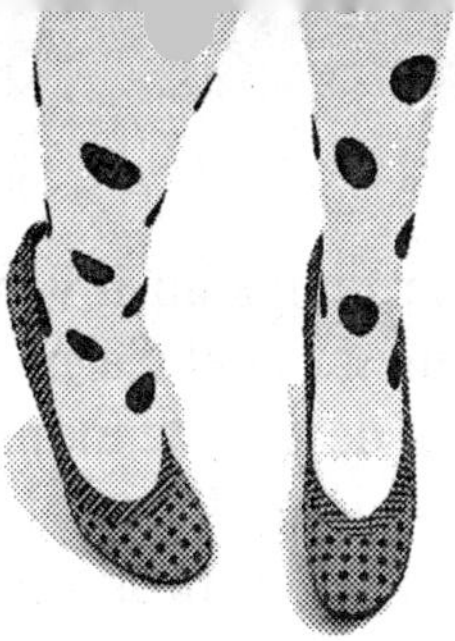

4

Nous méritons ce qu'il y a de mieux

Le vol de retour se déroula en deux temps. Au début, nous restâmes affalées sur nos sièges dans un état semi-comateux, essayant de récupérer après la cuite de la soirée précédente. Puis, après avoir avalé un café payé à prix d'or et des biscuits que nous avions emportés avec nous, nous nous livrâmes à une séance du classique « tu te rappelles ? ».

Dans l'album des souvenirs communs que nous allions conserver pour toujours, il y avait mille et mille choses que nous aimerions nous remémorer quand nous nous retrouverions ensemble : les balades à vélo le long des canaux, avec moi sur le porte-bagages de Lola ; la soirée après le concert de jazz, où nous avions décidé de nous lâcher et nous étions bourrées grave à la bière double malt ; l'accident que Lola avait failli provoquer en décidant de lâcher le guidon de son vélo pour battre des mains ; les conversations incohérentes entrecoupées de fous rires après avoir fumé un pétard ; les orgies de chocolat ; les smoothies et les sandwichs partagés sur le pouce dans notre café super mignon ; la chanson portugaise que nous chantions tout le temps en inventant les paroles ; le bougeoir ancien que Lola et Carmen avaient piqué dans un bar *underground* de la zone industrielle devant lequel des palettes cramaient. Toutes les sensations de ces moments partagés, et la promesse que nous nous étions faite que jamais nous ne nous résignerions à ce que nous avions si ça ne nous plaisait pas.

À peine arrivées à Madrid, nous retrouvâmes Barto qui attendait Carmen à la porte de débarquement. Non seulement nous l'enviions de vivre cette histoire merveilleuse, mais en plus il faut dire que Barto était super canon. Lui, qui au début nous était apparu comme un grand garçon timide et grassouillet, s'était métamorphosé en un sémillant amoureux façon Hollywood des années 1940. Il avait minci, remplacé ses lunettes par des lentilles de contact à la demande expresse de Carmen, et avait cet air typique des hommes qui savent ce qu'ils veulent. De plus, et même si lui n'appréciait guère, Carmen nous tenait informées au jour le jour de ses prouesses au lit et nous savions qu'il était très doué de ce côté-là.

Ils se jetèrent dans les bras l'un de l'autre et s'embrassèrent. Visiblement, ils s'étaient manqués. Leur baiser passionné au beau milieu de l'aérogare démentait la réputation de grand timide de Barto. Le plus probable, c'est qu'ils allaient foncer tout droit chez Carmen pour rattraper sans tarder ces quelques jours d'absence.

Barto nous gratifia tour à tour de deux bises sur les joues. Carmen lui reprocha d'être trop formel. Pour elle, quand on est amis, c'est une bise et pas deux.

— On dirait que tu viens de faire leur connaissance, lui reprocha-t-elle.

Il ne répliqua pas, se contentant de la regarder avec un léger sourire aux lèvres. C'était donc ça, l'amour ?

— Bon, les filles, ma voiture est au parking. Qui je dépose en premier ? demanda Barto en prenant ses clefs dans la poche de son jean.

Tandis que Nerea, toujours aussi organisée, planifiait notre itinéraire, je laissai mon regard errer dans l'aérogare. Il y avait foule sous le panneau d'affichage des arrivées. Et là, à côté d'une agence de location de voitures, je vis Victor appuyé contre le mur.

Boum ! La bombe émotionnelle explosa sans me demander mon avis.

Mon estomac se révulsa et, pendant un instant, je crus que j'allais vomir. Le sang me monta à la tête et me brouilla légèrement la vue. J'avais des points brillants sur la rétine qui disparaissaient dès que j'essayais de les fixer.

Victor portait la barbe, plus longue que sa classique barbe de trois jours. Il était en jean, pull anthracite à col roulé et manteau croisé de laine noire. Indécise, je me mordis la lèvre inférieure. Un instant, je me dis qu'il ne m'avait pas vue et que je pouvais faire comme si de rien n'était, rentrer avec Barto et les autres, en espérant que cela m'aiderait à tirer un trait définitif sur toute l'histoire. Puis je compris qu'au fond, ça ne changerait rien. Je m'éclaircis la voix, histoire d'attirer l'attention du groupe.

— Merci beaucoup, Barto, mais je crois qu'on est venu me chercher.

Tous, Barto compris, scrutèrent la foule qui se pressait dans le hall des arrivées jusqu'à ce qu'ils aperçoivent

Victor. Carmen sourit. Nerea me lança un regard de mise en garde et Lola me souhaita bon vent en m'assénant une claque sur les fesses assortie d'une bise. Elle en profita pour me chuchoter :

— N'accepte rien de ce que tu ne veux pas, mais bats-toi. Victor en vaut la peine, même s'il fait tout ce qu'il peut pour le cacher.

Je me tournai dans sa direction avec l'envie d'en découdre. La Valeria prudente, celle qui ne sortait pas tout ce qui lui passait par tête, était restée à Amsterdam. J'avais pourtant atteint l'âge où on est censé affronter calmement les situations délicates, mais je n'en avais pas envie.

Victor suivait du regard les passagers qui arrivaient par la porte que nous avions empruntée. D'autres vols avaient atterri en même temps que le nôtre et le hall des arrivées était bondé. Il ne me vit que lorsque je me plantai devant lui. Me reconnaissant, il sursauta et, pour la première fois depuis que je le connaissais, je le vis piquer un fard.

— Salut.

— Je ne t'avais pas vue.

Il se gratta la barbe.

— Moi non plus. J'allais partir. Je n'imaginais pas te voir ici.

— On est venu te chercher ? demanda-t-il, sur la défensive.

— Barto est venu pour Carmen… et nous faisons partie du lot.

Il poussa un profond soupir et se mordit la lèvre supérieure, continuant de regarder la foule qui commençait à s'éclaircir.

— Je peux te raccompagner chez toi ?

— Oui, répondis-je sèchement.

Il tendit la main, saisit ma valise et la fit rouler vers le parc de stationnement, dans une direction opposée à celle qu'avaient prise Carmen, Lola, Nerea et Barto, qui nous mataient avec des yeux ronds.

Nous marchâmes en silence. Il mit ma valise dans le coffre, nous montâmes dans la voiture et quittâmes l'aéroport sans avoir échangé un mot. Au bout de dix minutes, Victor rompit ce silence violent en me demandant comment s'était passé le voyage.

— Super bien. Très éclairant, répondis-je en regardant par la vitre.

— Ah bon ?

— Absolument.

— Mais encore ?

— J'ai eu le temps de réfléchir.

— Tes réflexions ont quelque chose à voir avec moi ?

Il regarda brièvement dans ma direction.

— Disons que oui.

Et de nouveau, ce fut le silence. Comme il ne posait pas de questions, je n'avais rien à répondre. Nous restâmes ainsi jusqu'à ce qu'il se gare en bas de chez moi. Je ne comprenais pas pourquoi il était venu me chercher s'il ne voulait pas parler.

— Je peux monter ? Je pense qu'on devrait discuter.

Il poussa un soupir éloquent.

— Je préférerais qu'on le fasse ici, répondis-je d'un ton résolu.

— Valeria, s'il te plaît.

La tension était palpable dans sa voix.

— Quoi ?

— Tu ne veux pas en parler ?

— De quoi, du soutien-gorge ?

— Par exemple.

— Par exemple? répétai-je d'un ton strident.

— Je crois que ce n'est pas le seul problème.

J'inspirai profondément. Bien évidemment que ce n'était pas le seul problème. C'était lui, le problème, gigantesque et trop beau.

— Écoute, Valeria. Je ne vais pas me mettre à inventer des excuses à la noix pour justifier la présence de ce soutif là où tu l'as trouvé, commença-t-il en détachant sa ceinture de sécurité, sans me regarder.

— Mais moi je veux savoir comment il a atterri sur ton fauteuil.

Victor se mordit la lèvre et me regarda, l'air sérieux.

— Bon, si tu veux le savoir, je vais te le dire. La semaine dernière, je suis sorti avec mes potes. On est allé boire des verres. Dans le bar, un groupe de nanas nous a branchés, on a un peu déconné avec elles pendant un moment, et quand j'ai décidé de rentrer chez moi, il y en a une qui a retiré son soutif et qui me l'a tendu.

— Une meuf t'a donné son soutif pour que tu le gardes en souvenir?

— Oui, avec son numéro de téléphone…

Je haussai les sourcils avec une mine éloquente. J'avais franchement du mal à y croire. Je connais par Lola l'existence de ce type de marketing direct, mais elle, elle ne l'utilise que quand l'affaire est déjà bien emballée.

Victor ajouta:

— Je sais ce que tu as dû penser quand tu l'as vu, mais je t'ai tout dit. Il ne s'est rien passé d'autre.

— Tu as baisé avec elle?

— Non, bien sûr que non! lança-t-il d'un ton sans réplique.

— Vous avez flirté?

Son silence était éloquent. En plus, il remua sur son siège, mal à l'aise, et fit claquer sa langue. J'avais envie de l'étriper.

— Sans blague ! ponctuai-je en regardant par la vitre.

— Ça a juste été… je ne sais pas, juste une connerie. J'étais bourré, et…

— C'est impossible de te comprendre, tu sais ?

J'empoignai mon sac, décrochai la ceinture de sécurité et descendis de voiture. Victor en fit autant et alla prendre ma valise dans le coffre. Il la traîna et me rejoignit devant l'entrée de l'immeuble.

— Valeria.

Je cherchai la clef dans mon sac, mais il me prit le poignet et m'attira vers lui.

— Qu'est-ce qu'il y a ?

— Je ne veux pas… Ça ne veut rien dire. Juste un baiser à la con, un baiser de merde. Je ne sais pas pourquoi j'ai eu envie de l'embrasser.

— Tu ne sais pas pourquoi ? Eh bien moi, si ! Tu veux que je t'explique ? T'as besoin de t'affirmer. T'as besoin de pouvoir te répéter à toi-même que t'es un tombeur fini. Même si tu baises souvent avec moi, parce que moi aussi je compte pour du beurre.

— C'est faux.

— Peut-être que c'est faux, mais tu te conduis comme si c'était vrai. T'as trente-deux ans, Victor, tu n'es plus un gamin. Et de grâce, épargne-moi ton baratin, je n'attends pas de toi une demande en mariage ! Mais là, franchement, tu te dépasses ! Tu deviens tous les jours un peu plus con. Tu es infantile et égoïste, je ne sais pas si tu t'en rends compte. Si t'as envie de raconter au monde entier que tu es libre, qu'entre nous c'est une relation ouverte, surtout ne te gêne pas ! Mais ça se fera sans moi. Trouve-toi une autre connasse. Rien de plus facile.

— Je n'ai pas envie d'être avec une autre – il fronça les sourcils. Si tu savais à quel point je le regrette. Nous deux, c'est…

— Pourquoi est-ce que tu t'obstines à parler de ce qu'il y a entre nous, alors que tu n'arrêtes pas de poser des limites ? Appelle ça comme tu veux, mais c'est n'importe quoi, une connerie sans nom.

— Valeria, t'es injuste, je…

— Je, je, je ! Qu'est-ce que tu veux que ça me fasse ? Tu m'as dit que tu m'aimais – je haussai le ton. Tu m'as dit que tu m'aimais, et pire encore, tu m'as fait croire que c'était vrai. C'est quoi, ton truc ? C'est l'orgasme qui te délie la langue ?

Victor mit ses mains dans ses poches et garda les yeux fixés sur le sol.

— Ça suffit, je ne veux plus discuter une minute de plus, et encore moins dans la rue, conclus-je.

Je me tournai vers la porte, mes clefs en main.

— Non, Valeria, je ne veux pas que ça se termine comme ça.

Il réussit à me faire faire volte-face.

— Et moi, je dois penser quoi au juste ? Tu me dis que tu m'aimes, et tout d'un coup, pouf ! plus rien. Tu branches des meufs à droite et à gauche, tu les embrasses… En admettant que tu l'aies seulement embrassée, celle-là !

— Non, Valeria. Ne commence pas à te faire un film. Je me suis laissé embrasser. Ce n'est pas dramatique, et pas sordide non plus.

— J'ai franchement du mal à le croire. Tout ce que touches, tu le transformes en quelque chose de sordide. Même un «je t'aime».

— Je ne suis jamais revenu sur ce que je t'avais dit – il fronça les sourcils. Arrête de parler de ça à la légère.

— Mais les mots doux, ça c'est bien fini depuis que nous nous revoyons. Comment est-ce que je dois comprendre la façon dont tu me traites, Victor ? (Il fit claquer sa langue et se frotta le front.) Et en plus tu branches la première venue. Et moi qui tombe sur son soutif ! Merde ! (Je me passai une main dans les cheveux.) T'es pire que tout.

Il baissa la tête, gêné.

— Excuse-moi. Je ne vois pas ce que je peux te dire d'autre. Je ne sais pas pourquoi je l'ai fait.

— Tu l'as fait parce que tu as la trouille.

— Oui, reconnut-il sans hésitation. J'ai la trouille.

— Mais de quoi, bon sang, de quoi ? Je ne te demande pas de t'engager pour le reste de ta vie. Tu sais, à notre âge, les gens ont tendance à vouloir des relations adultes, construire quelque chose. Il n'y a vraiment pas de quoi avoir les jetons.

— Ce n'est pas ça. C'est toi qui me fous les jetons.

Je restai un moment à le regarder sans savoir comment réagir à ce que je venais d'entendre. Puis je respirai un grand coup et trouvai la force de répondre.

— Moi ? C'est moi qui te fais peur ? Maintenant tu vas me sortir qu'une meuf t'a brisé le cœur et que tu ne peux plus faire confiance aux femmes ?

— Non. Mais il y a quelque chose qui me gêne dans notre relation.

Étonnée, je levai les sourcils.

— Eh bien comme ça on est deux.

— Je suis un con, je le sais déjà.

— Ça tu peux le dire. Un vrai con.

J'entrai dans l'immeuble et commençai à monter les escaliers. Rapidement, je me rendis compte avec soulagement que Victor était resté en bas. Il me regardait monter mais il ne m'avait pas suivie.

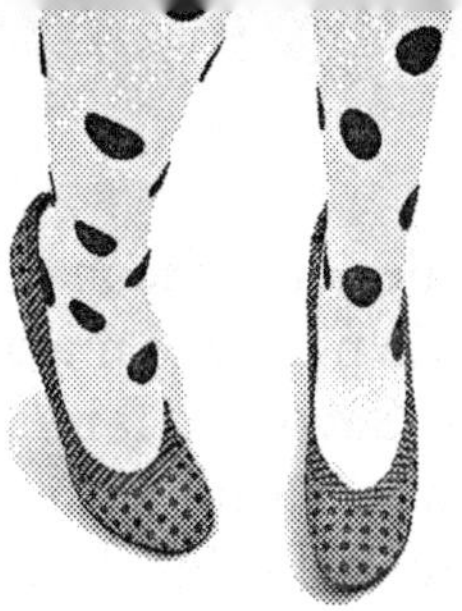

5

Lola et le chinois

Lola avait décrété qu'il fallait qu'elle apprenne le chinois. À vrai dire, Lola avait décidé qu'elle devait occuper son temps libre afin d'arrêter de ressasser les mêmes pensées. Elle avait réussi à ne plus désirer Sergio dès qu'elle le voyait. D'ailleurs, il ne l'intéressait plus. Elle considérait désormais que ce chapitre de sa vie était clos. Elle le regardait même avec un certain dédain, comme ces chaussures qu'on se paye dans un accès de fièvre acheteuse quand on les trouve super tendance et puis qu'on laisse au fond du placard parce qu'au fond, elles ne nous plaisent pas tant que ça.

Et là, assise à son pupitre dans la salle de l'école de langues, elle regardait autour d'elle et elle commençait à regretter de s'être inscrite sur un coup de tête. Elle aurait pu opter pour la pratique du yoga chez elle, peinarde, ce qui, en prime, lui aurait fait des fesses en acier. Mais non. Elle allait apprendre le chinois. Elle ne voulait pas d'un passe-temps où elle aurait fait la connaissance d'un tas de mecs. Surtout pas ! Dans un cours de yoga, il y avait des mecs, et s'ils ne faisaient pas de yoga, il y en aurait partout dans le club de gym de toute façon. Un cours de cuisine ? Encore des mecs ! En plus, elle n'avait aucune envie d'apprendre à cuisiner. Savoir se faire un café et ouvrir un bocal de cornichons, ça lui suffisait amplement. Elle aurait pu s'inscrire dans un club de randonnée mais là encore, à coup sûr, des mecs. C'est pour ça qu'elle avait finalement choisi les langues étrangères. Là, elle ne courait pas de grands risques.

Au premier rang, il y avait bien un bonhomme, mais tellement énorme qu'il débordait de sa chaise de tous les côtés. Un peu de surpoids ne la gênait pas, mais celui-là, c'était un vrai lamantin. Il allait sans doute devoir rentrer chez lui avec son pupitre, vu comment il était encastré dedans. Pour couronner le tout, son hygiène personnelle laissait à désirer, avec ses cheveux gras collés sur le crâne.

À côté d'elle était assise une autre nana, elle aussi avec les cheveux sales. Bon sang, c'était une véritable épidémie. Lola ne put s'empêcher de la mater en se demandant comment elle pouvait sortir de chez elle avec une tignasse aussi graisseuse. Moins sexy que ça, tu meurs ! De quoi démolir la libido de tout être humain normalement constitué. Puisqu'on parle de libido, Lola espérait que la sienne allait rester sagement en veilleuse, ce qui n'était pas gagné. Surtout après une abstinence de trois mois que, comble du ridicule, elle avait avouée aux copines.

Au cinquième rang, elle remarqua un groupe de jeunes qui avaient un look de fans de mangas et d'animation. Pourquoi n'avaient-ils pas choisi le japonais ? Ils avaient l'air paumés. Ils regardaient autour d'eux, à la recherche de quelque nana sexy à mater. Lola se dit qu'ils auraient mieux fait de s'inscrire à un cours de yoga, de Pilates ou de langue française. L'expression « langue française », avec son double sens, la fit rigoler intérieurement.

Elle soupira. À part quelques traductrices comme elle, il n'y avait personne d'autre. Pas un visage qui éveille son intérêt. Même la prof ne la branchait pas. Parce qu'au fond, elle était ouverte à tout. Qui sait ? Elle aurait très bien pu tomber amoureuse d'une femme, mais pas de cet épouvantail. C'était clair, elle allait apprendre le chinois, un point c'est tout. Aucune distraction en perspective.

Parfait. C'était ça, le plan.

Soudain, la porte s'ouvrit et un jeune mec entra. Il avait plutôt une bonne gueule. Lola le checka mine de rien : pas d'alliance, pas plus jeune qu'elle, pas zarbi, pas crade… hum…

— Excusez-moi, je ne trouvais pas la salle – il sourit. Ah, ce n'est pas la salle d'allemand, il me semble.

— Non.

La prof lui rendit son sourire et il disparut, l'air contrit.

Et merde ! Cette fois, plus d'échappatoire. Elle allait devoir se concentrer sur la grammaire chinoise. C'était ce qu'elle voulait, mais parfois elle n'était pas totalement d'accord avec la Lola qui avait décidé de laisser les hommes à distance.

À la pause, elle sortit fumer une clope. Les idéogrammes étaient affreusement compliqués, elle n'en pouvait plus. Elle avait déjà suivi un cours quelques années auparavant, et elle arrivait à peu près à balbutier les formules de base. Bonjour. Comment ça va ? Enchantée de faire votre connaissance. Mais elle n'avait pas la moindre idée de la manière dont ça s'écrivait. Un cauchemar ! Une nouvelle fois, elle se dit qu'elle n'avait peut-être pas fait le bon choix. Peut-être qu'une bonne séance de baise sans sentiments valait mieux, finalement, que de supporter cette galère deux fois par semaine.

Elle s'appuya contre le mur et aspira une bonne taffe. Quelqu'un s'approcha d'elle.

— Pardon…

— Oui ?

Elle leva la tête et se trouva nez à nez avec un mec qui lui souriait. Il avait les yeux bruns très sombres, des cheveux châtains peignés tendance, ou dépeignés, elle ne voyait pas la différence. Son sourire avait quelque chose de provocant, et elle lui rendit la pareille.

— Je peux te demander une clope ?

— Bien sûr.

Elle lui tendit le paquet, il en prit une et l'alluma.

— Merci bien. J'ai oublié les miennes dans la voiture et je suis garé à perpette. Et la pause sans clope, dur, dur.

— Après un cours comme celui-là, je me fumerais même le gazon.

— Tu fais quoi ?

— Chinois.

Elle sourit.

— Sans déconner ! Tu n'as pourtant pas l'air zarbi.

— Merci, si c'est un compliment. Et toi ?

— Anglais.

— Ah bon alors, tu ne peux pas trop te plaindre.

Elle lui lança son œillade de vamp.

— Sûr. Après le chinois, j'imagine que tout doit sembler plus cool.

Ils éclatèrent de rire.

— Moi, c'est Ray.

— Ray ?

— Raimundo. Mes parents ont des goûts bizarres.

Il lui tendit la main avec un sourire.

— Moi, c'est Lola.

— Dolores, non ?

— Disons que mes parents à moi ont le sens de l'humour.

Ils se serrèrent la main.

— Il faut que j'y retourne, grommela Lola.

— On se croisera peut-être ?

— Ce serait cool.

— Vraiment ?

Les lèvres de Ray dessinèrent un sourire malicieux.

Cool de chez cool, en effet. Avec un peu chance, elle n'aurait pas besoin d'apprendre beaucoup de chinois cette année. Mais ce n'était pas le moment de clamer sur tous les toits qu'elle avait révisé son plan de vie monacale.

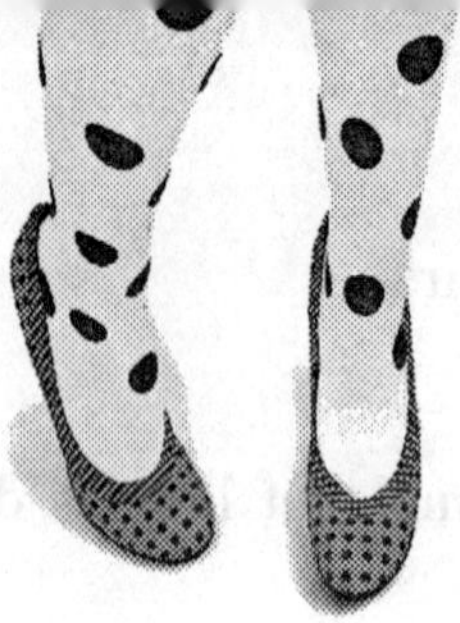

6

La robe de mariée

La mère de Carmen l'avait déjà accompagnée deux fois pour choisir la robe. Il ne restait plus que six mois à peine avant le mariage, et il était temps de résoudre cette épineuse question.

Carmen détestait les robes de mariée. Elle les haïssait grave. Elle aurait préféré se marier en chemise de nuit de flanelle tombant jusqu'aux pieds plutôt que d'aller à l'autel déguisée en meringue chantilly.

La première expédition pour chercher une robe lui avait donné une migraine terrible, et elle s'était engueulée avec sa mère, qui aurait voulu la voir en blanc immaculé avec toutes les fanfreluches de rigueur.

La deuxième fois, elle s'était presque mise à pleurer quand les vendeuses avaient essayé de la faire entrer dans une robe de deux tailles trop petite pour elle. L'horreur ! Elle n'arrivait même pas à l'enlever. Et pour couronner le tout, sa mère lui avait suggéré, éventuellement, de « perdre un ou deux petits kilos ». Ça l'avait tellement stressée que le soir même, elle s'était empiffrée comme une malade, et elle n'avait rappelé sa mère qu'au bout d'une semaine. Celle-ci, soit dit en passant, avait l'habitude.

Une fois la crise passée, elles conclurent un accord : Carmen irait voir des robes de son côté, et quand elle en aurait repéré deux ou trois à peu près mettables, elles iraient choisir ensemble celle qui convenait.

Donc, elle était dans la boutique. Pas seule, non. Elle aurait préféré, mais Nerea, qui adore les mariages et tout le tralala qui va avec, s'en était mêlée et avait insisté pour l'accompagner. Carmen avait tenté de refuser, mais la copine lui avait fait le coup du chantage affectif, au point qu'elle s'était apitoyée sur elle-même.

— Ma Carmen-chou, qu'est-ce qu'il te prend ? Tu es seule au monde ou quoi ? Imagine un peu... On va penser que tu n'as personne pour t'aider à choisir ta robe de mariée.

Carmen se fichait pas mal de ce que les autres pouvaient bien penser, mais la vile tentative de manipulation avait réussi, au point qu'elle craignait désormais de se croire elle-même esseulée. Voilà où on en était !

Elle se regarda dans la glace d'un air dégoûté. La vendeuse l'observait du coin de l'œil, attendant d'un air las qu'elle s'en aille et la laisse en paix. Carmen ne demandait pas mieux. Elle n'avait qu'une envie : rentrer chez elle, se mettre en pyjama et descendre d'une traite une brique entière de jus d'orange. C'était la dixième robe qu'elle essayait, et la dixième qu'elle trouvait immonde. Et, bien entendu, la dixième qui était trop serrée, qu'elle avait dû fermer avec des espèces de pinces pour avoir au moins une idée de ce qu'elle pouvait donner. Ces maudites boutiques de robes de mariée, qui n'ont jamais que des tailles minuscules, ce qui fait que, bien entendu, tu te sens énorme !

Mais Nerea, qui décidément habitait une réalité parallèle, applaudit à pleines mains. Elle était assise sur un tabouret à côté d'elle.

— Elle est magnifique, Carmen. J'en suis tout émue. C'est celle-là qu'il te faut.

— Pas question, j'ai l'air d'un vacherin. Elle me donne envie de me transformer en torche vivante.

— Et puis quoi encore !

Nerea chercha un soutien auprès de la pauvre vendeuse qui, maintenant, s'était appuyée contre le mur et répondit mollement :

— Sincèrement, c'est la moins bien des dix.

— Tu vois bien ? (Carmen commençait à perdre tout espoir.) Il vaut mieux que je me marie avec une chemise de nuit de flanelle, et tout le monde sera content.

— Le problème, mon chou, c'est que tu n'arrives pas à t'imaginer avec une robe de mariée. Mais il va quand même falloir que tu en portes une, observa Nerea avec douceur.

— C'est celle-là la moins pire, intervint la vendeuse en tendant une autre robe.

Carmen resta quelque peu interloquée. Elle devait se contenter de la moins pire ? Si le mariage commençait déjà par une galère, et qu'elle doive avoir l'air déguisée dans une robe qui ne lui plaisait pas, ce qui était censé être le plus beau jour de sa vie allait devenir pour elle un véritable cauchemar.

— Non – elle descendit de l'estrade où on l'avait fait monter. Je ne veux pas. Pas question. Mademoiselle, je suis désolée de vous avoir fait perdre votre après-midi, mais le problème, c'est qu'elle ne me plaît pas.

La demoiselle en question sourit.

Nerea fit la gueule. En sortant de la boutique, elle attrapa un catalogue et le fourra dans son sac où il alla rejoindre tous les autres. Puis elle se tourna vers Carmen et lui annonça qu'il leur fallait un autre avis.

Elles débarquèrent chez moi à vingt heures. Il faisait nuit noire et j'étais déjà en pyjama, les cheveux vaguement noués en un chignon indescriptible, avec une seule envie : me mettre au lit et y rester jusqu'au printemps. Je ne fus pas ravie de les voir à ma porte, d'autant que ça n'avait pas l'air très cool entre elles. Elles n'auraient pas pu choisir un plus mauvais moment. Je n'avais plus de nouvelles de Victor depuis le mardi où il m'avait ramenée de l'aéroport, et je n'étais franchement pas d'humeur à les écouter déblatérer.

— Et merde ! Je ne sais pas ce que j'ai pu faire dans une vie antérieure pour être condamnée à jouer les arbitres chaque fois que vous vous engueulez… grommelai-je.

— Il faut que tu lui fasses entendre raison, commença Nerea.

— À quel sujet ?

Je filai direct vers le frigo et en sortis une bouteille de blanc que je posai sur la table ainsi que trois verres. Elles restaient pétrifiées dans ma minuscule entrée.

— Allez, puisque vous êtes là…

— On ne veut pas te déranger, balbutia Carmen.

Je me couvris le visage des mains, laissai échapper un grognement puis, les regardant de nouveau, me radoucis.

— Excusez, les filles, j'ai eu une mauvaise journée.

— Bienvenue au club ! commenta Carmen.

— Qu'est-ce qu'il se passe ? demandai-je en regagnant la kitchenette.

— Carmen est infernale avec sa robe de mariée, ronchonna Nerea.

Je réapparus avec un bol de chips.

— Si tu nous accueilles toujours comme des reines, on va continuer de se pointer chez toi à chaque fois qu'on aura un problème, lança Carmen en tendant la main vers le bol. En fait, c'est pour ça qu'on est là.

— Carmen, pas de chips ! Tu oublies que tu vas te marier ? Fais-moi le plaisir d'arrêter de manger ces cochonneries, vociféra Nerea.

Carmen se recroquevilla sur sa chaise en retenant une moue.

— Mais enfin qu'est-ce qu'il te prend ? Qu'est-ce que c'est que cette attitude de flic ? demandai-je à Nerea d'un ton hyper sérieux, les mains sur les hanches.

— C'est pour son bien.

— Mais pourquoi moi ? Pourquoi n'êtes-vous pas allées chez Lola ?

Je renonçai à ma mine sérieuse et m'affalai dans le fauteuil qu'elles avaient eu la décence de me laisser.

— Lola est à son cours de chinois. On dirait vraiment qu'on te dérange ! Nerea était vexée. L'important, c'est que tu arrives à convaincre Carmen que c'est complètement débile de vouloir se marier en tailleur.

Je regardai Carmen.

— Ne l'écoute pas. Si tu as envie de te marier en tailleur, marie-toi en tailleur.

— Mais, Valeria !

Nerea tapa du pied.

— Qu'est-ce que je dois faire ? Te dire que tu as raison, comme on fait avec les malades mentaux ?

— Vous êtes impossibles, toutes les deux. Regarde celle-là, dit Carmen en ouvrant un catalogue. J'aime assez. Simple, très classe, je crois qu'elle m'irait bien.

— Super. Mais un peu terne, non ?

— Tu vois, Carmen ! Terne. Tu veux que les gens disent en te voyant marcher vers l'autel « Oulala, qu'elle est terne cette robe ! », lança Nerea en prenant une voix de commère.

— Bon sang, Nerea, t'es vraiment salope. Tu commences à me faire peur, répliqua Carmen. Et le coup des chips, je ne vais pas te le pardonner de sitôt.

Je pris un album de photos dans le placard et le lui tendis.

— Tu te souviens de ma robe de mariée ?

— Mais ça, ce n'est pas une robe de mariée !

Nerea ne voulait pas en démordre.

— Elle était trop belle, commenta Carmen en regardant les clichés avec mélancolie.

— Je l'avais achetée dans une fripe, pour six mille pesetas… seulement trente-six euros, tu te rends compte ? Ma mère a failli faire une attaque, mais c'est celle-là que je voulais et pas une autre.

— Tu ne l'as pas regretté ?

— Non. La robe, non. Le mariage, oui ! (J'éclatai de rire pour couper court à la nostalgie qui m'envahissait.) Elle me plaisait. D'ailleurs, je l'ai portée en d'autres occasions.

— Mais Valeria, sois franche : ton mariage, c'était une espèce de carnaval hippie, non ? (Nerea était partie sur sa lancée.) Vous avez quitté la fête en Vespa et Adrian était déguisé en… je ne me souviens plus bien. En quoi était-il déguisé ?

— Comme tu voudras. Mais Carmen doit porter ce qui lui chante. C'est elle qui se marie, bordel ! Regarde cette photo, Nerea…

Tordue de rire, je lui montrai un cliché.

— Quelle horreur !

— Tu vois ? Même toi tu peux regretter ton look.

— Non, je suis sublime. Ma robe était divine. L'horreur, c'est les photos de mariage. Mais comme Adrian est photographe…

— On n'a pas engagé de photographe. Les photos, ce sont des tirages que les invités nous ont envoyés.

Je caressai un des clichés, le regard dans le vague. Quand je revins à la réalité, je me tournai vers elles.

— Carmen, achète une robe qui te plaît, ne cède pas.

— Bon, tout bien réfléchi… ma mère… je ne sais pas. Elle va mourir de chagrin si elle me voit entrer à l'église en tailleur. Elle n'a qu'une fille. Mon frère est déjà marié…

Je la regardai sans mot dire.

— Donne-toi un peu de temps. Ça ne sert à rien de stresser sur la robe.

— Mais le temps passe… tenta de sermonner Nerea.

— Nerea, bon sang, on croirait que c'est toi qui as organisé le mariage de Jennifer Lopez dans… comment s'appelle ce film, déjà ?

— *Un mariage trop parfait* !

Carmen connaissait ses classiques.

— C'est ça.

— Je ne suis pas… Nerea inspecta ses ongles parfaitement manucurés. J'essaie seulement d'aider.

— Et c'est super, évidemment, je t'en remercie, précisa Carmen. Mais au lieu de faire une fixette sur la robe, peut-être qu'il vaudrait mieux te focaliser sur les deux cent mille choses que je dois encore régler, et auxquelles je ne pige rien.

Toute contente, Nerea arqua les sourcils et sembla soudain se rappeler quelque chose. Elle farfouilla dans son sublime sac Bimba y Lola et en extirpa un paquet enveloppé dans du papier doré.

— J'ai failli oublier. Même si je ne suis pas certaine que tu le mérites, tête de mule. Tiens !

Carmen défit l'emballage cadeau en moins de deux et se retrouva avec une sorte de carnet qui la laissa perplexe.

— Oh, super… merci mille fois, Nerea. Tu n'étais pas obligée.

— Tu n'as pas la moindre idée de ce que c'est, on dirait.

— Ben non, répondit Carmen en rougissant.

— C'est un carnet de noces. Il comporte des sections pour tous les aspects de la préparation : robe, maquillage, coiffure, manucure, lingerie…

— Je ne peux pas me marier avec ma culotte de tous les jours ?

Le visage de Carmen prit une expression alarmée.

— Bien sûr que non ! Et regarde, tu as une check-list pour tout, il suffit de cocher à chaque fois que tu as fait quelque chose, comme ça tu vois ce qu'il te reste à faire. Il y a aussi des conseils, pour les plans de table, les sachets de dragées à offrir aux invités, les menus, les alliances, la musique à l'église et l'animation musicale pour la réception, les fleurs…

— Oh mon Dieu…

Carmen semblait sur le point de fondre en larmes.

Nerea la regarda avec tendresse et s'assit à côté d'elle. Elle lui prit la taille, lui posa une bise sur l'épaule et lui dit :

— Ne t'inquiète pas, ma Carmen-chou. Je t'aiderai, tu peux compter sur moi.

Elles échangèrent des embrassades, que j'applaudis ironiquement. Puis elles se jetèrent sur moi pour en faire autant, y compris Nerea le glaçon. Un glaçon qui commençait à fondre.

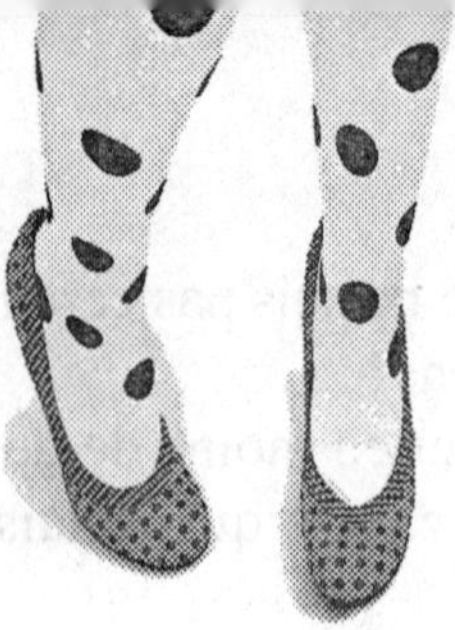

7

Le mec du cours d'anglais

Lola sortit de la classe comme si elle avait le diable aux trousses. Comme tous les lundis, elle avait son cours de chinois, mais en réalité, elle y allait surtout dans l'espoir de revoir Ray. Une étudiante fictive, en somme. Mais n'oublions pas qu'il s'agit de Lola.

Studieusement… elle alla se poster contre le mur exactement où ils s'étaient rencontrés quelques jours plus tôt, et en effet, il ne tarda pas à apparaître, tenant deux bouteilles de Coca, la clope au bec.

— Tiens.

Il lui offrit un Coca sans cérémonie.

Lola haussa un sourcil en pensant : *Droit au but ; c'est comme ça qu'il me plaît.*

— C'est pour moi ?

— Évidemment. Merci pour la clope, l'autre jour.

— De rien. Vraiment.

Elle sourit.

— On s'assied ?

Lola passa devant lui en ondulant des hanches dans son jean noir et se laissa choir sur un banc de pierre au milieu des arbres. Il faisait un froid de loup et l'air était chargé d'humidité, mais elle y aurait passé la nuit s'il l'avait fallu, quitte à se « geler la moule » comme elle me le raconta par la suite. Avec Lola, pas besoin de réécrire ce qu'elle dit, c'est parfait tel quel.

— Alors, Lola, raconte. Qu'est-ce que tu fais ? demanda Ray en ouvrant son Coca.

— Je suis traductrice.

— Ah bon ? Alors, ça explique le chinois.

— Oui, je veux élargir mes connaissances. J'ai envie de changer de boulot.

— Et pourquoi ?

— Bof, ce serait trop long à raconter. Disons que j'ai eu une liaison avec mon boss et maintenant je ne le supporte plus.

Elle sourit.

— Waouh, la traductrice.

— Et toi ?

— Moi, bof… Je suis… une espèce de bon à rien. Je donne des cours de dessin à des enfants, mais j'ai envie d'aller à Londres pour vivre ma vie, tenter ma chance.

Lola hocha la tête. Ce mec, c'était un tendre. Peut-être un peu trop à son goût. La Lola d'avant aurait passé son chemin sans même se donner la peine de faire plus ample connaissance. Elle l'aurait rangé dans la catégorie « bébés » et oublié immédiatement.

— Dis donc, Lola…

— Oui ?

— Je vais peut-être un peu vite, mais… Ça te dirait qu'on aille boire une bière ensemble demain ?

Elle réfléchit un quart de seconde.

— Si ça se trouve, t'es un violeur sadique et un assassin. On ne se connaît pas.

— T'inquiète, on sera dans un lieu public.

Il sourit.

La Lola d'avant ne se serait pas posé de question, mais la nouvelle Lola était un peu plus prudente et fit mine de cogiter. Ray reprit :

— Je pense qu'on pourra se marrer pas mal entre tes cours de chinois et mon anglais.

Lola acquiesça, et lança un sourire.

Elle avait un rencard.

Ouf ! Parce que le célibat et elle, ça faisait deux.

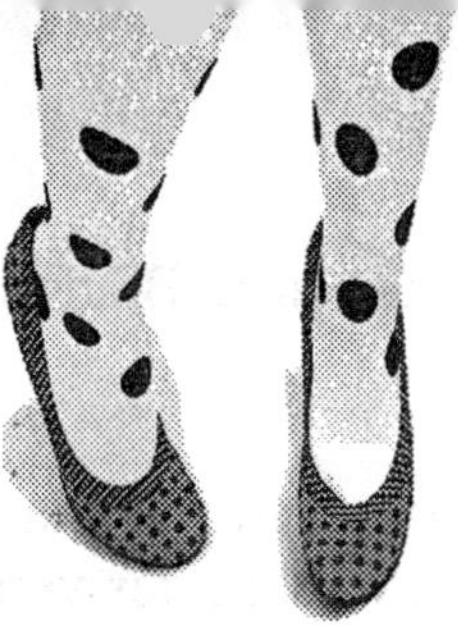

8

Remplir sa vie

Le samedi matin, quelqu'un osa déranger la paix de mon sanctuaire et, avec un sans-gêne incroyable, me téléphona à dix heures et demie. J'étais dans un état comateux, mais comme la sonnerie se faisait insistante, je finis par tendre le bras et décrocher.

— Oui ? articulai-je d'une voix pâteuse.

— Salut Valeria. C'est José. Je t'ai réveillée ?

Je me redressai, comme s'il pouvait me voir, et secouai la tête. Je ne voulais pas que José, mon éditeur, mon agent, ou ce que vous voudrez, se fasse des idées fausses sur mon processus créatif. Des idées fausses ? Bref, jetons un voile pudique…

— Mais non, bien sûr. C'est juste que je n'ai pas encore bu mon café.

— Dans ma prochaine vie, je veux être écrivain. Je les réveille toujours à des heures invraisemblables.

— Dix heures du matin un samedi, ce n'est pas une heure invraisemblable, tu ne crois pas ?

— Dix heures et demie. Et évidemment, hier soir, tu es sortie boire des verres avec ta bande. Je t'y vois, un cocktail glamour à la main, faisant ta Carrie Bradshaw à l'espagnole.

Il éclata de rire.

— J'ai passé la soirée à la maison en pyjama, je t'épargne la description, à boire du vin dans des verres ébréchés avec deux amies en feuilletant un catalogue de robes de mariée.

— Tu te maries ?

— Non, mon cher. Une fois, ça suffit.

— Que oui, je te comprends. Mais assez bavardé.

— Tu appelles au sujet de l'article ?

— Non, ils ne m'ont toujours pas répondu. Mais pas de panique. Tout vient à point à qui sait attendre. Je t'appelle parce que tu vas aller faire une intervention dans une université. Un colloque sur les métiers de la création.

— Une intervention ? Moi ? J'espère que le sujet, c'est les vingt-sept façons d'appliquer le fard à paupières, parce que sinon, on est cuits !

Je me frottai les yeux et me rendis compte que j'avais oublié de me démaquiller avant de me coucher. Je devais avoir une tronche de raton laveur.

— Non. Rien à voir avec les fards à paupières, ni avec les mecs, ni avec les cocktails, ni avec tout ce qui t'occupe sans doute en ce moment.

— Je suis en train de travailler sur la deuxième partie. Et ne commence pas à me harceler au téléphone avec des prétextes à la noix.

— Mais non, pas du tout. Le colloque, c'est du sérieux. Il y aura quelques jeunes auteurs, tous de la maison. Vous allez parler du monde de l'édition, de ce que vous avez fait pour réussir à être publiés, de la façon dont se déroule une journée de travail…

si cette expression a un sens pour vous. Je crois que tu as pigé.

— Décroche-moi des articles à écrire pour cette revue, et j'aurai des journées de travail, répliquai-je en riant.

— C'est mercredi prochain – il n'avait prêté aucune attention à ma remarque.

— Ce mercredi ? Super, ça c'est ce qui s'appelle prévenir à l'avance. Merci de me donner autant de temps pour me préparer !

— Ne commence pas à pleurnicher. En fait, je l'avais proposé à quelqu'un d'autre qui a dû partir en voyage.

— Je me disais bien…

— Vous serez trois, ensuite il y aura une session de questions-réponses. Je ne pense pas que ton intervention durera plus d'un quart d'heure. Surtout ne raconte pas de choses déprimantes. Et puis, mais tu le sais déjà, donne une bonne image de ta maison d'édition, OK ?

— J'emploierai le mot « mécène » aussi souvent que je pourrai.

— Bravo. Tu me plais quand tu es comme ça. Si tu termines la deuxième partie de *Dans les pas de Valeria*, je t'adorerai. Il serait temps, d'ailleurs, ma reine.

— Ça marche.

— Porte-toi bien.

— Toi aussi.

Je raccrochai et me levai. Je filai à la salle de bains où je me coiffai un peu mieux que la veille et me nettoyai le visage. Puis je me pesai, allai à la cuisine et mis la cafetière en marche. Après quoi, je m'installai à l'ordi et ouvris le fichier qui contenait mon brouillon. Je relus rapidement ce que j'avais écrit et soupirai. Le terminer ? Ça faisait deux mois que je le relisais, que je le révisais. J'avais fait des ajouts réguliers, quasiment comme dans un journal, mais… étais-je prête à vivre de nouveau l'enfer que j'avais connu avec le premier?

Exposer ma vie dans ses moindres détails, permettre à tout le monde de la lire et de se moquer de moi… Ma vie et celle de mes trois copines. Elles avaient lu le brouillon et donné leur accord pour tout ce qui les concernait mais… ce n'était quand même pas de leur faute si je n'avais pas assez d'imagination pour inventer des personnages de fiction qui soient crédibles.

Pourtant, j'avais écrit le premier bouquin pour une raison qui me semblait parfaitement sensée: essayer de décrire la réalité telle qu'elle est et faire en sorte que mes lectrices puissent s'identifier aux personnages. Je suis une meuf comme les autres, et je sais que ce qui m'arrive à moi arrive aussi à plein d'autres. Pareil pour Carmen, Nerea et Lola. Bon, Lola, elle est un peu à part. Je ne suis pas sûre qu'il y en ait deux comme elle.

Sans plus tergiverser, j'ouvris ma boîte mail, cliquai sur «nouveau message», et envoyai en pièce jointe à José le fichier du roman accompagné de ces quelques mots:

> Il est terminé depuis le mois dernier. Ne m'en veux pas, comprends que j'avais peur. J'attends ton retour.

Puis je cliquai sur «envoi».

Je pris une douche et fis un saut dans une librairie pour acheter quelques bouquins que je voulais lire depuis un moment. C'est seulement une fois rentrée, vers quatorze heures trente, que je me rendis compte que je n'avais même pas jeté un œil sur mon téléphone de toute la matinée. Si jamais ma mère avait essayé de m'appeler, elle devait être en pleine hystérie. Je me préparai une soupe de légumes et allai prendre le portable sur la table de nuit.

Je débloquai l'écran, et c'est là que je le vis. Un message. De Victor. Envoyé à minuit. Je le voyais plus de quatorze heures après. Si j'avais voulu me faire désirer, je ne m'y serais pas prise autrement.

> Plus de nouvelles de toi depuis mardi. Je ne sais pas quoi faire. OK, j'ai complètement merdé. Tu déclenches en moi des émotions que je ne sais pas gérer. Il faut qu'on parle, qu'on sache où on en est. Tu dois me donner une piste parce que je suis un abruti. J'en ai marre de tout bousiller avec toi.

Et merde !

Maintenant, j'avais une bonne raison de l'appeler, non ? J'aime bien les textos, évidemment, comme toute trouillarde qui se respecte, mais il me semblait que là, il fallait un peu plus qu'un message. Surtout pour « savoir où en on est ». Qui sait, un MMS avec une photo de mon majeur en doigt d'honneur ?

Je respirai à fond et m'assis au pied de mon lit. Je pris le téléphone et, sans réfléchir outre mesure, écrivis :

> Où nous en sommes ? Je te le dirais si je le savais. Mais je suis sûre d'une chose : tu ne veux rien de sérieux, d'adulte ; tu es sorti avec une autre, j'ai trouvé son soutif chez toi et tu as eu le culot de me dire qu'il ne s'était rien passé. Pas très encourageant !

J'appuyai sur « envoi » et décidai d'oublier cette affaire. Enfin, j'essayai, mais moins d'une demi-heure après il me répondit.

Non. Pas très encourageant.

Je déglutis et essayai de me retenir de pleurer. J'avais assez chialé comme ça.

Je reposai le portable sur la table de nuit, décrochai le fixe et composai le numéro. Après quelques sonneries, on décrocha.

— Allô, maman ? C'est moi. Tu sais quoi ? Je suis invitée à un colloque à la fac.

9

Rencard et désillusions

Lola, comme on s'en doute, était parfaitement cool en allant à son rencard. Elle était certaine de dominer la situation. Selon toute probabilité, elle ne rentrerait pas seule chez elle ce soir-là. Rien que d'y penser, elle se frottait les mains.

Elle avait décidé de se saper relax, vu qu'elle ne savait pas où Ray allait l'emmener : jeans coupe droite, top noir, veste de cuir ajustée et chaussures à talon, confortables et plutôt discrètes. Elle avait laissé ses cheveux dénoués et était sortie sans se poser de questions.

Elle aperçut son reflet dans une vitrine et se trouva franchement belle. Elle était très fière de son apparence et ne s'en cachait pas. Et puis, il nous arrive à toutes de temps en temps de savoir que nous sommes super top, inutile de faire preuve de fausse modestie.

Lolita, en forme et sûre d'elle, arriva au lieu convenu pour le rendez-vous sur son petit nuage. Cerise sur le gâteau, Ray était déjà là et l'attendait. Petit pull noir sympa, blouson de cuir et jean sombre. Ils se firent la bise, sans effusions excessives.

— Je me suis dit qu'on pourrait aller dans un rade trop frais, juste à côté. Un des serveurs est un pote à moi, il nous offrira sûrement un coup.

Il sourit.

Lola acquiesça. « Trop frais. » « Il nous offrira sûrement un coup ? » Ces djeun's… Mais elle accepta le plan en attendant de voir comment la situation évoluait.

Ils arrivèrent au bar. C'était un endroit sombre et plutôt élégant. Bon, au moins ce mec avait bon goût, même si c'était peut-être l'idée de se faire offrir des verres qui avait motivé son choix. Ils étaient déjà sur la liste des clients VIP et on les escorta immédiatement jusqu'à un box au fond de la salle. Lola commanda un cosmopolitan, et Ray un whisky orange. Ils se sourirent. Maintenant, il fallait trouver un sujet de conversation.

— Ben, Ray, je ne sais même pas quel âge tu as.

Lola, parfaitement rodée à cet exercice, savait comment briser la glace.

— Vingt-quatre. Tu me trouves trop vieux ? continua-t-il en voyant que Lola faisait la moue.

— T'es trop mignon, mais bon, il est évident que j'ai quelques années de plus que toi.

— Combien ?

— Presque cinq.

— Oh alors, c'est rien. Mes parents ont sept ans de différence.

Il lui lança un clin d'œil.

Ce type de remarque aurait fait s'enfuir à toutes jambes la Lola d'avant. Mais la nouvelle Lola réagit différemment : elle avait appris la tolérance. Elle se contenta de pousser un soupir.

— Qu'est-ce que tu me racontes de beau ? demanda-t-elle d'un ton distrait en portant le cocktail à ses lèvres.

— Je ne sais pas… je donne des cours de peinture à des enfants, en extra-scolaire. Sinon, je peins, je joue de la guitare, je suis en coloc avec des potes et j'ai une histoire qui s'est terminée il y a un peu plus de six mois. (Il sourit avant d'ajouter :) Et toi ?

Houlà ! Ça commençait à ressembler à du *speed-dating* à l'américaine. Est-ce qu'elle devait elle aussi condenser sa vie en trois phrases ? Ça risquait d'être un peu compliqué.

— Je suis traductrice, je m'invente des maladies pour échapper au boulot, je bois plus que je ne suis prête à avouer, je vis seule et j'ai rompu avec mon boss il y a quelques mois.

Elle sourit à son tour. Finalement, ce n'était pas si difficile…

— Je peux te dire un truc ?

— Sûr !

— Je t'adore.

Bon… Ça commençait bien.

Puis ils parlèrent de musique, de l'institut et de la fac. De fil en aiguille, Lola finit par évoquer sa période groupie. Elle avait suivi un groupe de rockers merdiques de sa fac. Nous étions toutes passées par là. Pour ma part, cette époque m'a plutôt laissé de mauvais souvenirs.

Ray aussi avait joué dans un groupe. Il lui raconta comment une fois, alors qu'ils donnaient un concert en plein air dans un bled paumé, il s'était lancé sur le public depuis la scène et s'était retrouvé à mordre la poussière. Ils rigolèrent pas mal tout en s'effleurant régulièrement en toute innocence.

Puis le copain de Ray les rejoignit. Une fois les présentations faites, il leur promit une surprise et gratifia

Ray d'une claque sonore dans le dos. Luis était un mec maigre, à lunettes, avec une gueule sympa. Un de ceux que ça fait vraiment souffrir de bosser pour des cons. Il portait le T-shirt noir de rigueur avec « STAFF » imprimé dans le dos en lettres énormes. Le pauvre chou, pensa Lola, obligé de trimbaler des plateaux de deux tonnes sur ses bras maigrichons…

La surprise arriva au bout d'un quart d'heure, sous forme d'une bouteille de Moët & Chandon rosé et de deux coupes. Interloqués, ils se regardèrent.

— Je n'ai pas l'habitude de boire ce genre de truc, avoua Ray, un rien gêné.

— Ouh, moi si ! Tous les dimanches, j'en remplis ma baignoire et je fais quelques longueurs. Ça me relaxe.

— C'était super sexy, ce que tu viens de dire, ou c'est moi qui suis un malade ?

— T'es un malade. J'ai précisé que parfois je me fais des selfies ?

Ils éclatèrent de rire.

— Allez, on y va – Ray prit la bouteille. Il faut bien le goûter.

— Je te signale que ça donne mal au crâne.

— Je vois que tu t'y connais.

Lola lui tira la langue et Ray entreprit de déboucher le champagne.

— Tu n'y arrives pas ? Petite nature ! se moqua-t-elle.

— C'est pas si facile que ça, OK ?

— Donne-la-moi, je m'en charge.

— Non. C'est mon affaire – Ray continua de s'escrimer sur le bouchon, rougi par l'effort. Voilà, il vient…

— Tu parles, qu'il vient !

— Mais si, je te dis que j'y suis presque.

— Tu y es presque, mais moi, ce que je vois, c'est qu'il n'a pas bougé d'un millimètre.

— Non, je t'assure qu'il est en train de sortir.

— Il sort que dalle, oui ! Allez, donne-la-moi.

— Mais non, j'y arrive très bien !

— Si tu ne me laisses pas faire, je vais penser que tu es un sale macho et je ne voudrai plus jamais t'adresser la parole.

— C'est bon, prends-la, puisque c'était toi l'experte.

Il lui tendit la bouteille, mais au moment où Lola l'attrapait par le col, le mouvement du liquide fit sauter le bouchon dans un bruit d'explosion. Le bouchon vola dans les airs et retomba par terre, où il fit trébucher une ado fringuée comme une pute qui se dirigeait vers le fond du bar. Bon, jusque-là, pas de problème. Mais sur quoi le bouchon avait-il rebondi avant de tomber ? Sur le mur ? Le plafond ? Pas du tout !

Dans l'œil de Lola.

Heureusement, pas exactement dans l'œil, mais juste à côté, sur un sourcil. Il s'en fallut de peu qu'elle ne doive porter jusqu'à la fin de ses jours un bandeau de pirate. Je suis sûre que ça lui aurait fait un look fabuleux, mais bon, pas le pied quand même.

Ray bondit de son siège, tandis que Lola se couvrait le visage des mains sans savoir si elle devait rire ou pleurer.

— Putain de meeerde ! beugla-t-elle.

— Ça va ? Dis-moi, ça va ? Oh merde, bon sang ! Viens, je te conduis à l'hosto.

— Du calme, ce n'est rien. Rien du tout, je t'assure. Calme-toi.

— Allez, on y va.

— Mais non, je viens de te dire que ce n'est rien. Calme-toi, mon chou.

— Oh mon Dieu ! balbutia-t-il.

— Mais assieds-toi, bordel ! hurla-t-elle.

Il l'énervait.

— Je vais demander de la glace.

Ray revint avec un gros bloc de glace enveloppé dans un torchon. Lola se découvrit le visage et, en voyant la mine qu'il faisait, elle comprit qu'elle allait se retrouver avec un gigantesque coquard. Elle posa la glace sur le bleu et, regardant Ray dans les yeux, lança le plus sérieusement du monde :

— Je vais porter plainte pour agression.

— Écoute, je suis vraiment désolé…

Elle sourit et il l'imita. Au fond, elle était assez en colère, mais elle savait que dès que son œil aurait dégonflé et qu'elle n'aurait plus mal, elle rirait de cette mésaventure.

— Ne t'inquiète pas, idiot. Je vais arranger un peu l'histoire et demain, quand je la raconterai, je serai la reine de la soirée.

— Je suis vraiment désolé, Lola.

— Tu trouveras sûrement le moyen de te faire pardonner, conclut-elle en souriant.

Puis elle brailla de douleur.

Ray la raccompagna bientôt chez elle. Il avait réussi à la dissuader d'attaquer le champagne même si elle prétendait que l'alcool est le meilleur anti-inflammatoire qui soit. En réalité, elle avait la tête qui éclatait, et l'arcade sourcilière enflée et violette.

— Je suis vraiment désolé, Lola. Maintenant tu ne voudras plus jamais me voir, évidemment, reprit Ray quand ils arrivèrent en bas de chez elle.

— Si ton truc c'est le SM, au moins la prochaine fois essaie de mieux viser, OK ?

— Je m'en souviendrai.

— Je t'inviterais bien à boire un verre, mais j'ai affreusement mal à la tête.

— OK, l'excuse classique… Cette fois, en plus, c'est vrai ! (Ils s'esclaffèrent.) Bonne nuit, Lola, on se verra à l'institut de langues.

— Si les flics ne viennent pas te chercher avant, canaille ! plaisanta Lola.

Ray s'approcha un peu d'elle, puis un peu plus, et l'embrassa… sur le sourcil.

Certes, elle ne rentrait pas seule, mais avec un coquard de dimensions pharaoniques.

10

Nerea : la fonte du glaçon

Nerea… Ah, Nerea !

Nerea était tellement obsédée par l'organisation du mariage qu'elle en perdait l'appétit et le sommeil. Et ce n'était même pas le sien ! Elle était dans un état permanent d'exaltation créatrice dont elle ne sortait que pour remplir ses quelques obligations professionnelles. Son énergie était totalement absorbée par les coups de téléphone avec les fournisseurs : photos, vidéo, gâteau… Ça allait être le mariage parfait.

Mais un après-midi, en rentrant du boulot, alors qu'elle réfléchissait à l'idée de placer un livre d'or à l'entrée de la salle des cérémonies, elle prit conscience que quelque chose la tracassait. Certes, le mariage allait être parfait. Indépassable. Mais ce n'était pas elle la mariée. Du coup, elle se sentit carrément malheureuse.

Elle téléphona à sa sœur, mais celle-ci avait autre chose à faire qu'à écouter ses états d'âme. Elle lui dit sans aucune douceur qu'elle était en train de devenir aussi ringarde que leur mère, et qu'elle se prenait la tête avec ces idioties uniquement parce qu'elle n'avait rien de plus intéressant à faire. Puis elle raccrocha.

Nerea hésita. Mieux valait ne pas appeler sa mère, mais en même temps, elle avait besoin de parler à quelqu'un. La chère maman de Nerea (celle que je ne supporte pas depuis qu'elle m'a laissé entendre que je suis une planche à pain avec de grosses fesses) mit un terme à leur brève conversation sur ces mots : « Tu n'es qu'une idiote. Au lieu de t'occuper des autres, tu ferais mieux de penser à toi avant qu'il ne soit trop tard et que plus un homme ne veuille de toi, ma petite sotte. »

Elle se mordilla les ongles, préoccupée. Même si elle ne voulait pas le reconnaître, c'était exactement ce qu'elle pensait. Et depuis le voyage à Amsterdam, elle avait d'autres sujets d'inquiétude.

Un jour, à son boulot, elle se rendit compte que cela faisait un moment qu'elle fixait l'écran de son ordinateur sans rien regarder. De toute façon, il n'y avait rien qui l'intéressait dans ce dossier.

Elle avala une gorgée de café, il était froid. Puis elle vit qu'il était l'heure de la pause déjeuner. Mais elle n'avait pas envie de manger. Et cette fois, elle ne se forçait pas à croire qu'elle n'avait pas faim histoire de garder sa silhouette impeccable. Non. Elle ne se sentait aucun appétit.

Elle respira à fond plusieurs fois. Elle avait toujours la même idée en tête. À chaque fois qu'elle y pensait, elle sentait les battements de son cœur s'accélérer, et l'idée lui plaisait de plus en plus. Elle lui était venue à l'esprit pour la première fois samedi soir, pendant qu'elle feuilletait une revue en bavardant avec Carmen au téléphone. Et elle n'arrivait plus à se la sortir de la tête. On était lundi à l'heure du déjeuner, et l'idée l'obsédait toujours.

Pourquoi pas ? C'était la question qu'elle se posait sans arrêt.

Pourquoi pas ? Eh bien d'abord parce que c'était une folie, par les temps qui couraient. C'était dingue de penser que ça pouvait marcher. Et puis ses parents allaient la tuer. Avec tout ce que ça leur avait coûté de la faire arriver là où elle était, université prestigieuse et tout et tout…

Mais quand même… pourquoi pas ?

Ce que ses parents pouvaient bien penser, ça les regardait. C'était sa vie, après tout, et elle ne voulait pas la laisser filer à faire des choses qui n'en valaient pas la peine.

Elle allait bientôt avoir vingt-neuf ans. La trentaine pointait le bout de son nez. OK, elle avait un poste de direction dans une multinationale. Et alors ? Elle était bien payée, son placard était plein de fringues de luxe. Et elle avait une silhouette que beaucoup de nanas lui enviaient. Quoi d'autre ? Elle avait trois amies proches, vraiment géniales. Beaucoup ne peuvent pas en dire autant. Mais à part ça ?

Rien.

Pas de rêves, pas de passions, pas de désirs particuliers, pas non plus d'obsession ou de passe-temps. Et pas de mec, pas de projets d'avenir. Elle voulait que ça change.

Elle se leva, ramassa ses affaires calmement et les mit dans son sac. Puis elle décrocha du portemanteau son magnifique manteau en pur poil de chameau à col de renard, empoigna son sac et sortit de son bureau en fermant à clef derrière elle.

Elle alla directement au bureau de sa secrétaire et lui annonça :

— Marisa, je rentre chez moi, je ne me sens pas très bien. Si je reçois un appel urgent, vraiment urgent, tu peux me joindre sur mon portable.

— Entendu.

— Merci, Marisa. Bon après-midi.

Quand Nerea sortit de l'immeuble, elle sentit une décharge d'adrénaline. Elle rentra chez elle en hâte et, à peine arrivée, alluma son ordi.

Elle passa l'après-midi à mettre son projet en forme. SON projet. Le lendemain, elle appela sa secrétaire pour lui annoncer qu'elle avait la grippe, et passa ensuite deux heures au téléphone avec sa banque. Le projet démarrait.

Nerea le glaçon, c'était fini. Elle irait pas à pas. Après s'être verni les ongles, elle se fit un masque, appliqua un baume nourrissant sur ses cheveux et choisit les vêtements qu'elle porterait le lendemain quand elle irait voir ses parents.

11

Le colloque

Quand j'arrivai à la fac, je fus prise d'une envie de vomir de tous les diables. Je n'y prêtai pas attention. Je savais que c'était juste l'angoisse de parler en public et que ça passerait avec un Coca. Il s'en fallut de peu que je sois en retard. J'avais passé un temps fou à farfouiller dans mon placard à chercher quoi me mettre et avais laissé mon lit enseveli sous toutes les fringues que j'avais essayées. Au bout du compte, j'avais juste enfilé un jean, un T-shirt des Ramones et un blazer noir. Les Ramones ! Je cherchais quoi, au juste ? M'attirer les faveurs du public avant même d'ouvrir la bouche ? J'aurais sans doute mieux fait de choisir un T-shirt avec Lady Gaga.

Je finis par trouver la salle où se tenait le colloque. Une foule se pressait devant la porte. Là, j'eus vraiment peur de me mettre à dégobiller tout ce que je savais. Mais une nana s'approcha de moi et me demanda si j'étais bien Valeria Férriz.

— Oui, c'est moi, répondis-je en tâchant de dissimuler mon haut-le-cœur par un sourire.

— Bonjour. Je m'appelle Susana, je suis l'assistante de madame San Fernando, l'organisatrice des journées.

— Bonjour. Enchantée.

Je lui tendis la main en m'obligeant à respirer profondément.

— Vous avez apporté du matériel pour votre intervention ?

— Pardon ?

J'étais à deux doigts de la crise d'hystérie.

— Une présentation PowerPoint, des diapos, quelque chose dans ce genre-là ? (Elle vit la panique qui se peignait sur mon visage et ajouta :) Ne vous inquiétez pas, c'est beaucoup mieux comme ça. Les présentations formelles sont toujours d'un ennui mortel.

— Désolée. Je suis très nerveuse, c'est la première fois que je…

— Ne vous inquiétez pas. Le colloque est juste la conclusion d'un séminaire qui donne des crédits de formation… Ce n'est peut-être pas clair pour vous ?

Elle me fit un clin d'œil.

— Si, si.

Je soupirai, soulagée.

— Si vous voulez, vu que ça commence dans un quart d'heure, vous pouvez aller dans la salle réservée aux conférenciers. Vous voulez un café ? Une bouteille d'eau ? Autre chose ?

— Pouvez-vous me dire où est le distributeur ? Je meurs d'envie d'un Coca.

Je souris.

— Oui, il y a des boissons juste à côté, dans l'entrée. Prenez votre temps, vous passez en deuxième. Vous pouvez vous relaxer.

Je la remerciai de son aide et entrai dans la salle. Je vis une table avec des rafraîchissements. Il y avait là un homme et une femme en pleine conversation, environ la trentaine. Quand ils me virent avaler mon Coca Zéro en trois gorgées, ils arrêtèrent de parler et se tournèrent vers moi. Je retins mon envie de roter et leur tendis la main.

— Bonjour, je suis Valeria Férriz.

— Enchantée, répondit la femme d'un ton sec. Marta Goicoechea.

Merde ! Goicoechea ! J'avais commencé un de ses bouquins mais il m'était tombé des mains. Pédant, lourdingue, insupportable. En la regardant, je me dis qu'elle était le type même de l'intello ringarde très contente d'elle.

L'homme avec lequel elle parlait, en revanche, avait un sourire aimable et fort séduisant. Nous échangeâmes une poignée de main. Sans comprendre ce qui m'arrivait, je sentis comme une décharge électrique me parcourir le corps. Je le regardai avec attention. Qui c'était, ce mec qui me faisait un tel effet ? Il se présenta, d'une voix grave et sensuelle.

— Enchanté, Valeria. Je suis Bruno Aguilar.

— Oh ! m'exclamai-je, émue, reprenant ma main avant qu'il ne s'aperçoive qu'elle était moite. J'ai lu votre dernier livre. Excellent. Super ! J'étais tellement absorbée par ma lecture que j'en ai oublié de descendre du bus et j'ai mis une heure et demie pour rentrer chez moi.

— Génial. Enfin, que le bouquin vous ait tellement plu, pas que vous ayez raté votre arrêt de bus !

Nous nous regardâmes en souriant. Tout à coup, je me sentis gênée et piquai un fard. Ce mec avait une façon de me mater…

— Au fait, qui intervient en premier ? demandai-je, histoire de masquer mon trouble.

— C'est moi, répondit la pédante. Et je pense qu'il faut y aller.

Elle avança vers la salle. Bruno me mit une main sur l'omoplate.

— Après vous, je vous en prie.

Je m'exécutai et suivis Marta sans me presser, en tentant de calmer ma respiration. Cette main dans mon dos me mettait dans tous mes états, mais pas là où elle était posée.

Nous nous assîmes sur les sièges qui avaient été disposés sur l'estrade et je tirai de mon sac les feuillets pleins de ratures où j'avais griffonné ma petite intervention. Bruno s'assit à ma gauche. À ma droite, l'organisatrice de la manifestation, Elena San Fernando. Nous échangeâmes les quelques mots de rigueur entre personnes bien élevées, puis eurent lieu les présentations formelles entre les intervenants.

C'est alors que je vis mes parents dans l'assistance. Père et mère. Qui me faisaient signe de la main. Je leur souris et baissai la tête, morte de honte. J'espérais seulement qu'ils n'allaient pas se mettre à prendre des photos.

Une fois les étudiants installés, le silence se fit et Elena San Fernando, qui semblait avoir avalé un manche à balai, démarra les festivités :

— Bonjour et bienvenue à tous. C'est la deuxième journée de notre colloque « Univers de la création ». Aujourd'hui, comme vous avez pu le voir sur le programme, nous allons aborder le thème des professions artistiques et créatrices de divers points de vue. Nous démarrons la matinée avec une table ronde sur le monde de l'édition, pour laquelle nous avons réuni

Marta Goicoechea, auteure de *Conversations à l'aube* et maître de conférences en philologie classique à l'Université de Grenade. Nous avons également Bruno Aguilar, auteur de science-fiction, lauréat de plusieurs prix littéraires, qui collabore à des revues telles que *Cinefilia* et *Imaginalia*, et anime également une émission sur Radio Oviedo. Enfin, nous accueillons Valeria Férriz, auteure de fiction, dont le roman *Ode* a remporté deux prix prestigieux. Elle a également signé *Dans les pas de Valeria*, une œuvre d'autofiction. Je donne maintenant la parole à Marta Goicoecha.

En guise de parole, nous eûmes droit à un flot torrentiel de vingt minutes pendant lesquelles Goicoecha ne parla que d'elle-même. Une véritable scène de masturbation publique. Cette logorrhée onaniste mit tout le monde au bord du coma. Pas tout le monde, à vrai dire : je remarquai trois visages enthousiastes dans l'assistance. Il en faut pour tous les goûts.

Assis à mes côtés, Bruno Aguilar était occupé à gribouiller. Quand, piquée par la curiosité, je jetai un œil sur le feuillet, je me rendis compte qu'il dessinait une foule de petites silhouettes en train de lapider un personnage qui ressemblait bigrement à Marta Goicoecha. De temps en temps, il me lançait un regard en coin en esquissant un sourire, comme pour vérifier que j'aimais bien ce qu'il dessinait. J'en oubliai presque le monologue insupportable de Goicoecha.

Elle finit par s'arrêter après nous avoir noyés dans le fatras psychologique de ses personnages, toujours torturés par leurs complexes et par une enfance difficile, évidemment. À mon tour. Si ce qui comptait, c'était la profondeur des personnages, j'étais mal barrée. C'était moi qu'on allait lapider sur-le-champ.

Alors que je m'apprêtais à entamer mon speech, Bruno me passa discrètement une note. Je lus : « Sois cool. Il y a un début à tout. Tu verras, avec le temps, on finit toujours par y prendre goût. J'adore ton nez. »

Je réprimai un éclat de rire et m'éclaircis la voix.

— Bonjour à tous – je souris et jetai un œil sur mes notes. Il n'y a pas très longtemps, six ans pour être précise, j'étais assise sur ces gradins où je vous vois aujourd'hui. Quelques matières marchaient bien, d'autres moins… mais j'ai toujours eu la vocation, j'ai toujours voulu écrire. Et je crois que j'ai toujours écrit. J'ai écrit des tas de choses qui ne valaient rien, je le sais, mais cela n'a pas été en vain. C'est toutes ces pages que j'ai jetées qui m'ont fait mûrir comme écrivain. Encore aujourd'hui, je ne suis pas sûre d'être écrivain. Mon admiration pour certains auteurs est telle que j'hésite à me ranger dans la même catégorie qu'eux – je survolai l'assistance du regard. *Ode*, mon premier livre, est le fruit d'un immense effort. À l'époque, je gérais le contenu d'un site web. C'était un travail à plein temps. Je passais mes nuits à écrire sur mon ordinateur. Mais pour moi, l'effort n'était pas là. Le problème, c'était le matin suivant, au travail. J'avais des phrases en tête, des fils narratifs que je craignais de perdre parce que je n'avais pas le loisir de m'asseoir pour les noter avant qu'ils s'évanouissent. Et puis j'ai pu quitter mon travail parce que mon livre s'est bien vendu, mais…

La porte de la salle s'ouvrit. Je regardai dans cette direction. Victor referma sans faire de bruit et me lança un regard d'une intensité telle que je sentis ma gorge se nouer. J'eus du mal à ne pas perdre le fil de mon discours. Comment diable était-il au courant ? Et surtout, pourquoi était-il venu ? Il avait oublié que nous avions rompu ? Ou que nous étions en pleine rupture ? Je ne savais plus. Il s'appuya contre le mur du fond. Il portait un costume gris foncé et une chemise bleu ciel.

Je regardai de nouveau mes notes, puis l'assistance compacte. Je pliai mes feuilles et décidai d'improviser. Quitte à se planter, autant le faire avec naturel.

— Bon, j'avais préparé une intervention mais, vous savez quoi ? Je pense que ce que je racontais ne vous intéresse pas. Autant aller directement à l'essentiel. Si vous voulez écrire, sachez qu'on va chercher à vous décourager. C'est ce que font les éditeurs tous les jours avec des milliers d'aspirants écrivains. Le manuscrit d'*Ode* a été refusé cinq fois, les lettres d'explications étaient toutes les mêmes, quasiment mot pour mot. J'étais vraiment sur le point de laisser tomber. Au fond, c'était plus commode de continuer comme avant : aller au boulot tous les jours, écrire pendant mon temps libre et prétendre que je ne demandais rien de plus à la vie. C'est le modèle qu'on nous impose depuis l'enfance, au point qu'on ne se rend même plus compte qu'on se contente de le suivre, comme tout le monde. Et si on veut sortir du lot, on doit faire partie des meilleurs, vouloir la première place. Le système est comme ça. Et moi j'en ai plein le dos – je jetai un œil en direction de Bruno, il me sourit. J'en ai assez qu'« être la meilleure » signifie, par exemple, être sélectionnée pour participer à une émission de téléréalité ou autres bouffonneries de ce genre.

Un rire parcourut la salle, ce qui me fit sourire à mon tour. Je continuai, les coudes appuyés sur la table.

— Quand nous faisons lire ce que nous avons écrit à nos amis, ils demandent toujours : « Pourquoi est-ce que tu ne l'envoies pas à un éditeur ? » « Pourquoi est-ce que tu gardes ça dans tes tiroirs ? » Ils le font avec la meilleure intention du monde, mais ils ne comprennent pas que ce qu'ils lisent, c'est nous. De la première à la dernière phrase. C'est notre vie. Et il est difficile de s'en séparer pour tenter sa chance. À la fac, j'ai eu un prof super, vraiment génial. De ceux dont on ne manquerait le cours pour rien au monde, même s'il y a un tournoi de poker à la cafète – une vague d'hilarité souleva l'assistance. Une fois, il nous a dit que la création, le processus même de la création, a toujours été lié au besoin qu'éprouvent les êtres humains de donner une forme à leur vie. Je notai cette remarque, et la soulignai. Mais c'est plus tard que je me rendis compte que cette phrase était faite pour moi. Je l'avais cueillie au vol parce qu'elle me concernait. Après l'examen, je jetai un dernier coup d'œil à mes notes de cours et je tombai de nouveau sur elle. Le soir, je sortis picoler avec des amis pour fêter la fin de l'année. Et le lendemain, à peine réveillée, je commençai l'écriture d'*Ode*, un roman dans lequel j'ai investi deux ans et demi de ma vie.

Je sais qu'écrire, c'est se mettre à nu. Je suis bien placée pour le savoir, parce que mon deuxième livre est une sorte de journal intime. *Dans les pas de Valeria* n'est rien d'autre qu'un miroir qui reflète tout ce qui m'est arrivé dans une période récente de ma vie, depuis le moment où je me suis rendu compte que j'étais à court d'idées jusqu'à la fin de mon mariage. Je m'étais mariée à vingt-deux ans. Ne commettez pas la même erreur ! Ce livre a été une expérience fondatrice. Non pas parce que ça m'amuse particulièrement que tout le monde puisse lire mes mésaventures, mais parce que l'écriture m'a permis de donner une forme à ce que je vivais. Je voulais écrire quelque chose de réel, de vrai.

Nous sommes tous des créateurs, à des degrés divers. Tout le monde est visité par les muses, que ce soit après avoir bu quelques verres ou écouté une chanson des Kings of Leon – je regardai Victor en disant cela. Il faut juste trouver sa place. Voilà, je crois que je n'ai rien à ajouter. Quelques conseils, peut-être. Vous connaissez le dicton : « Les opinions, c'est comme les culs, tout le monde en un a mais tout le monde pense que celui des autres pue. » Eh bien je pense que cela vaut également pour les conseils – l'assistance éclata de rire et je répondis par un sourire.

Conseil numéro un : s'il vous arrive d'être publié, n'arrêtez pas de travailler pour vous mettre à jouer les écrivains torturés. Ce n'est pas l'orgueil littéraire qui nous fait vivre. On a besoin d'argent, surtout si, comme moi, on a des goûts de luxe et on préfère les bonnes marques de gin, par exemple – l'expression stupéfaite de mes parents ne m'échappa pas. Conseil numéro deux : ne vous fiez jamais à ceux qui ne vous font que des compliments. Personne n'est parfait, ne l'oubliez pas. Conseil numéro trois : si un jour vous vous sentez tellement cool que vous décidez de publier de l'autofiction, prenez un pseudonyme. Ça permettra à votre mère de pouvoir continuer à vous regarder en face. Je vous remercie.

Le tonnerre d'applaudissements me plongea dans la béatitude, et je m'esclaffai avec naturel. Bruno applaudit lui aussi et me félicita, tandis que je regardais vers Victor, qui arborait un large sourire. Ce qui ne me facilitait pas les choses…

Elena San Fernando annonça une pause de dix minutes. Je me levai comme mue par un ressort. Bruno me donna une petite claque dans le dos et je lui répondis par un sourire. Je descendis de l'estrade, traversai l'assistance, fis un geste à mes parents pour leur indiquer de m'attendre dans la salle. Une nana m'arrêta et me demanda de lui dédicacer son exemplaire d'*Ode*. Nous échangeâmes quelques mots et je pus enfin rejoindre Victor, qui était resté appuyé au mur du fond à côté de la porte.

Je lui souris… Le premier sourire depuis pas mal de temps pour deux personnes qui avaient été ensemble. Quand j'arrivai près de lui, il tendit les bras, me serra contre lui avec affection et m'embrassa les tempes. Il aurait mieux fait d'éviter ça, parce que j'eus immédiatement envie de le serrer encore plus fort et de rester dans ses bras. Du coin de l'œil, je vis mes parents qui mataient la scène, mine de rien.

— Tu as été géniale.

— En fait, je suis morte de honte. Tu n'aurais pas dû venir.

J'éclatai de rire, mettant une distance entre nous.

— Ce qui devrait te faire honte, c'est que si ma sœur ne m'avait pas mis au courant, je n'aurais jamais su que tu donnais une conférence.

— Ce n'est pas une conférence, juste une intervention à un colloque.

Il ne répondit pas, se contentant de me regarder en me caressant les cheveux. Son sourire céda la place à une expression tourmentée.

— Tu es super belle, tu sais…

— Et puis quoi encore ! C'est toi, le beau gosse, répliquai-je en mettant la main sur le revers de sa veste – je remarquai qu'il rougissait. Tu restes pour les questions ?

— Non, je ne peux pas. J'ai réussi à m'échapper, mais je dois retourner au boulot.

— OK.

Nous restâmes sans rien dire, un peu gênés. Puis il détacha le regard de mon visage et lança :

— Je suis vraiment un con. Pas vrai ?

— Moi aussi, il m'arrive d'être complètement conne – voilà que maintenant je me mettais à l'excuser. Valeria, la conne, on peut le dire !

— Je peux t'embrasser ?

Je le regardai, étonnée, puis secouai la tête, la bouche en cœur.

— Mes parents sont là, je n'ai pas envie… pas besoin de te faire un dessin.

Victor survola la salle du regard et aperçut mes parents qui mataient discrètement dans notre direction. Ils se mirent immédiatement à regarder leurs chaussures comme si c'était le spectacle le plus fascinant au monde.

Nous échangeâmes un regard. Et si c'était un de ces baisers qui comptent dans une vie ? Oui, un de ces baisers qui changent tout, qui décident du cours des événements et débouchent sur de grandes décisions ?

Trop tard. J'avais dit « non ». Il semblait déçu.

— OK, c'est bon – il se passa la langue sur les lèvres. Eh bien, félicitations, encore une fois. Tu m'appelles ? Je crois que nous avons encore des choses à nous dire. La balle est dans ton camp. Je te la laisse quelques semaines.

Quelques semaines ? Voilà qui ressemblait fort à un ultimatum, vous ne trouvez pas ?

J'acquiesçai, nous nous étreignîmes brièvement et il s'en alla. Lorsqu'il fut parti, je me sentis paumée. J'allai rejoindre mes parents. Je les laissai me faire la fête et manifester leur joie. Ils avaient toujours cru en moi, bien entendu, mais ils avaient toujours pensé que c'était une erreur de lâcher mon boulot. En fait, ils n'avaient pas tort, comme l'attestait l'état de mon compte en banque, mais quand même, on aurait dit que ça commençait à marcher. Si José me trouvait des articles à écrire, ma vie en serait changée, elle ressemblerait davantage à une vie d'adulte avec ses routines et ses obligations. Et sinon... je devrais repartir de zéro, chercher un boulot, comme tout le monde. Et comme je l'avais déjà fait dans le passé.

Après les compliments, ma mère me demanda qui était cet homme que j'étais allée saluer.

— Un ami, répondis-je sans entrer dans les détails.

— Si c'est plus qu'un ami... insista-t-elle sur un ton qui se voulait compréhensif.

— Non. C'est juste un ami proche.

Changeant de sujet, ma mère me dit que j'aurais pu m'habiller un peu mieux pour l'occasion.

— Tu as l'air d'une... je ne sais pas. Tu ne pouvais pas mettre une robe?

La pause se terminait, je devais y retourner. J'embrassai mes parents et leur dis qu'ils pouvaient y aller. Ils auraient préféré rester, mais j'insistai : je n'allais plus prendre la parole, et il y avait très peu de chances qu'on me pose la moindre question. Ils finirent par partir en bougonnant un peu.

Je regagnai ma place. Les autres intervenants bavardaient avec des gens de la fac. Je m'assis et plongeai la main dans mon sac à la recherche de mon portable. Je voulais m'assurer que j'avais bien coupé la sonnerie. Il y avait un message de Carmen qui s'excusait de ne pouvoir venir, elle était coincée au boulot. Et un autre de Lola : elle savait qu'elle me laissait tomber, la vilaine, mais elle était à perpette. Pas un mot de Nerea. Depuis quelques jours, elle était franchement bizarre. Je me doutais qu'elle était en pleine recherche de soi.

Et ce baiser que j'avais refusé à Victor… allait-il me hanter ?

Quand je levai les yeux, Bruno était assis à côté de moi et me regardait avec un demi-sourire.

— Comment est-ce que je m'en suis tirée ? lui demandai-je en remettant le portable dans mon sac.

— Très bien. Tu es une conteuse de première. Tu as conquis le public.

Hum… nous étions déjà passés au tutoiement.

— Pas trop démago ?

— Juste ce qu'il faut.

Il sourit.

— Tu sais, je t'imaginais grassouillet, avec une queue de cheval et de grosses lunettes de myope.

Ses yeux sombres et vifs pétillèrent quand il éclata de rire.

— Eh bien tu vois, tu t'étais trompée.

— À vrai dire, ça ne te ferait pas de mal de prendre quelques kilos. Moi quand j'étais au lycée, on m'appelait « l'oiseau mouche ».

Je lançai un éclat de rire.

— Je parierais que ça avait quelque chose à voir avec ton nez !

— Je ne sais pas si je dois te féliciter pour ton intuition ou te balancer une baffe…

— Sérieusement. Tu as un nez absolument divin. Tu sais qui tu me rappelles ?

— Étonne-moi.

— Clara Alonso. Tu sais qui c'est ?

— Évidemment. Tu dis n'importe quoi.

— Si, si, je t'assure, il y a quelque chose… insista-t-il.

— Sûrement pas ! En plus, je dois peser vingt kilos de plus qu'elle.

— Les femmes finissent toujours par sortir un truc auquel les hommes ne savent pas quoi répondre. Parce que si je te dis que ça te va super bien, tu penseras que je te trouve grosse. Mais si je réponds que c'est complètement faux, tu croiras que je raconte des conneries. Alors je vais me contenter de répéter que oui, tu me rappelles vraiment Clara Alonso. Et pour les vingt kilos, tu exagères, tu le sais parfaitement.

Il me fit un clin d'œil.

— T'es un malin, toi.

— L'école de la vie. Et puis, les femmes, rien qu'à les regarder, elles racontent des histoires – il éclata d'un grand rire, laissant voir des dents très banches. Vous êtes un livre ouvert.

— Ah bon ?

— Tu veux que je te dise ce que j'ai lu en toi ?

— Vas-y.

Elena San Fernando s'éclaircit la voix et reprit la table ronde. Cette fois, c'était au tour de Bruno.

— Je te le dirai après, chuchota-t-il avec un sourire effronté… et sensuel.

Il s'installa plus commodément sur sa chaise et commença à parler, totalement cool. Il raconta quels auteurs il lisait, comment il s'était mis à écrire, comment il avait pris contact avec sa maison d'édition, les tonnes de critiques qu'il avait reçues pour son premier bouquin… Il était aussi relax qui s'il avait été en train de boire une bière avec ses potes, relevant de temps en temps ses cheveux qui lui tombaient sur les yeux.

Objectivement, il n'était pas franchement beau gosse. En le regardant de près, comme j'étais en train de le faire, on voyait qu'il avait des oreilles trop grandes pour son visage. Ses lèvres étaient très fines, et le nez un peu trop massif. Son visage était aussi maigre que son corps, avec des pommettes très peu marquées. Mais il avait quelque chose. Bruno Aguilar avait quelque chose qui, soyons clairs, me plaisait. Beaucoup.

Il finit bientôt de parler et la session questions-réponses commença. Comme je l'avais prévu, le public ne posa pas beaucoup de questions. Rares étaient les allumés qui avaient envie d'entrer dans la trame de *Conversations à l'aube*. Quelques lecteurs demandèrent à Bruno des détails sur son prochain livre et sur la rumeur qui courait selon laquelle il avait vendu les droits d'un de ses romans pour une adaptation télé sous forme de série. Pour ma part, j'eus droit à des questions d'Elena San Fernando, histoire de me faire participer. Je dus répondre à des questions un peu plus concrètes : comment j'avais contacté les éditeurs, les démarches à accomplir quand on décide d'envoyer son manuscrit… J'en profitai pour caresser mon éditeur dans le sens du poil, en parlant du grand travail qu'il accomplissait pour faire découvrir de jeunes auteurs, et en disant que je le considérais comme mon mécène.

À ce stade, on pouvait considérer que le colloque était terminé. De mon côté, je n'arrêtais pas de penser à Victor. Pourquoi avait-il fallu qu'il vienne ? Nous n'étions plus ensemble, et pour moi, il n'y avait plus rien entre nous. Depuis notre discussion houleuse, nous avions juste échangé deux textos. Nous n'avions pas reparlé de la situation ; ça se présentait plutôt mal. Quelque chose me disait que Victor allait rester fidèle à lui-même et s'enfuir à toutes jambes.

Je me levai, bavardai quelques instants avec les représentants de l'université et de la maison d'édition, et m'esquivai dès que je pus. L'autopromotion, je déteste ça, et en plus je ne suis pas douée pour. J'aurais pu échanger un regard complice avec Bruno, mais non. Plongée dans mes pensées, je filai vers la porte sans me retourner et sans faire attention à lui. Mais il était derrière moi et nous sortîmes en même temps.

À peine eut-il ouvert la porte qu'une horde de fans se jeta sur lui. Il n'eut d'autre choix que de dédicacer une bonne quantité d'exemplaires de ses œuvres. Je continuai vers la sortie et appelai un taxi. En l'attendant, je m'allumai une clope.

Marta Goicoecha sortit elle aussi et s'arrêta à côté de moi. Elle me lança un sourire tendu, puis se retourna vers la porte. Bruno arrivait, cherchant quelque chose dans ses poches. Il prit un paquet de clopes et s'en alluma une. Sexy, écrivain et fumeur ! Que demander de plus ! C'était l'homme idéal. Je déconne. Je savais bien que mon homme idéal, ce n'était pas lui mais un autre, celui auquel j'avais refusé un baiser.

La pédante s'approcha de Bruno et attira son attention en toussotant. Il la regarda, puis se tourna vers moi.

— Bruno, je voulais te dire que j'ai trouvé *Espagne cannibale* absolument brillant – il continuait de me regarder. Je pense que c'est une parfaite métaphore de la crise des valeurs que nous traversons actuellement et de la façon dont notre pays est monté dans le train de la modernité par le biais d'un consumérisme exacerbé…

Bruno aspira une grande taffe et, haussant les sourcils, reporta son regard sur Marta tout en soufflant la fumée.

— Tu fumais quoi, quand tu l'as lu ? Parce que franchement, tu devrais me donner le numéro de téléphone de ton dealer.

— Je me trompe? demanda-t-elle d'une voix à la limite de l'obséquiosité. Peut-être que j'ai une vision un peu simpliste, ou…

— *Espagne cannibale*, ça parle d'une bande d'ados blasés qui s'emmerdent et qui décident de faire tout ce qui leur passe par la tête. Le simpliste, c'est plutôt moi, en l'occurrence.

— Mais…

Il éclata de rire, lui flanqua une petite tape sur l'épaule et se tourna vers moi. Il demanda:

— Tu vas vers le centre?

— Oui, je viens de commander un tacot.

— Super, moi aussi. (Il se tourna vers Marta:) Marta, je te laisse mon taxi. Je vais avec Valeria.

Et il me sourit.

Là-dessus, mon taxi arriva. Je pense que Marta en resta bouche bée pendant quelques heures, et moi aussi d'ailleurs.

Je m'installai à l'arrière avec Bruno, un peu mal à l'aise. Lui, en revanche, très cool!

— À l'hôtel NH, s'il vous plaît. Attendez, je cherche les coordonnées.

— Nous allons faire un arrêt en route, indiquai-je au chauffeur, rue…

— Tenez, voici l'adresse de l'hôtel. (Il me coupa la parole en passant un bout de papier au chauffeur, et se tourna vers moi:) T'as entendu ce qu'elle m'a sorti? «Métaphore du consumérisme»!

Il se détendit sur le siège et éclata de rire. J'en fis autant.

— Tu as lu son bouquin?

J'étais curieuse de savoir.

— Il est sur ma table de nuit. J'avais prévu de le commencer la semaine prochaine, mais maintenant… je pense que je vais laisser tomber.

— Oui, ça vaut mieux.

Nous échangeâmes un regard en pouffant de rire.

— Qu'est-ce qu'on fait, là, dans le même taxi ?

J'étais d'humeur bravache.

— Je t'invite à boire un verre.

— Et si je n'ai pas envie ?

— Allez, sois gentille – il fit une moue de comédie. T'inquiète, je ne vais pas te violer… je pense.

Je levai les yeux au ciel et me tournai vers la vitre.

— Tout à l'heure, tu disais que rien qu'à me voir, tu peux lire une histoire.

— Un peu de patience. (Il se pencha vers le chauffeur et, après m'avoir lancé un sourire, annonça :) Nous n'allons faire qu'un seul arrêt, finalement.

12

Un seul arrêt

Je descendis du taxi sans trop savoir ce que je faisais. Prendre un verre dans un hôtel avec un mec que je venais à peine de rencontrer… Est-ce que j'étais en train de devenir comme Lola ? Non, pas du tout. Elle, elle serait montée directement dans sa chambre. Moi, au moins, je me limitais au bar de l'hôtel, avec plein de gens autour et toutes mes fringues sur le dos.

Et Victor ? Qu'est-ce qu'il était en train de faire en cet instant précis ?

Nous montâmes au bar du huitième étage, super classe, et Bruno fila directement au comptoir. Parfaitement à l'aise, il commanda un whisky. Sans Coca, sans jus d'orange, sans glaçons. Un whisky sec, à une heure de l'après-midi. Je me dis qu'il était vraiment ouf et que je devais me tirer sans demander mon reste. Mais j'avoue qu'il m'intriguait. Plus que ça. Il me branchait grave. Impossible de résister, même si mes pensées étaient toutes tournées vers Victor. Je commandai un gin-tonic, histoire de lui tenir compagnie. Écrivains et alcooliques ?

— Je vais te raconter une histoire, annonça-t-il en s'appuyant au comptoir. Il était une fois une nana qui s'appelait Valeria. Elle avait toujours été un peu… hippie, disons. Mais hippie bourge. En fait, une nana plutôt conventionnelle qui, souvent, ne se comprenait pas elle-même.

— Ah bon ?

— Oui. Elle épousa à vingt-deux ans un mec dont elle était super amoureuse, et, surtout, contre l'avis de ses parents. Et puis plus tard, des années plus tard, elle rencontra un autre homme et elle divorça. De toute façon, son couple ne marchait plus depuis longtemps.

Je haussai les sourcils. Ça devenait franchement bizarre.

— J'ai lu ton bouquin.

Ouf ! Voilà qui expliquait tout.

— Je n'aurais jamais cru qu'un mec comme toi pouvait lire mes livres.

— Je sais. C'est évident, surtout avec une couverture aussi féminine.

— Elle n'est pas féminine.

— Bien sûr que si. C'est un bouquin de meuf. Rien que le tenir entre les mains, ça fait bizarre, pour un mec. (Il me lança un sourire en coin et interpella le barman :) Mettez l'addition sur le compte de la chambre 215, s'il vous plaît.

Le serveur lui tendit la note et il la signa. Je le regardais faire. Il se dirigea vers la terrasse.

— Bon, je me conduis en gentleman, non ?

— Toi, t'as surtout vu trop de films.

— Quand t'es pas un mec canon, t'es bien obligé de faire impression d'une façon ou d'une autre. Quitte à faire le con. Surtout quand tu sais que ce qu'on remarque chez toi avant tout, c'est que t'es moche.

Je le regardai du coin de l'œil en boutonnant mon manteau.

— La fausse modestie, ça ne te va pas du tout !

— Ce n'est pas de la fausse modestie. Tu vois, le beau mec qui t'a prise dans ses bras avec fougue pendant la pause – il prit une clope, l'alluma et remonta le col de sa veste. Les mecs comme ça, ils ne se posent pas de questions. Toutes les meufs ont envie de se le faire. Moi aussi, je me le ferais bien. Avec ces abdos en tablette de chocolat.

J'éclatai de rire et allumai une autre clope pendant qu'il continuait.

— Pour moi, c'est beaucoup plus compliqué. Avant et après.

— Ça veut dire quoi, avant et après ?

— Imagine que nous soyons dans un bar, un soir. Il fait sombre, la musique joue plein pot et t'es un peu bourrée. Bref, tu es dans un état de légère hébétude, je peux donc en profiter pour passer à l'attaque. T'impressionner. Je ne suis pas *number one* sur ta liste, mais je commence à t'intéresser. Tu piges ?

— Oui.

— Ça, c'est l'avant. L'après suppose que j'ai réussi à te faire coucher avec moi, parce que cette nuit-là, les planètes sont alignées comme il faut. Et là, je dois me débrouiller assez bien pour que tu aies envie de recommencer.

Il haussa les sourcils plusieurs fois de suite.

— Je n'ai pas envie de comprendre ce que tu me racontes.

Bruno s'assit sur une banquette. Il tira une longue taffe et avala une grande gorgée de whisky.

— C'est juste que tu n'as pas envie de céder à mon charme.

— C'est sûrement ça. Mais alors, qu'est-ce que je fais ici à picoler avec toi à l'heure du déjeuner ?

— Je déteste boire seul – il sourit. Et tu es très agréable à regarder.

— Bof…

— Et puis, il y a quelque chose qui m'intrigue. Tu as écrit une deuxième partie ?

— Oui. L'éditeur est en train de la revoir.

— Et le mec qui t'a prise dans ses bras, c'est ton amoureux ?

— Je ne peux pas t'en dire plus, je ne veux pas spoiler le prochain bouquin.

— Peu importe.

— Non. Je veux que tu achètes le deuxième.

— Tu sais bien que je ne l'achèterai jamais de toute façon. Je le demanderai à ta maison d'édition, et ils me feront livrer un exemplaire. Inutile de faire ton intéressante, ajouta-t-il avant d'avaler une gorgée de whisky.

— Si je n'ai pas répondu à ta question, c'est parce que je ne sais pas.

— Ah bon, il y a des problèmes au paradis des mannequins ? Vous êtes tellement géniaux que chaque fois que vous baisez vous créez une supernova ?

Je haussai un sourcil.

— Il faut que je te présente mon amie Lola. Vous êtes faits l'un pour l'autre.

— Lola ? Non merci, une autre fois. Là, c'est toi qui m'intéresses.

— Comme sujet d'étude ?

— Peut-être. En tout cas, je ne serai jamais assez con pour me mettre avec une meuf dans ton genre.

— Et c'est quoi, mon genre ?

Ce petit jeu me plaisait trop !

— Le genre à mettre les hommes à ses pieds.

J'avalai une grande gorgée de gin-tonic. Mon estomac gargouilla, je mourais de faim. J'espérai que j'avais été seule à entendre.

— Si tu étais née il y a deux mille ans, tu aurais pu faire tomber un empire.

Je vidai mon verre et le reposai sur la table, puis tirai une dernière taffe avant d'écraser ma clope dans le cendrier.

— Beaucoup trop pour moi, merci.

Et c'était vrai. Bruno, avec son manteau marbré au col relevé, ses mèches noires ébouriffées par le vent d'hiver et ses yeux noirs si profonds, c'était trop pour moi. Un verre de plus à jeun et j'aurais continué de l'écouter me baratiner. Et, cela ne faisait aucun doute, ça se serait terminé par une clope partagée sur le lit de sa chambre d'hôtel. Je n'en avais pas envie. Je l'aurais fait par dépit.

— Ne t'en va pas, je n'aime pas boire seul, implora-t-il quand il me vit mettre mon sac à l'épaule.

— Ce n'est pas ton jour de chance, il faut que je file.

— OK – il eut l'air dépité. Mais promets-moi que quand je reviendrai et que je lancerai un caillou à ta fenêtre, tu voudras bien venir jouer avec moi.

— Je ne promets rien du tout. Tu es comme le chapelier fou d'*Alice au pays des merveilles.* J'ai peur de tomber dans le terrier du lapin.

Son expression changea du tout au tout et il parut soudain parfaitement raisonnable. Il finit sa clope, l'écrasa dans le cendrier et, avec un sourire tranquille, secoua la tête.

— Tu sais, au fond, je suis un type tout à fait normal. Mais maintenant, je suis sûr que tu te souviendras de moi.

— Peut-être.

— Alors ciao, Clara Alonso.

Il sourit.

— Merci pour le verre.

— Je t'appelle bientôt.

— Tu n'as pas mon numéro.

— Non ?

— Non.

— Waouh…

Un rien vexé, il fit la moue.

Je ne lui donnai pas et il ne me le demanda pas non plus. Sur ce, je me dirigeai vers l'ascenseur d'une démarche légèrement ondoyante, un large sourire aux lèvres.

Une fois dans la rue, j'entendis mon portable vibrer dans mon sac. Je le pris tout en hélant un taxi.

— Allô ?

— Je reviens à Madrid la semaine prochaine. Je t'appelle.

C'était Bruno.

— Mais comment… ?

J'éclatai de rire.

— Je sais me démerder. Ça vaut bien un dîner, non ?

13

Quoi de neuf ?

Carmen mit des créoles en argent et se regarda dans la glace. Elle se contorsionna pour voir comment son jean lui moulait les fesses. Une grosse main vint se plaquer sur son cul et commença à le peloter.

— Barto !

— Quand tu mets ce jean, faut dire…

Il la prit par la taille et la porta jusqu'au lit.

— Arrête, j'ai un rencard dans une demi-heure, protesta-t-elle.

— Tu peux bien arriver un peu en retard, non ?

Carmen tenta de se dégager mais après quelques baisers dans le cou, elle décida d'arrêter les simagrées. Elle en avait envie autant que lui. Elle défit la cravate, la chemise et la ceinture de Barto tandis que celui-ci la déshabillait. Encore à demi vêtus, ils se jetèrent sur le lit.

— Mets une capote.

— Mais, Carmen-chou…

— Si je suis en cloque le jour du mariage, ta mère va oir une attaque, et du coup, moi aussi ! Deux attaques r le prix d'une !

Barto se retourna et retira la culotte de Carmen.

— Tu n'as pas envie de faire un môme avec moi ?

— Non.

— Et pourquoi ?

— Pourquoi faire un môme ?

Elle se débattit en riant, laissant Barto rouler sur elle, quasiment nu.

— Tu sais quoi ? Tu as peut-être raison.

Ils éclatèrent de rire tous les deux et Barto prit un préservatif dans le tiroir de la table de nuit, qu'il s'empressa de mettre consciencieusement. Puis il s'étendit sur Carmen et la pénétra avec fougue, lui arrachant un gémissement aigu.

— Tu sais, moi non plus je n'ai pas envie d'avoir des mômes maintenant, articula-t-il entre deux halètements.

— Tant mieux.

— Mais avec toi, j'aimerais bien.

Carmen sourit. Elle se retourna et se mit sur lui dans un rapide mouvement des hanches qui arracha à Barto un gémissement de plaisir.

Lola et Ray se disaient au revoir en bas de chez elle. Elle avait rendez-vous avec nous dans vingt minutes, mais si Ray ne se bougeait pas, elle allait être en retard ! Et puis surtout, elle commençait à en avoir carrément marre de son vœu de chasteté et de jouer les gentilles filles. Ça faisait une semaine qu'elle rêvait de se le taper dans toutes les positions qu'elle connaissait, et elle en connaissait un paquet. Mais lui ne passait toujours pas à la vitesse supérieure.

Lola se dit que, sait-on jamais, il cherchait seulement une pote et n'avait aucunement l'intention de baiser avec elle. Ou que son radar interne était en panne, et qu'en réalité, il n'était pas attiré par elle. À cet instant, elle sentit les doigts gelés de Ray jouer avec les siens.

— On sort ensemble ce week-end ?

— Où ça ?

— Surprise.

Lola sourit.

— Ça marche. Je n'ai pas d'autre plan.

— Dit comme ça, tu me brises le cœur !

Il éclata de rire.

— Fais gaffe, parce que c'est généralement ce que je fais.

— T'inquiète, je suis un grand garçon.

Ray pencha légèrement la tête et Lola, attendant le baiser, ferma les yeux. Puis les rouvrit, ne sentant pas les lèvres de Ray sur les siennes. Son visage était tout proche, elle sentait son souffle lui chatouiller la peau.

— Qu'est-ce que tu attends ?

— Je veux t'entendre me le demander.

Lola l'agrippa par les revers de sa veste, l'attira contre elle et murmura :

— Embrasse-moi, bordel !

Leurs bouches se collèrent enfin l'une à l'autre dans un de ces baisers profonds et chargés de toutes sortes de désir – et surtout, bien évidemment, celui de remonter avec lui et de se désaper sur-le-champ. Mais ce fut bref. Ray s'écarta, lui lança un sourire et se contenta de dire :

— Je t'appelle pendant la semaine pour qu'on se mette d'accord.

— Ça roule.

Il s'éloigna, mais Lola eut envie d'avoir le dernier mot. Elle sortit la première chose qui lui passa par la tête :

— J'espère que je vais te manquer.

Il fit volte-face et lui lança un grand sourire.

— Tu en doutes ?

Nerea arriva la première à notre resto, comme on pouvait s'y attendre. Elle portait une splendide robe noire que je trouvais géniale. Elle aussi, vu qu'elle la mettait souvent. Longueur au-dessus du genou, manches larges fermées par des poignets blancs et col Claudine, blanc également. Elle était coiffée comme d'habitude, cheveux lisses aux pointes ondulées, maintenus en place, pour qu'ils ne lui tombent pas dans les yeux, par une barrette noire et blanche. Manteau noir cintré, escarpins bouts ronds à bride et talons vertigineux. Elle était sublime.

J'arrivai la deuxième. Je n'avais jamais tellement aimé me pomponner, mais depuis la fin de ma période « guenon », quand j'étais encore mariée à Adrian, je m'obligeais toujours à soigner mon apparence pour ne pas retomber dans mes mauvaises habitudes. Sous un manteau Desigual à imprimé patchwork, je portais une robe bleu électrique qui arrivait au genou et avait une épaule tombante. Pour parfaire le look, un catogan assez sophistiqué avec la raie sur le côté et des bottes à talon.

Nerea et moi nous fîmes la bise. Constatant que nous avions toutes les deux le nez gelé, nous décidâmes que la meilleure chose à faire était de commander un verre de vin en attendant les autres.

Carmen arriva cinq minutes plus tard, au moment où le barman nous servait nos verres. Jean cigarette délavé qui lui allait comme un gant et lui faisait des jambes interminables, manteau marron. Quand elle retira son manteau, nous découvrîmes son splendide chemisier : largement décolleté, crème à motifs marron, qu'elle portait avec un collier multi-rangs d'or bruni. Elle avait l'air aux anges, légèrement décoiffée et les joues roses.

— Un verre de vin pour moi aussi, merci, commanda-t-elle au serveur – puis elle s'assit et nous gratifia d'un large sourire. Ces samedis me font revivre.

— Peut-être parce que tu arrives déjà pleine de vie, commenta Nerea en montrant sa chevelure ébouriffée.

— Accès de passion de dernière minute…

Elle se recoiffa vaguement de la main.

Nerea et moi sourîmes comme deux idiotes. Le serveur apporta quatre verres, comme s'il avait deviné que Lola allait arriver… et justement, celle-ci venait d'entrer et nous rejoignait. Jean moulant noir, pull noir à col cheminée et blouson de cuir. Et chaussures noires également, dont les talons imitaient des tubes de rouge à lèvres. Lola, il faut toujours qu'elle ajoute une touche d'excentricité. Et pour compléter le tout, des yeux charbonneux et une bouche écarlate. Notre Lola de toujours !

— Vous avez commencé sans m'attendre ? nous apostropha-t-elle, interloquée.

— Juste histoire de se réchauffer, lui expliquai-je en guise d'excuse.

— Pour se réchauffer, on commande un cognac ou on s'envoie en l'air avec le serveur. (Le jeune mec qui était en train de remplir nos verres se tourna vers elle en souriant ; elle lui rendit son sourire et précisa :) À ta place, je ne me ferais pas d'illusion, mon chou.

Après avoir commandé nos plats, les mêmes que d'habitude à peu de choses près, nous nous regardâmes en attendant que l'une d'entre nous commence à raconter les dernières nouvelles. Carmen haussa les sourcils et se tourna vers moi.

— Alors, la conférence ?

— Quelle conférence ? demanda Nerea d'un ton suraigu.

— Cette semaine, j'ai participé à un colloque à la fac, où aucune de vous n'a daigné apparaître !

— Je n'étais pas au courant ! protesta-t-elle.

— Je vous ai envoyé un mail à toutes les trois. Je te l'ai envoyé à ton adresse de boulot, Nerea.

— Oui, mais… je me suis absentée quelques jours cette semaine, et quand je suis revenue, j'avais une foule de mails en retard, je suis passée à côté du tien. Je suis vraiment désolée.

— Tu t'es absentée du boulot ? Tu étais malade ?

— Je vais tout vous raconter, mais d'abord le colloque.

— Ça s'est super bien passé. Mes parents sont venus. Aux moins, eux, je peux compter sur leur affection – je leur lançai un regard noir et Lola se tassa légèrement sur sa chaise. Et Victor s'est pointé.

— Victor ? reprirent-elles à l'unisson.

— Absolument ! Je ne sais pas ce qu'il avait en tête, en tous cas il est venu. Il n'est pas resté jusqu'au bout, il s'est barré à la fin de la pause, après mon intervention.

— Vous avez parlé ?

— Pas beaucoup.

— Qu'est-ce que tu vas faire ?

— Je n'en sais rien. En principe, je dois l'appeler. Il m'a dit qu'il y avait des choses dont on devait parler, et qu'il me donnait quelques semaines. J'ai trouvé que ça ressemblait à un ultimatum, très peu pour moi ! Mais, bon…

Je me mordis la lèvre inférieure. Lola leva le sourcil gauche.

— Tu caches quelque chose ?

— Non.

Je me mordis la lèvre de nouveau.

— Tu caches quelque chose !

— Mais non, c'est rien… c'est juste qu'au colloque… il y avait un mec…

— Raconte, raconte ! s'exclama Carmen, toujours à l'affût de détails croustillants.

— C'est un autre auteur de ma maison d'édition. C'est lui qui écrit ces bouquins super *gore*… J'en ai prêté un à l'une d'entre vous…

— Bruno Aguilar ? C'est à moi que tu l'as prêté, mais je n'ai pas pu le terminer, intervint Carmen. Impossible de lire ça avant de dormir, trop violent. Ça me fait faire des cauchemars.

— Et lui ? Il est plutôt du genre à provoquer des cauchemars ou des rêves érotiques ?

Question de Lola, inutile de préciser.

— Ni l'un ni l'autre. Il n'est pas canon, au sens beau mec. Mais très séduisant à sa façon. Il a un gros nez. Quant à ses oreilles, je n'ai toujours pas décidé si elles sont trop petites ou trop grandes, en tout cas elles ne collent pas trop bien avec son visage – en le décrivant, je plissai les yeux pour mieux le visualiser. C'est peut-être les cheveux… il a une belle tignasse noire. Il est maigre, plutôt grand, et…

— Et qu'est-ce qu'il s'est passé avec lui ?

— Nous avons commencé à bavarder, puis une chose en entraînant une autre, j'ai atterri à son hôtel…

— Pour baiser ! hurla Lola.

Tous les autres convives tournèrent la tête dans notre direction.

— Non ! Et baisse la voix s'il te plaît ! Pour boire un verre. Il m'a offert un gin-tonic, nous avons bavardé, il a l'air plutôt décalé. Il m'a dit qu'il le faisait exprès pour qu'on se souvienne de lui, et que je lui fais penser à Clara Alonso. N'importe quoi…

Je tripotai ma serviette, gênée.

— Dis donc, c'est un compliment d'enfer. Elle est super belle, Clara Alonso, commenta Nerea.

Carmen cligna des yeux et ajouta :

— C'est vrai, il y a un air…

— Toi, tu devrais arrêter de te défoncer. Toujours est-il qu'à un certain point, et après quelques autres compliments tous plus grandiloquents les uns que les autres, j'ai décidé de me casser. Il m'a dit qu'il allait me téléphoner, je lui ai répondu qu'il n'avait pas mon numéro. Et puis je me suis barrée, *adios amigo* !

— Il ne t'a pas demandé ton numéro ?

— Non, non, attends ! Juste au moment où j'allais monter dans un taxi, mon téléphone a sonné, et c'était lui ! Il veut m'inviter à dîner la semaine prochaine.

Elles en restèrent bouche bée.

On nous apporta nos plats.

— Et t'as accepté ?

Lola faisait des yeux ronds.

— Oui. Enfin, en principe. Il ne sait pas exactement quand il revient, ça dépend de ses engagements professionnels. Si ça se trouve, ça va se terminer en eau de boudin.

Lola fit la moue. Je me tournai vers elle.

— C'est quoi le problème ? Vas-y, crache le morceau.

— Rien… mais… et Victor ?

— Exactement. C'est ça le problème – je haussai les épaules. Victor ? Il s'amuse à laisser la balle dans mon camp, en espérant que je vais prendre les choses en main et lui poser la question fatidique, du genre : « Alors, mec, on décide quoi ? » Et le pire, c'est que je pense qu'il attend cette question pour tourner les talons.

— Tu crois ? (Lola était sceptique.) Je sais qu'il en est parfaitement capable… il l'a souvent fait, mais… il te kiffe pour de bon.

Ce commentaire ne me rassura pas, bien au contraire. Ce que je comprenais, c'est que j'allais avoir droit exactement au même traitement que les autres, parce que pour Victor, j'étais juste un plan parmi tant d'autres.

— Je me sens abandonnée, avouai-je à voix basse. Je n'ai pas envie. Je n'ai pas envie de continuer à trimbaler cette histoire pour qu'ensuite elle se termine super mal.

— Attends, laisse-moi lui parler, proposa Lola.

— Non, surtout pas. Nous devons régler le problème entre nous. C'est seulement une question de temps.

La bouche divine de Lola prit une expression de dégoût.

— Quels enfoirés, ces mecs ! murmura-t-elle en prenant quelques tranches du carpaccio que le serveur venait de poser sur notre table.

Nous restâmes quelques instants sans rien dire.

— Il est d'où ? demanda Nerea en me regardant.

— Qui ça ?

Je ne voyais pas de qui elle voulait parler.

— Ce mec, là, l'écrivain…

— Ah, Bruno Aguilar ! Des Asturies. Il a un délicieux petit accent régional.

— Ça ne fait pas un peu loin juste pour venir dîner ? remarqua-t-elle en portant son verre à ses lèvres.

— Il profitera probablement de son prochain déplacement à Madrid. Il ne va pas venir exprès. Je ne ressemble pas à ce point à Clara Alonso…

Nous éclatâmes de rire toutes les quatre. J'avalai une gorgée de vin et repris :

— En fait, il n'est pas canon, mais il dégage un truc hyper sensuel. Et je n'étais pas en chasse, vraiment pas du tout… Je n'ai aucune intention de me le faire. Les plans bizarres, non merci. Je n'ai pas envie de passer sous la couette avec le premier venu, qui en plus me sort que j'ai une tronche à faire se prosterner les mecs à mes pieds.

— Waouh l'autre ! Fais gaffe, il va te parler latin, si ça continue.

— Ou d'autres langues…

Lola mettait son grain de sel.

— Au fait, Lola, à propos de langues, tu as eu l'occasion de mesurer celle de Ray ? demandai-je d'un ton goguenard en remuant ma salade.

— Je viens tout juste d'y goûter, ma cocotte.

— Ah oui ?

Nous posâmes nos couverts, attendant les détails.

— Oui, mais juste une petite pelle en bas de chez moi. Je commence à croire que ce gamin n'a aucune envie de s'envoyer en l'air avec moi.

Nous levâmes toutes les yeux au ciel.

— Vous êtes en train de faire connaissance, tout simplement, comme n'importe quel couple normalement constitué ! commenta Carmen.

— Mais enfin, il a vingt-quatre ans ! C'est quand même bizarre que… OK, c'est bon, je ne vais pas me prendre la tête avec ça.

— Tu ne vas quand même pas nous dire que tu voudrais avoir une histoire un peu adulte avec ce mec, non ?

Je lui posai la question, au bord du fou rire.

— Bien sûr que non ! Pour ça, je ferais mieux de me trouver un trentenaire intéressant disposé à me payer tous mes caprices, pas un gamin de vingt ans fauché comme les blés avec lequel je peux juste prendre un peu de bon temps. Faut voir, sans déconner, j'ai vraiment la poisse !

— Et si c'était l'amour ?

— L'amour, et puis quoi encore ? lâcha-t-elle exaspérée tout en coupant sa tartine de pain complet garnie de poulet, dattes et oignons caramélisés. J'ai juste envie de me le taper, merde !

— Au fait, Nerea, et toi ? Tu étais souffrante ? demanda Carmen.

— Non, ce n'est pas ça. C'est que… (Nerea reposa sa fourchette et se détourna de sa salade grecque.) Je quitte mon boulot.

Là, nous lâchâmes nos couverts en chœur.

— Comment ?

— Si c'est à cause de ce que je t'ai dit la semaine dernière, je plaisantais, lança Lola d'un air embarrassé. Je ne crois évidemment pas que tu vas finir par avoir un gros cul si tu restes toute la journée devant ton ordi. Né, c'était juste une vanne.

— Mais non, idiote. (Elle se passa les doigts dans les cheveux et reprit :) Non, c'est que j'en ai marre. Mon boulot ne me plaît pas, et je n'ai aucune raison de faire quelque chose qui ne me plaît pas uniquement parce que c'est plus commode. Tu te rappelles ?

— Oui, ma cocotte. Mais avec la conjoncture économique… tu es sûre que c'est une bonne idée ?

— J'ai déjà pris ma décision, répliqua-t-elle d'un ton ferme.

— Mais… quand ?

— Je n'ai encore rien dit à la boîte. Je dois régler deux ou trois trucs avant.

— Oui, et d'abord t'assurer que ta mère survivra au choc. Prépare-toi à la conduire aux urgences.

— Ma mère est au courant, et si ça ne lui plaît pas, c'est le même prix !

Là, nous restâmes toutes baba.

— Et tu envisages quoi ?

— Je vais monter une petite boîte d'événementiel. Surtout des mariages et des fêtes d'anniversaire, pour gens friqués. Pas besoin de gros investissements et le marché est très porteur. Le problème c'est que le loyer qu'on me demande pour le bureau coûte les yeux de la tête. J'essaie de limiter les frais parce que, comme tu dis, la conjoncture n'est pas terrible et les banques prêtent difficilement. Je vais commencer par prendre un congé pour convenance personnelle, j'ai droit à deux ans. En plus, j'ai contacté un service de soutien à la création d'entreprise. Comme je suis une femme de moins de trente ans, je devrais recevoir pas mal d'aides. J'espère être prête à démarrer l'activité en avril, et j'ai déjà plusieurs projets – elle fouilla dans sa géniale pochette *clutch* Jimmy Choo. Tenez, prenez ma carte, faites-moi de la pub.

Là, elle nous bluffait grave, Nerea ! Il nous fallut un moment pour sortir de notre stupeur. Puis nous applaudîmes avec enthousiasme et d'autres tables en firent bientôt autant. Nerea se leva, fit une révérence, et se rassit. Puis elle vida son verre d'un trait.

Incroyable, la meuf !

14

Une tasse de thé, avec un nuage de lait

Quand j'avais donné rendez-vous à Victor dans ce salon de thé très cosy, je n'avais évidemment pas pensé qu'avec sa taille, il allait ressembler à un géant dans une maison de poupée. N'empêche qu'il était là, assis en face de moi, se remuant inconfortablement sur sa chaise et s'efforçant de ne pas renverser la petite table avec ses jambes immenses. Pourtant, la tasse de porcelaine entre ses mains n'avait pas l'air d'un jouet. Peu importe où il se trouvait, il dégageait toujours une aura de virilité absolue. Et même là, dans ce cadre qui ressemblait à une bonbonnière, je ne réussissais pas à oublier son corps nu sur le mien et toutes les sensations qu'il savait me procurer. Au-delà du souvenir du plaisir que j'avais éprouvé avec lui, sa simple présence suffisait à me mettre dans tous mes états.

J'étais toujours amoureuse de lui, et ça compliquait sérieusement les choses.

Assise les jambes croisées, j'essayais de me concentrer sur la raison qui nous réunissait ce jour-là. Rien d'amusant, bien au contraire : il fallait négocier un traité de paix, voire une reddition pure et simple. Et ça se présentait mal. Nos relations s'étaient tellement refroidies que même l'idée de se quitter en bons termes pouvait sembler absurde. À moi comme à lui. Et encore plus pour lui que pour moi, du moins c'est ce que je craignais.

Victor avala son café d'un trait et en commanda un autre, un peu plus allongé et dans une grande tasse. Puis il se tourna vers moi et me fit comprendre d'un geste qu'il allait parler.

Je versai du sucre dans mon thé et remuai avec ma cuiller. Il prenait son temps, cherchant les mots justes. Quand il allait enfin ouvrir la bouche, l'aimable serveuse, avec son tablier blanc froufroutant, apporta le café de Victor dans une tasse décorée de petites fleurs dorées. Il lança vers moi un regard éloquent. Son expression m'arracha un bref éclat de rire auquel il répondit par un sourire. Mais dès que la serveuse s'éloigna, la tension revint. Victor, se passant nerveusement la main sur sa barbe de trois jours, commença à parler.

— Il est clair que tu as choisi cet endroit pour me punir.

— J'adore ce salon de thé. Ils font un *Red Velvet Cake* absolument divin.

— Pourquoi n'en as-tu pas commandé une part ?

— Mon estomac n'est pas d'humeur festive.

— Certes…

Nous hochâmes la tête tous les deux comme des imbéciles.

— Qui commence ? demandai-je en espérant qu'il lancerait la balle.

— À mon avis, il vaut mieux que ce soit toi, répondit-il.

Je respirai à fond. OK, on y va.

— Je pense que tu es d'accord avec moi. Entre nous, si tant est qu'il y ait un « nous », ça ne va pas aussi bien que ça devrait.

— Je suis d'accord.

— Et qu'est-ce que tu en penses ?

— Bon – il soupira profondément. C'est compliqué. On doit faire quelque chose, mais je ne suis pas sûr qu'on arrivera à repartir sur de bonnes bases.

— Il y a un remède à tout.

— Tu crois vraiment ?

Il me fixa de ses yeux verts. J'en eus l'estomac tout retourné. Il baissa les yeux vers ses mains et continua :

— Tu étais mariée, et pour moi c'était problématique ; disons que c'était plutôt un mauvais départ. Nous ne nous sommes pas donné le temps de digérer cette situation quand tu es rentrée de vacances. Tu dois comprendre qu'on ne peut pas passer de zéro à cent en un clin d'œil dans ce genre de situation. Sans compter que moi, je suis plutôt habitué à donner zéro. (J'allais répliquer mais il poursuivit :) Et en plus, on ne peut pas dire que tu as bien défini les limites de ta relation avec Adrian. Et puis toutes ces scènes auxquelles je ne suis pas habitué – il se passa les mains sur le visage et les laissa quelques instants sur ses yeux. Mais je ne me débrouille pas mieux que toi. Je me dis que je vais faire les choses bien, mais apparemment je n'y arrive jamais. Et comme ça, la situation ne fait qu'empirer. Tu penses qu'il y a un remède à ça ? Moi, j'aurais tendance à croire que le problème, c'est nous.

— Je ne sais pas quoi te répondre.

Il se pinça le bout du nez puis reposa ses mains sur la table.

— Tu sais, sur ce plan-là, je n'ai pas beaucoup d'expérience. Mais j'ai comme l'impression que notre relation n'est pas normale. Nous manquons d'intelligence affective, mon ange.

Il remua sur sa chaise et me regarda. Il semblait décidé à agir d'une façon qui n'allait pas nous être franchement agréable, ni à lui ni à moi. Il reprit :

— Nous devons trouver une solution.

— Qu'est-ce que tu proposes ?

Il y eut un silence. Victor se mordit nerveusement la lèvre supérieure avant de répondre :

— Tu sais très bien ce que je propose.

— Mais je veux t'entendre le dire.

Je lui parlai sans colère, sans mélancolie, plutôt envahie par une sensation de vide.

Il fit claquer sa langue. Si je veux être franche, je dirais qu'il ne semblait pas moins flippé que moi. Un grand soupir, puis un petit reproche.

— Tu ne me facilites pas les choses…

— Je veux que tu le dises.

J'insistai.

— Tu penses probablement que j'en suis incapable et que je suis en train d'essayer de manipuler la situation pour ne pas avoir l'air trop nul, mais je t'assure que ce n'est pas ça du tout.

— Allez, dis-le une bonne fois pour toutes, merde !

Cette fois, je ne réussis pas à éviter une bonne dose d'amertume dans ma voix.

— Bon, je veux qu'on arrête là. Maintenant, avant que ça dégénère trop – il fit une pause. Je ne suis pas prêt à te donner ce que tu veux. Et je n'ai pas le droit de te demander d'y renoncer.

— Je ne t'ai jamais rien demandé.

Ma voix tremblait. Je mis mes mains autour de la tasse de thé.

— Non, mais… – il aspira et leva les yeux vers le plafond. Toi et moi, on ne s'entend pas. Mieux vaut arrêter maintenant.

— OK – j'écarquillai les yeux pour m'aider à retenir mes larmes. Si c'est ce que tu veux, alors autant le faire bien.

Cette réponse nous catapulta immédiatement sur le palier de chez lui, le jour où j'étais allée lui rendre les clefs qu'il m'avait offertes. Cette fois-là, c'était lui qui avait dit les mots que je venais de prononcer. Quasiment mot pour mot. J'étais certaine qu'il se le rappelait en cet instant précis. Son expression s'adoucit, comme si sa cuirasse se fissurait malgré lui.

— Mon ange, murmura-t-il… J'en ai assez de te décevoir. Nous méritons mieux que ça. (Il aspira à fond et expira lentement avant d'ajouter :) Tu es ce qu'il m'est arrivé de mieux dans la vie.

— Ça a l'air génial, rétorquai-je avec une condescendance un rien sadique.

— Je suis désolé de ne pas avoir été à la hauteur. Sincèrement. Désolé à un point… tu n'as pas idée.

— OK.

Je ne voulais pas qu'il me voie pleurer, et lui non plus ne voulait pas de ce spectacle. Il prit un billet, le jeta sur la table et se leva. Il n'avait pas touché à son deuxième café.

En passant devant moi, il se pencha pour m'embrasser sur le front. Il me chuchota :

— Je t'aime. Je te jure que c'est vrai, mon ange. Mais je t'aime trop.

Ouais. Il m'aimait, c'était clair. Et donc, il me larguait parce qu'il m'aimait trop ?

Je me souvins du baiser que je lui avais refusé le jour du colloque. J'avais tout de suite compris que tôt ou tard je me repentirais de ce refus. Il n'y avait pas eu de baiser. Notre dernier baiser, je l'avais raté.

Lorsque j'entendis la porte du salon de thé se refermer, je posai ma tasse sur la table, me mis le visage dans les mains et fondis en larmes.

Voilà où nous en étions arrivés, Victor et moi. Ni plus ni moins.

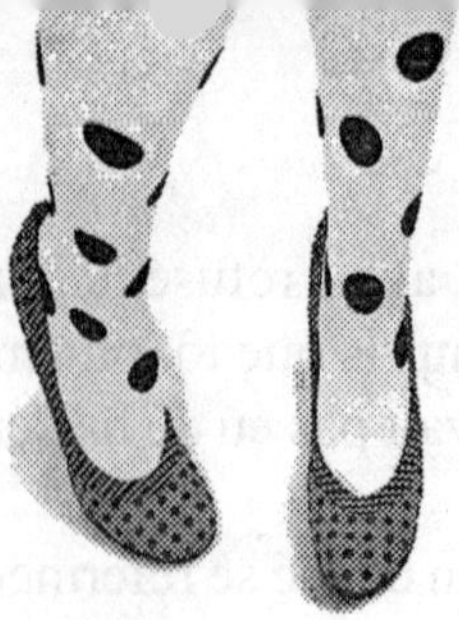

15

Un dîner avec un mec, j'ai le droit ?

José me téléphona pendant la semaine pour me dire que je n'avais pas de chance avec mon article : la revue à laquelle je l'avais envoyé traversait une grave crise, se vendait mal, et une vague de licenciements économiques était en cours. Le moment était mal choisi pour engager de nouveaux collaborateurs !

Il ne me manquait plus que ça ! La déveine totale ! Vu comme j'étais barrée, un piano allait sûrement me tomber sur la tête la prochaine fois que je sortirais dans la rue.

Mais comme une petite lueur au fond du tunnel, José me demanda d'écrire un papier un peu plus long pour le proposer à un mensuel, que j'adorais en plus. Je savais qu'il n'avait aucune obligation de se démener pour moi, mais je crois que je lui faisais de la peine. J'aurais eu tort de lui en vouloir. Moi aussi je me faisais de la peine, une peine immense. Je ne voulais pas qu'il se mette en quatre pour moi, et j'espérais avant tout ne pas le décevoir.

Je passai les trois jours suivants à travailler à mon article, à écrire, réécrire, corriger. Bon, à pleurer aussi de temps en temps, je l'avoue. Chaque fois que je pensais à Victor, c'est notre rupture que je voyais. Mais de loin, comme si je l'avais observée d'une table voisine. Et je me sentais encore plus triste pour moi-même.

Pauvre Valeria, avec tous les espoirs qu'elle avait placés dans cette histoire. Pauvre Valeria, tellement amoureuse de ce mec… Pauvre Valeria, qui foire toutes ses relations…

Mais il fallait que je me reprenne, la vie continuait, mes meilleures années étaient devant moi. Et puis, j'étais soulagée de savoir enfin à quoi m'en tenir avec Victor. Ça, au moins, ça avait du bon. Pour le reste, c'était la merde totale. L'histoire avec Victor était finie et bien finie. Point barre.

Comme si les astres en avaient décidé, un beau jour, un coup de téléphone me fit revenir à la vie.

J'étais en train de boire une grande tasse de café noir sans sucre assise au comptoir de ma cuisine. J'étais encore en pyjama et avais relevé mes cheveux en une espèce de chignon, totalement informe mais commode. J'étais sur le point d'aller me coiffer lorsque la sonnerie du téléphone fixe retentit.

Je pris le combiné sans fil, persuadée que c'était ma mère qui voulait savoir ce que j'avais envie de manger pour le réveillon de Noël. J'étais déjà en train d'imaginer une réponse super mélodramatique, mais j'entendis une voix d'homme qui me sembla familière et que je reconnus après quelques instants. C'était Bruno Aguilar. Je souris et tâchai d'oublier le frisson qui me chatouillait agréablement.

— Bonjour, mademoiselle Férriz.

— Bonjour, monsieur Aguilar. Comment t'es-tu débrouillé pour te procurer le numéro de téléphone de chez moi ?

— Tu connais un magicien qui révèle ses secrets, toi ?

Je l'imaginai disant cela avec un sourire provocant aux lèvres.

J'étais troublée. Je battis des paupières en tentant de me calmer et répondis :

— Non, t'as raison. Alors, quoi de neuf ? Ça boume ?

— Plutôt. Débordé. Je suis en train de terminer un roman. C'est le stade, tu sais, où je ne réussis à rien faire d'autre, ça me bouffe complètement.

Victor me revint subitement à l'esprit et je fronçai les sourcils. Pour Bruno, ma question était parfaitement normale. Juste une expression d'intérêt amical. Victor, lui, aurait lancé ce petit rire qui n'appartenait qu'à lui… Je me rappelai le premier café que nous avions pris ensemble, juste avant qu'on commence… à se rapprocher. Je lui avais juste demandé, dans sa bagnole, comment ça allait, et il avait éclaté de rire…

— Valeria !

Bruno me ramena au présent.

— Oui oui, je t'écoute.

Victor, sors de moi, fous-moi la paix ! Je dus respirer un grand coup pour réussir à me concentrer sur la conversation.

— Encore des cannibales ?

— Non, mais je ne veux rien divulgâcher. Disons que c'est un peu moins *gore*. En tout cas, il n'y a pas de personnage qui en dévore un autre. J'espère que tu n'es pas déçue…

— Sûrement pas !

— Je te l'envoie dès qu'il sera terminé. En fait, tu apparais dans les derniers chapitres.

— Ah bon ? j'en étais tout excitée. Je suis certaine que tu vas me faire mourir.

— Hé oui, je crains bien. Mais en attendant, t'es hyper intéressante. Ta dernière apparition, surtout.

— Dis-moi que ce n'est pas ce que je crois !

Il me fit rire.

— Tu verras bien. Mais c'est pour autre chose que je t'appelle. J'ai reporté mon voyage à cause des fêtes de fin d'année, je ne pars que la semaine d'après. On pourrait peut-être dîner ensemble le 27, qu'est-ce que tu en dis ?

— Attends, ce 27 ?

— Oui, le 27 décembre.

J'allai à mon ordi et ouvris mon calendrier sur Outlook. Je n'avais rien de prévu pour le 27. Ni pour les autres jours, d'ailleurs. La tristesse absolue…

— En principe, pas de problème – je faisais mon intéressante. Mais c'est quoi, le plan ? Un dîner entre auteurs avec une compétition des ego, ou un dîner entre…

— Entre deux adultes qui se connaissent un peu, autour d'un verre de vin. Tu veux bien trouver le resto qui convient ?

Sa réponse me plut. Légère, sans donner trop d'importance à l'événement, mais avec une touche… d'intérêt érotique, peut-être ?

— C'est un rencard ou quoi ? demandai-je en plaisantant. (Je précisai :) Histoire de bien choisir le resto.

— Si ça se trouve, je veux juste te piquer des idées pour mon prochain roman. Je pourrai enfin exprimer mon côté féminin.

— T'es trop con !

Je m'esclaffai.

— Je suis ravi que tu t'en sois aperçue si vite, comme ça tu ne risqueras pas d'être déçue.

— Qu'est-ce que tu aimes, comme cuisine ?

— Je mange de tout. J'ai un bon coup de fourchette.

— Parfait. Alors prends un stylo, je te donne l'adresse – je fourrageai dans le premier tiroir de mon bureau à la recherche du porte-carte où je rangeais les adresses de restaurant. Je te propose un thaï.

Nous décidâmes de nous retrouver pour dix heures le 27 et raccrochâmes après un « ciao ». Immédiatement, comme s'il y avait urgence, je réservai une table pour deux dans mon resto thaï préféré. J'y avais d'ailleurs dîné avec Victor quelque temps auparavant. Et aussi, un an plus tôt, avec Adrian. Et là, en y repensant, je me sentis mal. Hyper mal. Il fallait que je consulte un oracle sans tarder. Parce qu'à force de foncer tête baissée, je risquais de me planter une fois de plus…

— Lola, il m'a appelée. Il vient de me téléphoner.

Pas même un « salut » ou un « ça va ? », mais il en fallait plus pour l'étonner.

— Qui ça ?

— Bruno.

— Je ne sais pas s'il me plaît. Bruno, c'est un nom d'after-shave nul.

— Tu confonds avec Brummell for men ! rétorquai-je, irritée.

— Comme tu voudras. Et alors, pourquoi il a appelé ?

— Il m'invite à dîner la semaine prochaine. Tu crois que je dois y aller ?

— Et pourquoi tu n'irais pas ?

— Je viens de rompre avec Victor. Je ne devrais même pas être tentée.

— Merde, Valeria ! T'as dit non ?

— Non seulement j'ai dit oui, mais en plus j'ai réservé la table.

Tout à coup, j'eus honte et me cachai le visage dans les mains.

— Alors, qu'est-ce que tu veux de plus ?

— Et Victor ?

Je me mordillai les ongles. Lola et Victor avaient été *sex friends* pendant un bail, et en plus ils s'estimaient beaucoup mutuellement. Je craignais de faire quelque chose qui m'aurait mis Lola à dos. Peut-être qu'elle trouvait que je me remettais trop vite de la rupture ? Parce que c'était précisément ce qui était en train de m'arriver, non ? J'allais trop vite ? Lola fit entendre un gros soupir et je compris que ce n'était pas ça qui la chiffonnait.

— Victor ? Tu déconnes ou quoi ? Tu es en train de me dire que t'as juste envie de rester là à flipper comme une malade, t'enfoncer dans ta tristesse et cultiver ton envie de mourir ?

— Non, mais…

— Je peux te dire ce que je pense ?

— OK. De toute façon tu n'as pas ta langue dans ta poche.

— On me demande rarement de tenir ma langue dans ma poche… (Elle s'esclaffa et reprit :) Victor t'a larguée. Il t'a plantée parce que c'est un merdeux de chez merdeux. Mais tu peux être sûre qu'il le sait. Il en a parfaitement conscience. Et en plus, avant de se tirer, cerise sur le gâteau : il te dit qu'il t'aime trop ! Je ne veux pas remuer le couteau dans la plaie, Val, mais Victor se sent comme une merde, et le pire, c'est qu'il l'a cherché. Toi, non. Tu ne l'as pas largué parce que t'es pas à la hauteur. Fais-toi ce plaisir. Va dîner avec ce mec. Si c'est un con, sors dîner avec un autre. C'est la vie. C'est comme ça que tout le monde fait. Baise, ma belle, la vie est courte.

— Je t'appelle au mauvais moment, on dirait…

— Un peu, pour être franche. J'étais en train de m'épiler, j'ai encore une bande de cire sur la foufoune. T'as remarqué ?

— Oui. Vas-y mollo en arrachant la cire.

Lola raccrocha aussi sec, comme d'hab.

— Allô ?

— Ciao Carmen ! Joyeux Noël ! lançai-je d'un ton affectueux.

— Oh, t'es adorable. Joyeux Noël, Val. Tu es la première à me le souhaiter.

— Je viens de me rappeler que tu pars chez tes parents, et que pour avoir du réseau, tu dois monter sur une colline ou je ne sais quoi…

— T'inquiète, c'est un bled à la con !

— Écoute, je voudrais te demander un truc, dans la série « je ne pense qu'à moi »…

— Vas-y mon chou.

— Brummell m'a appelée. Oups… je veux dire Bruno.

— Bruno ? Bruno Aguilar ? Le Bruno Aguilar du bouquin *gore* ?

Elle était tout excitée.

— Oui.

— Il t'a demandé « Voulez-vous sortir avec moi ? » comme dans une comédie romantique américaine ?

— Arrête de faire la conne – j'éclatai de rire. Enfin oui, il m'a invitée à dîner. J'ai déjà réservé la table.

— Quand ?

— La semaine prochaine.

— Super ! Je suis trop contente.

— Mais… Tu penses que c'est OK que j'aille dîner avec lui juste après Victor ?

— Tu parles de Victor comme s'il était mort.

— J'avoue qu'il m'est arrivé de souhaiter qu'il passe sous un bus…

— Valeria, c'est normal que tu sois de bonne humeur et que ce dîner te tente. Tu viens de passer plusieurs mois à flipper avec Victor. L'important, c'est que t'aies envie de sortir dîner avec ce mec. Vas-y, amuse-toi un peu. Et si c'est un mauvais plan…

— Je ne pense même pas que ce soit un plan. C'est plus… un rituel de séduction, comme un paon qui fait la roue, tu vois ?

En le disant, j'eus un peu honte.

— La danse nuptiale du paon, elle se termine par un accouplement, je te signale, avec plein de plumes qui volent partout.

— Je ne pense pas que ça finisse comme ça en ce qui me concerne. Ni accouplement ni plumes.

— Val, si t'as envie de dîner avec ce mec, vas-y. Si tu veux que ça s'arrête là, c'est OK. Et si t'as envie que ça aille plus loin, pourquoi pas ? Pas de problème. Et si c'était l'homme de ta vie ?

— Mais non. Bien sûr que non, répondis-je en jouant avec mes clefs qui étaient posées sur mon bureau. L'homme de ma vie, ce n'est pas lui. C'était…

— Bon sang, tu te prends trop la tête ! Tu t'en rends compte au moins ? Victor, Victor, Victor…

— Ouais.

Je me passai la main dans les cheveux.

— Éclate-toi. Donne-toi une chance, Val. Et joyeux Noël, mon chou.

Elle me le dit avec tant d'affection que je me sentis déjà rassérénée.

— Au fait, le père Noël m'a laissé quelque chose pour toi.

— Quelle coïncidence ! Il m'a aussi laissé un cadeau pour toi ! J'étais justement en train de l'emballer.

Après avoir raccroché, je me laissai emporter par mes pensées, plutôt des divagations sans queue ni tête. Je repensai une fois de plus à ce fameux baiser. « Je peux t'embrasser ? », m'avait demandé Victor en regardant mes lèvres.

J'avais refusé parce que mes parents nous regardaient. Si j'avais dit « oui », peut-être que ça aurait tout changé. Je ne serais pas là à me demander si j'avais raison d'accepter l'invitation d'un autre mec pour m'aider à surmonter la rupture. Je serais au pieu avec Victor, nous serions en train de parler, de nous embrasser…

J'avais raté notre dernier baiser… et peut-être beaucoup plus.

16

La moto n'est pas faite pour l'hiver

Lola se peigna avant d'enfiler son pull à col roulé, déclenchant dans ses cheveux une tempête d'électricité statique qui l'obligea à se repeigner. Il faisait un temps de chien. C'était un de ces samedis gris et froids où la seule chose à faire, c'est rester chez soi peinarde, et regarder un film catastrophe en dégustant un chocolat chaud. Mais Ray avait insisté lourdement, et on était l'avant-veille de Noël.

— Allez, Lola, remue-toi. J'ai un plan d'enfer pour le week-end. Je ne t'en dis pas plus.

— Pourquoi faut-il que ça tombe sur moi? avait-elle pleurniché en regardant par la fenêtre après avoir accepté.

C'était assez évident : ils étaient super bien ensemble. On aurait dit de vieux potes, ce qui n'empêchait pas l'attirance mutuelle, bien au contraire. Dès qu'ils se frôlaient, ça faisait des étincelles, disons, pour rester au-dessus de la ceinture. Lola, elle, le décrivait comme « le type de pote avec lequel t'as qu'une envie : t'envoyer en l'air et qu'il te baise jusqu'à ce qu'il te casse en deux ». Voilà comment elle cause, notre Lola.

Elle commençait cependant à perdre patience. Elle se demandait si elle avait bien capté les signaux. Peut-être, après tout, que Ray était gay, un pote homo qui lui roulait une pelle de temps en temps… Bizarre.

Elle regarda la pendule. Elle était en retard. Elle descendit les escaliers quatre à quatre avec son sac à dos dans lequel elle avait mis les deux ou trois trucs qu'il lui avait dit d'emporter. Arrivée au premier, elle tomba sur Ray qui montait. Il était en jean et blouson de cuir, et avait l'air frigorifié, le nez rougi par le froid. Dès qu'il la vit, il s'entortilla une grosse écharpe de laine autour du cou et enfila ses gants.

— Prête pour la grande aventure ?

— L'aventure, tu l'as dit. Si on s'en sort vivants, ce sera un exploit !

— Arrête de pleurnicher.

Une fois dans la rue, Ray enfourcha une moto garée devant la porte.

— Qu'est-ce que tu fous ? Descends avant que le proprio de cet engin te défonce la gueule à mort.

— Le proprio en question m'a flanqué pas mal de baffes, mais jamais à mort. Allez, monte. C'est la moto de mon frère.

Lola éclata de rire.

— T'es ouf ou quoi ? Il neige quasi !

— Allez, monte avant que ça empire. On a encore le temps d'arriver.

Lola grimpa sur la moto sans trop se poser de questions. Depuis quand, d'ailleurs, Lola réfléchissait-elle à ce genre de truc ?

Après trois bons quarts d'heure de route, ils s'arrêtèrent devant une petite maison. En pleine campagne. Presque en montagne, en fait. C'était une espèce de chalet de bois préfabriqué, mais qui avait l'air très accueillant, d'autant que les premiers flocons de neige commençaient à voleter autour d'eux.

Et si Lola tremblait, Ray semblait quasiment pris de convulsions. C'était lui qui s'était tapé de plein fouet le vent glacial qui traversait la peau comme des aiguilles. Lola nous raconta l'aventure en termes nettement plus crus : « Ray était tellement gelé que ça m'a inquiétée. Je me suis dit que si je lui faisais une petite branlette, sa bite allait se casser en deux et me rester dans les mains comme une flûte de cristal. » Nerea avait failli se lever et quitter la table. Lola, poète urbaine.

Toujours est-il que quand ils entrèrent dans la maisonnette, ils posèrent illico leurs affaires par terre, s'enveloppèrent dans des couvertures et se dépêchèrent d'entasser du petit bois dans la cheminée pour faire une belle flambée. Lola pensait que c'était dangereux, avec les murs en bois, mais la douce chaleur qui envahit bientôt la pièce émoussa toutes ses appréhensions.

Ray, après avoir retrouvé un teint vif et recommencé à bouger les doigts, qui étaient restés figés comme s'il tenait encore le guidon, partit vers la cuisine. Lola resta affalée sur le canapé à contempler le feu dans la cheminée.

Quand elle était petite, sa mère lui disait que si elle passait trop de temps à contempler le feu avant d'aller se coucher, elle ferait pipi au lit. Depuis toujours, elle était attirée par le lent ballet des flammes sur les bûches, et leurs couleurs ardentes restaient longtemps imprimées sur sa rétine. Elle se sentait zen, pas comme quand elle se faisait masser par Miss Shanghai (comme elle appelait son esthéticienne qui, en réalité, était originaire de Palencia), mais plutôt comme… En fait, elle ne se souvenait même plus quand elle s'était sentie aussi relax. C'est pour ça qu'elle aimait bien être avec Ray.

Elle l'entendit s'approcher elle et se tourna dans sa direction, un sourire béat aux lèvres. Il tenait deux verres de vin rouge. Il lui en tendit un et s'assit à côté d'elle sur le canapé.

— Question cuisine, je ne suis pas top. J'ai juste mis deux pizzas au four.

Il sourit.

— C'est parfait.

Elle ne put s'empêcher de poser le dos contre son épaule ; il lui caressa les cheveux. Elle but une gorgée et se laissa envahir par une grande paix intérieure.

— Un peu de musique ? demanda-t-il.

— Non. C'est trop bien comme ça.

La main de Ray glissa vers son cou et commença à le masser, très cool.

— Tu sais, j'ai du mal à toucher les gens. Je n'aime pas envahir leur espace vital, parce que je n'aime pas qu'on empiète sur le mien. Mais avec toi…

Lola sourit. Le monde extérieur pouvait bien être englouti dans un trou noir.

— Ça valait bien la peine de se les geler un peu…

— Oui. Ça valait vraiment la peine.

Ray l'embrassa brièvement sur les cheveux et alla tirer les pizzas du four. Ils dînèrent en silence, assis sur le tapis devant la cheminée, et ils descendirent la bouteille. Un peu somnolents après le troisième verre, ils s'allongèrent à demi sur la laine épaisse et douce. Face à face, ils bavardèrent tranquillement pendant une petite heure. Puis ils se prirent la main et restèrent ainsi, sans rien dire, regardant ailleurs comme si cela les gênait d'avoir les doigts entrelacés.

Vers minuit, ils reprirent vie. Emmitouflés dans une seule couverture, ils sortirent sous le porche, où il y avait une balancelle de bois. Ray s'assit dans la balancelle et installa Lola sur ses genoux. La neige n'avait pas tenu mais il faisait un froid de loup.

— Brrrr, la nuit est glaciale.

— C'est parce que les nuages sont partis. Il ne va pas neiger cette nuit. Tu vois? Il y a plein d'étoiles.

Ils restèrent sans rien dire. Lola se sentait un peu paumée : auparavant, toute cette douceur l'aurait révulsée, mais là, elle adorait, elle se sentait réconfortée. Quelque chose attira bientôt son attention.

Elle était assise sur les genoux de Ray, le dos collé contre son torse. Le mouvement de la balancelle faisait onduler ses hanches et elle sentit bientôt que le corps de Ray réagissait avec un enthousiasme certain. Impossible de se méprendre, c'était bien une érection. Elle sourit en continuant de regarder devant elle et s'appuya sur la pointe des pieds, qui étaient protégés par d'épaisses chaussettes, pour accentuer légèrement le balancement. Leurs corps se frottaient l'un à l'autre. Ray glissa une main sous la couverture et la posa sur le ventre de Lola. Elle attendait qu'elle descende plus bas et se faufile dans son jean, mais rien! Le balancement cessa. Ray l'avait bloqué du pied. Elle sentait son souffle juste derrière son oreille, dans ses cheveux. Il murmura :

— Lola... je m'arrête pendant que je peux encore.

— Pourquoi? demanda-t-elle à voix basse d'un ton un peu espiègle.

— Parce que je ne veux pas qu'entre nous ce soit seulement une question de cul. Je tiens à toi. Et je ne suis pas comme Sergio.

Lola se sentit conne. Et rejetée. Elle se leva, laissant la couverture retomber sur Ray. Elle n'aurait jamais dû lui parler de Sergio. Qu'est-ce qu'elle faisait là ? Et qu'est-ce qu'elle en avait à foutre, de ce mec ?

Ray se leva à son tour et, après lui avoir mis la couverture autour des épaules, la tourna vers lui. Il vit sa bouche pincée, ce qui, chez Lola, signifiait qu'elle était fâchée grave, et ne put réprimer un large sourire.

— Tu sais quoi ? T'es une enfant gâtée. Il faut toujours faire ce que tu veux toi !

Sans lui donner le temps de répliquer, il l'embrassa, mais presque par jeu, comme un gosse qui s'amuse. Il colla sa bouche à celle de Lola puis la détacha lentement.

Ray avait beau vouloir qu'entre eux ce ne soit pas qu'une histoire de cul, Lola c'est Lola. Elle laissa la couverture glisser de ses épaules et rentra. Il la suivit.

Ils échangèrent un long baiser. Ray fit basculer Lola sur le tapis. Pour elle, le plaisir devait être cueilli sans attendre, et jamais elle ne s'était retenue aussi longtemps. Elle était sur le point d'exploser.

Il commença à la déshabiller tout en se désapant lui-même. Lola faillit éclater de rire quand elle le vit tout emberlificoté entre des manches de chemise et des jambes de pantalon. Mais elle comprit qu'il était juste hyper nerveux.

— Cool.

— Je suis cool, dit-il en inspirant profondément entre ses dents serrées.

Lola sourit.

— Non, t'es pas cool, t'es stressé. Mais c'est pas grave.

Elle le débarrassa de la jambe de son jean qui s'était entortillée autour de son bras et le fit tomber à la renverse sur le tapis. Elle monta à califourchon sur lui. Ray ferma les yeux.

— T'es chaud ?

— Trop ! répondit-il sans ouvrir les yeux, les sourcils froncés.

— T'inquiète.

Lola savait très bien s'y prendre.

Elle retira son soutien-gorge et le lança sur le canapé. Tout en remuant sur lui, elle lui retira ses dernières fringues. Elle constata qu'il avait quand même réussi à enlever ses chaussettes. Un bon point pour Ray !

— Hum…

— Qu'est-ce qu'il y a ? demanda-t-il avec une certaine appréhension dans la voix.

— Pas mal du tout…

Lola, au plumard, elle est comme ça. On se demande si c'est elle qui regarde trop de films porno ou si c'est le porno qui s'inspire d'elle.

Elle se releva agilement et baissa sa culotte jusqu'aux genoux. Ray la regardait, la bouche entrouverte… Lola adorait susciter ce genre de sensation.

— Qu'est-ce que tu as envie de faire ? demanda-t-elle, satisfaite de le sentir à sa merci.

— Tout…

Lola ne put retenir un éclat de rire. Où était passé le mec plein de self-control qui l'avait arrêtée sous le porche ? Où avaient fini les explications rationnelles du genre « pas une simple histoire de cul, et blablabla » ?

Probablement dans les chaussettes grises qui gisaient dans un coin.

Elle se pencha sur lui, saisit son sexe tendu et commença à le caresser sans hâte. Ray gémit.

— Dis-moi si ça t'excite trop. Tu dis mon nom, et j'arrête…

Il ne répondit pas, et Lola passa lentement sa langue sur la pointe du sexe.

— Lola… articula Ray.

— Houlà !

Elle se releva et l'embrassa. Ray haletait.

— Cette copine avec laquelle t'as rompu il y a quelques mois, c'était la première ?

Lola parlait d'une voix calme, elle ne voulait pas le vexer.

— Oui.

— Dis-toi que je suis comme elle, lui chuchota-t-elle à l'oreille avant de lui mordiller le lobe.

— T'es pas comme elle, non…

En entendant ça, Lola ronronna de joie. Ce mec était vraiment trop chou ! S'il fallait se passer de préliminaires, qu'il en soit ainsi.

Elle tendit la main vers son sac et prit un préservatif. Elle ouvrit le sachet avec les dents, tira l'objet et le plaça sur la pointe du sexe érigé de Ray. Lentement, elle le déroula. Ray avait les mâchoires serrées. Sans plus réfléchir, Lola monta sur Ray et fit entrer son membre en elle. Une vague de plaisir l'envahit. Il commença à remuer sous elle.

— J'y vais doucement, murmura-t-elle tandis qu'elle se soulevait et se laissait lentement retomber sur lui. Tu me préviens.

Ray hocha la tête et suivit le mouvement de Lola. Il souleva les hanches pour la pénétrer avec plus de force.

Allait-il réussir à résister, ou tout allait-il être terminé en quelques assauts ?

Apparemment, il résistait.

Un, deux, trois, quatre… ses coups de reins se faisaient de plus en plus énergiques. Il prenait le rythme. Lola rejeta la tête en arrière et se laissa aller à son plaisir.

— Je ne veux pas que tu penses que je suis maladroit… marmonna-t-il entre deux halètements.

— Là, tu vois, je te trouve trop mignon – Lola aussi haletait. Mec, ta queue me va comme un gant.

Elle lui sourit.

Ils éclatèrent de rire tous les deux et elle lui demanda s'il voulait changer de position. Pour toute réponse, il la fit basculer sur le dos. D'un seul mouvement, il se mit sur elle et la pénétra avec fougue.

Cela ne dura pas très longtemps, mais assez pour qu'un orgasme dévastateur saisisse Lola. Elle hurla sans retenue. En l'entendant, Ray se tendit et explosa à son tour dans un long gémissement de plaisir. Lola venait de jouir comme une folle. Leur petit jeu, avec elle qui dominait la situation, du genre « laisse-moi faire, je vais te montrer », l'avait excitée à mort. Rien qu'à y repenser, elle avait envie de remettre ça.

Ray s'appuya sur un bras et retomba sur le tapis à côté d'elle. Tous les deux restèrent silencieux pendant un bon moment. Puis Lola se cala sur le torse de Ray et le regarda.

— T'as aimé ? demanda-t-il timidement.

Il reprit son souffle et retira le préservatif.

— Et comment ! J'ai adoré. Et j'ai envie qu'on recommence.

Ray eut un sourire de triomphe. Mais peu à peu son visage s'assombrit.

— Qu'est-ce que tu as ? demanda-t-elle.

Son changement d'expression l'inquiétait.

— Bon, Lola, il faut que je te dise un truc.

Lola réfléchit un court instant. Elle s'était comportée en femme responsable, ils avaient eu un rapport protégé. Sur ce plan, elle était irréprochable.

— Vas-y, crache le morceau.

Elle prit la couverture, se couvrit les seins et se redressa pour le regarder. Elle n'était pas vraiment inquiète. Il s'assit à côté d'elle.

— Allez – elle sourit. Je ne vais pas te bouffer.

— Lola… j'ai quelques années de moins que ce que je t'ai dit.

Elle haussa les sourcils. Quoi ?

— Combien d'années de moins ?

Elle se rendit compte qu'elle avait pris un ton plus sérieux qu'elle n'aurait voulu.

— Quelques-unes.

— Oui, mais combien ?

Elle espéra qu'au moins, il était majeur.

— Combien je t'ai dit ?

— Vingt-quatre.

— En fait, je n'ai pas tout à fait vingt ans.

Et merde !

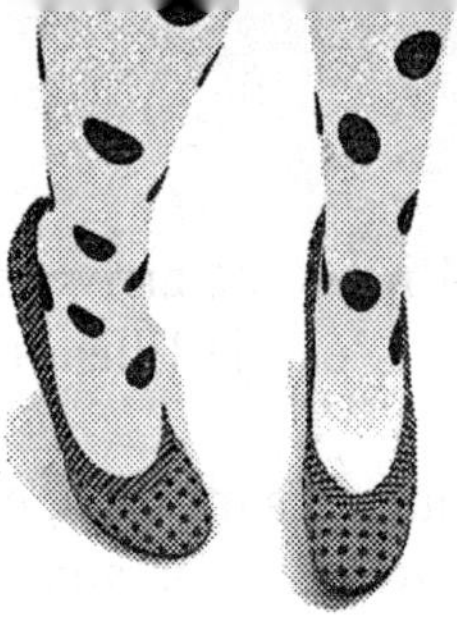

17

Le dîner

Quand j'étais mariée avec Adrian, j'adorais Noël. C'était génial. Ma mère nous chouchoutait, mon père, de joyeuse humeur, gratifiait Adrian de maintes claques dans le dos, et je pouvais passer du temps avec ma sœur.

Mais maintenant, rien ne me semblait plus génial. Même les cadeaux de ma mère, qui s'obstinait à m'offrir des trucs en crochet que je finissais par aller changer à la boutique ou vendre sur eBay. Et cette année, pour couronner le tout, ma chère maman s'était mis en tête de savoir qui était l'homme qu'elle avait vu avec moi le jour du colloque.

— C'était Victor, maman, finis-je par avouer quand nous étions à table.

Je coupai ma viande, l'estomac noué.

— Et qui c'est, ce Victor ?

— Hum… je… nous sommes sortis ensemble il y a quelque temps.

Ma mère reposa ses couverts sur la nappe, bien décidée à en faire un drame.

— C'est ton copain ?

— Je n'ai pas dit ça. Juste qu'il nous est arrivé de sortir ensemble. Au resto, au ciné… C'est de l'histoire ancienne.

J'avalai ma bile en même temps que mes mensonges. Un dîner, un ciné, douze baises sauvages sur son lit quand j'étais encore mariée, un mec qui m'avait fait imaginer qu'il était l'amour de ma vie… entre autres.

— Comment l'as-tu rencontré ?

— Par Lola.

Là, c'est mon père qui reposa ses couverts. Il eut besoin de boire une grande gorgée d'eau. Quant à ma mère, elle voulut répliquer mais aucun mot ne sortit de sa bouche. J'en profitai pour reprendre la situation en main.

— Ça n'a rien à voir avec elle. Eux deux, c'est le jour et la nuit, précisai-je sans trop savoir si c'était un mensonge ou pas.

— Mais, Valeria… grommela mon père, depuis quand le connais-tu ? Ça ne fait même pas quatre mois que tu es séparée !

— Désolée, ça fait plus de six mois !

Ma mère allait m'interrompre pour mettre son grain de sel mais je ne lui en laissai pas le temps. Je continuai sur ma lancée.

— Adrian est parti en juin avec armes et bagages. Crois-moi, je ne risque pas d'oublier.

— Et donc ? mon père suivait son idée.

— Et donc quoi ?

— Depuis quand est-ce que tu le connais ?

Je regardai ma sœur en douce. Elle secoua la tête discrètement.

— Bon, disons depuis un certain temps, je ne sais plus exactement. Je ne m'intéressais pas aux autres hommes quand j'étais mariée.

Rebeca réprima son envie de pouffer et se mit à jouer avec Mar, qui éclata de rire à sa place. Au moins quelqu'un avait le droit de rigoler ouvertement de mes mensonges.

— Invite-le à boire un café ici, lança ma mère d'un ton péremptoire.

— Ça ne va pas être possible, dis-je d'un ton très sérieux en me levant de table. De toute façon, il n'y a pas de raison qu'il vienne. Nous ne nous voyons plus. Et nous n'allons pas nous revoir.

Je passai le reste de la journée à penser à lui, me demandant quel effet ça m'aurait fait de le voir chez mes parents. Le leur présenter. Recommencer à zéro quelque chose qui était fini.

Débile, non ?

Mon rencard avec Bruno était le 27. C'était bientôt, mais j'eus quand même deux jours pour me faire une cure de détox express. Ça tombait bien, après ce que j'avais ingurgité à Noël, y compris tous les chocolats et les verres de vin que j'avais dû m'enfiler pour tenir le coup stoïquement. Je pouvais fermer mon jean sans être obligée de m'allonger sur le dos, rentrer le ventre et arrêter de respirer.

Mais je n'avais aucunement l'intention de porter un jean à ce rencard. Pas du tout ! La cérémonie du paon exigeait une stratégie un peu plus élaborée.

J'essayai la moitié de ma garde-robe et finis par opter pour une jupe à taille haute, longueur genou, et un chemisier avec quelques effets de transparence, mais sans aucune vulgarité. Je ne voulais pas donner l'impression que j'étais en chasse. Puis de bas *stay-up* et des escarpins à talons hauts et, enfin, un petit manteau à col de renard.

Pour la couleur, j'avais fait simple : noir, noir, et noir. En inspectant mon look dans la glace, je me trouvai à la fois belle et un peu ridicule. Valeria sur son trente-et-un pour un rencard. Comment tout cela allait-il se terminer ?

En tout cas, pas avant le restaurant. Bruno m'attendait à la porte. Merde ! Je faillis demander au taxi de me ramener illico chez moi, où je pouvais être peinarde sans devoir paraître sexy, intelligente, intéressante, drôle et Dieu sait quoi encore.

Je décidai de ne pas me défiler parce que, à peine je le vis, je sentis un frémissement me parcourir du sommet du crâne à la pointe des orteils. Waouh... Ma mémoire me jouait des tours, j'avais oublié l'effet qu'il me faisait.

Je descendis du taxi et lui lançai un sourire séducteur. Il me rendit la pareille. Bordel ! Même sans se toucher, la tension érotique entre nous était palpable. Ça commençait à m'inquiéter. Je battis des paupières, essayant de me calmer, mais peine perdue : des images de Victor et moi au lit m'assaillirent. Le salaud. Il s'envoyait sûrement en l'air avec toutes les meufs qui lui tombaient sous la main... deux à la fois si ça se trouve.

J'avançai d'une démarche pleine d'assurance au milieu de la foule festive qui envahissait les trottoirs. J'arrivai devant lui et le saluai, m'attendant à la classique bise sur la joue. Sans me laisser le temps de réagir, Bruno me prit dans ses bras et m'appuya contre le mur de briques du restaurant italien qui jouxtait celui où nous avions rendez-vous. En me caressant les cheveux, il m'embrassa fougueusement... presque sur la bouche.

Après cet étonnant baiser, je ne pus m'empêcher de rire, de nervosité avant tout. Mes mains tremblaient. Putain, il faisait fort, le Bruno. Rapide, habile, efficace. Une manœuvre géniale pour détendre l'atmosphère.

— Maintenant, ils vont tous penser que tu es ma copine – il me lança un clin d'œil.

— Enfoiré !

Je lui assénai une bourrade sur l'épaule sans cesser de rire.

Je reculai d'un pas et le jaugeai d'un bref coup d'œil. Il avait ce je-ne-sais-quoi qui m'avait plu dès que nous avions fait connaissance. Allez savoir pourquoi, je me le rappelais plutôt moche, en tout cas pas beau. Décidément, ma mémoire me jouait des tours, parce qu'en réalité, il était absolument canon. Et ses oreilles étaient toutes petites, presque attendrissantes. Je croyais me souvenir qu'il avait des yeux ronds, un gros nez, n'importe quoi ! Son nez était parfaitement droit et il avait des yeux sombres magnifiques.

— On y va ? proposa-t-il interrompant mon inspection.

— Tu sens bon…

J'osai un compliment en entrant dans le resto thaï où j'avais réservé. J'étais en deçà de la vérité. Il sentait trop bon !

— Toi aussi, susurra-t-il sur le ton de la confidence en se rapprochant de moi.

À ce stade, je crois que je n'aurais pas protesté s'il m'avait proposé de passer directement au plumard.

Une fois entrés, Bruno posa une main dans mon dos et la laissa jusqu'à ce qu'on atteigne notre table. Il m'aida à retirer mon manteau. Quand nous le confiâmes au serveur, il lança un coup d'œil en direction de mon décolleté qu'on entrevoyait sous le chemisier. Il se mordit la lèvre et je m'esclaffai, un peu gênée.

Je ne pus m'empêcher d'en faire autant, laissant mon regard descendre du cou à la chemise blanche qui lui allait si bien.

Très galamment, il tira une chaise et m'invita à m'asseoir avant de s'installer en face de moi. J'entraperçus au fond du resto un grand brun, beau mec, qui, d'un geste élégant, rapprochait sa chaise de celle de la femme avec laquelle il dînait. Mon cœur s'arrêta de battre un instant, ma vision se brouilla… puis l'inconnu se tourna dans notre direction pour appeler un serveur et je vis que ce n'était pas Victor. Ouf!

— J'aurais dû me fringuer un peu plus, on dirait, s'excusa Bruno en dépliant sa serviette.

Sa remarque me ramena à notre table.

— Mais non. Tu es très bien comme ça.

J'étais trop distraite pour avoir voulu donner un ton délibérément coquin à ma réponse, mais n'empêche, elle dut sonner comme ça.

— Ah oui?

— Oui, tu es parfait…

Cette fois, j'avais pris exprès un ton provocant. Autant pour Victor.

— Arrête! (Il accompagna sa protestation d'un sourire.) Sinon ton soutien-gorge va finir accroché à cette poutre, là-haut.

Il montra le plafond.

— Je croyais qu'aujourd'hui je dînais avec le Bruno normal, pas l'énergumène complètement ouf.

— Bon, puisque j'ai réussi à te convaincre d'accepter mon invitation, je pense que je peux laisser tomber la tactique du sale mec.

— Oui, vu qu'au fond ce n'est pas ce que tu es.

— Comme elle est gentille… La douceur incarnée! Je suis sûr que tu fonds dans la bouche.

Un sourire de grand méchant loup se peignit sur son visage. Mes jambes en frémirent légèrement.

— Parle-moi de toi. Tu as lu mon livre, c'est quasiment « Valeria, mode d'emploi ».

Et vlan, Victor me revint en tête immédiatement. *Fous le camp. Sors de ma tête. Je dîne avec un mec, là, et je ne veux pas que tu rôdes dans les parages.*

— Qu'est-ce que tu veux savoir ?

— Quelque chose qui soit un peu du même tonneau, histoire de parler d'égal à égal.

— Voici le serveur qui vient prendre la commande. Je te laisse choisir, je fais confiance à ton jugement. Ensuite, je vide mon sac.

Je feuilletai la carte et commandai les plats que je préférais avec une bouteille d'eau. Puis mon regard se tourna vers Bruno. J'attendais qu'il se mette à parler, mais il ouvrit la carte des vins et, après un bref coup d'œil, commanda une bouteille avant que le serveur n'ait eu le temps de s'éloigner. Puis il entrelaça ses doigts dans les miens et me mata en souriant.

— D'égal à égal, hein ? Voyons – il soupira. J'ai bossé comme cameraman pour une télévision publique régionale, et aussi comme photographe free-lance. MBC, on appelle ça : mariages, baptêmes, communions. J'ai tout laissé tomber quand mon troisième bouquin a bien marché et que, du coup, le premier et le deuxième ont commencé aussi à se vendre. J'aimais bien mon boulot pour la télé, mais un jour, tout simplement, j'en ai eu marre, ça a cessé de me plaire. Et puis, je n'ai pas besoin de te faire un dessin : t'as un projet en tête, tu y penses toute la journée, tu notes des phrases… Je ne vais pas t'emmerder avec des histoires d'écrivain, je pense que ta propre expérience te suffit amplement. Bon, quoi d'autre ? (Il se redressa sur sa chaise.) Je suis divorcé – une ombre passa sur son visage. Je me suis marié à vingt-cinq ans, après avoir réussi le concours pour entrer à la télé, et ça a duré cinq ans. Nous avons au moins ça en commun : un mariage trop jeune, en pleine inconscience.

— T'as quel âge ?

— Trente-cinq. Et… une fille de cinq ans, ajouta-t-il en haussant les sourcils.

— Ah bon ?

J'étais intéressée.

— Waouh, quel enthousiasme ! (Il éclata de rire.) Tu veux voir sa photo ?

— Avec plaisir.

Il fouina dans son portefeuille et en extirpa la photo un peu froissée d'une fillette avec des couettes et deux yeux immenses couleur caramel.

— Le cliché date un peu. Elle a grandi depuis. Elle est de plus en plus jolie, et je ne dis pas ça parce que je suis son père.

— Je te crois. Elle est ravissante.

— Comme son père – il s'esclaffa.

— Généralement, on dit « comme sa mère » – l'allusion lui arracha une grimace et il rangea photo et portefeuille. Si nous voulons parler d'égal à égal, tu dois me raconter pourquoi tu as divorcé, non ?

Je croisai les doigts en espérant qu'il n'allait pas me sortir un truc du genre « ma femme m'a surpris avec la tête entre les cuisses d'une autre », ou, pire, « mon ex a trouvé au milieu de mes affaires un soutien-gorge qui n'était pas le sien ». Déjà que je n'attendais pas grand-chose du sexe masculin… Ça aurait été le coup de grâce !

— Une histoire banale, j'imagine. Une foule de petits désaccords qui, avec le temps, sont devenus des murs infranchissables. Mon ex fait partie de ces femmes qui ont besoin d'être en permanence au centre de l'attention.

Peu à peu, ça te mine. Nous avons toujours été super différents, mais quand nous étions jeunes, ce n'était pas important. Cela dit, nous sommes restés en bons termes, pour la gosse. (Puis il changea radicalement de sujet:) Bon, quoi encore? Je vis dans une maison, avec un jardin, pas grand. J'ai deux chats qui ont des noms charmants.

— Ils s'appellent comment?

— Anisakis et Sangsue.

— Tu déconnes!

J'éclatai de rire.

— Oui, je sais, je suis zarbi. Qu'est-ce que tu veux savoir d'autre?

— Ton café, tu le bois comment?

Il s'esclaffa. Une serveuse apporta le vin.

— Tu veux savoir comment me le préparer demain matin?

— Tu rêves!

En même temps, le frémissement que je sentais dans mes veines s'accentua.

— Noir, sans sucre. Fort.

— Moi aussi, je l'aime comme ça.

— Bon, au moins pas besoin de faire deux cafetières séparées demain matin.

Il s'appuya sur la table et dit à la serveuse qu'il allait servir le vin lui-même. C'était une façon comme une autre d'éviter le moment embarrassant où on te fait goûter en attendant que tu prononces ton verdict. Et tu ne sais pas quoi dire, sinon «hum… excellent millésime!». Ça me plut, qu'il refuse ce rituel absurde. Je lui lançai un clin d'œil.

— Tu as d'autres questions?

— Plein. Qu'est-ce que tu détestes?

— La télé-poubelle et les nichons en silicone.

— Mais encore?

— Tu veux dire mes goûts en matière de télé ? Je déconne – il se marra et m'invita à goûter le vin. Je n'aime pas la sensation. Ces nibards refaits, ils me hérissent. Rien que d'y penser, j'en ai la chair de poule.

Il me montra ses bras pour me prouver qu'il disait vrai.

— Ce n'est pas moi qui te rends nerveux ?

— Si, un peu, pour être sincère. Tu es de loin la meuf la plus *hot* avec laquelle j'ai jamais dîné. D'où mes projets perfides pour après…

Il me lança un sourire effronté, et éloquent !

— Tu te fous de ma gueule…

— Et modeste, avec ça ! (Il plissa le nez, espiègle.) Hum… Arrête, sinon je vais tomber amoureux.

— N'exagérons pas ! Je peux difficilement me faire passer pour un modèle de vertu.

— Tu t'es mariée à l'homme qui t'a fait perdre ta virginité, et finalement, tu n'as couché qu'avec un seul autre mec. Dis-moi où est le mal ?

— Je vois que j'en raconte un peu trop dans mes bouquins – je souris et portai mon verre à mes lèvres. L'autre homme, en l'occurrence, c'est Victor. Je pensais qu'il serait le dernier.

— Excuse. Je disais n'importe quoi. C'est sorti tout seul.

— OK, je t'excuse. Mais… des nichons en silicone, tu en as touché beaucoup ?

Il éclata d'un rire viril et sensuel.

— Quelques-uns. Un peu de vin ?

— Tu veux me saouler ?

— Si tu me poses la question, c'est que je suis trop subtil. Peu importe… changeons de sujet. Parle-moi de la deuxième partie de ton roman.

— Non.

Je freinai des quatre fers.

Victor.

Victor avec un grand V, souriant, avec ses yeux du même vert que la bouteille de ma bière préférée. Victor qui me disait qu'il m'aimait en me faisant lentement l'amour. Dans cette chambre qui sentait la lavande…

— Allez, s'il te plaît.

— Bon…

Je me pinçai le nez entre le pouce et l'index, tentant de me calmer.

— C'est vraiment lui, l'homme parfait prêt à changer de vie pour toi ?

— Non – je secouai la tête en signe de dénégation, tandis qu'intérieurement, une douleur infinie m'envahissait. En tous cas, jusqu'à présent, il ne l'a pas été.

— Peur de s'engager ?

— Je ne demande pas le moindre engagement, répondis-je d'un ton sec.

— Ho, ho, t'es encore mordue ?

— Tu ne trouves pas que tu poses des questions un peu trop personnelles pour une première sortie ?

— Et je ne t'ai même pas demandé quel type de dessous tu portes, et de quelle couleur…

Son sourire, une fois encore, réussit à détendre l'atmosphère.

— Je ne répondrai jamais à une question de ce genre !

— Pas de problème. Ça aussi, je peux le lire sur ton visage. Et quelque chose me dit que ça me plaît.

— Étonne-moi.

Il se passa la langue sur les lèvres et se pencha vers moi avant de répondre.

— Dentelle noire. Des bas *stay-up*, probablement. Et une culotte taille basse, qui ne dépasse pas les hanches… Je vois juste ?

Là, il me bluffait ! Il me fallut quelques instants pour répondre.

— Sans commentaires. Je t'ai dit que je ne répondrais jamais à ce type de question.

— De temps en temps, je vais dans un club de gym – il sourit. Rarement. Juste histoire de vérifier que je suis loin d'être en top forme. Mais dans les vestiaires, il m'est arrivé de voir des mecs avec des sous-vêtements franchement minuscules, super moulants. Et du coup je me demande : à vous, les nanas, ça vous plaît qu'un mec porte ces trucs absolument pas virils ?

— À moi, pas du tout, au contraire. Me retrouver au pieu avec un mec qui porte des slips mini, ça me donnerait envie de partir en courant !

Victor. En boxer noir moulant. Victor nu. Mon Victor ! Je battis des paupières nerveusement. *Va-t'en ! Casse-toi, enfoiré ! Je veux te chasser de ma vie, même à coups de pied.*

— Tu préfères les mecs en caleçon ?

— Évidemment – je me forçai à rire. Les sous-vêtements qui en imposent, c'est plus intéressant.

— Moi, je porte des caleçons, annonça-t-il avec une grimace ironique.

— Trop chou ! C'est ta mère qui te les a donnés ?

— Ma grand-mère. Elle me les a tricotés elle-même. Pure laine.

Nous éclatâmes de rire. Sur ce, on nous apporta nos plats. Nous commandâmes une autre bouteille. Deux bouteilles de vin, ça donne à tous les coups une Valeria passablement éméchée. Et avec le souvenir obsédant de Victor, une Valeria passablement remontée.

Nous sortîmes du resto à minuit. Nous avions continué sur la lancée, avec moi qui flirtais un max. Je n'avais pas encore envie de rentrer chez moi, mais j'avais décidé que, cette fois, j'allais suivre le précepte de Nerea : on ne baise pas le premier soir. Elle, elle ne disait pas « baiser » mais « coucher », bien entendu.

Bruno était plutôt content que je n'aie pas envie de rentrer. Il proposa qu'on aille boire un dernier verre... ou un avant-dernier. Nous trouvâmes rapidement un bar sympa où il y avait encore quelques tables libres. Nous nous installâmes au fond, dans un coin sombre assez prometteur. Pour baiser, j'avais dit non, mais rien n'interdisait quelques petites câlineries...

Bon. Il faisait sombre, et moi j'étais bourrée. À en croire Bruno, mes sens étaient assez anesthésiés pour que je sois à sa merci. Au fond, je trouvais ça pas mal, comme plan.

Nous allâmes au bar et il commanda : un whisky pour lui et un gin-tonic pour moi, avec ma marque préférée et quelques gouttes de jus de citron. Je fus ravie qu'il se rappelle ce détail. Il avait l'œil, ce mec, et il était attentionné. Je proposai d'offrir la tournée, mais il refusa.

— Laisse-moi payer. Tu me rembourseras en nature.

Il y avait pire, comme menace ! Ça commençait à me plaire grave.

Nous retournâmes à notre table et reprîmes notre conversation. Je n'aurais jamais cru qu'un plan, un premier rencard, puisse être aussi cool. C'est peut-être que j'avais de la chance ? Nous parlâmes de tout et de rien, de bouquins, d'expos, de son enfance et de la mienne, de nos premières amours, et même de notre première expérience sexuelle. Allez savoir pourquoi, le sujet du sexe nous passionnait. De mon côté, c'était comme si on m'avait greffé une nouvelle personnalité : je n'avais qu'une envie, me retrouver au plumard avec lui et qu'il me baise comme un fou.

— À genoux, donc, si j'ai bien lu ? murmura-t-il en posant une main sur ma cuisse.

— Je crois que je donne un peu trop d'infos personnelles dans le bouquin.

Je souris sans vergogne.

— Je ne l'ai jamais fait comme ça.

Il se mordit la lèvre inférieure en regardant ma bouche.

— Comment est-ce qu'on s'est retrouvé à parler de ça ?

— C'est sans doute qu'on a envie d'arriver au point où…

— On se calme ! je l'interrompis.

Me prenant par surprise, il saisit mes jambes et les posa à cheval sur les siennes, puis il m'attira contre lui. Je bus une gorgée pour reprendre contenance.

— On peut bien causer de ça, où est le mal ? Tu n'es pas comme ta copine Nerea, je le sais bien, et pas comme Lola non plus. Mais je ne peux pas faire comme si…

— Comme si quoi ?

Je me tournai pour le regarder. Nos visages étaient à quelques centimètres l'un de l'autre.

— Bon sang ! (Tout en gardant les yeux fixés sur moi, il remonta sa main sur ma jambe et la passa sous ma jupe.) Tu as quelque chose qui me rend fou. Tu sais de quoi je parle, ou non ?

— Peut-être… répondis-je en faisant ma coquette.

Je reposai mon verre.

— Tu sens hyper bon. Je peux me rapprocher un peu plus ?

— Essaye, tu verras bien.

De sa main droite, il écarta les cheveux de mon visage. Puis il posa la pointe de son nez sur mon cou et colla sa bouche tout près de mon oreille. J'en eus la chair de poule.

Il prit le lobe entre ses lèvres, joua avec ma boucle d'oreille et m'embrassa en descendant jusqu'à l'épaule. J'eus beaucoup de mal à retenir un gémissement.

— Mon vol est à cinq heures vingt… murmura-t-il.

— J'espère que ce n'est pas une proposition, répliquai-je avec un sourire béat de nana bourrée.

— Non. Ou, peut-être, si… je ne sais pas.

— Il est une heure, il est temps d'y aller. Il faut que tu dormes.

— Tu viens avec moi ?

Je m'écartai légèrement de lui et le regardai en haussant les sourcils.

— Non. Je ne crois pas.

Je secouai la tête.

Bruno laissa sa main sur ma cuisse et fit la moue.

— Je te promets que je ne te toucherai pas, même si tu me supplies de le faire – il sourit. C'est juste que je n'aime pas dormir seul.

— Je ne suis pas ce genre de…

— Mais qu'est-ce que tu racontes ? (Il souriait toujours.) C'est moi qui te le demande. Ça ne change rien, que tu ne l'aies jamais fait ou que tu le fasses tous les week-ends. Ça ne change strictement rien. Viens avec moi.

— Je suis bourrée.

Il fallait reconnaître que c'était vrai.

— Et alors ? Viens.

— Je ne peux pas, je n'ai pas mon pyjama. Si tu m'avais dit que t'avais prévu une soirée pyjama, je me serais organisée.

— Nous sommes dans la même galère, moi non plus je n'en ai pas.

— La prochaine fois.

— Promis ?

— Promis juré.

— Très bien. Il faut sceller le pacte, alors.

Il me prit les hanches et, d'un seul geste, m'attira vers lui. Sans que je puisse rien faire et, soyons clairs, sans que j'aie la moindre envie de protester, il m'embrassa.

Et il me roula une de ces pelles…

Quand sa bouche entrouverte se posa sur la mienne, je fondis complètement. Sa langue me caressa les lèvres, puis vint à la rencontre de la mienne qui réagit sans se faire prier. Nous savourâmes sans hâte le jeu de nos langues entrelacées. Bref, un premier baiser parfaitement réussi.

Cela n'empêcha pas, hélas, qu'une apparition intempestive s'impose à moi : Victor. Un Victor gigantesque. Un Victor qui me larguait dans ce salon de thé tout en me murmurant à l'oreille qu'il m'aimait trop.

J'agrippai Bruno par le col de sa chemise et le serrai contre moi. Je penchai la tête et lui rendis son baiser avec fougue.

Non, Victor, non ! Laisse-moi vivre ma vie. Ce que tu m'as dit avant de partir, ça ne change rien.

J'entendis un toussotement poli et ouvris les yeux. Un serveur était en train de débarrasser la table. Visiblement, il n'appréciait guère notre façon de faire plus amplement connaissance. Gênée, j'éloignai doucement Bruno et lui dis que nous devions y aller. Je pense que le ton de ma voix fit entendre un tout autre message, du genre « prends-moi, je suis à toi », parce qu'il eut un sourire satisfait.

Une fois dans la rue, je voulus héler un taxi avant que la situation ne dégénère et que mes hormones, tout aussi bourrées que moi, ne décident à ma place. Mais Bruno me devança. Il me prit par la taille et me colla contre le mur d'une ruelle à l'angle de laquelle nous nous trouvions. Relativement à l'abri, protégés par l'obscurité, nous nous lâchâmes un peu plus. Bruno avait une façon d'embrasser… un artiste, le mec ! Sa langue explorait les recoins de ma bouche avec une lenteur mille fois plus excitante que s'il avait montré de la hâte. Un mélange de langueur et de passion… Il savait vraiment s'y prendre.

Un jeune couple sortit d'un immeuble voisin. Bruno, rapide comme l'éclair, maintint la porte ouverte sans se décoller de moi. Puis il me poussa doucement à l'intérieur. Dans l'entrée de l'immeuble, il y avait une table, où, à une époque révolue, avait dû siéger un gardien, et deux fauteuils… Clair comme de l'eau de roche !

Bruno s'assit. Je relevai ma jupe juste ce qu'il fallait pour pouvoir m'asseoir sur lui. Voyant mes bas *stay-up*, Bruno ne put retenir un soupir. Il me prit dans les bras et m'attira vers son sexe tendu. Et là, waouh…

Nous restâmes pas mal de temps à nous embrasser dans le noir. Nous n'arrivions plus à nous arrêter. Mais nous commencions à vouloir aller un peu plus loin. Bruno tira mon chemisier de ma jupe et fit glisser mon manteau par terre. Il enfila ses mains sous le tissu, les posa sur mes seins.

— Dis-moi, murmura-t-il en essayant de dégrafer mon soutien-gorge, t'as des goûts bizarres, t'aimes faire ça dans des lieux publics, ou bien… ?

— C'est toi, protestai-je mollement sans réussir à cacher mon état d'excitation. C'est toi qui me pousses aux limites. J'ai pas envie de…

— En effet, tu as tout à fait l'air de ne pas avoir envie…

Il sourit en s'approchant de nouveau de mes lèvres.

Cette fois, c'est moi qui agrippai sa chemise pour l'attirer vers moi. Je ne sais pas ce qui me prenait, mais ça me plaisait.

— Allons à mon hôtel, supplia-t-il.

— Je ne peux pas.

Je jouai avec le lobe de son oreille et me frottai contre lui.

— Pourquoi ?

Ses mains se glissèrent sous ma jupe jusqu'à mes fesses. Je me redressai et le regardai. Je me demandai si j'avais vraiment une bonne raison pour ne pas coucher avec lui cette nuit-là. Il me regardait, les sourcils légèrement froncés, les lèvres entrouvertes en un demi-sourire, la respiration haletante.

— Tu veux savoir ? Eh bien, parce que tu me plais. Si j'accepte d'aller avec toi à ton hôtel, demain, je me sentirai tellement gênée que tu n'entendras plus jamais parler de moi.

— Ce n'est pas ce que je souhaite.

— Moi non plus.

Je souris.

Nous continuâmes de nous embrasser. Les doigts habiles de Bruno entreprirent de déboutonner mon chemisier. En deux secondes, il réussit à coller sa bouche contre ma peau tandis que ses mains me prenaient les fesses. Je sentais son érection entre mes cuisses, à un point particulièrement sensible.

Ça me rappela une de mes premières soirées avec Adrian, à l'époque où j'avais encore un peu peur de perdre ma virginité. Lui n'en pouvait plus, et l'air était chargé de désir. Est-ce que j'étais en train d'avoir une nouvelle fois dix-huit ans ?

Avec Victor, en revanche, ça avait été très différent. Lui, c'était le désir, le sexe, le plaisir, mais avec toujours quelque chose en plus. Quelque chose d'important. Et ce quelque chose en plus avait été comme un secret que nous avions partagé le temps que nous étions ensemble.

« Avec toi, il y a quelque chose en plus », me disait Victor, avec sa bouche sensuelle, les yeux clos, une expression tourmentée sur le visage.

Sans réfléchir, je me relevai. Impossible, je ne pouvais pas. En tout cas, pas pour le moment. Je rabaissai ma jupe sur mes genoux et pris mon manteau. Bruno n'en croyait pas ses yeux.

— Mais... essaya-t-il de protester.

— Arrêtons pendant qu'on le peut encore.

Je lui lançai un sourire gêné.

— Tu es sûre que c'est ce que tu veux ?

Il faisait un peu la gueule.

— Absolument. Tu ne préfères pas qu'on fasse ça bien en prenant notre temps, pas juste comme ça en passant ?

Il leva les yeux au plafond, grommela un peu et me demanda de lui accorder quelques instants.

— Dans une entrée d'immeuble ou n'importe quel coin sombre.

J'éclatai de rire. Sans vergogne.

N'importe quel coin sombre de Madrid, comme Victor avec Lola. Et sûrement pas qu'avec elle.

Bruno se leva et enfila son manteau sans me donner le temps de voir le calibre dont la forme se devinait sous le pantalon.

— OK, on y va.

Sur ces mots, il me tendit la main. Je la serrai, je me sentais comme une gamine. Nous regagnâmes la rue principale. Un taxi en maraude s'approchait.

— Il y a un taxi qui passe. Je te le demande une dernière fois : tu veux dormir avec moi ?

Il me prit dans ses bras.

— La prochaine fois.

— Je ne suis pas très patient. Je t'appelle d'ici une semaine.

— J'espère bien !

Je souris.

Il héla le taxi qui s'arrêta quelques mètres devant nous.

— Même pas un baiser ?

Il essayait de me retenir.

— Je t'en ai déjà donné pas mal, tu ne trouves pas ?

— On ne s'embrasse jamais trop, dans la vie.

Il me plaqua contre la voiture et nous échangeâmes un dernier baiser, aussi fougueux que les autres. Pour conclure, il me colla une petite bise sèche sur les lèvres et une claque sur les fesses.

— À très bientôt.

Il fit mine de s'éloigner tandis que je montais dans le taxi.

— Tu ne veux pas que je te raccompagne ? On peut faire deux arrêts.

— Non, je vais me balader un peu.

— On se gèle.

— Parfait. Ça m'aidera à débander.

Le chauffeur entendit la réplique et éclata de rire. Je ne pus m'empêcher d'en faire autant. Je lançai une bise à Bruno et claquai la portière. J'indiquai mon adresse et m'étalai à demi sur la banquette, les yeux tournés vers le trottoir. Bruno, immobile, me regardait m'éloigner. Nous arborions tous les deux un grand sourire bêta. Le mien s'effaça rapidement.

Victor !

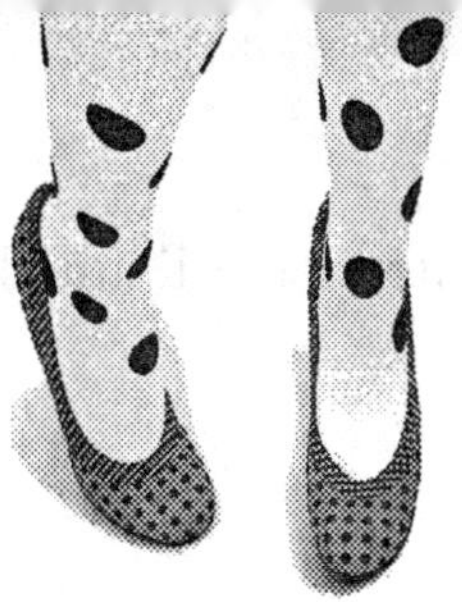

18

Une humeur de chien

Aurora était aux fourneaux lorsqu'elle entendit un coup de frein brutal non loin de la maison. Elle regarda par la fenêtre qui donnait sur le jardin et reconnut la voiture qui venait de se garer devant le portail.

— Victor ! (Elle appela d'une voix sonore.) Je crois que ton fils vient d'arriver.

— Quand tu dis « ton fils » sur ce ton, je m'attends toujours au pire.

La remarque de son mari la fit s'esclaffer. Elle alla répondre à l'interphone, ouvrit la porte et retourna à la cuisine surveiller la casserole. L'autre Victor, son fils, entra, la cherchant du regard.

— Salut, lança-t-il d'un ton brusque. Tu fais la cuisine ? En quel honneur ?

— À t'entendre, on croirait que je ne sais même pas faire cuire un œuf. Il me semble quand même que tu as toujours très bien mangé dans cette maison !

Son sourire démentit le ton de reproche.

— Absolument. Mais je doute que ce soit toi qui aies cuisiné tous ces délicieux petits plats.

Aurora décida de ne pas prêter attention à l'attitude passive-agressive de son fils.

— Papa est là ?

— Il est dans son bureau.

— OK.

Victor retira sa veste et la posa sur le dossier d'une chaise. Il allait sortir de la cuisine quand sa mère l'arrêta :

— Tu ne veux pas prendre un café avec moi ?

— Je suis pressé, balbutia-t-il, la main sur la poignée de la porte.

— Un petit café, Victor. Après, je te laisse aller t'engueuler avec ton père.

— Je ne viens pas pour m'engueuler avec lui.

— N'empêche que tu es d'une humeur de chien, non ? (Elle dit cela en souriant.) Rien que ton coup de frein doit avoir laissé des traces de pneu.

— Je suis crevé. C'est tout.

Il se frotta les yeux.

Aurora connaissait bien ses quatre enfants. Victor était le plus facile à déchiffrer. Quand il s'était levé du pied gauche, ce qui, dernièrement, lui arrivait souvent, il était incapable de le dissimuler. Il gardait les sourcils froncés, s'exprimait par monosyllabes, ne disait que le strict nécessaire et restait généralement silencieux. Sa mère se doutait bien que ce qui le rendait si irascible depuis quelque temps portait une jupe et des talons hauts.

Victor finit par céder. Il posa dans un coin le tube de carton dans lequel il transportait ses plans et demanda à sa mère du lait et du sucre avec le café. Il s'assit au comptoir et regarda dans le vide, se passant la main dans les cheveux sans rien dire.

— Tu viens de l'agence ?

— Oui.

Aurora posa son café sur le comptoir et s'assit à côté de lui en croisant les jambes.

— Tu restes dîner? lui demanda-t-elle en lui caressant les cheveux.

— Non. Je rentre. Je suis crevé.

— Ta sœur vient avec le bébé.

Victor la regarda en coin et poussa un grognement.

— Je viens de te dire que je suis vanné. Je règle une question avec papa et je rentre.

— Rentre chez toi et bois un verre de vin, ça te mettra peut-être de meilleure humeur. Tu as un caractère de cochon depuis quelque temps.

Victor grommela. Aurora prit une clope dans son étui à cigarettes et l'alluma. Elle était là comme une idiote, perchée sur un tabouret avec les pieds qui ne touchaient pas le carrelage, en train de faire la leçon à un adulte, son fils, certes, mais qui depuis bien longtemps n'était aucunement obligé de suivre ses conseils.

— Écoute, Victor, je ne sais pas ce que tu as, mais tu n'arrêtes pas de faire la gueule. S'il y a des problèmes entre vous, la meilleure chose à faire, c'est que vous en parliez ensemble.

— Si nous avons des problèmes? Tu parles de qui, exactement? (Il la regarda en haussant un sourcil.) Entre papa et moi, il n'y a pas de problèmes. Juste quelques différends professionnels, pas personnels.

— Je ne parlais pas du boulot, mais de toi et Valeria, enfin!

Aurora constata avec stupeur que rien qu'en entendant ce nom, son fils changea immédiatement de visage. Le froncement de sourcils disparut, la bouche se détendit et les yeux commencèrent à briller différemment.

— En fait… il déglutit. Nous avons rompu.

— Quand ?
— Avant Noël.
— Mais… pourquoi ?

Aurora craignait que ce « nous avons rompu » ne soit un euphémisme pour « je l'ai larguée ».

— Pour des raisons dont je n'ai pas envie de parler avec toi, si je veux être franc, répondit-il d'un ton assez sec.

— Tu as vraiment un caractère de cochon, insista-t-elle.

— Laisse tomber, maman. Je n'ai absolument pas envie d'en parler.

Aurora finit son café de mauvaise humeur, elle aussi. Elle se leva et alla à l'évier.

— Mon fils, je t'aime de tout mon cœur, mais tu es un imbécile fini.

— Merci, maman. Moi aussi, je t'aime de tout mon cœur, rétorqua Victor sarcastiquement.

— Elle t'a trompé ?
— Non. Laisse tomber, s'il te plaît.
— Pas question ! Il y a quelques mois, tu me disais que pour elle, tu étais prêt à te ranger, et voilà que tu me racontes qu'entre vous c'est fini ! C'est la seule fille normale avec laquelle je t'aie jamais vu, tu peux comprendre que j'aie envie d'en savoir plus – Victor se leva, vida son café dans l'évier et se dirigea vers la porte. Je ne sais vraiment pas de qui tu tiens ça. Ça doit être ta grand-mère Rosita, mon fils, parce qu'il n'y a qu'elle qui ait pu te transmettre ce sale caractère. On ne peut rien te dire !

— Maman, Valeria voulait quelque chose que je n'ai pas pu lui donner. Point final !

Aurora le regarda, songeuse. Jamais une rupture ne l'avait mis dans un tel état. Chaque fois, pas le moindre problème. Il semblait plutôt soulagé, comme s'il se débarrassait d'un poids. Il larguait une nana et il débarquait tout joyeux, embrassait ses sœurs, racontait des vannes à sa mère, heureux comme un pape. Mais là, visiblement, la rupture lui pesait.

Alors qu'il s'apprêtait à monter à l'étage pour retrouver son père dans son bureau, Aurora le rattrapa, pas du tout disposée à garder pour elle ce qu'elle avait sur le cœur.

— Victor, il est grand temps que tu grandisses. Maintenant, avant qu'il ne soit trop tard. Sinon, tu vas finir par ressembler à celui que tu fais semblant d'être et qu'au fond de toi tu détestes. Tu peux te raconter toutes les sornettes que tu veux, te convaincre que la seule chose qui t'intéressait, avec cette fille, c'était t'envoyer en l'air dans toutes les positions que tu connais, et apparemment il y en a beaucoup, mais la triste vérité, c'est que si tu commences à nier l'évidence, tu verras qu'elle va finir par en épouser un autre. Un type moins idiot que toi qui préférera la rendre heureuse plutôt que de se regarder le nombril.

Victor fixa sa mère sans rien dire. Longuement. Puis il lui tourna le dos et grimpa à l'étage.

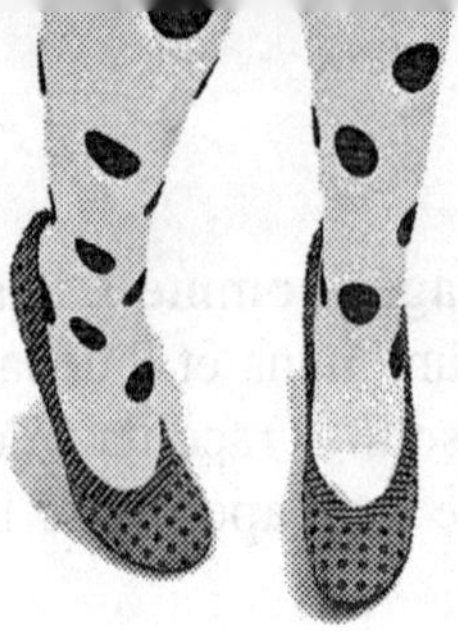

19

Le mail

Le 2 janvier, à peine cinq jours après la soirée avec Bruno, je trouvai un mail sur mon adresse professionnelle. Pour celle-là, pas de surnom bizarre et idiot comme celui que j'avais inventé à seize ans. Prénom et nom de famille, tout simplement. C'est l'adresse que j'utilisais pour ma correspondance avec ma maison d'édition et à laquelle José me répondait.

L'adresse de l'expéditeur m'était inconnue. Normalement, j'envoyais directement les mails de ce type à la corbeille sans même les lire, mais ce qui était écrit dans la rubrique objet, « le prince de Priape », me donna une idée de qui il pouvait provenir.

Aucune introduction. Aucun blabla poli du genre « j'espère que tu as passé de bonnes fêtes de fin d'année ». Bruno allait droit au but. Direct, naturel, apparemment sans aucune stratégie, et sans façons. Bref, j'adorai.

Il y avait un bref message signé, suivi d'un texte long et dense, comme un extrait de roman :

Je t'envoie un chapitre de mon nouveau projet. J'espère que tu voudras bien le relire, j'ai confiance en ton jugement, et je crois qu'il faut que tu le lises. Bruno.

Je commençai.

« […] Je perçus le regard que lui lançait le gros homme essoufflé et ne pus m'empêcher de serrer les poings. Je savais que je n'avais aucune raison d'être sur la défensive mais malgré tout j'agrippai son poignet avec force. Quand ils nous offrirent des chambres pour nous laver et nous reposer, je demandai qu'ils nous en donnent une pour nous deux.

— Nous ne savions pas que la jeune femme était votre… dit le gros en la dévorant du regard.

— Ma femme.

Elle me regarda, le visage dénué d'expression, comme si ce mensonge la laissait indifférente. Elle s'en moquait probablement.

Nous marchâmes sans fin le long des couloirs de ce vieil immeuble qui avait dû être un hôtel de luxe. Ça sentait le moisi, la poussière, et quelque chose d'autre qui émanait de partout… la putréfaction.

On nous donna une chambre à l'étage noble. Une suite immense, décrépie mais propre, avec une petite antichambre chargée de brocarts et de dorures qui la fit sourire. Elle passa sa main délicate et crasseuse sur les étoffes précieuses. J'avais envie de la prendre dans mes bras et de lui promettre mille choses absurdes. Mais, de toute évidence, elle n'était pas de ces femmes qui ont besoin de promesses.

— Je suis désolé si je t'ai gênée en prétendant que tu étais ma femme.

Elle sourit et enleva la veste qu'un des soldats lui avait passée. Son pull usé jusqu'à la trame laissait voir ses sous-vêtements. Je déglutis. Son sourire s'élargit.

— Ça ne m'a pas gênée, mais je ne veux pas que tu t'inquiètes pour moi. Je me débrouille très bien toute seule.

— Je sais, je t'ai vue.

Nous échangeâmes un sourire et entrâmes dans la salle de bains.

— Ça ne te dérange pas si je me rase pendant que tu prends une douche ?

Elle haussa les épaules. Elle s'en fichait. De ça comme du reste.

Ça lui était complètement égal de se déshabiller en ma présence. Par les temps qui couraient, une jeune femme n'avait pas honte de se dévêtir devant un homme, surtout après les meurtres qu'ils venaient de commettre ensemble.

Quand elle enleva son pull, je fus surpris de voir que ses sous-vêtements étaient maculés de sang. Sa peau aussi était rougie comme si, pour mieux profiter de sa victoire quelques heures plus tôt, elle s'était baignée dans le sang de ses ennemis. Elle se regarda dans la glace, nullement choquée.

C'est alors que je compris. C'était une déesse.

Une déesse de la guerre, née pour que les hommes se prosternent à ses pieds. Des hommes comme moi. Comment était-elle avant la catastrophe ? Une déesse remplie d'une haine ou une jeune femme fragile aux joues roses ? Non. Elle aimait tuer, je l'avais vu de mes yeux. La haine qu'elle ressentait était si forte qu'elle se haïssait elle-même. Si rien ne changeait, ça allait mal se terminer pour elle. Nous le savions tous les deux, mais contrairement à moi, elle semblait l'accepter. La haine nous aveugle, et elle savait que l'ère de la liberté était révolue.

Mes yeux restaient fixés sur son image dans le miroir, sur le reflet de sa culotte en lambeaux. Je me dis que moi, j'aurais pu me prosterner à ses pieds. Rester là, avec elle. Pourquoi reprendre la route le lendemain ?

Mais elle était faite pour piétiner tous ceux qui vénéraient son corps et s'agenouillaient devant elle. Si elle était née dans des temps immémoriaux, elle aurait pu détruire toute une civilisation d'un simple battement de cils. Comme Hélène de Troie. On aurait pu tuer pour elle, mourir pour elle. Je compris quand je la vis, maculée du sang de ses ennemis, comme une divinité qui se repaît des sacrifices faits en son honneur.

[…]

Quand elle me céda la place sous la douche, je fus tenté de l'attirer sous l'eau avec moi pour la prendre là, sur-le-champ. Mais elle et sa peau étaient redevenues imperturbables. Propre, elle ressemblait à une poupée, meurtrie mais digne. L'une de ces poupées qu'il vaut mieux laisser dans une vitrine, loin des mains des enfants.

Après avoir laissé l'eau couler longuement pour me débarrasser de la crasse et du sang, je me sentis enfin propre. J'étais content. Ma peau avait retrouvé un aspect normal et elle sentait le savon. Elle ne portait plus la trace des chairs et du sang des autres. Je déteste tuer, chaque tache me pesait.

Je regagnai la chambre. Elle était en sous-vêtements, en train d'enfiler un court pantalon de coton.

— On nous a apporté des vêtements de rechange, murmura-t-elle sans me regarder.

— Merci.

— Ce n'est pas moi que tu dois remercier.

Tout lui était indifférent. Sauf, qui sait, la façon dont je la regardais. Loin des champs de bataille, je sentais se réveiller en moi des sensations qui avaient disparu depuis que cet enfer s'était déchaîné. Là, son odeur, ses cheveux humides qu'elle laissait sécher devant la fenêtre, la ligne de ses flancs… J'ai toujours pensé que le sexe et la mort sont les deux faces d'une même médaille. Peut-être le moment était-il venu de tourner la médaille de l'autre côté.

Maintenant ou jamais.

Je franchis d'un pas le mètre qui me séparait d'elle en me demandant comment j'allais m'y prendre. Elle me devança. Elle se retourna, faisant tournoyer ses longs cheveux cuivrés et, m'attirant par le cou, plaqua sa bouche charnue contre la mienne.

Quand ses doigts délicats se posèrent sur mon corps, je crus que j'allais jouir sur-le-champ. Mais je réussis à me retenir. Nous nous jetâmes sur le lit. Elle se mit sur moi, défit la serviette que j'avais nouée autour de mes hanches et la lança à l'autre bout de la chambre. Elle se redressa, retira son pantalon, son T-shirt et sa culotte… une de ces culottes minuscules à taille très basse. Quand je la vis nue, je crus mourir…

Il n'y eut pas de câlins, pas de préliminaires, pas de caresses érotiques avec la bouche ou la main. Nous étions prêts. Elle s'assit sur moi et je la pénétrai immédiatement. Son sexe était humide. "Le repos du guerrier", pensai-je tandis que je rejetai la tête en arrière dans un gémissement. Elle me reçut, chaude et ouverte, avec une énergie non dénuée de douceur. Si c'était le repos du guerrier, c'était elle le guerrier que je devais consoler des horreurs de la guerre.

Ses hanches se soulevaient sur moi en rythme, son dos ondulait pour accompagner le mouvement. Chaque fois que j'entrais en elle, je voyais trembler ses seins aux pointes raidies. Ronds, parfaits. Elle se mordit la lèvre et me regarda sans parler, se contentant d'écarter un peu plus les jambes et d'accélérer le rythme. Je saisis ses seins à pleines mains.

Sans crier gare, elle s'immobilisa puis s'allongea à mes côtés. Elle écarta les jambes, se caressa doucement et me demanda de venir sur elle. Je ne me fis pas prier. Je la pénétrai avec fureur, parce que je voulais qu'elle soit mienne et je savais qu'elle ne le serait jamais.

Elle avait glissé une main entre nos deux corps et se caressait le clitoris tandis que mes assauts se faisaient de plus en plus fougueux. Elle haletait. Je l'entendis gémir, comme si elle se dissolvait dans le plaisir jusqu'à en perdre la voix. Incapable de me retenir plus longtemps, je jouis en elle après deux coups de reins énergiques qui la firent crier…

Nous ne dormîmes pas de la nuit. Après la première fois, je ne pouvais plus m'arrêter. Elle non plus. Elle était délicieuse, et légère. Nous essayâmes toutes les positions possibles et imaginables, nous fîmes tout ce qu'un homme et une femme peuvent faire ensemble. Tout. Avec elle, avec son corps, tout devint réalité. Il ne restait plus rien à explorer. À la fin, vers cinq heures du matin, imprégnés de sueur, de salive et de sperme, nous prîmes une douche ensemble.

À l'aube, je quittai la chambre après lui avoir proposé encore une fois de venir avec moi. Je lui avais demandé des dizaines de fois. Elle refusa encore, cette fois avec un sourire plus amical.

— Non. Je ne veux pas partir. Je ne peux pas. C'est ici que je dois être.

[…]

Je sortis rapidement de la citadelle et me dirigeai vers l'est, en portant ce que les soldats avaient réussi à me donner. Je pensais à elle, je me demandais quand je pourrais revenir. […]

Quelques heures plus tard, une explosion fit vibrer mes tympans et la terre sur laquelle je marchais. Je regardai dans la direction d'où était provenue la déflagration. Une colonne de fumée et de poussière s'élevait à l'horizon… là où je savais que s'était réfugié le dernier bastion d'humanité. Précisément là où elle était, elle.

Peu de temps après mon départ, deux ennemis s'étaient faufilés dans les souterrains de la citadelle. Quand on s'en était rendu compte, il était trop tard. Enfants, femmes, vieillards, soldats – des foules de soldats, certains encore adolescents – tous étaient tombés.

La citadelle avait été envahie et le système de sécurité avait déclenché ce qui était prévu en cas d'invasion : l'autodestruction. Qui avait tout anéanti. Tout, et elle avec.

Je tombai à genoux mais je ne pleurai pas. Elle n'aurait pas voulu. Les dieux, on ne les pleure pas, on les honore.

Désormais, c'était en son nom que je tuerais. Valeria. »

Je levai les yeux de l'écran. Je me rendis compte que j'avais la bouche grande ouverte.

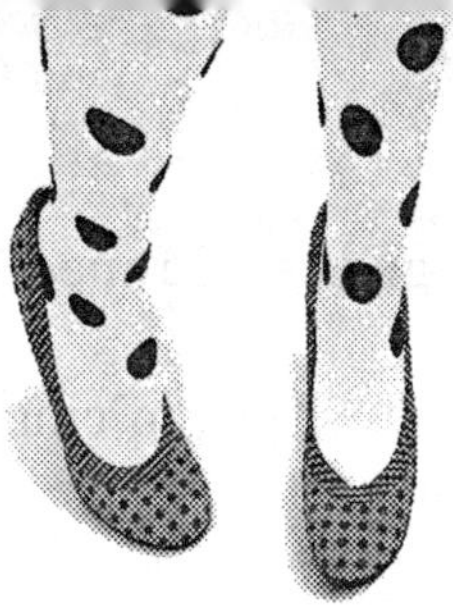

20

Le repos du guerrier

Lola me regarda avec un demi-sourire et laissa retomber sur la table les deux feuillets du texte de Bruno.

— Putain, c'est chaud, ça m'excite… dit-elle avant d'éclater de rire.

— Je te signale que c'est moi, qui t'excite, en l'occurrence.

— Trop fort – elle jeta un nouveau coup d'œil sur le texte. Tu dois être une championne du patin, merde ! Je parie qu'il s'est astiqué plusieurs fois en pensant à toi.

— Lola, s'il te plaît…

Je gardai le sourire aux lèvres.

— Tu lui as répondu ?

— Qu'est-ce que tu veux que je lui réponde ?

— Je ne sais pas… quelque chose ! Il t'envoie un texte porno qui parle de vous deux en train de baiser. Celui-là, il n'a qu'une envie, c'est de…

— C'est un chapitre de son roman.

Je l'interrompis.

— OK, mais il n'a pas envoyé le chapitre où vous faites connaissance, ou Dieu sait quoi. Juste la partie où il te baise, toi, la déesse de la guerre. Ce mec, il commence à me plaire.

J'eus envie de la reprendre mais je ne pus m'empêcher de rire. Lola continua sur sa lancée.

— Grrrrr, la guerrière.

— Je rentre chez moi.

— Tu peux me laisser l'extrait ?

— Pour quoi faire ?

Je la foudroyai du regard.

— Je veux appeler Carmen pour le lui lire.

— Je vois. Vous allez bien vous foutre de ma gueule, toutes les deux. (Souhaitant changer de sujet, j'ajoutai :) Au fait, et Ray ? Il ne t'intéresse déjà plus ? J'en déduis que tu as déjà couché avec lui.

Le sourire de Lola fit place à une expression de stupeur qu'elle essaya de dissimuler. Trop tard, je l'avais captée.

— Qu'est-ce qu'il y a ? demandai-je.

— Tu te souviens, je t'avais dit qu'il voulait m'emmener quelque part ?

— Oui. J'imagine que c'était son lit, la destination surprise…

— On est allé dans un chalet dans les montagnes l'avant-veille de Noël. On s'est envoyés en l'air sur un tapis.

— Et la suite ? C'est très bien, je suis ravie pour toi… mais il me semble qu'il y a autre chose, non ?

— Oui – Lola se mordilla les ongles, ce qui m'inquiéta quelque peu. Mais…

— Mais quoi ?

— Ray me plaît un max, m'avoua-t-elle en haussant les sourcils, comme si elle-même s'étonnait de cet aveu.

Je lui adressai un sourire enthousiaste.

— Génial. Je suis vraiment contente. D'après ce que tu m'as dit, c'est un mec super sympa.

— Val… je le kiffe grave.

— OK, tu viens de me le dire. Où est le problème ? C'est à cause de Sergio ? Après ta tirade sur mon incapacité à surmonter la rupture avec Victor… tu charries.

— Mais non, ce n'est pas ça.

— C'est quoi, alors ?

— Il n'a même pas vingt ans ! J'ai neuf ans de plus que lui. Neuf ans !

Je m'enfonçai dans mon fauteuil, tâchant de garder un visage neutre. Décidément, le monde n'avait pas fini de m'étonner. Finalement, sans le vouloir, j'éclatai de rire.

— Y'a franchement pas de quoi se marrer, grommela Lola.

— Mais non, je ne rigole pas, je t'assure – j'essayai de retrouver une mine sérieuse. C'est que… je suis étonnée, c'est tout.

— C'est surtout moi que ça a étonnée. Je croyais juste que c'était un mec qui manquait d'expérience… tu parles ! À cet âge, il ne risque pas d'en avoir des masses, d'expérience ! Il est à peine sorti du lycée.

— Aïe, Lolita… je soupirai. Bon, tu vas pouvoir lui apprendre un tas de trucs.

— Aucun doute là-dessus. Je suis une déesse du sexe, comme tout le monde le sait, mais là, continua-t-elle en indiquant son entrejambe, je ne donne pas de cours à domicile !

Une fois de plus, elle me fit me tordre de rire.

— C'est ça, gondole-toi, ma belle. On dirait que je suis devenue votre bouffon. Tu aurais dû voir la tronche de Victor quand je lui ai raconté. Il se marrait tellement qu'il m'en a craché son café à la figure !

Mon hilarité stoppa net.

Victor. Victor et ses grands yeux verts lumineux, qui m'avouait dans un murmure qu'il m'aimait trop.

Mon cœur cessa de battre pendant un centième de seconde.

Lola se rendit compte de sa gaffe. Elle ferma les yeux et s'excusa.

— Valeria, mon chou, ne fais pas cette tête. Excuse. Je n'aurais vraiment pas dû parler de lui.

— Non, non, t'inquiète. Pas la peine d'en faire un sujet tabou, soupirai-je. Et de son côté, comment ça va?

Lola se mordit la lèvre inférieure et réfléchit quelques instants. Elle ne savait pas si elle devait répondre à ma question.

— Bon… Ça va.

— Ça veut dire quoi, «ça va»?

— Il a repris ses petites routines, Val.

— Et alors, qu'est-ce qu'il y a de mal à ça?

Je pris une mèche et commençai à jouer avec, l'air sérieux.

— Ce qu'il y a de mal, c'est que ça ne le satisfait pas, même s'il me raconte le contraire. Crois-moi, je le connais bien. Je sais que la baise pour la baise, ce n'est plus son truc. Il n'est pas celui qu'il essaie de nous faire croire qu'il est. Au fond, il se sent comme une merde, mais il cherche à le cacher.

C'est lui qui a rompu, me répétai-je à moi-même. Et j'avais envie de le hurler à Lola. Hurler que moi aussi, je me sentais super mal. Mais je ne réussis qu'à m'arracher au fauteuil, à lui faire la bise et me diriger vers la porte.

— Tu veux que je lui parle?

Elle était restée affalée sur les coussins du canapé.

— Non.

Je souris autant que j'en fus capable, lui lançai une dernière bise et rentrai chez moi. En marchant dans la rue, je me sentais vraiment comme la dernière des nullités. La seule chose qui m'avait traversé l'esprit quand elle m'avait proposé de lui parler, c'était « dis-lui que je l'aime ».

Une fois rentrée, j'eus tout le temps du monde pour réfléchir à tête reposée. J'étais furieuse. Victor avait rompu juste au moment où nous aurions dû passer à la vitesse supérieure. C'est lui qui avait décidé. Lui et lui seul. Moi, je devais vivre ma vie. J'en avais assez que ce soient les autres qui décident pour moi. C'est ainsi que, sans plus tarder, je pris le téléphone fixe, cherchai son numéro sur mon portable et l'appelai. Bruno, vous l'aurez compris.

— Allô ?

— T'es vraiment un porc !

J'éclatai de rire.

— Je commençais à penser que tu n'allais jamais m'appeler.

— Que voulais-tu que je réponde à ce que tu m'as envoyé ?

— Ça a beaucoup plu à mon éditeur. Et puis que je te fasse mourir, ça ajoute une touche intéressante. L'idée d'une vengeance, ou quelque chose comme ça. Je t'enverrai une copie quand il sortira.

— Trop gentil !

— Tu n'aimes pas ?

J'avais l'impression que ça le faisait bien marrer, toute cette histoire.

— T'as un peu exagéré, quand même ?

— J'avais l'impression que l'autre soir, on allait dans cette direction, non ? (Nous nous esclaffâmes à l'unisson.) Tu l'as lu combien de fois ?

— Une seule.

— Menteuse ! Combien ?

— Trois, admis-je en riant.

— Tu mens encore.

— Oui, mais je ne veux pas te faire le plaisir de reconnaître que je le relis encore de temps en temps.

— Dommage, ma petite déesse de la guerre, parce que j'ai une envie folle de te revoir et de t'amener ici, de te soumettre à mille tortures pour te faire avouer, mais je suis coincé tant que mon roman n'est pas achevé.

— C'est pour ça que tu ne m'as pas appelée.

— Oh oh… impatiente ?

Il se foutait de moi.

— Je n'ai jamais dit que j'avais envie de remettre ça.

— Le mouvement de tes hanches contre moi était assez parlant, ma biche. C'est elles qui me l'ont dit.

En ce moment précis, je sentis le désir m'envahir. Étonnant, non ? Je pouvais être amoureuse d'un mec et en désirer un autre. Étais-je en train de me libérer de mon amour ?

— Appelle un téléphone rose, si tu veux ce genre de conversation. Il y a des professionnelles, pour ça, répliquai-je.

— À demain.

— Tu viens ?

J'étais tout excitée.

— T'as super envie de me voir ou tu fais semblant ? (Je lâchai un gloussement.) Bon, je t'appelle demain, dit-il avant de raccrocher.

Lola était en train de lire un livre, mais elle ne put résister à la tentation. Elle tendit la main vers le court texte que Bruno m'avait envoyé. Elle le relut une nouvelle fois et laissa échapper un éclat de rire malicieux. Puis elle prit son portable et appela Carmen. Qui allait adorer !

— Allô ?

— Tu veux entendre un truc qui va te faire crever de rire ? demanda Lola.

— Évidemment – Carmen était tout excitée. Juste une précision… C'est bien toi, Lola ?

— Oui, c'est moi. T'as du temps ? J'en ai pour un moment.

— Oui. Je suis à la maison en train de glander.

— Et tout ce que tu disais ? Bosser comme une malade pour booster ta carrière ?

— Houlà, ma belle, Barto vient de partir, il m'a épuisée !

— Et on dit que le mariage est le tombeau de l'amour…

— Pas celui de mon futur mari, je te le garantis !

— Je te le lis ?

— Oui, oui. C'est quoi, un post sur Facebook ?

— T'es vraiment accro à Facebook, toi.

Lola s'esclaffa.

Elle prit les feuillets imprimés et s'éclaircit la gorge. Mais la sonnette retentit.

— Attends, on sonne à la porte. (Elle alla jeter un œil par le judas puis, s'appuyant contre la porte, chuchota :) Je te rappelle dès que je peux.

— Ah non ! Tu ne peux pas me lâcher comme ça.

— La vie est cruelle, la drogue tue et le feu brûle !

Elle raccrocha et ouvrit la porte. Ray était là, un grand sourire aux lèvres. Il leva une main en guise de salut et la laissa retomber aussitôt en faisant la moue.

— Salut, lança Lola. Tu débarques au mauvais moment.

— Ah bon ? C'est le mauvais moment ou tu ne veux plus me voir parce que j'ai dix-neuf ans ?

Lola entrouvrit les lèvres. Elle allait répliquer mais décida de laisser tomber. Merde. Il était trop mignon pour avoir dix-neuf ans. C'était clair comme de l'eau de roche.

— J'avais l'impression qu'on s'était bien branchés, commença-t-il.

— Vu ton âge, on s'est déjà trop branchés.

Lola le fit entrer et referma la porte.

— Quand tu ne savais pas, ça ne semblait pas te poser de problème.

— Justement, je ne savais pas.

— Pourtant, j'avais le même âge. (Lola se mordilla les lèvres.) Écoute, Lola, les années, elles passent, c'est seulement une question de temps. Tu veux tout envoyer paître parce que tu n'as pas la patience d'attendre ?

— Qu'est-ce que tu racontes ?

Elle sourit, le prenant un peu de haut.

— Maintenant, c'est toi qui fais la môme.

Ray s'appuya contre un fauteuil.

— Je ne crois pas que…

— Mais là, maintenant, qu'est-ce qu'on en a à foutre ?

— Maintenant non, mais après…

— Maintenant, après… on s'en fout, OK ? (Lola lança à Ray un regard en coin.) Ce qui compte, c'est qu'en cet instant précis, tu meures d'envie de m'embrasser. Non ?

Lola esquissa un sourire, presque contre son gré. Elle savait qu'avec ce sourire, elle permettait à Ray d'entrer dans sa vie. Mais… au diable ! De toute façon, elle n'avait pas envie de se contrôler. Lola et le self-control, ça fait deux.

Elle le laissa donc entrer chez elle, dans sa vie et dans son corps. Trois fois, pour être précis. Parce que quand même, les djeun's, il faut bien reconnaître qu'ils récupèrent à une vitesse record !

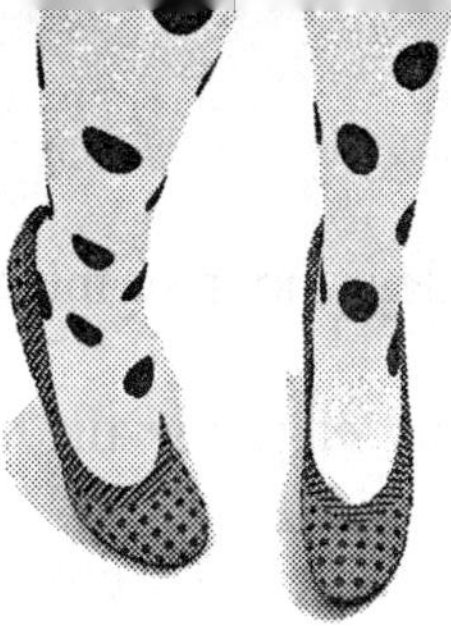

21

La petite routine

Vendredi, Victor sortit du boulot plus tard que d'habitude. Il avait dû résoudre un problème à la dernière minute sur un de ses chantiers. Un contretemps pénible et fastidieux. Il rentra chez lui à pied avec une seule idée en tête : se mettre au plumard le plus vite possible. Il aurait bien dormi jusqu'au lundi.

Juste avant d'arriver chez lui, il reçut un message d'un de ses potes avec l'adresse d'un bar du centre. Toute la bande s'était donné rendez-vous pour boire un verre, « peinards ». Il n'en avait pas franchement envie, mais…

Il rentra chez lui, avala rapidement les quelques victuailles qu'il trouva dans le frigo et passa sous la douche.

Une demi-heure plus tard, il ressortit. Il portait un jean anthracite, un T-shirt gris clair et un cardigan assorti au jean. Une fois dans la rue, il se demanda pourquoi il sortait s'il n'en avait pas envie. Puis il pensa à ce qu'il aurait vraiment aimé faire, et il accéléra le pas.

Quand il arriva au bar, tous ses potes étaient déjà là. Ils se saluèrent de moult claques sur l'épaule. Il s'était à peine assis que déjà on lui commanda un verre. Il se dit qu'il en aurait besoin au moins de deux pour se mettre dans l'ambiance.

— Les mecs, j'en bois encore un et je me tire, je suis crevé.

Personne ne le prit au sérieux. Lui-même n'y croyait pas.

Non loin d'eux, il y avait une bande de filles, six ou sept. Ses potes les avaient déjà repérées. Il remarqua une rousse qui, depuis qu'il était entré, n'arrêtait pas de le mater. Elle lui jetait des coups d'œil régulièrement comme elle aurait lancé des miettes à un pigeon. Il sourit dans sa direction, sans la regarder directement. Elle en fit autant.

Après le deuxième verre, et la conversation qui tournait autour de la bagnole qu'un de ses potes venait d'acheter, il vit la rousse se diriger vers le bar. Il l'entendit plaisanter avec le serveur et commander un autre verre. Ça faisait un moment qu'elle l'intéressait. Il se leva et la rejoignit.

Ils se retrouvèrent coude à coude au bar et Victor lui sourit.

— Qu'est-ce que je vous sers ? demanda le barman.

— Et cette jeune femme, qu'est-ce qu'elle boit ?

— Gin-tonic. Tanqueray et citron vert.

La rousse lui répondit directement d'une voix suave.

— La même chose pour moi.

Il la regarda en souriant, comme un séducteur de film en noir et blanc, puis prit une boucle de cheveux roux et l'enroula avec dextérité autour d'un doigt. Les cheveux étaient doux, d'une couleur cuivrée magnifique qui semblait naturelle.

— Je peux te poser une question personnelle ?

— Pose toujours. Tu verras bien si je réponds.

— C'est ta couleur naturelle ?

— Hé oui, depuis ma plus tendre enfance !

Elle haussa les épaules et Victor lança un œil en direction de son décolleté généreux et provocant.

— Victor.

Il lui tendit la main.

— Cristina.

— Tu as des yeux d'une couleur incroyable, tu sais ? Je n'ai jamais vu un gris pareil.

Ils rirent de concert pendant que le barman posait les deux verres sur le comptoir. Victor sortit un billet et demanda à Cristina s'il pouvait l'inviter.

— Tu peux, répondit-elle d'un ton aguicheur.

Ils sirotèrent leur cocktail puis échangèrent les questions d'usage. Qu'est-ce que tu fais ? Tu aimes bien ton boulot ? Qu'est-ce qui t'amène ici ? Et après, tu fais quoi ?

Après... La question ne méritait même pas d'être posée. Cristina alla faire la bise à ses copines et leur dit qu'elle rentrait, prétextant une migraine. Elle sortit. Victor l'attendait dehors.

Ils marchèrent côte à côte pendant quelques minutes, puis sans crier gare, Victor plaqua Cristina contre un mur et l'embrassa. Leurs langues firent plus amplement connaissance. Victor dut rajuster son pantalon avant de se remettre à marcher.

Ils arrivèrent devant l'immeuble où habitait Victor. Ils s'embrassèrent dans le hall d'entrée, dans l'ascenseur et sur le palier. Il leur fallut pas mal de temps pour atteindre la chambre. Cristina enleva sa robe et la jeta sur le fauteuil de cuir noir tandis que Victor en faisait plus ou moins autant. Ils finirent de se déshabiller l'un l'autre fébrilement. Cristina avait un teint de porcelaine, pâle et parfait. Le rose de ses joues venait probablement plus du maquillage que de la timidité. Victor avait assez d'expérience pour savoir qu'elle n'était pas du genre à piquer un fard facilement. Il battit des paupières. Son ex, au contraire, rougissait pour un oui, pour un non.

Quand ils se retrouvèrent en sous-vêtements, Victor se dit que Cristina était incroyablement sexy. Elle avait des seins plus gros que ce qu'on aurait cru en la voyant habillée, et des hanches arrondies. Elle ne portait sûrement pas du 36. Sa peau était ferme et lumineuse. Lorsqu'elle se mit à califourchon sur lui, il ne put s'empêcher de lui peloter les fesses. Elle était de ces femmes hyper sensuelles qui donnent immédiatement envie de se retrouver au plumard avec elles.

— Tu sais que tu es une vraie bombe ? demanda-t-il tandis qu'ils étaient en train de finir de se désaper.

— On me l'a déjà dit, répliqua-t-elle en faisant la vamp.

Le soutien-gorge de dentelle noire tomba par terre à côté du lit, bientôt rejoint par une culotte assortie, puis par le boxer noir de Victor.

Il tendit la main vers le tiroir de la table de nuit et en retira un préservatif.

— Tu te reprends vite ? demanda-t-elle, assise sur lui mais lui laissant assez d'espace pour qu'il puisse facilement enfiler la capote.

— Assez, oui, répondit-il en souriant tout en déroulant la capote le long de son sexe tendu. Pourquoi ?

— Parce que tu ferais peut-être bien d'en sortir un autre.

— OK, OK, pas de problème. Voici ce que je te propose : je te baise un bon coup, et si tu survis, on envisagera la piqûre de rappel.

Cristina prit le sexe érigé et le glissa en elle. Victor lui saisit les hanches et la laissa bouger en rythme sur lui. Pendant un certain temps, ce ne furent plus que gémissements et halètements, le bruit de leur corps-à-corps.

Cristina n'avait pas les cheveux très longs, mais ils rebondissaient sur ses seins à chaque mouvement de hanches. Victor repensa aux cheveux de son ex : longs et doux, qui avaient son odeur. Il ferma les yeux et lança un gémissement rauque. Puis il les rouvrit, fit basculer Cristina sur le dos, s'allongea sur elle et la pénétra d'une poussée.

Elle entoura ses jambes autour de ses hanches et, les mamelons durcis, se cambra pour le sentir plus en elle, absorbée par le plaisir qui l'envahissait.

Victor la sentit trembler sous lui. Il se dit qu'elle était en train de jouir et il accéléra le mouvement, agrippant l'oreiller à deux mains, les yeux rivés sur les seins volumineux qui balançaient en rythme à chaque assaut.

— Tu vas peut-être jouir une deuxième fois… articula-t-il à voix basse.

— Oui, oui… fut la seule réponse qu'il reçut.

Il se mit à genoux, attira les hanches de Cristina vers lui et la pénétra dans cette position trois ou quatre fois en la maintenant contre lui. Puis il la laissa retomber sur le matelas, la retourna et, après lui avoir soulevé les hanches, la prit en levrette en l'empoignant par les cheveux avec juste ce qu'il fallait de force pour la faire gémir encore plus.

Il sentit sa main se faufiler entre ses cuisses. Elle se caressa et allongea un doigt jusqu'à lui. Il ferma les yeux. Il agrippa ses hanches et accéléra le mouvement. La chambre se remplit du bruit de leurs gémissements et de leurs corps se heurtant l'un contre l'autre. Elle poussa un cri, et il en fit autant. Ils gémirent tous les deux au même moment, tandis qu'un orgasme puissant les envahissait.

Victor se laissa retomber sur le côté. Il retira le préservatif et le posa sur son étui qui était encore sur la table de nuit. Puis il resta un moment à reprendre son souffle, un avant-bras posé sur les yeux.

Il l'entendit se lever, ramasser ses sous-vêtements et aller à la salle de bains. Il ouvrit les yeux quand il l'entendit rentrer dans la chambre. Oui, elle était décidément très sexy. Elle lui lança un sourire.

— J'y vais, annonça-t-elle, toujours souriante.

— Tu n'as pas envie de remettre ça ?

— Je sais qu'une femme comme moi, ça demande beaucoup d'énergie. Je pensais te laisser un ou deux jours de repos.

Ils éclatèrent de rire. Victor se redressa et, la prenant par le bras, l'attira vers le lit. Il avait plutôt aimé leur petite séance.

— Reste un peu. Tu as une clope ?

— Je ne fume pas, répliqua-t-elle en s'allongeant à côté de lui.

— Alors raconte-moi quelque chose pendant que je reprends des forces. Quelque chose de gai.

La main de Cristina lui caressa la cuisse et remonta jusqu'au sexe. Il sursauta en sentant les doigts frais se refermer sur son membre.

— Il était une fois, commença-t-elle à mi-voix, une fée appelée Cristina. Elle avait des cheveux roux flamboyants, des yeux gris et un teint très pâle.

— Mais aussi les mains glaciales… Ce n'est pas comme ça que je vais retrouver la forme, ma biche, observa-t-il.

— La fée Cristina avait toujours les mains froides, c'est vrai. Mais comme c'était une fée, elle connaissait plein de tours de magie.

Elle se mit à quatre pattes sur le lit et, écartant la couette, approcha le visage du membre qu'elle tenait enserré dans sa main. Elle eut bientôt la bouche trop occupée pour continuer à parler.

Victor lui caressa les cheveux pendant qu'elle le faisait aller et venir entre ses lèvres. Il respira profondément, les yeux au plafond. Il se sentait relax, au point qu'il fut étonné de sentir son érection revenir. Elle savait s'y prendre.

— Oui, commc ça… doucement, murmura-t-il quand elle engloutit son membre jusqu'à la garde.

Elle le fit ressortit en le caressant de la langue. Il ferma les yeux. Une image lui passa par la tête. Le jet puissant de l'eau dans sa douche et son ex-copine, à genoux devant lui. Il serra les mâchoires, saisit une mèche de cheveux roux et guida la tête de Cristina pour qu'elle accélère le rythme. Il laissa échapper un gémissement.

Ses halètements se firent plus saccadés. Il se redressa légèrement et annonça qu'il ne pourrait plus résister longtemps si elle continuait comme ça. Cristina poursuivit avec application comme si de rien n'était, le laissant tomber en chute libre vers l'orgasme.

— Regarde-moi, regarde-moi, balbutia-t-il.

Ellc lcva vcrs lui ses yeux gris et le regarda entre ses cils fournis très maquillés. Victor se laissa aller et jouit dans sa bouche.

Elle lui donna encore quelques petits coups de langue, puis se releva, passa une main sur ses lèvres gonflées et lui sourit.

— Ça, c'était un cadeau. Maintenant j'y vais.

Elle enfila sa robe noire et son collant et mit ses chaussures. Victor, toujours à demi allongé, n'avait pas cessé de la regarder. Une fois qu'elle eut enfilé et boutonné son manteau, elle ouvrit son sac et lui lança une carte de visite qui atterrit sur son torse. Il la saisit et jeta un coup d'œil.

— Cristina Soler, avocate, lut-il à voix haute. Et aussi fée, non ?

— Les cartes de fée, je n'en ai plus – elle lui lança un clin d'œil et se dirigea vers la porte. Tu n'as pas besoin de me raccompagner. Appelle-moi si tu as envie de remettre ça.

— Comme ça je pourrai te rendre la politesse, non ?

— Pourquoi pas ?

Elle disparut en faisant résonner ses talons sur le parquet. Victor entendit la porte de l'appartement s'ouvrir et se refermer aussitôt.

Il inspira profondément comme s'il avait longtemps retenu son souffle. Il se leva, prit la capote, fit un nœud et alla la jeter dans la poubelle de la salle de bains. Entièrement nu, il se regarda dans le miroir puis se lava les mains et le visage à l'eau froide. L'odeur du sexe restait collée à sa peau. C'était une douche qu'il lui fallait. Une fois lavé et essuyé, il passa un pyjama propre.

Quand il se jeta sur son lit, il fut assailli par le parfum de la femme inconnue. La fée… Il resta longuement allongé sur le dos, un bras derrière la tête, à fixer le plafond. Il se rappela la première fois que son ex-copine était restée dormir chez lui. Quand elle était partie, il avait respiré son parfum sur l'oreiller, et il lui avait semblé si délicieux qu'il ait qu'une envie, se laisser submerger. Quand elle s'en allait, les draps conservaient de légers effluves de Coco Mademoiselle. Quand elle s'en allait… elle lui manquait.

Il se mit une main sur les yeux et se mordit avec force la lèvre inférieure. C'était une autre qui venait de quitter son lit, mais c'était elle qui lui manquait.

— Merde, Valeria… murmura-t-il.

Il s'assit. Il se sentait vide et idiot, le contraire de l'imbécile heureux. D'un geste décidé, il défit les draps, les taies, tout. Il les balança par terre à côté du fauteuil de cuir noir. Puis il prit une couverture dans l'armoire et alla dormir sur le canapé.

22

Journal des appels

Mercredi 19 janvier

— Allô ?

Je répondis à la quatrième sonnerie.

— Tu étais sûrement en train de te dire : « J'espère que c'est Bruno. Je ferai mon inaccessible et j'attendrai la quatrième sonnerie avant de répondre pour qu'il ne pense pas que j'attends son appel, ce mec qui embrasse tellement bien… »

— Tu lis dans mes pensées… Ça boume ?

— J'en ai marre. J'ai relu cinq fois le même texte, et il manque quelque chose.

— Un peu de cul, sûrement, et des nichons…

— À propos de nichons, ça me ramène au chapitre où tu me laisses te les toucher, et je me rappelle quand je te les ai caressés l'autre soir dans l'entrée de l'immeuble. Depuis, j'ai toujours envie de les toucher.

— Tu es bien sûr de toi !

J'éclatai de rire.

— C'est toi qui me donnes confiance. Mais il faisait noir et j'avais bu un verre de trop. Qu'est-ce que tu comptes porter pour notre prochain dîner ?

— Et toi ?

— Bof, je n'en sais rien. Tout ce que j'espère, c'est de me retrouver avec juste un petit bonnet de latex sur le…

— Arrête !

— Bon, je retourne bosser. Tu me fais toujours perdre la tête. Et puis j'ai un rencard avec Aïtana.

— C'est qui, Aïtana ?

Mes sens étaient en alerte.

— Hum… jalouse ? J'adore. T'inquiète, tigresse. C'est ma fille.

— Où est-ce que tu l'emmènes ?

— Faire du patin à glace. Je finirai la gorge tranchée par un de ces patins, je le sais. La glace sera couverte de mon sang et Aïtana deviendra tueuse à gages pour surmonter le traumatisme.

— Les patins ne sont pas du tout tranchants, idiot ! Et la glace couverte de ton sang, impossible !

— Bon, on verra.

— Prends quelques photos.

À dix-huit heures, je reçus un mail avec une photo de lui avec sa fille. Le message était bref :

J'ai envie de te voir.

Vendredi 21 janvier

— Allô ?

— Oh, excusez-moi, je crois que je me suis trompé de numéro. J'appelais le téléphone rose de Patty.

Je reconnus immédiatement le ton malicieux de Bruno.

— En effet, plaisantai-je, ce numéro est celui d'un magasin de fruits et légumes.

— Logique. Tout ça, ce n'est jamais qu'une histoire de melons, kiwis et bananes. Bon, on fait comme si tu venais de décrocher, OK ? J'adore ton message d'accueil.

— OK – je m'éclaircis la voix. Bonjour, bienvenue sur le téléphone rose de Patty. Si tu veux parler avec Wendy, tape 1, si tu veux parler avec Patty, tape 2…

— Heu… toi, tu es qui ?

— Patty.

— Ah.

Je l'entendis taper sur le clavier de son portable.

— Tu as fait le 1 ou le 2 ?

— Le 2, le 2. Qu'est-ce que vous portez, miss Patty ?

Je me jetai sur le lit, tordue de rire. Je l'entendis allumer une clope.

— Je rêve au jour où tu répondras vraiment à ma question.

Il tira une taffe.

— Rêve toujours…

— Pourquoi est-ce que tu me manques ?

Je fermai les yeux. Il commençait vraiment à me faire craquer, ce mec !

Samedi 22 janvier

J'avais à peine décroché que j'entendis la voix de Bruno.

— J'ai rêvé de toi cette nuit, murmura-t-il.

— Tu as de la chance que je vive seule et que je reconnaisse ta voix, parce que sinon, on te prendrait facilement pour un maniaque.

— Tu ne veux pas savoir ce que j'ai rêvé ?
— C'est sympa ?
— Super…
Il laissa échapper une sorte de grognement rauque et sensuel.
— Je n'ai pas envie d'en savoir plus.
Je serrai les cuisses.
— Tant mieux. Comme ça, je ne suis pas obligé de révéler mes secrets nocturnes en ta compagnie.
— Tu viens quand ?
— T'as envie de me voir ?
— J'ai envie que tu arrêtes de téléphoner.
Il raccrocha. J'écoutai quelques instants la tonalité intermittente et raccrochai à mon tour. Puis, souriante, je composai son numéro.
— Allô ?
— Ne raccroche pas.
— Maintenant c'est toi qui parles comme un maniaque.
— Tu viens quand ?
— Le 31, j'ai une réunion.
— Tu fais l'aller-retour dans la journée ?
— Non. Je vais me poser au moins une nuit. J'espère que tu n'as pas oublié notre projet de soirée pyjama.
— Non, je n'ai pas oublié.
— Parfait. Parce que je ne pense qu'à ça.
— J'apporte les bigoudis et le vernis à ongles ?
— Je préférerais un Twister. Comme ça on pourra jouer à s'emmêler les pinceaux.
— Désolée, je n'ai pas de Twister.
— Pas de souci ! Je prendrai des pastels à l'huile, nous pourrons peindre directement les cercles sur le corps. Langue sur nombril : jaune et vert.
— Arrête, Bruno.

— Bleu et rouge. Main droite sur cuisse gauche.
— Arrête, je te dis…
— Oui, t'as raison, il vaut mieux que j'arrête.
— Langue sur…
— Cuisse gauche, exactement. En remontant. Tu as relu mon mail ?
— Oui, avouai-je.
— C'est bon, je peux raccrocher. Tu as illuminé ma journée.

Dimanche 23 janvier

— C'était quand, la dernière fois qu'on s'est parlé ? demandai-je.
J'avais déjà l'oreille tout endolorie.
— Il y a une demi-heure, si je ne m'abuse.
— J'espère que t'as un bon forfait.
— Oui, t'inquiète. Tu sais pourquoi je t'appelle ? Parce que je m'ennuie grave.
— Si tu écrivais plus, peut-être que tu t'ennuierais moins.
— J'ai envoyé le premier jet hier. Du coup je n'ai pas grand-chose à faire. J'attends des vacances bien méritées.
— Et tu vas où, pour fêter ça ?
— Je viens te voir.
— Mais non, tu viens à Madrid pour une réunion.
Ça me gonflait un peu qu'il ne vienne pas uniquement pour me voir. En fait, il profitait de l'occasion.
— C'est à quel sujet, ta réunion ?
— Je vais vendre les droits de mon premier roman pour une adaptation ciné. Ça me fout un peu la trouille. Mais si ça se passe bien, je passerai quelques mois dans le coin.

— Super !

— Et après, j'ai une autre réunion – il soupira. Une affaire super sérieuse.

Une autre ? Là, je commençais à avoir les boules. J'avais espéré l'avoir toute la journée pour moi.

— Avec la maison d'édition ?

— Non, avec une meuf. Je pense qu'on va enfin savoir où on en est, tous les deux. Et j'espère que ça va finir au plumard. Avec elle à califourchon sur moi m'avouant qu'elle ne peut pas vivre sans moi.

— Espèce de con !

— Ouais, c'est ce qu'elle me dit souvent – je sentis un frémissement me parcourir l'estomac. Au fait, Valeria, avec ce mec, tu en es où ?

— Quel mec ?

— Ton mec. Enfin, ton ex.

Victor ! Évidemment. Il fallait qu'il revienne dans le tableau. Il suffit de penser à lui pour que j'aie l'impression que la pièce se vide de tout son oxygène. Je mis la main sur ma poitrine. *Victor, barre-toi, disparais.*

— Je ne sais pas.

— La rupture, ça a été dur ?

— Non.

Je répondis en vitesse pour que Bruno ne se rende pas compte que je mentais.

— Bah, c'est probablement parce que tu avais quelqu'un d'autre pour te changer les idées…

Il éclata de rire.

J'en fis autant, mais j'avais l'estomac noué. Victor réussissait même à me faire venir des aigreurs d'estomac.

— Tu penses qu'on peut trouver des oreilles comme les tiennes au marché aux puces ?

— T'es trop mignonne. Mais toi…

— Moi quoi ?

— T'as réfléchi à ce que tu vas mettre la prochaine fois qu'on se voit ? Parce que moi, je n'arrive pas à penser à autre chose.

Mercredi 26 janvier

— Allô ?

— Je veux juste te souhaiter bonne nuit, et te dire que j'ai pensé à toi toute la journée, murmura Bruno.

C'est exactement ce dont j'avais besoin pour arrêter de me prendre la tête. Les problèmes de fric, le boulot qui n'arrivait pas, et une pensée qui me trottait dans la tête en permanence et dont je me serais bien passée : « Et Victor, qu'est-ce qu'il fait en cet instant précis ? »

— Tu sais quoi ? Moi aussi j'ai pensé à toi, lançai-je d'un ton décidé.

— J'étais à poil, dans tes pensées ?

— Non.

— C'est juste que… je me rappelais cette jupe que tu portais.

— Elle te plaît ?

— La jupe, je m'en branle. Mais elle te va super bien. Tu es née pour qu'on se prosterne à tes pieds quand tu portes cette foutue jupe.

Il lança un éclat de rire.

— Ta réunion, c'est à quelle heure ?

— Elle est prévue pour dix heures, sauf changement de dernière minute. Je serai libre à partir de midi.

— On se retrouve à midi et demi devant ton hôtel ? Je réserverai une table dans un resto du coin.

— Je meurs d'envie de sentir ton odeur, de plonger ma tête entre tes seins et de descendre…

— Arrête tes conneries !

Je fermai les yeux.

— Quand tu me dis d'arrêter, ça me donne envie de continuer. En fait, j'ai l'impression que ça te fait kiffer un max, ce que je te dis.

— Basta, souhaite-moi bonne nuit.

— Qu'est-ce que tu portes ?

— Bonne nuit.

Il soupira.

— OK, c'est mieux comme ça. Bonne nuit.

Je raccrochai et restai avec le téléphone dans la main. J'étais déjà sous la couette, appuyée contre l'oreiller avec un bouquin sur les genoux. J'étais en train de relire *Lolita* de Nabokov. Pas l'exemplaire que j'avais offert à Victor mais celui que j'avais acheté quand j'étais étudiante. Le sien, il l'avait emporté un jour pour le terminer. Et après, c'est entre nous que ça avait été terminé.

Je reposai le bouquin sur la table de nuit et me redressai. J'avais toujours le téléphone à la main. Je le regardai… et refis le numéro.

— Un débardeur noir à bretelles, lançai-je d'une traite comme si je n'avais pas franchement envie d'aller dans cette direction.

Il éclata de rire.

— Bon, sache que c'est toi qui as ouvert la boîte de Pandore… Et il est comment, ce débardeur ?

— Court. Je n'arrive pas à régler le chauffage chez moi, et comme l'appart est tout petit, il fait super chaud.

— Et quoi d'autre ?

Sa voix était redevenue un murmure.

— Il y a un peu de dentelle sur le décolleté. Les bretelles sont très fines.

— Et le bas ?

— Ça commence vraiment à ressembler au téléphone rose.

— C'est toi qui as commencé, protesta Bruno.

— Une culotte assortie.

— Taille basse ?

— Taille basse, oui. Et toi ?

— Moi, non, je ne porte pas de culottes à taille basse.

Nous éclatâmes de rire, un peu gênés.

— Alors, qu'est-ce que tu portes ? j'insistai.

— Je ne me suis pas encore changé. J'allais juste me mettre au lit.

— Et donc, tu portes quoi ?

— Un jean et un pull gris. Et en dessous, un T-shirt blanc.

— Tu dors en pyjama ?

— Avec toi, sûrement pas. Comme ça, je serai plus facilement à ta disposition si tu veux abuser de moi pendant la nuit. Tu m'attends un instant ?

J'entendis quelques bruits, et au bout de quelques instants Bruno reprit le téléphone.

— Maintenant, demande-moi ce que je porte.

— Qu'est-ce que tu as mis ?

— Une chemise de nuit – nous éclatâmes de rire. Je me suis déshabillé. Mais aucune importance. Ce qui m'intéresse, c'est que toi tu te désapes.

— Tu es en train d'essayer de me séduire pour obtenir une séance de cul au téléphone ? T'es complètement ouf !

— Je n'arrête pas de t'imaginer comme je t'ai décrite dans mon texte, murmura-t-il. Nue et mouillée, sur moi.

— Tu viens dans quatre jours…

— Tu préfères garder tes forces ? Ça fait un mois qu'on s'est vu, en un mois on a le temps d'imaginer un tas de trucs. Lundi, je ne vais pas savoir par où commencer…

— Et si lundi ça ne la fait pas ? Peut-être qu'on n'aura pas envie.

Ou je sens que je pense encore trop à Victor pour pouvoir coucher avec toi.

— Oui, évidemment.

Il laissa échapper un petit rire.

Je déglutis avant de répondre.

— Je vais prendre une douche.

— OK.

— Tu acceptes ?

— Je ne vois franchement pas ce que je peux faire d'autre.

— Il y a sûrement quelque chose que tu peux faire, insinuai-je.

— Et il va bien falloir que je le fasse si je ne veux pas passer pour un ado surexcité quand tu me toucheras – je fermai les yeux. Mais je vais imaginer que je suis avec toi, je te préviens…

— Bon, ça suffit, arrête ton char.

— OK. Au fond, quatre jours interminables, ce n'est pas grand-chose. Mais quand même… enfile ta main droite dans ta culotte et dis-moi quel effet ça te fait… murmura-t-il, mi-sérieux, mi-déconnant.

Je fixai le plafond, assez tentée d'obtempérer, je dois dire. Mais j'éclatai de rire.

— Bonne nuit.

Je raccrochai, éteignis la lumière et essayai de dormir.

Je restai éveillée jusqu'à deux heures et demie, après m'être laissée aller à penser à Victor. *Basta, Victor, merde ! Sors de ma vie une fois pour toutes.*

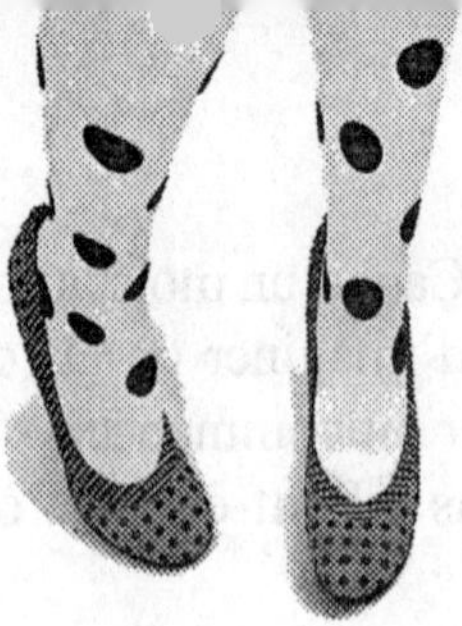

23

La vie continue

Carmen jeta un regard en coin à Barto, qui semblait avoir une idée derrière la tête.

— Pas question ! lui lança-t-elle pour toute réponse.

— Je n'ai rien dit – Barto se replongea dans la lecture du dossier que Nerea avait préparé pour l'organisation de leur mariage. Tu as vu un peu les prix ? Si ce n'était pas ton amie, je penserais que c'est de l'arnaque. Tù ne veux vraiment pas m'aider ? supplia-t-il.

— J'ai déjà fait la liste de mes invités. Maintenant, à toi de souffrir, mon gars !

Elle se leva du canapé en bâillant et lui dit qu'elle allait étendre le linge. Elle n'arriva même pas jusqu'à la cuisine. Barto la prit par la taille, la souleva et la posa sur la table de la salle à manger. Il lui retira sa culotte en un clin d'œil, juste avant qu'elle ne s'en charge elle-même.

— S'il te plaît, Barto, mets-le, cette fois.

Il fronça les sourcils. Puis il défit la ceinture de son pantalon et elle l'attira vers elle en entourant les hanches de ses jambes.

— S'il te plaît, mon chéri…

— Juste un moment… murmura-t-il.

Il entra en elle, la faisant gémir de plaisir. Elle eut beaucoup de mal à lui demander de s'arrêter quand il commença à bouger d'un rythme soutenu.

— Arrête, arrête, implora-t-elle entre deux gémissements.

— Je te jure que je peux me contrôler.

Il la prit dans ses bras, l'allongea sur le canapé et se jeta sur elle. Carmen adorait baiser sans prendre le temps de se déshabiller, sous le coup de la passion. Barto continua ses assauts en accélérant le rythme. Elle rejeta la tête en arrière.

— Bon sang, articula-t-elle entre deux gémissements, ne t'arrête pas. Continue !

Barto lui souleva une jambe et la pénétra encore plus profondément. Elle ferma les yeux et se laissa emmener là où il voulait la porter. Elle le sentit palpiter en elle. Il s'arrêta, reprit le rythme puis s'immobilisa de nouveau, le souffle haletant.

— Ne t'arrête pas, je suis au bord.

Elle remua les hanches pour aller à la rencontre de Barto et se concentra sur la vague de plaisir qui commençait à la submerger. Elle poussa un cri et il l'accompagna jusqu'au point de non-retour. Il attendit qu'elle jouisse et, ne pouvant pas se retenir plus longtemps, se retira juste à temps comme il le lui avait promis. Tant pis pour le canapé !

Elle le regarda avec une moue de reproche, et il se mordit les lèvres.

— Excuse…

— La prochaine fois, tu mets une capote, un point c'est tout !

Lola écarta les jambes avec un sourire perfide. Ray, dans tous ses états, cligna des yeux et se pencha vers elle.

— Doucement, intima-t-elle.

Il allongea sa langue vers son sexe et Lola ne put réprimer un frisson. Elle hocha la tête, lui indiquant qu'elle était plus que consentante, et Ray s'installa plus à son aise, la tête entre ses cuisses. Elle lui caressa les cheveux.

— J'aime ça, gémit-il.

Il entrouvrit ses lèvres, effleura le clitoris du bout de la langue puis commença à le caresser en tournant autour plusieurs fois. Lola sursauta quand elle sentit qu'il enfonçait un doigt en elle, puis un deuxième. Merde, il était doué, cet élève. Rien à voir avec sa première tentative. Il progressait à vue d'œil.

— Continue comme ça…

— Tu me rendras la pareille, hein ! lança-t-il sur le ton de la plaisanterie.

Lola rejeta la tête en arrière tandis que Ray continuait son jeu de langue et de lèvres, et même de dents avec quelques mordillements délicieux. Lorsqu'il plia un doigt en elle, Lola explosa dans un orgasme dévastateur qui la fit hurler.

Ray leva la tête, content, souriant et ému. Lola le trouva adorable. Elle se leva, embrassa ses lèvres humides et déboutonna son jean en lui tendant une capote. Puis elle lui dit :

— Fais de moi ce que tu veux…

Ray se jeta sur elle et la pénétra impétueusement. Il garda un rythme violent qui catapulta Lola au septième ciel, et peut-être même au huitième. Quand il jouit dans un gémissement de volupté, elle avait déjà eu deux orgasmes.

Finalement, ça ne se passait pas si mal avec ce gamin, non ?

Les visites chez le gynéco ne sont jamais une partie de plaisir. Tu y vas, tu poireautes des plombes dans une salle d'attente pleine de revues pour femmes enceintes, et quand enfin c'est ton tour, tu dois te désaper, enfiler une espèce de blouse horrible et écarter les cuisses devant un inconnu. L'inconnu, en l'occurrence, c'est ton gynéco, que peut-être tu consultes depuis des années mais qui ne connaît qu'une chose te concernant, ton anatomie intime.

Non seulement je déteste, mais en plus ça me fait flipper grave et je n'arrive pas à le cacher. Enfin, bon, il fallait bien que je fasse mon check-up annuel.

Le Dr Ignacio Pino était un mec d'une trentaine d'années, avec un look d'enfer et un sourire à tomber à la renverse. Sauf qu'il était à peu près aussi difficile de le faire sourire que d'obtenir un rendez-vous dans son cabinet. Mais il avait beau être super canon, il ne me plaisait pas du tout. J'aurais préféré avoir une femme gynéco, ou un mec pour lequel je n'aurais jamais pu ressentir la moindre attirance sexuelle. Le Dr Pino, en revanche… ouais, il aurait pu m'intéresser sur ce plan. Et pourquoi je continuais à consulter chez lui ? Par pure paresse. C'était seulement une fois par an. Mais il fallait y aller, c'était galère.

Je fixai le plafond en soupirant et le médecin entra avec son rictus habituel, un mélange de professionnalisme et de lassitude. Je le comprenais. Inspecter des foufounes toute la sainte journée, ce n'est pas franchement marrant, le pauvre !

— Bonjour Valeria.

Il me salua en enfilant des gants de caoutchouc.

— Bonjour, docteur.

— Comment ça va?

Il approcha un tabouret d'un coup de pied, et rien que ce geste me sembla sexy.

Je fixai le plafond. Peut-être que je pouvais me faire prescrire un peu de bromure?

— Ça va, merci.

— Vous prenez toujours la pilule?

— Oui, répondis-je nerveusement.

— Écartez les jambes, s'il vous plaît. Rapprochez-vous un peu plus du bord. Voilà, comme ça.

— Bon, en fait, je ne suis pas certaine de vouloir continuer à la prendre, lançai-je tout à trac.

— Vous voulez avoir un enfant? demanda-t-il en approchant la sonde de l'échographe.

Merde. Nous y voilà, avec ce maudit truc qui ressemble à une bite et sur lequel, pour couronner le tout, il enfile une sorte de capote lubrifiée. Le Dr Amour, comme l'appelle Lola, qui est elle aussi une de ses patientes.

— Non, je n'ai pas envie de me retrouver enceinte, mais je viens de divorcer et en ce moment, je n'ai pas de relation stable.

Je le regardai, il me sourit. Bon, j'avais quand même eu droit à un sourire.

— Bien, Valeria, je pense que ce n'est pas forcément une bonne idée d'arrêter la pilule. C'est ce qui a permis de réguler votre cycle.

— Oui, c'est vrai, soupirai-je. Mais je voulais vous consulter sur ce point.

— Bon – il se leva, tenant la sonde à la main. Détendez-vous.

J'essayai tant bien que mal de faire ce qu'il me demandait. Au début, c'était le Dr Pino, mais avec le temps, nous en étions venus à nous appeler par nos prénoms. Il introduisit la sonde, le regard fixé sur l'écran, qui ressemblait à une télé en panne.

— Hum… lâcha-t-il en fronçant les sourcils.

— Il y a un problème ?

Il ne répondit pas. Il reposa la sonde, mit un peu de lubrifiant sur ses doigts gantés et m'explora avec diligence.

— Il y a une inflammation du col de l'utérus.

Je fixai le plafond. Génial ! J'avais les doigts de mon gynéco dans le vagin, et, en prime, une inflammation du col de l'utérus !

— C'est grave ?

— Non, mais le plus probable, c'est une infection de chlamydia. Vous avez eu des rapports non protégés ?

Adieu le sourire. Et en plus, avec cette histoire, j'allais sans doute devoir parler de Victor.

— J'ai eu une autre histoire. Nous pensions pouvoir nous faire confiance, et…

— Bon, ce sera confirmé par la cytologie. Nous aurons les résultats en quarante-huit heures. Je vais vous prescrire un antibiotique. Vous devez vous abstenir de relations sexuelles pendant le traitement.

Le plan Bruno, c'est râpé. Merci Victor ! Tu m'as refilé une MST, fils de pute. Maintenant basta, ça suffit ! Barre-toi et disparais pour de bon.

— Je vous conseille de contacter tous vos partenaires. L'infection peut être asymptomatique, mais il est important de la traiter le plus vite possible – je me cachai le visage dans les mains. Valeria, ne vous faites pas de souci et ne soyez pas gênée, c'est parfaitement banal. Vous n'imaginez pas tout ce que nous voyons, nous autres médecins.

— Ce n'est pas ça le problème. Juste que je suis vraiment en colère.

Il sourit de nouveau. Mon jour de chance. Deux sourires et une infection de chlamydia.

Quand je sortis du cabinet, je ne savais pas si j'avais plus envie de pleurer ou d'étrangler Victor. En fait, la deuxième option me tentait beaucoup plus. Mais je me calmai. Inutile de franchir le seuil de la légalité. Autant continuer ma vie, même si, dans l'immédiat, elle me donnait assez peu de plaisir.

Je hélai un taxi, pris mon téléphone dans mon sac et appelai Victor. J'imaginais la tronche qu'il allait faire en voyant mon nom apparaître sur l'écran de son portable. Je m'en foutais. Ce n'était pas exactement un appel de courtoisie.

— Valeria, salut ! Ça va ?

Sa voix était très sérieuse.

Je fermai les yeux. Je ne m'étais pas attendue à ce que ça me mette dans tous mes états, d'entendre sa voix.

— On fait aller…

— Tu as passé de bonnes fêtes ? Et ta famille, ça va ?

Les fêtes ? La famille ? Et puis quoi encore ? C'était le bouquet ! Je décidai : l'étrangler de mes propres mains.

— Écoute Victor, tu penses bien que je ne t'appelle pas pour bavarder.

— Ouais…

— Il faut qu'on se parle, si possible de vive voix.

Je regardai le chauffeur du coin de l'œil. Ma conversation semblait l'intéresser.

— Je pense que j'ai un peu de temps lundi prochain.

Je tentai de contrôler mon envie de hurler et de lui fracasser le portable sur le crâne, même s'il n'était pas là.

Lundi prochain ? Mais pour qui il se prenait, l'enfoiré ? En plus, c'était le jour de mon rencard avec Bruno.

— Ça ne peut pas attendre lundi. Il faut que tu me trouves un moment aujourd'hui.

Je m'imposai.

Il ne répondit pas immédiatement. Il se donnait le temps de concocter une réponse à la hauteur de la mienne.

— Bon, je te passe ma secrétaire, elle te trouvera un créneau.

Le salaud !

Sa secrétaire, très aimable, se souvenait de moi. On peut dire que j'avais de la chance… Elle trouva une demi-heure après le déjeuner et me demanda d'être ponctuelle.

— Je ne pense pas que nous aurons besoin d'une demi-heure, ça devrait prendre très peu de temps.

— Ces bonshommes…, grommela le chauffeur.

Quand Victor entra dans son bureau, je l'attendais déjà depuis une vingtaine de minutes. Vingt minutes à tourner en rond, à faire bouillir à petit feu ma colère qui, déjà, n'avait pas besoin de ça. Quand il me vit, il retira son manteau en hâte et l'accrocha au portemanteau. J'avais beau être en rage comme rarement, quelque chose en moi frémit quand je le regardai. Il portait un costume anthracite sur une chemise blanche, avec une cravate noire.

Merde ! Merde à ce fils de pute et à ses costards trop classes !

Je dus respirer à fond pour reprendre un semblant de calme.

— Excuse-moi, Valeria. Un déjeuner chiant et interminable avec un client.

Il passa une main dans ses cheveux en bataille.

— Évidemment…

J'avais pris un ton condescendant, sans même le faire exprès.

Il s'approcha mais, en voyant mon expression, laissa tomber l'accolade entre potes et alla s'asseoir à son bureau.

— Dis-moi.

— Tu es vraiment un porc, tu sais?

— Heu… il y a quelque chose qui m'a échappé?

Il pencha la tête, perplexe, profil bas.

— Non, c'est à moi que quelque chose a échappé. Tu en as baisé combien quand tu étais avec moi? Tu es un vrai fils de…

— Qu'est-ce que tu racontes? (Il m'interrompit, irrité.) Pourquoi est-ce que tu m'appelles pour me dire que tu as quelque chose d'urgent à me dire, et tu ne fais que m'insulter?

— Tu m'as refilé la chlamydia! Tu comprends?

Je me mordis les lèvres, en rage.

— Qu'est-ce que c'est que cette histoire? répliqua-t-il, incrédule. Comment est-ce que j'aurais pu te refiler quoi que ce soit?

— C'est à toi de me le dire, peut-être! Parce que ce matin, mon toubib a été très clair!

— Alors parle avec les autres mecs avec lesquels tu baises, parce que moi, je n'ai rien à voir avec ça.

Je pris le premier truc qui me tomba sous la main, un porte-crayons, et le lui lançai à la figure avec rage. Sans réfléchir. Victor l'esquiva et se leva.

— Bordel, Valeria, qu'est-ce que tu fous?

— Les autres mecs avec lesquels je baise! Tu crois vraiment que tu peux me traiter comme ça? Tu trouves ça normal? Je le mérite, selon toi? hurlai-je.

— Qu'est-ce que j'en sais, bordel!

— Tu m'as contaminée !

— Je viens de te dire que ce n'est pas possible que ce soit moi. Tu comprends, oui ou merde ? Pas possible ! Je ne peux pas t'avoir refilé quoi que ce soit, cria-t-il.

— Peut-être bien que…

— Non, écoute-moi ! Ça ne peut pas être moi parce que tu es la seule meuf avec laquelle j'ai baisé sans capote, la seule dans toute ma putain de vie. Alors, comment est-ce que je peux t'avoir rcfilé une saloperie ? Comment est-ce que j'aurais pu l'attraper, moi ?

La secrétaire avait sûrement déjà ouvert un paquet de chips, histoire de mieux profiter de la bande-son.

— Et pourquoi est-ce que je devrais te croire ? J'ai trouvé un soutif dans ta chambre quand nous étions ensemble !

— Le revoilà, celui-là ! Basta avec ce soutif à la con ! (Il hurlait, hors de lui.) Je t'ai déjà tout dit, je t'ai expliqué pourquoi il était là, bordel ! Et tu veux savoir autre chose ? Je n'ai pas baisé avec une seule autre meuf quand j'étais avec toi, point barre ! Je te le redis pour la énième et la dernière fois, Valeria.

— J'en ai rien à foutre des salades que tu peux me raconter.

Je vociférais, complètement hystérique.

— Je ne comprends toujours pas pourquoi tu te pointes ici pour me hurler dessus.

— Je voulais voir ta gueule de menteur quand tu te justifies en me regardant dans les yeux. Et c'est exactement ce que tu fais. Tu n'es qu'un hypocrite ! Une ordure ! Tu t'es bien foutu de ma gueule !

— Je te le répète encore une fois, reprit-il en se passant la main sur le visage, ce n'est pas moi qui t'ai refilé la chlamydia. Comment est-ce que j'aurais pu ?

— En me mentant, pour ça comme pour le reste. Avec toi, je n'ai fait qu'ingurgiter un mensonge après l'autre.

— C'est faux – il secoua la tête énergiquement. C'est faux, et tu le sais pertinemment.

— Bordel ! (Je me couvris le visage des mains.) Comment est-ce que j'ai bien pu te croire ? Mais regarde-toi, regarde-toi, bon sang ! T'es qu'un putain de menteur de merde !

— Ferme-la !

— Je n'ai pas envie de la fermer ! Tu penses que tu peux te servir d'une meuf et la jeter comme un kleenex, mais moi, je ne suis pas comme ça, même si tu m'as traitée comme une merde, comme toutes les autres.

— Ferme-la, ou plutôt barre-toi.

Il essayait de garder un semblant de calme.

— Si tu peux encore te regarder dans la glace, c'est seulement parce que tu n'es qu'un reflet et rien d'autre, une coquille vide.

Il laissa échapper une sorte de grognement.

— Fiche-moi la paix, Valeria, je ne te le répéterai pas une nouvelle fois…

Il avait le souffle court.

— Ma vie est une merde depuis que nos chemins se sont croisés. Tu es ce qu'il m'est arrivé de pire.

Victor inspira profondément. Je pensais qu'il allait me redire d'un ton las de me casser. Son expression changea du tout au tout et Victor, mon Victor, explosa.

— Bordel, Valeria, ta vie est une merde depuis que tu m'as rencontré ? Mais je t'aimais, bon sang ! (Il hurlait, incapable de se contrôler.) Je t'aime, merde, je t'aime. Mais ça ne te suffit pas. Tu n'es jamais contente. Tu vas finir par me rendre fou. C'est ce que tu veux ? Hein, dis-moi, c'est ça que tu veux ?

D'un coup de main, il envoya valdinguer une liasse de papiers, puis balança un grand coup de pied dans son bureau, qui vibra sous le choc. Un pot rempli de crayons alla rejoindre les feuilles par terre.

Il avait dit « je t'aime » ?

Je me levai et pris mon manteau.

— J'attends tes excuses pour bientôt, soupira-t-il, haletant.

— Sinon quoi ?

— Sinon rien ! En fait… regarde un peu où nous en sommes arrivés – il semblait sincèrement attristé. À nous hurler des insultes sans aucune retenue, à nous manquer de respect…

Je ne répondis pas. J'ouvris la porte, prête à sortir. Il reprit :

— Appelle Adrian.

— Et pourquoi diable appeler Adrian ?

— Parce que si je me souviens bien, c'est lui qui baisait ailleurs quand vous étiez ensemble. Ferme la porte en sortant.

Je la claquai tellement fort que ça résonna dans toute l'agence.

— Salut, Adrian.

J'avais un ton hyper sérieux.

— Ciao Valeria.

Même ton.

— Je sais que nous pensions ne pas entrer en contact pendant un bon moment, mais j'ai un problème dont je dois parler avec toi. Ce matin, je suis allée chez le…

— Moi aussi, je voulais t'appeler un de ces jours… il m'interrompit.

— Ah bon ?

— Oui, heu… c'est un peu compliqué. La semaine dernière, Alex m'a téléphoné pour me dire qu'elle a une MST, et que probablement elle me l'a refilée… Tu devrais faire un test, Valeria.

Je me couvris le visage des mains. Après la scène d'enfer dans le bureau de Victor… La honte totale ! Sans parler de ce que toute cette histoire signifiait. Il la baisait depuis longtemps sans que j'aie le moindre soupçon. Et sans préservatif, comme avec moi ! Et il n'en avait rien à foutre.

C'est lui qui m'avait menti. C'est lui qui ne m'aimait pas.

Je ne savais pas si c'était la tristesse ou le dégoût qui l'emportait.

— Tu aurais dû m'informer avant : j'ai une inflammation du col de l'utérus.

Et en plus, j'ai hurlé contre Victor et je l'ai insulté.

— Je crois que nous savons tous les deux pourquoi je ne l'ai pas fait. Désolé.

— Bon, maintenant, c'est clair : ça faisait un moment que ça durait, entre vous…

— L'histoire d'Almeria, c'était déjà quasiment la fin. Nous sommes sortis ensemble un an, à peu près.

Je regardai fixement le téléphone sans comprendre. « Un an, à peu près. » À l'époque où il jurait qu'il m'aimait, et où nous baisions encore, où nous prenions le petit-déjeuner ensemble le dimanche.

Ma dernière certitude en amour, celle que j'avais toujours crue solide comme le roc, venait de s'écrouler.

Je raccrochai.

24

Un samedi entre filles

Nerea avait un peu disparu. Elle était totalement absorbée par la création de son empire, sa start-up d'événementiel. Elle nous appela vendredi soir pour nous fixer rendez-vous le lendemain après-midi. Nous devions l'accompagner pour visiter un espace qu'elle avait « présélectionné ». Elle était ravie, le local se trouvait dans un bon quartier avec une ambiance à la fois cool et chic, et une population friquée qui, assurément, allait lui apporter de la clientèle. Je ne pouvais m'empêcher d'avoir un peu peur pour elle. Mais c'était son argent, après tout, et même si l'aventure tournait mal, on pouvait faire confiance à Nerea pour s'en sortit la tête haute.

Samedi, j'arrivai en retard. Je m'étais levée d'une humeur massacrante, mais je me sentis mieux dès que je fus sortie de chez moi. Je repérai l'adresse dans la rue que Nerea avait indiquée et frappai sur le rideau de fer à demi descendu. C'est elle qui vint m'accueillir, en jean pattes d'éph avec une ceinture marron, chemise cintrée à carreaux et blouson de cuir marron.

— Salut ma belle. (Elle sourit.) Les filles sont à l'intérieur.

— Ponctuelles, les copines !

— En fait – elle consulta sa géniale montre Marc Jacobs –, c'est toi qui as une demi-heure de retard.

— Ouais – je jetai un œil à ma montre, nettement moins sublime. Je suis super désolée. Il faut que je vous raconte…

— Entre, lança-t-elle, toujours le sourire aux lèvres.

Elle rabaissa le rideau de fer derrière moi. Le local était entièrement vide, mais sur un muret de briques était posé un seau à glace où trônaient deux bouteilles de Lambrusco. Carmen et Lola avaient déjà un verre à la main. En verre. Nous n'allions quand même pas célébrer l'occasion avec des gobelets en plastique !

— Hé… je les saluai d'un sourire.

— Depuis quand la Férriz arrive-t-elle en retard ? demanda Lola en souriant.

— Laissons d'abord Nerea nous raconter tout, puis ce sera mon tour de cracher ce que j'ai sur la patate. Désolée.

— Ce Bruno a quelque chose à voir avec ton humeur ?

Carmen était à la fois curieuse et émue.

— Heu… non.

— Qu'est-ce que tu penses de l'espace ? demanda Nerea. Regarde, là, devant, je vais installer un canapé vintage que j'ai déjà commandé – cuir marron un peu vieilli – et une table basse avec plein de revues de mariages. Et puis là, un petit frigo-bar rétro, et de ce côté-ci, mon bureau avec deux fauteuils pour les visiteurs. Derrière, des étagères hyper tendance avec des classeurs de couleur et…

Ses yeux brillaient d'enthousiasme.

Je regardai les copines bouche bée en la montrant du doigt, tandis que celle-ci continuait :

— Et par là il y aura la salle d'eau. Avec une couche de blanc et un beau papier mural, ce sera génial.

Lola tapota sa tempe de l'index, nous faisant clairement comprendre qu'elle pensait que Nerea débloquait. Carmen lui donna un coup de coude et leva le pouce. Nerea se retourna alors vers moi avec un nuancier de papier peint à la main.

— Qu'est-ce que tu en penses ?

— Je ne t'ai jamais vue aussi heureuse. Je suis super ravie pour toi.

— Lequel tu préfères ?

— Celui-là.

— Le même que Carmen et moi.

— Et Lola, c'est lequel qu'elle préfère ?

— Lola pense qu'il faut couvrir le mur de néons rouges.

Je me tournai vers cette dernière, qui me tira la langue lascivement.

— Sers-moi un verre et raconte comment ça se passe avec Ray.

Lola changea de visage, comme si elle avait voulu garder cette histoire secrète. Même si elle savait pertinemment qu'un jour ou l'autre tout serait sorti au grand jour.

— Oui, avec Ray, alors, ça se passe comment ? répétèrent les autres à l'unisson.

— Eh bien... (Elle s'appuya au mur, son verre à la main, et lâcha :) Trop bien, je crains !

— Trop bien, tu crains ? Je ne comprends pas.

Nerea voulait une explication.

— Je jure que j'ai tout fait pour l'ignorer, mais vous n'imaginez pas comment il peut être, expliqua Lola en levant les yeux au ciel.

— Nous avons manqué un épisode ?

Carmen, intriguée, reposa son verre sur le muret.

— Raconte, Val, moi j'ai trop la honte.

— Ray, le mec avec lequel Lola commençait à sortir... En fait tout baignait, super cool, jusqu'à ce que...

— Vous vous êtes envoyés en l'air et tu t'es aperçue qu'il l'a trop petite ?

Nerea se lâchait.

— Hé Nerea, t'as changé de planète ?

Ça me faisait marrer de l'entendre parler comme ça.

— Continue, s'il te plaît.

— Bon, quand finalement ils ont baisé, d'après ce que je crois comprendre, ça a été génial. Sauf qu'il a avoué qu'il lui avait menti sur son âge. En fait, il a dix-neuf ans.

— Putain ! lança Carmen en s'asseyant sur les marches qui divisaient l'espace en deux niveaux. Trop fort ! Dix-neuf ?

— Il en fait au moins vingt-cinq. Du coup je me disais que trois ou quatre ans de différence, ce n'était franchement pas grave.

— Mais là, ça fait quasiment dix !

— Neuf, pour être précise. Il a eu vingt ans le jour où moi je fêtais mon vingt-neuvième anniversaire.

— Quelle coïncidence incroyable.

Je trouvais ça génial.

— Tu parles ! Il a eu neuf ans quand je suis devenue majeure. Neuf ans !

Nerea laissa échapper un petit rire et se couvrit le visage des mains. Lola la foudroya du regard. Elle s'excusa, mais sans réussir à changer sa mine réjouie.

— Mais il te plaît, ce mec, non ? demandai-je à Lola.

— Évidemment.

— Et pourquoi il te plaît ? Et je ne pose pas la question pour me foutre de ta gueule, précisa Carmen.

— Peut-être parce qu'il est marrant, un peu barré… C'est un tendre mais pas un mou… Et au plumard, il assure un max. Je ne sais pas… Avec lui, pas de prise de tête, je me sens bien.

— Houlà, voilà le premier cavalier de l'Apocalypse qui arrive. Lola est amoureuse.

— Je ne suis pas amoureuse ! protesta-telle. Je le kiffe un peu, c'est tout. Mais ça me passera.

— Vous n'avez pas rompu, quand même ? demanda Carmen.

— Non, pour rompre, il faut déjà qu'il y ait une histoire. Un truc officiel, tu vois ? Ce n'est pas le cas. Comment veux-tu que ça dure ? Il a dix-neuf ans.

— Qu'est-ce que ça peut bien foutre ? répliquai-je

— C'est un gamin qui vient de commencer la fac. Il a quitté sa première copine il y a six mois. Moi, j'ai quasiment trente ans et je suis un peu revenue de tout. Je n'ai aucune envie de me compliquer la vie.

— Et pourquoi est-ce que ça devrait te compliquer la vie ?

— Parce que je suis morte de trouille !

Cet aveu nous attendrit. Nous poussâmes de concert un « ooooh » compatissant et nous jetâmes sur elle pour lui manifester notre affection. Elle nous écarta d'un geste. Elle faisait la tronche.

— Mais j'ai décidé de ne pas me censurer si j'ai envie de l'appeler et de passer du bon temps avec lui. Je n'ai aucune raison de me prendre le chou, après tout. La seule chose qui m'intéresse, c'est d'avoir sa tête entre les cuisses, et éventuellement sa bite dans ma…

— Ça va, on a compris !

Nerea n'avait pas envie d'entendre les détails.

— Si ça se trouve, demain il va me sortir une énorme connerie et ça se terminera tout net. Mais je ne vais pas dégueuler avant d'avoir bouffé, non ?

— Beurk, quelle image horrible, Lola ! Cela dit, je suis d'accord.

— OK, mais tu ne peux quand même pas freiner des quatre fers sous prétexte que tu as les jetons. Il faut prendre la vie comme elle vient. Regarde Val ou Nerea.

— Qu'est-ce que ça a à voir avec moi ? Je ne couche pas avec un étudiant de première année, moi !

— Salope !

Lola me lança un regard noir.

— Je te rappelle que tu es séparée depuis maintenant… neuf mois ?

— Sept, répondis-je d'un ton plus sec que je ne l'aurais voulu.

— Et en sept mois, tu as essayé de refaire ta vie déjà deux fois, ça ne t'a pas fait peur.

— Qui te dit que je n'ai pas eu peur ? Et je n'ai pas essayé deux fois mais une seule. Une seule fois de merde ! (Je m'appuyai au mur.) Ça n'a pas marché, et en plus… (Je les regardai toutes les trois, bus une gorgée de vin et m'éclaircis la gorge avant de continuer :) Hier, je suis allée chez le gynéco.

— T'es enceinte ! hurla Lola, complètement hystérique.

Elle semblait sur le point de se frapper la poitrine comme une pénitente en folie.

— Non. Je me paye une chlamydia.

— Ce connard de Victor ! s'exclama-t-elle sur le même ton.

— C'est ce que je pensais avant d'aller lui faire une scène d'enfer dans son bureau. Mais la vérité, c'est que c'est Adrian qui me l'a refilée – elles me regardèrent, stupéfaites. Et j'ai appris par la même occasion que son histoire avec Alex a duré presque un an.

Elles retenaient leur souffle.

— C'est vraiment un salaud, un enfoiré de première. Bouffon de mes deux ! J'espère que ses couilles vont exploser et qu'il n'aura plus qu'à ramasser les morceaux par terre.

L'imprécation était de Lola, évidemment.

— Et toi, comment tu te sens ? demanda Carmen.

— Écœurée. Comme si cette poufiasse avait enfilé toutes mes culottes pendant que je n'étais pas à la maison – elles me matèrent sans piger. Bon, façon de parler. En tout cas je me sens comme une merde. Pas à cause d'Adrian. Ça, c'est dépassé. Mais chaque jour qui passe, je perds un peu plus la foi dans le genre humain. D'abord Adrian, et après Victor…

Je me frottai le front nerveusement. Je n'étais pas sûre qu'elles me comprenaient. Moi non plus, d'ailleurs, je ne comprenais pas pourquoi l'aveu d'Adrian avait été la goutte d'eau qui avait fait déborder le vase dans ma relation avec Victor. Un truc du genre : « Tu vois, même ton mari, avec lequel tu es restée dix ans, ne t'aimait pas. Comment as-tu pu être assez conne pour croire que Victor t'aimait ? »

Parfois, nous sommes notre pire ennemi.

— Et tu lui as fait un ramdam d'enfer ? demanda Lola.

— Auquel ?

— Aux deux.

Nerea avait répondu à ma place.

— Non. Adrian, je me suis contentée de lui raccrocher au nez. Je ne lui ai même pas répondu.

— Et Victor ?

— Lui, je lui ai fait une scène grandiose. Ça s'est terminé en hurlements, de part et d'autre.

— Le flegmatique Victor hurlait aussi ?

Lola leva un sourcil.

— Je te garantis qu'il n'avait rien de flegmatique. Il a balancé par terre tout ce qu'il y avait sur son bureau, et il a flanqué un coup de pied dedans…

— Merde ! scanda le chœur des trois Grâces.

— Oui, c'était vraiment l'horreur. Et moi, je lui ai lancé à la gueule un pot plein de crayons.

— Et bien sûr, vous vous êtes dit des choses atroces.

Carmen voulait des détails.

— Oui. Mais au milieu de tout ce bordel de hurlements, il m'a lancé rageusement qu'il m'aimait comme s'il me flanquait un coup de poing à l'estomac. En fait, il me l'a plutôt craché à la figure. Il a ajouté que je n'étais jamais contente et que tout ce que je voulais, c'était le rendre fou.

— Bon, et maintenant ?

— Maintenant ? Je dois m'excuser auprès de lui, prendre des antibiotiques et m'abstenir de baiser jusqu'à nouvel ordre. Génial !

Je m'assis sur une marche et me passai la main dans les cheveux.

— Il t'a dit qu'il t'aimait, insista Nerea.

— Il m'a aussi dit de demander des comptes à tous les mecs avec lesquels j'ai baisé ! De toute façon, il raconte n'importe quoi – je soupirai. Et puis Bruno débarque lundi.

— Tiens tiens… Bruno arrive lundi…

Carmen avait un petit sourire en coin.

— Je vois qu'elle ne vous a pas raconté sa séance torride dans une entrée d'immeuble avec le Bruno en question.

Lola éclata de tire, dissipant la tension.

— Quelle entrée, quel immeuble ?

Nerea était alarmée.

— Si je ne vous en ai pas parlé, c'est parce que c'est juste une histoire de cul. Je ne pense pas que ça va durer. J'étais toute fière de moi. La nouvelle Valeria qui se tapait des mecs dans des halls d'immeuble. C'est tout. Lundi, on en aura peut-être déjà tellement marre qu'on n'aura même plus envie d'échanger deux mots pour le restant de nos jours.

— C'est faux. Ce n'est pas que du cul. Pas ton genre. Mais raconte un peu, pour lundi.

— Bon. Il vient pour une réunion et nous avons décidé de faire une soirée pyjama à son hôtel.

Je sentis que je piquais un fard, mais je continuai de jouer les expertes en la matière.

— Vous vous voyez deux fois… et la troisième, c'est direct au plumard ?

La Nerea puritaine ne demandait qu'à refaire surface.

— Attends, pas deux fois… enfin si, deux fois, mais on a passé vachement de temps au téléphone et…

— Il te plaît. Cool, Valeria. Tu le kiffes, c'est tout.

Les lèvres de Lola s'étirèrent en un sourire coquin.

— Ben oui, évidemment. N'empêche que je ne peux pas baiser, je vous rappelle.

— Tu n'as qu'à le sucer, proposa Lola en se versant un nouveau verre de vin. Ou fais-toi prendre par-derrière.

Nerea laissa échapper un cri d'horreur. Du coup, nous éclatâmes toutes de rire.

— Carmen, tu ne dis rien ?

J'étais étonnée qu'elle reste silencieuse.

— Moi non plus, je ne crois pas un seul instant que c'est juste un plan cul à la Lola.

— Décidément, vous ne voulez pas me croire !

— Non, répondirent-elles d'une seule voix.

— Je peux savoir pourquoi ?

— Parce que ce n'est pas ton genre, affirma Nerea.

— Parce que tu es faible et vulnérable, lança Lola.

— Parce que tu es une grande romantique. Et que tu aimes encore Victor, conclut Carmen.

25

Un lundi qui s'est fait attendre

« Tout passe et tout demeure, mais notre affaire est de passer », a écrit le poète Antonio Machado. Et moi, je ne savais même pas si entre nous ça allait passer. Mais finalement, le lundi fatidique arriva.

La veille, je m'étais épilée à la maison avec l'aide de Lola, qui n'est pas la douceur même. Elle avait arraché la cire un peu brutalement, du coup j'avais quelques marques qui ressemblaient presque à des suçons, mal placés en plus !

Pour se faire pardonner, elle me laqua les ongles des pieds d'un beau rouge profond.

Pourquoi de tels préparatifs ? Je savais que je ne pouvais même pas m'envoyer en l'air avec lui, mais j'espérais quand même que nous passerions la nuit ensemble. En fait… c'était presque mieux, cette abstinence forcée. Il fallait que j'arrive à dominer l'électricité sexuelle qui était palpable entre nous. Au moins jusqu'à ce que Victor me sorte un peu de la tête.

Je me levai tôt pour prendre le temps de choisir ma tenue. Tandis que je passais mon placard en revue à la recherche de mon jean cigarette noir, je tombai sur une robe noire et commençai à me dire qu'elle serait plus indiquée. Je l'enlevai de son cintre et la mis devant moi pour voir, mais je me rappelai que c'était la robe que je portais quand j'avais fait la connaissance de Victor. Là, je crus que ma journée était foutue mais, contre toute attente, la crise passa. En fin de compte, la colère facilite bien des choses. Le moment était bien choisi pour cesser de penser à lui, même si, par manque de courage, je ne lui avais toujours pas présenté mes excuses.

Je commençai par opter pour le jean noir, avec des chaussures rouges et noires à talon. Je sortis de la douche, m'enduisis de lait hydratant et choisis des sous-vêtements de dentelle blanche avec une culotte taille basse. Résumons : sous-vêtements, jean, escarpins. Je n'allais quand même pas mettre d'affreux mi-bas avec ça, non ? Pas question.

Finalement, je me décidai pour le plan B : jupe noire courte et moulante, chemisier sport, veste à motif imprimé et bottes. Avec des collants ? Non, des bas *stay-up*, évidemment.

En route vers l'hôtel, je reçus un texto de Bruno, où il m'annonçait que sa réunion se prolongeait. Il ajoutait :

> J'ai envie de défoncer la porte pour courir te retrouver. Courir, moi ? Mais qu'est-ce que tu m'as fait ?

J'adorai. Ce Bruno… il savait vraiment s'y prendre.

J'attendis un quart d'heure interminable à la porte de l'hôtel. Finalement, un taxi s'arrêta devant moi. J'en eus l'estomac tout retourné quand je vis Bruno descendre de voiture, avec son sourire effronté, son nez parfaitement droit et ses yeux sombres et vifs qui m'inspectaient de la tête aux pieds. Un moment, je me sentis mal à l'aise et souris pour masquer ma gêne. Nous nous connaissions très peu, au fond.

Sans attendre, Bruno alla prendre dans le coffre une valise minuscule. Il tendit un billet au chauffeur et, me regardant, lui dit de garder la monnaie. Celui-ci resta un instant à mater le billet, trop content, et remonta dans son taxi.

Bruno posa sa valise et se planta devant moi avec un grand sourire. Le même frémissement me parcourut l'estomac. Et maintenant, quoi ?

Avec le plus grand naturel, Bruno me passa un bras autour du cou et m'embrassa. Comme dans les films, en mieux ! En mieux parce que ce n'était pas exactement un de ces baisers chastes, menton contre menton, auxquels Hollywood nous a habitués. Là, c'était une pelle, une vraie de vraie, et il était expert en la matière. Son jeu de langue était irréprochable. Au diable le puritanisme !

Nous restâmes dans les bras l'un de l'autre à nous embrasser comme si le reste du monde n'existait plus. Des ados qui passaient, ils avaient probablement séché leurs cours, se mirent à siffler quand ils virent sa main descendre vers mon postérieur, et la mienne en faire autant. Je tentai de me décoller de lui, mais il m'attira avec un nouveau baiser et me caressa longuement l'intérieur de la bouche avec sa langue.

Bruno avait vraiment un quelque chose qui me mettait dans tous mes états. À première vue, ce n'était pas le classique beau gosse méditerranéen comme Victor – on pardonnera cette comparaison déplacée. Victor avait une beauté évidente, et même si certains détails n'étaient peut-être pas du goût de toutes les femmes, aucune n'aurait osé nier que c'était un des mecs les plus canons qu'elle avait jamais vus en vrai. Mais Bruno... d'où tirait-il son charme ?

Pas de sa plastique. Il n'était pas vraiment canon mais avait ce genre de séduction que nous, les nanas, nous adorons. Lui soutenait que les mecs comme lui, moyens, ni assez beaux ni assez moches pour qu'on se souvienne d'eux, devaient faire plus d'efforts avec les femmes. Tu parles ! Pure fausse modestie, qui ne trompait personne. En tout cas, moi, je n'y croyais pas. Dans ses bras, avec ses lèvres contre mon cou, je le trouvais tout sauf moyen.

Nous nous écartâmes l'un de l'autre et nous regardâmes en souriant. Je me sentais un peu gênée. N'oublions pas que c'était seulement la troisième fois qu'on se voyait, que je m'étais jetée dans ses bras et m'étais laissé embrasser deux fois sans aucune retenue. Il dégageait ce truc qu'ont les mecs sûrs d'eux. Pas une absolue confiance en soi comme Victor. Victor était conscient de sa beauté, le miroir ne ment pas. En plus, il prenait soin de son look. Il n'y avait qu'à voir ses abdos en béton. Il savait que son sourire faisait mouche à tous les coups.

Bruno était sûr de lui parce qu'il savait qu'il avait un charme spécial. Du coup, son aisance était communicative et ma gêne s'envola. Il s'éclaircit la voix et, sans se cacher, essuya mon rouge à lèvres de sa bouche. Puis il me prit par la taille.

— Tu réserves toujours cet accueil à tes confrères écrivains ?

— En l'occurrence, c'est plutôt toi qui m'as accueillie comme ça, non ? À part ça, la réponse est oui, c'est ma pratique habituelle ! Ça remet votre ego à sa place.

Il éclata de rire, sans commenter ma vanne.

— Je dois faire le check-in à l'hôtel et poser ma valise. Tu as réservé la table pour quelle heure ?

— Midi et demi.

— Parfait. Je meurs de faim. C'est pour ça que j'ai tenté de te dévorer il y a un instant.

Il prit sa valise d'une main, ma taille de l'autre, et nous voilà partis vers la réception.

Pendant qu'il s'enregistrait, je jetai distraitement un coup d'œil autour de moi. Il ne m'avait pas lâché la taille. Je sentis sa main gauche descendre de quelques centimètres et me tournai vers lui.

— Bon, n'exagère pas, s'il te plaît.

— Excuse, c'est juste un réflexe.

— Ce genre de geste, ce n'est jamais un réflexe.

— Mais si, je t'assure. Contrairement à ceux que je te réserve pour après.

Ho ho… Tôt ou tard, il allait falloir éclaircir la situation… Mieux valait attendre la fin du déjeuner.

L'employée de la réception s'éloigna de quelques pas pour imprimer le reçu et prendre la clef de la chambre. Bruno en profita pour m'enlacer de nouveau. Ses lèvres se rapprochèrent dangereusement des miennes.

— Tu es prête pour la soirée pyjama ?

— Oui, j'ai apporté les bigoudis et le vernis à ongles.

Nous nous embrassâmes, sa main finit sous ma robe à me peloter une fesse.

— Bruno !

— Excusez-moi – la jeune employée toussota, l'air un tantinet embarrassé. Monsieur Aguilar, voici votre clef électronique : chambre 475, quatrième étage.

— Merci.

Il lui lança un de ces sourires qui, mine de rien, ont toujours un petit quelque chose de provocant.

Nous nous dirigeâmes vers les ascenseurs. Quand une porte s'ouvrit, je n'entrai pas.

— Je t'attends en bas.

— Tu as peur de te mettre à me dévorer dans un accès de folie ? murmura-t-il avant que les portes ne se referment.

— J'ai peur qu'on soit en retard au resto et qu'ils ne gardent pas la table. Et j'ai faim. Dépêche-toi de redescendre.

Le serveur nous installa dans un recoin à l'abri des regards. Plus intime que ça, tu meurs ! En fait, je n'étais pas étonnée : quand j'avais appelé pour réserver, j'avais demandé une table « un peu isolée ». Au lieu de s'asseoir en face, Bruno s'installa tranquillement à côté de moi.

— Qu'est-ce qui te tente ? demandai-je en commençant à parcourir la carte.

— Heu – il éclata de rire. Ce qui me tente – je levai la tête et le stoppai net d'un geste. Pourquoi pas des huîtres ?

— T'es vraiment fou à lier. Nous sommes dans un resto italien, au cas où tu ne t'en serais pas aperçu.

Bruno referma sa carte, puis la mienne. Il fit signe à un serveur.

— Je n'ai pas encore choisi, grommelai-je.

— Mais si, au fond, tu as déjà choisi. Depuis que tu es sortie de chez toi. Tu vas prendre les pâtes à la napolitaine.

Je haussai les sourcils, étonnée, et il me sourit.

— Bonjour. Nous allons prendre les macaronis à la napolitaine et les lasagnes aux cèpes. Et une bouteille de Sangue di Giuda, s'il vous plaît.

Le serveur nota la commande et s'éloigna. Bruno s'installa plus confortablement sur sa chaise, à côté de moi.

— Allez, dis-moi comment tu as fait pour savoir que j'avais envie d'une assiette de pâtes à la napolitaine ? demandai-je en appuyant les coudes sur la table, même si je savais que ça peut faire mal élevé.

— Facile. Vous les femmes, vous êtes assez prévisibles pour ce genre de choses. Vous ne laissez jamais rien au hasard.

— Bon, OK, j'avais regardé le menu sur leur site. Mais de là à deviner ce que j'allais commander !

— J'ai été marié.

— Et alors ? je haussai les sourcils.

— Grâce à ma femme, j'ai pigé deux ou trois trucs.

— Je ne comprends pas…

Je souris, jouant les idiotes.

— Donc : surtout ni ail ni oignon ; la viande a tendance à rester coincée entre les dents et les fruits de mer, ce n'est pas très classe à déguster pour un rencard, surtout que ça se mange avec les doigts. Au fond, il ne reste pas grand-chose. Parce que même les légumes peuvent rester collés aux dents. Pas franchement sexy, non ? Avec les pâtes à la napolitaine, aucun problème. C'est de la sauce tomate fraîche, et rien d'autre. Je me trompe ?

— Non. Mais toi aussi tu as pris un grand classique pour ce genre d'occasion, les lasagnes aux cèpes.

— Parfait. Ça veut dire que nous avons tous les deux envie de faire bonne impression.

— Et de continuer à nous embrasser sans que ça pose de problème.

Je lui fis un clin d'œil.

— J'embrasse bien ?

Je hochai la tête, un peu gênée.

— Je peux ? reprit-il en s'approchant de moi.

— Pas avant le dessert.

— Le dessert, on va le déguster à l'hôtel, non ?

— T'es sûr de ton coup, toi. Non ?

— Heureusement. Sinon, je serais un vrai con.

Bruno se pencha vers moi et nous nous embrassâmes. Ses lèvres se collèrent aux miennes. Cette fois, je ne réussis pas à résister à la tentation d'ouvrir légèrement ma bouche. Je passai légèrement ma langue sur sa lèvre inférieure. La sienne vint à ma rencontre et nos bouches suivirent le mouvement. C'était délicieux. Cette façon d'embrasser, lente, presque languide mais décidée, me faisait complètement fondre. Sa main se posa sur mon genou. Ses doigts se firent caressants, appuyant légèrement sur ma peau, et remontèrent sur ma cuisse. Ils s'arrêtèrent juste avant que ça devienne un outrage à la pudeur. Tout à trac, je me rappelai les baisers que j'avais échangés avec Victor dans un restaurant italien après notre première nuit d'amour. Tendres, mais avides. Des baisers stockés dans le magasin des souvenirs, qui avaient envie de refaire surface.

Nos bouches se détachèrent l'une de l'autre et nous échangeâmes un sourire. La bouteille de vin était sur la table, nous n'avions même pas vu le serveur l'apporter. Nous nous éclaircîmes la voix.

— Au fait, comment as-tu rencontré ton ex-femme ? dis-je pour lancer la conversation.

— De grâce, ne me parle pas de mon ex juste après qu'on vient de s'embrasser ! Tu bousilles ma libido.

— Super ! Comme ça nous pourrons déjeuner tranquillement.

— OK… on s'est rencontré dans un bar une nuit d'été il y a cent mille ans.

— Tu l'as abordée au comptoir ?

— Non – il sourit ; le serveur déposa nos plats sur la table. Elle était dans les toilettes et n'arrivait plus à ressortir, la porte était coincée. Je passais et sa copine m'a demandé de l'aider. Bon appétit.

— Merci. Tu as enfoncé la porte ?

— La porte s'ouvrait vers l'extérieur, et elle ne descendait pas jusqu'au carrelage. J'ai eu la brillante idée de me glisser en dessous pour l'aider à pousser. J'étais hyper maigre, à l'époque. Ce n'était pas très glorieux, comme gymnastique, mais elle était tellement affolée qu'elle ne s'en est même pas rendu compte. Elle ne savait plus quoi faire, la pauvre, elle essayait de ne pas fondre en larmes. Elle m'a attendri.

— Et ?

— Quelqu'un a appelé le patron du bar pour qu'il nous aide, parce que même avec moi qui poussais, ça ne marchait pas.

— Tu t'es retrouvé coincé avec elle ?

— Plus ou moins. Comme elle était assez affolée, j'ai décidé de ne pas la laisser seule.

— Un vrai gentleman.

— Quand ils ont réussi à soulever la porte de ses gonds, ils nous ont trouvés avec ma langue dans sa bouche.

— Trop romantique, mon bon monsieur !

— Tu ne me traites pas de sale porc qui profite de la situation ?

— Non.

— Tu gardes ça pour plus tard, quand j'essaierai d'enlever tes dessous en te laissant ta robe. Heu, continua-t-il en attaquant ses lasagnes, et ton ex ?

— Mon ex-mec ?

Nous échangeâmes un regard en silence et j'esquissai une moue avant de retourner à mes macaronis.

— Tu n'as pas envie d'en parler ?

— Disons que c'est encore très récent.

Ce qui était récent, surtout, c'était la scène que je lui avais faite sans raison dans son bureau, et les excuses que je lui devais.

— Très récent, ça veut dire quoi ?

— On a rompu définitivement il y a un mois et demi, à peu près. On peut dire que ça a été une histoire très intense…

— Et quand je t'ai rencontrée ?

— Ça se passait déjà mal entre nous. Je ne saurais même pas te dire si nous étions encore ensemble le jour du colloque.

— Le beau brun qui t'a prise dans ses bras, c'est lui ?

— Oui.

— Je ne peux pas rivaliser avec ça, dit-il d'un ton attristé.

— Avec quoi ?

— Avec ces sourcils parfaitement épilés !

Je vis qu'il souriait malicieusement.

— Victor ne s'épile pas les sourcils.

Je fis la moue, contrariée. Je n'aimais pas du tout que quelqu'un d'autre dise du mal de lui. C'était ma prérogative exclusive.

— OK, reconnut-il comme à contrecœur. Mais il se fait sûrement une épilation maillot !

— Bon sang, Bruno !

Je posai mes couverts et éclatai de rire.

Il aurait mieux fait d'éviter le sujet Victor. Maintenant me revenaient en tête ses cuisses minces et musclées, légèrement velues, et…

— Comment vous êtes-vous connus ?

Bruno interrompit le cours de mes fantasmes.

— Chez l'esthéticienne, répondis-je du tac au tac.

Nous éclatâmes d'un rire sonore et la moitié du resto se tourna vers nous. J'étais contente, soudain, de pouvoir lancer une vanne au sujet de Victor. C'était un premier pas. Ou est-ce que j'avais déjà fait quelques pas en embrassant Bruno comme une ado ? Non. Victor était encore trop encombrant.

— Bon, arrêtons de déconner. Vu que tu as lu mon livre, tu n'as pas besoin de me poser la question, tu connais déjà la réponse.

— Oui, reconnut-il. Une histoire brève mais intense, c'est ça ?

— En effet.

— Si ça t'embête d'en parler…

— Non, non, t'inquiète. C'est juste que quand je commence à y penser, à rationaliser, j'ai l'impression que j'ai tourné la page trop vite.

— C'est mal ?

— Peut-être que l'héroïne de mélodrame qui sommeille en chacune de nous aurait aimé quelque chose de plus tragique, un désespoir infini, quelque chose dans ce goût-là. Ou peut-être que j'ai simplement enfoui ma déprime, je l'ai recouverte d'un tas d'autres choses, et au moment où je m'y attends le moins, je me rends compte que…

— Mais c'est peut-être que…

— Oui, c'est peut-être que les dernières semaines de notre histoire super tourmentée ont fini par éteindre mes derniers espoirs, et qu'en fait j'étais déjà prête à ce que ça se termine depuis un moment.

— Sûr ! Mais je voulais dire que c'est peut-être aussi ma séduction irrésistible qui t'a aidée à oublier.

Il me lança un clin d'œil.

— C'est bizarre, quand même. C'est seulement la troisième fois qu'on se voit, mais avec toi je suis parfaitement à l'aise.

— Nous avons beaucoup parlé au téléphone.

— Et dans ton nouveau roman, tu introduis un récit pseudo-porno dont je suis la protagoniste.

— Oui, il y a ça aussi.

— À cause de toi, maintenant, ma copine Lola m'appelle la déesse de la guerre.

— Ça n'a pas l'air de te déranger outre mesure.

— Quelle femme ne serait pas contente qu'on la décrive comme une amazone ?

— Couverte de sang ?

— Ce détail morbide, tu devrais peut-être en parler à ton psy.

— Je n'ai pas besoin d'un psy. J'ai une vache à laquelle je raconte tout.

Je le fixai tout en continuant à manger. Il hocha la tête pour confirmer et remplit mon verre.

— Ton psy est une vache ?

— Je ne la paye pas !

— Explique un peu.

— Facile. Je vis dans une maison assez isolée, genre écrivain torturé et misanthrope, à côté d'un village minuscule. Mon voisin le plus proche est à un kilomètre. Il a un enclos avec des vaches. Il y en a une qui a tendance à s'échapper. Souvent, quand je sors fumer, je la trouve devant chez moi en train de brouter mes fleurs.

— Comment fait-elle pour entrer, elle saute la barrière ?

— L'arrière de la maison donne directement sur des champs. Il n'y a pas de barrière à sauter, on ne peut pas dire qu'elle entre chez moi. Mais elle adore bouffer tout ce que je plante à côté du muret de pierre. Elle me plaît beaucoup…

— Et tu lui parles ?

— Oui. Je lui ai donné un nom. En plus, elle s'entend parfaitement avec mes chats.

— Comment s'appelle-t-elle ?

— Lucinda. Ne me demande pas pourquoi. J'ai toujours pensé que c'était un joli nom pour une vache.

— Je commence à comprendre pourquoi tu n'as aucune intention de venir vivre en ville. Des murets de pierre, des champs verdoyants, le silence…

— Très pittoresque.

— Ta fille vit dans le coin ?

— Avec sa mère, à une trentaine de kilomètres, mais nous nous voyons toutes les semaines. Sa chambre est toujours prête, au cas où Amaïa m'appellerait pour que j'aille chercher la petite à l'école, par exemple. C'est l'avantage d'être resté en bons termes avec mon ex. On s'arrange entre nous, et la gosse est habituée à vivre un peu chez maman et un peu chez papa. Je crois vraiment qu'elle est heureuse.

— Quelle gamine ne serait pas heureuse dans une maison avec des champs et une vache ?

— Écoute – il sourit, éloigna son assiette vide et prit son verre. Tu sais ce qui serait génial ?

— Quoi ? demandai-je avant d'avaler une gorgée.

— Que tu viennes chez moi. Pendant une semaine.

— T'es complètement ouf !

— Des murets de pierre, des champs verdoyants, la vache Lucinda…

Il me fit un clin d'œil.

— Mouais, évidemment…

— C'est une proposition sérieuse. Viens le mois prochain. Il fera déjà moins froid et nous pourrons faire rôtir des châtaignes dans la cheminée. Et faire l'amour sauvagement sur le tapis devant le feu – pour toute réponse, je souris. Tu ne me prends pas au sérieux ! protesta-t-il en appuyant les coudes sur la table.

— Pas beaucoup, non.

— Pourquoi ?

— Nous venons à peine de nous rencontrer. Une semaine chez toi ? En tête à tête ? Loin de tout ? Tu déconnes ou quoi ?

— Je ne vais pas te kidnapper, t'inquiète. Même si mes livres semblent indiquer le contraire, je n'ai rien d'un psychopathe. J'aimerais vraiment bien que tu viennes.

— Je te propose un truc : on verra demain matin.

— Hum – il mit ses mains en jumelles autour de ses yeux. Je pige. Tu veux t'assurer que j'ai un calibre à la hauteur de tes attentes…

Je lui balançai ma serviette à la figure et levai la main pour demander l'addition.

— On va prendre le café ailleurs, OK ?

Bruno était persuadé que ma proposition était pleine de sous-entendus…

C'est ma sœur Rebeca qui m'avait fait découvrir ce café jordanien minuscule et bien caché. Depuis, nous y allions souvent boire un thé et fumer la chicha. Enfin… avant qu'elle tombe enceinte. Maintenant elle se consacrait à Mar, ma nièce que j'adorais.

En entrant, je reconnus le patron derrière le comptoir. Il était occupé à nettoyer les narguilés et me lança un grand sourire. Cette fois, c'est moi qui commandai pour Bruno et moi.

— Deux thés à la cannelle et une chicha à la pomme.

— Parfait. Vous voulez vous installer au sous-sol ?

— Absolument.

Je lançai un clin d'œil malicieux à Bruno.

Je le pris par la main et le menai à l'étroit escalier en colimaçon qui conduisait à la salle en sous-sol, un peu humide mais dont les murs étaient entièrement recouverts de tapis aux teintes chaudes qui isolaient du froid. Des banquettes couraient le long des murs, et de gros coussins étaient disposés çà et là entre les tables basses et rondes.

Nous nous installâmes au fond, à l'abri des regards, si quelqu'un d'autre venait. Nous enlevions nos blousons quand des pas nous avertirent que quelqu'un descendait. C'était le patron, qui portait un plateau avec les thés. Il les déposa devant nous et alla prendre les ustensiles pour allumer la chicha.

— Vous n'avez pas froid ? Je peux allumer le chauffage.

— Non, ça va très bien comme ça, répondis-je en approchant la main d'un des deux verres décorés remplis de thé bouillant.

— Si elle a froid, je la réchaufferai, affirma Bruno.

Le patron comprit plus ou moins qu'il y avait un plan entre nous et remonta au rez-de-chaussée, nous laissant en paix.

— L'endroit te plaît ?

— Beaucoup, répondit Bruno en aspirant la fumée fraîche de la pipe à eau.

Il exhala des volutes parfumées.

— Goûte le thé à la cannelle, il est délicieux. Ils le font avec du lait.

Il prit le verre et le vida d'une gorgée.

— Mais…

— Je déteste le thé.

Il sourit en reprenant son souffle.

— Tu n'étais pas obligé de le boire.

— Allez, fume.

J'aspirai la chicha deux ou trois fois en rejetant un petit nuage de fumée. Les lèvres humides de Bruno se posèrent sur mon cou et, au bout de quelques instants, commencèrent à jouer avec le lobe de mon oreille. Je reposai la chicha et écartai la table pour me rapprocher de lui. Bruno, entouré d'une montagne de coussins, en profita pour m'asseoir sur ses genoux.

— Hé…

Il m'avait prise par surprise.

— Quoi ?

— Rien.

Je penchai la tête et l'embrassai, sentant avec plaisir ses bras qui m'encerclaient les hanches. Sa langue s'insinua entre mes lèvres, déclenchant en moi un long frisson de désir. Ses dents me mordillèrent la lèvre inférieure avec volupté tandis qu'il glissait ses mains sous ma robe.

Je baissai la tête un peu plus, lui embrassai le cou, le mordis légèrement et le léchai jusqu'à l'oreille avec laquelle je commençai à jouer. Ça devait lui plaire parce qu'il laissa échapper un léger gémissement. Il me caressa les fesses d'une main tout en approchant l'autre de mes seins. On peut dire que l'ambiance commençait à se réchauffer…

Bruno me souleva à l'improviste par les hanches et me rapprocha encore plus de lui. Il aurait fallu que je sois évanouie pour ne pas sentir l'effet qu'avaient sur lui nos petites caresses. Une érection comme ça ne passe pas inaperçue, croyez-moi ! Nous continuâmes à nous embrasser comme des ados. Je rapprochai mes hanches et il rejeta la tête en arrière en proférant une obscénité. Pour être franche, ça ne me déplaisait pas du tout qu'il emploie ce langage. Il recommença et cette fois, je lui répondis sur le même ton en sentant sa bouche chaude et humide sur mes seins, même à travers le tissu.

— On va à l'hôtel ? murmura-t-il. À moins que tu préfères qu'on finisse au commissariat pour outrage à la pudeur !

— Heu…

— Quoi ?

— Rien.

Il défit quelques boutons et sa bouche poursuivit l'exploration de mon décolleté, cette fois sur ma peau nue, à la recherche d'un sein. Je me rendis compte que je remuais les hanches de façon instinctive.

— Ne joue pas avec moi, je suis capable de tout faire ici et maintenant… me prévint-il.

— Tout quoi ?

D'un geste décidé, il dézippa son pantalon et enfila une main sous ma robe pour écarter ma culotte. Nous nous regardâmes et il me demanda d'un filet de voix si j'avais encore des doutes sur ses intentions.

— Non, aucun. Allez, on y va, proposai-je en me levant.

Je remis ma culotte et ma robe en place.

Valeria, n'oublie pas, interdiction d'avoir des rapports sexuels pendant une semaine…

— Monte, je te rejoins dans une minute.

— Pardon ?

Je me tournai vers lui.

— Je ne peux pas me pointer dans cet état, expliqua-t-il en montrant son érection bien visible qui tendait le tissu du pantalon.

— Merde !

Je piquai un fard.

— Ça te fait rougir, t'es trop mignonne ! (Il m'adressa un sourire de faune.) Tiens, règle la note, j'arrive.

Il me tendit un billet.

J'étais tellement embarrassée que je ne réussis même pas à lui dire que je voulais l'inviter. Je remontai comme un automate, réglai l'addition, boutonnai soigneusement mon blouson et sortis l'attendre dehors. Quand il me rejoignit quelques minutes plus tard, je jetai un coup d'œil vers sa braguette.

— Inquiète ?

— Pas le moins du monde.

Bruno héla un taxi qui passait. En deux secondes, nous étions installés sur les sièges, en route pour son hôtel.

Sans le regarder, je lui tendis le billet qu'il m'avait passé pour régler les thés et la chicha.

— Laisse-moi au moins offrir le thé et le taxi !

Il se rapprocha et me susurra à l'oreille.

— Et le service en chambre…

Quand nous entrâmes dans sa chambre, je me sentais plutôt mal. Sans exagérer, je crois que je n'avais jamais été aussi excitée de ma vie. C'était trop. La tête me tournait et, soyons clairs, je mouillais comme une folle. Carrément gênant. J'espérais que Bruno allait m'accorder une petite trêve pour que je reprenne mes esprits.

Le taxi n'avait pas calmé le jeu. Immédiatement après l'allusion au service en chambre, nous nous étions remis à nous embrasser et l'érection de Bruno avait fait un retour en fanfare. Et je demande pardon à Adrian et à Victor, mais le calibre était impressionnant, je n'avais jamais rien vu de pareil, même si Victor était déjà très bien servi par la nature !

Bruno poussa un profond soupir qui me fit revenir à la réalité. J'aurais juré que lui aussi, il était un peu mal à l'aise, nerveux même. Il fit un pas dans ma direction mais je levai une main pour l'arrêter.

— Laisse-moi souffler un peu, Bruno.

— Je vais finir par croire que je me suis trompé sur ton compte…

— Exactement. Et il faut que je te dise un truc.

— Vas-y.

Il se laissa tomber dans l'unique fauteuil de la chambre et m'appela avec un geste super sexy.

J'étais en feu, je ne pus m'empêcher d'aller vers lui. Il m'assit sur ses genoux.

— Alors, c'est quoi, le problème ?

Je fus tentée de lui dire que le problème, c'était son membre pressé entre mes cuisses, mais je me contentai d'éclater d'un rire nerveux.

— Tu vas encore me dire qu'on ne se connaît pas assez et que…

— Non. Juste que je ne peux pas baiser.

J'appuyai mon front contre le sien.

— T'en as pourtant autant envie que moi, non ? (Je hochai la tête.) Tu trouves qu'on va trop vite ?

— Ce fils de pute que j'ai eu pour mari m'a refilé la chlamydia. Je prends un traitement, il faut que j'attende encore quatre jours au moins avant d'avoir des rapports sexuels. Ça fait trois jours que je suis sous antibiotiques.

Il arqua les sourcils. Je me sentais archi nulle. J'aurais dû lui dire plus tôt.

J'allais ajouter quelque chose mais Bruno ne m'en laissa pas le temps. Il m'embrassa fébrilement et m'entraîna avec lui. Il m'étendit sur le lit et, à genoux sur le matelas, retira blouson et chemise. Il se retrouva avec juste un simple T-shirt blanc qui laissait voir ses bras minces et musclés. Des bras qui me plaisaient beaucoup, trop peut-être.

— Bruno, je t'assure que je ne peux pas.

— OK, tu ne peux pas baiser, j'ai compris. Mais on peut toujours commencer par le commencement…

Je ne répondis pas et me contentai de l'imiter. D'un coup de pied j'envoyai mes bottes valdinguer sur la moquette. Il se mit debout, retira ses chaussures et revint s'installer à genoux entre mes jambes. Il déboucla sa ceinture. Ce geste eut raison de mes dernières réticences. J'enlevai ma robe et restai en sous-vêtements. Bas, soutien-gorge de dentelle blanche et culotte assortie. Bruno leva les yeux et, à en croire sa réaction, ce qu'il vit ne lui déplut pas. Il s'allongea sur moi. Je l'aidai à retirer son pantalon et son T-shirt.

Il avait un torse assez maigre mais musclé, et pas du tout émacié comme je l'avais craint. On ne pouvait pas lui compter les côtes, ses clavicules n'étaient pas saillantes. Des hanches étroites, une peau plutôt sombre, et une légère toison brune en V qui couvrait en partie son ventre plat et se perdait sous son boxer noir. Il était incroyablement viril. Sans même m'en rendre compte, j'écartai les jambes.

Quelque chose en lui me rappelait Victor. Bizarre. Qu'est-ce que ça pouvait bien être ? Pas son odeur, ni la couleur de ses yeux, ni la douceur des draps de coton égyptien. Est-ce que je continuais à trop penser à lui? Soudain, j'eus les jetons. Si ça se trouve, ça n'allait jamais s'arrêter, cette série d'amants sans rime ni raison. Est-ce que les hommes allaient se succéder dans mon lit et partir dès qu'ils en auraient assez?

Je sentis mes genoux se mettre à trembler. Je déglutis avec difficulté quand Bruno décrocha mon soutien-gorge. Sa bouche se pencha vers mes seins. Je fermai les yeux et tentai de dissiper l'image du dernier homme avec lequel j'avais couché.

Sans succès. Peut-être que j'étais juste en train de me venger, après tout… J'avais besoin de savoir où j'en étais. J'étais de plus en plus nerveuse, mon pouls s'accélérait, ma respiration était de plus en plus hachée. Je voulais des réponses que j'étais la seule à pouvoir apporter. Du coup, je posai d'autres questions:

— Tu as couché avec combien de nanas?

— Pardon?

Il se dressa sur ses avant-bras.

— Je répète: t'as couché avec combien de nanas?

— Qu'est-ce que c'est que cette question?

— Réponds, s'il te plaît.

J'évitai son regard.

— Bof… je ne sais pas. Je ne tiens pas le compte.

— Plus ou moins. Donne-moi un chiffre.

— Valeria…

Il fronça les sourcils et se remit à genoux. Je me redressai à mon tour et me couvris d'un oreiller. Il s'humecta les lèvres et, sans plaisanter, me dit:

— Tu es trop jeune pour porter le poids d'histoires qui n'ont pas marché, ou pour croire que tu devrais le porter. On ne peut pas coucher ensemble? OK. Tu préfères attendre ? OK. Tu veux voir un peu comment ça évolue entre nous ? C'est parfaitement normal. Moi, ce que je veux, c'est te connaître. Pas te juger.

Je l'attirai et il se laissa tomber sur moi. Je l'embrassai avec passion. Merci Bruno. C'était exactement ce que j'avais besoin d'entendre en ce moment précis.

— Tu me fais me sentir bien, murmurai-je. Tu ne peux pas savoir à quel point je suis désolée qu'on ne puisse pas aller plus loin.

— Les bonnes choses se font attendre, paraît-il.

Il s'installa entre mes jambes et me dit que j'étais super belle. Nous continuâmes à nous embrasser, au rythme que sa bouche imposait, lent et sensuel. Je mourais d'envie qu'on s'envoie en l'air et je me demandais comment il allait faire pour assouvir le désir impérieux qui nous avait envahis. Je n'attendis pas longtemps. Il glissa sa main droite dans ma culotte. Je sentis qu'il enfonçait un doigt en moi. Je lâchai un gémissement, sa bouche se colla contre la mienne. Je m'écartai en haletant, essayant de reprendre haleine pendant qu'il caressait mon point G. Mes jambes tremblaient. Je le regardai, haletante, la bouche entrouverte, tandis que ma main droite allait à la rencontre de son sexe érigé. Je le trouvai facilement, je dois dire.

Nous finîmes de nous désaper. En deux secondes, nous étions totalement nus. J'avais sa bouche collée à un de mes mamelons, et les doigts de sa main droite qui s'activaient en moi. Je n'étais pas en reste. J'avais pris son membre érigé fermement dans ma main droite et je le caressais d'un rythme soutenu. Je me tordis de plaisir en laissant échapper un gémissement.

— Ça va être assez, pour toi ?

— Non, ça n'est jamais assez, mais il me semble que tu es disposée à remettre ça.

Nous échangeâmes un sourire.

Je resserrai les doigts un peu plus autour de son érection et remuai la main sans hâte mais fermement. Je montai sur lui à califourchon, de sorte que nos mains étaient en contact l'une avec l'autre pendant que nous nous caressions mutuellement.

— Tu préfères comme ça, demanda-t-il en enfonçant deux doigts en moi, ou comme ça ?

Maintenant, il me caressait le clitoris.

— Comme avant, c'était génial. Mais ça aussi j'aime beaucoup.

— Je meurs d'envie de te baiser, murmura-t-il. D'être en toi.

— Et moi…

— Je meurs d'envie de te baiser et de t'entendre crier quand tu jouiras.

J'accélérai le rythme quand je compris qu'il était sur le point de jouir et il fit exactement la même chose avec moi. Je poussai un gémissement aigu et l'entendis haleter. Il ne m'en fallait pas plus. Je partis dans un orgasme dévastateur tandis je déclenchai le sien au même moment. Nous restâmes sans mot dire, le souffle court, submergés par une vague de plaisir.

Nous remîmes ça sous la douche. Bruno démontra que non seulement il était super bien monté, mais qu'en plus il récupérait à une vitesse supersonique. Ce qui n'était pas pour me déplaire, comme vous l'aurez deviné.

Nous piquâmes un petit roupillon, puis nous refîmes un super câlin, explorant à fond les possibilités qui nous étaient offertes. Après quoi nous avalâmes un morceau.

Le lendemain matin, il me réveilla à sept heures et demie. Il ne voulait pas partir sans m'avoir dit au revoir. Il était en jean et T-shirt, avec par-dessus un sweat à capuche. Sapé comme ça, il faisait dix ans de moins. Je le kiffais un max, le Bruno, il fallait bien que je le reconnaisse.

Il m'embrassa sur la bouche sans me laisser le temps de protester que je ne m'étais pas encore brossé les dents.

— Bon, tu viens me voir dans les Asturies ?

— Donne-moi un peu de temps pour réfléchir.

— Je t'appelle quand je serai rentré. Tu peux rester dans la chambre jusqu'à midi.

Il m'embrassa sur le front et, souriant avec cette expression provocante dont il avait le secret, sortit avec sa petite valise.

Je paressai encore un peu au lit. Je me rappelai soudain que Victor me disait à peu près les mêmes mots quand il partait au boulot.

Que serait-il advenu si je lui avais accordé ce baiser le jour du colloque ? Et pourquoi aurais-je donné n'importe quoi pour me réveiller chez lui plutôt que dans cette chambre d'hôtel ?

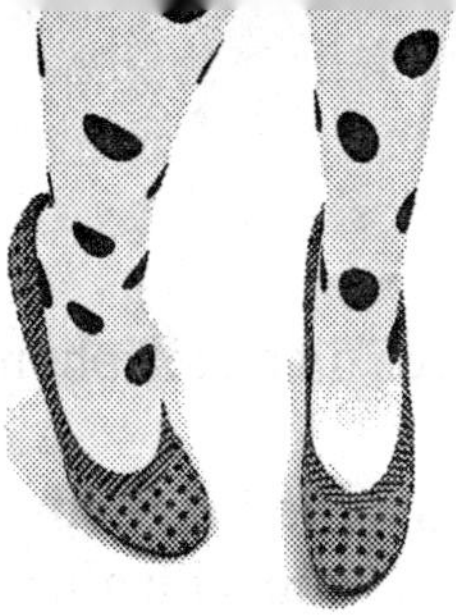

26

120 jours avant le mariage

Carmen monta sur la petite estrade de la couturière et, comme toujours, elle se sentit parfaitement ridicule. Mais il fallait bien qu'elle surmonte son blocage si elle ne voulait pas se marier en jean.

Nerea, assise sur un tabouret à côté d'elle, lui sourit et lança :

— Relax. Je te garantis que tu ne sortiras pas d'ici sans avoir trouvé ta robe. Et quand je dis « ta » robe, je t'assure que c'est avec un « T » majuscule.

— Quelle différence par rapport aux autres boutiques de robes parfaitement kitsch, tu peux me le dire ?

— Ici, ça va te plaire. La différence, c'est ça. J'ai eu un mal fou à la trouver, donc arrête un peu de critiquer.

Un bruit de talons annonça que quelqu'un arrivait. Une jeune femme avenante s'approcha d'elles et les salua d'un geste aimable. Elle était en jean moulant et T-shirt blanc sous une veste noire, perchée sur des escarpins aux talons vertigineux.

— Bonjour. Vous devez être Nerea. Enchantée – elles se serrèrent la main. Nerea réussit à lui fourguer sa carte d'un geste très élégant. Très jolie, la carte !

— Merci.

— Bon, d'après ce que vous m'avez dit au téléphone, nous avons une petite urgence…

— Absolument. Voici Carmen, ma meilleure amie. Qui est très exigeante pour sa robe. Du coup, elle n'a pas encore trouvé son bonheur et il ne reste plus que quatre mois avant le mariage. Ce qu'il nous faut, c'est… quasiment un miracle. Si quelqu'un est capable de faire des miracles, je crois vraiment que c'est vous, non ?

Elles redoublèrent de sourires et Carmen se dit que Nerea était décidément très habile. Son entreprise partait d'un bon pied.

— Carmen, je te présente Helena Loizaga. Une jeune styliste qui cette année a reçu un prix important pour sa collection de robes de mariée. Nous avons de la chance, elle a réussi à trouver un moment pour venir nous voir.

— Oh – Carmen commençait à s'inquiéter. Maintenant je me sens un peu…

— Ne vous laissez pas impressionner, intervint la Helena en question. Je crois que j'ai deux ou trois choses qui pourraient vous plaire. Mon assistante va vous aider. Je dois filer à l'atelier. J'ai été ravie de vous rencontrer.

— Merci d'avoir pris le temps de venir. Le plaisir est partagé. J'espère que nous resterons en contact.

— Moi aussi. Jaime m'a dit que, vous connaissant, il est certain que c'est le succès assuré pour votre start-up. Vous commencez quand ?

— Normalement, tout devrait être prêt en mai.

— Vous n'auriez pas quelques cartes pour moi ?

Elles échangèrent les salutations d'usage et Helena s'en alla. Nerea et Carmen attendirent quelques minutes que l'assistante arrive. Carmen jeta un regard en coin à Nerea et lui demanda :

— On peut savoir comment tu as réussi à avoir un rendez-vous avec elle ?

— C'est la femme de Jaime.

— Ton ex ?

Carmen n'en revenait pas.

— Oui. C'est avec elle qu'il s'envoyait en l'air quand il était avec moi, si tu veux savoir. Et donc…

— Mais…

Carmen ne pigeait plus.

— Elle me doit quelque chose, en tout cas sur le plan moral, et elle le sait parfaitement. Tu vois, ça tombe bien, parce qu'elle va pouvoir le donner.

Elles échangèrent un regard. Carmen était à la fois perplexe et pleine d'admiration devant la capacité de Nerea à retourner la situation comme une crêpe. La chance, se dit-elle, c'est vraiment une question d'attitude. En voilà la preuve irréfutable. Elle s'attendait quand même à ce que l'expérience se transforme en un supplice chinois et la laisse frustrée, épuisée et furieuse. Mais, à son immense surprise, il ne lui fallut qu'un quart d'heure pour trouver sa robe. SA robe ! Exactement comme l'avait prédit Nerea. À peine l'eut-elle enfilée qu'elle comprit que c'était celle-là et aucune autre, sans l'ombre d'un doute. Elle était parfaite. En plus, sa mère allait adorer. Une engueulade de moins !

Blanc cassé, avec un grand décolleté en U qui lui allait à ravir, et des manches courtes bouffantes. Ceinturée sous la poitrine par une bande couleur champagne brodée de fil doré, mais discret et de très bon goût. Sous la jupe, une sorte de jupon de tulle de la même teinte grège ouvert au milieu qui affinait sa silhouette.

On ne mit pas de voile. L'assistante, ravie, se contenta de rassembler quelques mèches de cheveux dans une barrette qui rappelait le motif de la bande champagne.

Quand elle se vit dans la glace, Carmen faillit fondre en larmes. Oui. C'était sa robe. Carmen en robe de soie sauvage et tulle. La simplicité même…

— Tu es divine !

Nerea était vraiment émue.

Et Carmen, notre Carmen qui lors du dernier essayage avait tout envoyé au diable, acquiesça.

— C'est ma robe.

— Vous avez déjà acheté une robe pour le mariage de Carmen ?

Je posai la question en feuilletant une revue de mariage.

— Moi oui, répondit Nerea pelotonnée dans mon fauteuil. Vert bouteille, silhouette *new look* vintage avec un décolleté en cœur. Ils sont déjà en train de me faire le chapeau assorti, avec de vraies plumes de paon.

— Merde ! (Je commençai à paniquer.) Et toi, Lola, t'as trouvé ? Je n'ai même pas encore commencé à chercher.

— Moi je n'ai qu'une envie, c'est que cette connerie de mariage soit derrière nous. Je déteste les mariages. Je les hais grave ! La seule chose qui me branche, c'est le bar à volonté, et le fait que je finis toujours par m'envoyer en l'air dans la salle de bains avec un des invités.

— Comment peux-tu dire une chose pareille ? C'est notre Carmen qui se marie ! lança Nerea.

— C'est parce que je suis insensible. Je suis née sans cœur. Je me nourris des émotions des autres. Je suis un vampire émotionnel.

— Tu racontes n'importe quoi. En fait tu es super contente pour le mariage, lança Nerea en plissant les yeux.

— Évidemment. Je vais me faire accompagner par Ray. Mais je le tiendrai par la main pour qu'il ne se perde pas. Je pourrais peut-être mettre une Gameboy dans mon sac, histoire qu'il ne s'ennuie pas pendant la cérémonie.

— Tu es jalouse parce que tu es habituée à ce que ce soit toi le centre de l'attention, commenta Nerea.

— Moi, le centre de l'attention ? demanda Lola en pointant l'index sur sa poitrine.

— Parfaitement, avec toutes tes histoires farfelues de zizis et autres joyeusetés...

— Tu confonds avec Valeria, là.

— Hé, les filles, laissez-moi en dehors de ça !

Je m'esclaffai et allumai une clope.

— Si si, tu es jalouse, insista Nerea.

— Peut-être un peu, qui sait ? reconnut Lola en me faisant signe de lui passer mon briquet. Mais en fait, ce n'est pas de la jalousie. Si on était en train de faire des préparatifs pour une super partouze en l'honneur de Carmen, ce serait complètement différent. Je serais tout émue et j'aurais déjà choisi des dessous pour la circonstance !

— T'es trop, Lola !

Elle ne pouvait pas s'empêcher de déconner, et elle nous faisait bien marrer.

— Tiens, ça me donne une idée...

— Non, Lola, la partouze, hors de question ! Même si c'est toi qui l'organises.

— Mais non, rien à voir. (Elle se leva et, regardant Nerea, continua.) On va faire une super fiesta pour mon anniversaire. Mes vingt et quelques... Tu profiteras de l'occasion pour te faire de la pub. Nous inviterons tous nos potes. On peut louer une salle, avec un open-bar et un DJ.

— Un open-bar, un DJ ?

— Oui, ma belle – elle sourit, tout excitée. Avec un peu de chance, je pourrai m'envoyer en l'air avec lui, et devenir sa manager ou quelque chose comme ça.

— D'abord, répliqua Nerea d'un ton un rien guindé, je te rappelle que tu as un copain. Tu ne vas t'envoyer en l'air avec aucun DJ. Ensuite, où est-ce que tu vas trouver tout le fric pour organiser une fête de ce genre ?

— Ça va chercher dans les combien, pour une centaine de personnes ?

— T'es folle à lier.

Je continuais de me marrer.

— Bon, cette folie devrait te coûter au moins deux mille cinq cents euros si tu te contentes d'une salle minable, plus mille pour le DJ.

— Peut-être qu'on peut inviter un peu moins de monde... Cinquante, ce serait parfait, plus intime.

— Je pourrais peut-être te faire ça pour mille...

— Mille ? Ça ne va pas la tête ?

C'est moi qui m'inquiétais, maintenant que ça commençait à prendre forme.

— Mille ? OK, six cents pour moi et quatre cents pour toi, répondit Lola à Nerea.

— Pourquoi est-ce que je devrais payer quatre cents, puisque c'est ton anniversaire ?

— Parce que c'est un coup de pub génial pour toi. C'est comme ça que tu te feras connaître. Ton Bal de l'Œillet.

— C'est le Bal de la Rose, corrigeai-je.

— La rose, l'œillet, on s'en fout de la fleur. Marché conclu ?

Elle tendit la main.

— À quelle date ?

— Je crois que mon anniv tombe un samedi cette année.

— Si tu fais ça le vendredi, c'est moins cher.

— Vendredi ? Pourquoi pas ? Va pour le vendredi 13 avril.

— Vendredi 13 ? Tu joues avec le sort, ma belle, commentai-je.

— Ça te donne quasiment deux mois.

— C'est plus qu'assez, fanfaronna Nerea.

Elle tendit la main pour conclure l'affaire.

— Vous pouvez inviter chacune dix personnes, et moi vingt parce que c'est ma fête.

— Dix personnes ? Il va falloir que j'invite mes parents et Adrian si je veux y arriver.

— Bon, tu en invites cinq, ça m'en donne cinq de plus ! (Lola était émue.) Et je vous conseille de vous trouver une super tenue, parce que moi, je vous préviens, je serai Paris Hilton, et vous allez vous retrouver comme ces petites pétasses qui lui bourdonnent autour à faire les lèche-culs.

— Je veux bien faire le chien de garde, proposai-je en levant la main.

— De toute façon, t'es assez chienne ces derniers temps, lança Lola à mi-voix.

— Qu'est-ce que j'ai encore fait ?

— T'as raconté à Nerea ton projet d'escapade pour la semaine prochaine ?

Lola alla se chercher une autre bière dans le frigo.

— Quelle escapade ?

Nerea était sur le qui-vive.

— Notre copine, dans un accès de passion irrépressible, a acheté un aller et retour pour faire une petite visite à son pote l'écrivain, expliqua Lola depuis la cuisine.

— Mais, Valeria… Tu ne le connais quasiment pas !

— Lâchez-moi, les filles ! grommelai-je.

— Victor, tu lui faisais confiance, et t'as vu comment ça a fini !

— Arrêtez de parler de cet enfoiré ! Bruno n'est pas Victor.

Et c'était vrai.

— Au fait, tu t'es excusée pour la scène dans son bureau ?

Lola avait pris un ton plus sérieux, même si elle criait, toujours depuis la cuisine.

— Noooooon, répondis-je d'un ton irrité. J'attends le bon moment.

— Tu veux que je lui envoie une boîte de chocolats de ta part ? proposa Nerea en ouvrant l'agenda qu'elle portait désormais en permanence avec elle.

— Chocolat ? Qui parle de chocolat ? Je sais que Victor fume un pétard de temps en temps, mais c'est assez rare.

Lola n'avait pas vraiment suivi la conversation. Nous la regardâmes sans comprendre.

— Ah, du vrai chocolat ! Ha ha… vous êtes trop mignonnes !

Elle s'assit par terre.

— Sérieusement, Val, je peux régler le problème. Je lui envoie une boîte de chocolats avec un billet d'excuses super froid.

— Je ne suis pas trop convaincue, pour les chocolats, mais je te laisse faire. En fait, tu me rends un sacré service. Je n'ai aucune envie de devoir penser à lui de quelque façon que ce soit.

Sachant qu'en réalité je pensais à lui au moins vingt ou trente fois par jour…

— Et avec Bruno, alors ? insista Lola.

— Alors quoi ?

— D'après ce que tu dis, il est tout sauf con, ce mec.

— Il est intelligent, ouais, et il me plaît. Il n'y a que ça qui compte.

— Il faut voir… commença Lola en farfouillant à la recherche de ses clopes, mon briquet à la main.

— Il n'y a rien à voir. Entre nous, c'est très clair. Point barre.

— Tu vas sûrement baiser avec lui, parce que t'en as envie depuis l'autre nuit, ajouta Lola d'un ton sentencieux.

— S'il s'agissait seulement de baiser, pas besoin de faire autant de kilomètres, non ?

Nerea ajoutait son grain de sel.

— Elle t'a parlé de son calibre hors normes ?

— Un mètre cinquante, ajoutai-je, un peu lasse. Y'a pire.

— Y'a pire en effet, mais si ça se trouve, il va t'attacher à son lit et on te retrouvera dans un an et demi morte d'épuisement.

— Ou toi, sans tes dents, murmurai-je.

— Arrête tes menaces à la con. C'est juste que ce mec, on ne le connaît pas du tout, et je continue de penser que pour toi, ce n'est pas juste un plan baise…

— Mais moi, je le connais, et il me semble que c'est ça, l'important. En plus, Victor, je le connaissais très bien, et vous avez vu le résultat… On n'est jamais sûr de rien.

— Victor n'est pas un monstre, quand même. Faut pas exagérer.

— Je n'ai jamais dit qu'il en était un. Mais il m'a fait méchamment souffrir, Lola.

— N'empêche que maintenant, il est bien puni.

Elle haussa les épaules et tira une taffe.

— Et pourquoi est-ce que tu n'inviterais pas Bruno à la fête ? Ça serait super chic. Un écrivain célèbre…

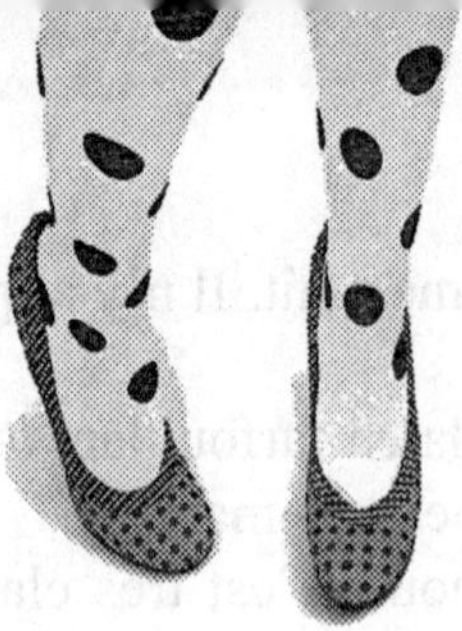

27

Les hommes ne parlent pas de ces choses-là

Victor avait fini par se décider à appeler Cristina, la rousse qu'il avait rencontrée dans le bar. Ils avaient passé quelques bons moments ensemble.

Il était allé la chercher à son boulot puis, dans un accès de bons sentiments, l'avait invitée à dîner. Après, direct chez lui, sa chambre pour être précis. Cristina s'était désapée en un clin d'œil et n'avait fait qu'une bouchée de lui. Elle lui avait offert une heure de marathon érotique intense qui l'avait laissé épuisé et vide. Vide, dans tous les sens du terme.

Ce que Victor appréciait le plus, chez Cristina, c'est qu'elle ne faisait pas partie de ces meufs qui espèrent passer toute la nuit avec leur amant d'un soir. Il n'avait aucune envie de cette intimité imposée. Cristina se levait d'un bond à peine leur affaire terminée, passait à la salle de bains et en ressortait habillée de pied en cap.

— À la prochaine, Victor, murmurait-elle d'un ton provocant avant de partir.

Il se trouvait chez lui un samedi matin, assis sur un tabouret dans sa cuisine, un café fumant devant lui, perdu dans ses pensées. Y compris une pensée en particulier, qu'il aurait préféré éviter. Il était d'une humeur massacrante.

Mais comme par un mécanisme de défense, il était envahi par des rêveries érotiques. Comme si son corps avait voulu lui dire d'arrêter de cogiter et l'inviter à se consacrer à des activités plus agréables.

Il vit cette putain de boîte de chocolats posée dans un coin sur le comptoir de la cuisine. Il n'arrivait pas à y croire. Une de ces boîtes à la con que les gamines bien élevées envoient à leur grand-tante pour Noël. Elle ne l'avait sûrement pas choisie. Sans parler du billet qui l'accompagnait. N'importe quoi !

Cher Victor,

Je te prie de bien vouloir m'excuser pour ce qui s'est passé dans ton bureau.

Je suis désolée.

Valeria

Ça le rendait fou.

Il tendit la main vers le téléphone. Puis il jeta un coup d'œil à la carte de visite qu'il avait posée sur le marbre et composa le numéro.

— Allô ?

La voix était très sensuelle.

— Salut, beauté. Qu'est-ce que tu fais ?

— La question, c'est plutôt « qu'est-ce que tu veux que je fasse », non ?

— Moi ? J'aimerais bien ouvrir ma porte dans un petit moment et te trouver là avec rien sous ton manteau, murmura-t-il. Mais je sais que tu n'es pas le genre de nana à qui on donne des ordres.

— Imaginons que je le fasse pour une fois, histoire de permettre à un pauvre dépravé, beau gosse soit dit en passant, de réaliser ses fantasmes les plus chauds. Corset, culotte et bas *stay-up* ?

— Hum… culotte seulement.

— J'arrive.

Quand Victor ouvrit la porte, Cristina l'attendait avec un sourire aguicheur, enveloppée dans un beau manteau noir qui mettait en valeur sa chevelure de feu. Il la mata des pieds à la tête. Lèvres rouges, talons hauts, manteau et sac. De toute évidence, elle ne portait pas grand-chose d'autre.

— Entre, dit-il en sentant son érection naissante. Tu connais le chemin. La chambre au fond à gauche.

— Aujourd'hui, on va jouer. On va dire que tu me payes.

— OK, mais le client est roi, ne l'oublie pas…

— Exactement. C'est ça, le jeu.

— Dis-moi, Cristina, tu fais tout ? Vu que je vais payer, j'espère que la réponse est oui.

— Oui, monsieur, tout. Vous en aurez pour votre argent. Vous ne serez pas déçu.

Elle commença à tripoter les boutons de la chemise de Victor.

Quand ils furent dans la chambre, il écarta les pans du manteau et s'assit dans le fauteuil. Comme s'il voulait vraiment vérifier que Cristina valait le prix qu'il avait imaginé.

— Et maintenant, on fait quoi ? Je n'ai jamais payé une fille, précisa-t-il.

Cristina éclata d'un rire très sexy.

— Je te vois mal aller voir une pute… un mec comme toi… Bon, tu as le droit de toucher…

Victor allongea les bras et empoigna ses seins. Puis il descendit une main et l'inséra dans la culotte. Il caressa le sexe déjà moite. Elle gémit.

— Agenouille-toi, murmura-t-il avec une autorité calculée, se sentant délicieusement dominateur tandis qu'il glissait deux doigts en elle. Je veux que tu me suces de la façon la plus obscène que tu connais…

— Et ensuite ?

— Tu fais tout, non ?

Ils se mirent sur le lit. Vingt-cinq minutes plus tard, ils en étaient encore aux préliminaires. Cristina était en train de lui faire une pipe d'enfer, et ça avait beau être génial, Victor se sentait insatisfait. Il avait besoin d'autre chose, mais cet « autre chose », il savait qu'il ne pourrait le trouver dans cette chambre. Du coup, il se sentait frustré et excité en même temps.

Plus brutal qu'à son ordinaire, il mit Cristina à quatre pattes sur le matelas et lui chuchota à l'oreille :

— Je vais te prendre par-derrière. Il y a des capotes dans le tiroir de la table de nuit.

Une fois le préservatif enfilé, il mit un peu de salive sur deux doigts et les enfonça sans son arrière-train sans ménagement. Elle laissa échapper un petit gémissement.

— Vas-y doucement…

— Ce n'est pas ce que tu me demanderas dans quelques instants, grommela-t-il.

Elle continua de gémir tandis qu'il la touchait. Quand ils se sentirent prêts, il entra en elle d'une poussée. Cristina cria.

— Arrête, tu me fais mal !

Elle se laissa tomber à demi sur le matelas.

— Chut – il lui caressa le dos. Détends-toi.

— Arrête, Victor, pour de vrai. Tu me déchires – il s'arrêta. Vas-y, maintenant… doucement.

Obéissant, Victor reprit le rythme, en douceur.

— Vas-y… arrête – elle soupira. Encore… stop !

— Nous y sommes presque, lâcha-t-il en gémissant.

Cristina gémit. Victor plaqua une main entre ses cuisses pour la caresser pendant qu'il la pénétrait. Il ferma les yeux. Le plaisir était au rendez-vous, il n'avait besoin de rien d'autre. De rien ni de personne.

— Continue… continue, implora Cristina entre deux spasmes.

Il intensifia ses assauts, oubliant complètement d'y aller doucement et de penser au plaisir de sa partenaire. Quand il s'en rendit compte, Cristina gémissait, mais pas de douleur. Il jouit rapidement et elle le suivit de peu.

Il retomba sur le matelas, enleva la capote et se mit l'avant-bras sur les yeux. Comme d'habitude, il entendit Cristina aller à la salle de bains.

Il avait envie de hurler.

Tout ça ne servait à rien. Elle était toujours là, dans sa tête, dans la pulsation rapide de son cœur. S'il s'était coupé, ce n'est pas du sang qui serait sorti de ses veines, mais son nom. Elle. Qu'elle aille au diable !

Cristina émergea de la salle de bains en souriant et s'assit un moment sur le lit. Victor se dit que ce n'était pas là son comportement habituel. Il ouvrit les yeux et vit qu'elle l'observait calmement de ses yeux clairs.

— Qu'est-ce qu'il y a ?

— C'est exactement la question que je m'apprêtais à te poser.

— De quoi veux-tu parler ?

— C'est juste que… tu es sûr que tu ne veux pas parler de ce qui s'est passé ?

— Comment ?

Victor se redressa. Il croisa son reflet dans le miroir de l'armoire. Il avait l'air particulièrement renfrogné.

— Écoute, à chaque fois, quand on a fini, c'est comme si… tu avais des remords. Moi, je trouve ça plutôt sympa entre nous. Donc, il y a deux possibilités : soit tu es super catho, tu crois que ce qu'on fait est mal et que tu vas brûler éternellement en enfer, ou bien tu sors d'une histoire qui s'est mal terminée, et tu es toujours amoureux de la nana. Et vu qu'ici je ne vois ni crucifix, ni chapelet, ni images saintes…

Il se prit ça comme une claque dans la figure et il réagit mal.

— Il y a quelque chose que tu n'as pas compris, ma biche. Je n'ai pas envie de parler avec toi. La seule chose que j'aie envie de faire, avec toi, c'est baiser. Et nous l'avons fait.

Puis il ramassa son boxer et l'enfila.

— OK, murmura-t-elle, j'y vais. Inutile de me raccompagner, je connais le chemin.

Victor l'observa pendant qu'elle mettait ses chaussures et passait le manteau.

Il avait offensé cette femme. Pour ça, il était champion. Pourquoi diable lui avait-il parlé ainsi? Il s'en voulut.

— Attends… dit-il quand il la vit sortir de la chambre.

Cristina ne s'arrêta pas et continua d'avancer vers la porte d'entrée. Il bondit pour la retenir.

— Excuse-moi. Je n'ai aucune raison de te parler sur ce ton.

— Si tu n'as pas envie de parler, pas de problème, dit-elle d'un ton blessé. Mais ce n'est pas une raison pour me traiter comme une pute.

— Je suis désolé.

Sans comprendre ce qui lui prenait, Victor ouvrit les bras et la serra contre son torse nu. Cristina accepta l'étreinte, tendue comme une corde de violon. Les effusions, ce n'était pas son genre. Elle n'avait pas particulièrement envie qu'il la prenne dans ses bras, et elle ne voulait pas qu'il lui joue la comédie des sentiments. Non. Cristina était sincère, et elle détestait les mensonges.

Comme ELLE. Sauf qu'elle, elle voulait toujours plus.

— Je n'arrête pas de me demander quand j'ai commencé à me planter.

Victor était rhabillé, assis sur le tapis du salon, un verre en main.

— Et alors, tu es arrivé à une conclusion ?

— Non – il fixa le liquide sombre au fond de son verre. Et je ne comprends toujours pas.

— Tu regrettes de l'avoir rencontrée ?

— Parfois oui. Mais si je ne l'avais pas connue, jamais je n'aurais ressenti… Ça.

— Qu'est-ce qu'il s'est passé ?

— Ça a toujours été trop intense, et trop compliqué. Ce genre d'histoire, ce n'est pas pour moi. Bref… j'ai fui.

— Moi aussi, j'ai vécu un truc du même genre.

— Et ?

— Il est toujours marié. Il vient d'avoir un deuxième enfant.

— Vous vous voyez encore ?

— Quand on me pose la question, je dis que non. Mais je n'ai aucune raison de te mentir. Nous n'avons jamais arrêté de nous voir. Il m'appelle de temps en temps, quand sa femme n'est pas dans les parages. Et je n'arrive pas à lui dire non, même si je voulais…

— Moi, ça me rendrait fou.

— Victor… tu as déjà raconté à quelqu'un comment tu te sens ?

— Non.

Il secoua la tête vigoureusement.

— Et pourquoi ?

— Parce que les hommes ne parlent pas de ces choses-là.

— Eh bien… vous feriez peut-être bien de commencer.

28

Bruno et Valeria, première

— Allô ? répondit une voix enfantine à l'autre bout du fil.

J'écartai le téléphone de mon oreille et vérifiai que j'avais bien fait le numéro de Bruno.

— Salut. Heu… Bruno est là ?

— De la part de qui ?

Je haussai les sourcils. Une parfaite secrétaire, cette môme !

— Valeria.

— Papa, Valeria au téléphone, cria-t-elle.

J'entendis au loin un rire sexy, puis sa voix dans le combiné.

— Salut ma biche. Quoi de neuf ?

— T'es occupé ? Tu peux me rappeler plus tard, si tu veux.

— Non, non. J'étais juste en train d'aider Aïtana avec ses devoirs.

— Le papa parfait, en somme !

— J'essaie.

— J'ai mille choses à te raconter.

— Ah bon ? J'espère que dans ces mille choses il y a un billet d'avion pour aller voir quelqu'un…

Je restai coite, et Bruno éclata de rire.

— Non ! Je n'arrive pas à y croire. Tu as acheté le billet ?

— Ce n'était franchement pas cher !

— Je t'avais dit. Génial ! murmura-t-il. Attends un instant. Aïtana, ma chérie, je monte dans mon bureau. OK ?

— OK, répondit une petite voix flûtée.

— Tu restes dans la maison. D'accord ?

J'entendis des pas qui montaient un escalier puis, après quelques instants, une porte qui se refermait avec un léger grincement.

— Qu'est-ce que tu veux dire loin des oreilles de ta fille ?

— Que je meurs d'envie de te voir, si possible nue et entre mes draps.

— Ah bon ? Et pourquoi donc ?

J'éclatai de rire.

— Tu as vraiment besoin que je te l'explique ?

— Oui, s'il te plaît.

— Alors écoute, ma biche : je meurs d'envie de te voir parce que je veux que tu m'aides à planter des arbustes, mais dans la tenue d'Ève.

— Ah oui ?

— Arrête de me provoquer, parce que je vais finir par te raconter quelques cochonneries, et nous savons tous les deux que tu éclateras de rire comme une gamine et tu me raccrocheras au nez.

— Si ça se trouve, je suis vraiment une gamine.

— Ah ah… fais gaffe, tu es en train de jouer avec le feu, tu risques de…

— Ne termine pas ta phrase !

— Tu arrives quand ?

— J'ai pris les billets pour la semaine prochaine. J'arrive mercredi.

— Parfait. Et tu me donnes combien de jours ?

— Jusqu'à lundi.

— Cinq jours, super. Je peux faire un tas de choses en cinq jours, murmura-t-il d'un ton plein de sous-entendus.

— Quel genre ?

— Ha ha ha…, Valeria…

— Tu as fait naître un monstre.

— Il existait déjà, mais tu le gardais bien caché. Dis-moi : tu as envie de me voir ?

— Oui.

— Pourquoi ?

Le ton sur lequel il posa la question me fit fondre de désir.

— Parce que tu embrasses super bien.

— Et parce que tu as envie qu'on continue.

— Possible.

— Attends un instant s'il te plaît. (Il détourna sa tête du téléphone et lança d'une voix claironnante :) Quoi ? Aïtana, vingt-trois plus cinq ça fait combien ? Hé, fais le calcul toi-même, flemmarde.

— Bruno…

— Oui, excuse-moi, il vaut mieux que je te rappelle quand elle sera couchée. Comme ça, je réussirai peut-être à ce que tu me dises quel style de culottes tu portes. Ou mieux encore, que tu n'en portes pas…

— Attends, un dernier truc. Tu serais libre le 13 avril ? Lola fête son anniversaire.

— Donc, si je comprends bien, tu auras encore envie de me voir dans deux mois ?

— Mais oui. Ciao, papa modèle !

— Ciao, ma guerrière.

Il me rappela le soir à onze heures passées. Il avait fait dîner Aïtana, l'avait aidée à préparer ses affaires pour l'école et lui avait fait la lecture au lit. Après, il avait dû travailler à quelques articles pour lesquels il était en retard. Ça ne me dérangeait pas qu'il m'appelle si tard, parce que, ces derniers temps, j'avais beaucoup de mal à m'endormir.

Nous parlâmes plus en détail de la fête de Lola. Je lui racontai comment l'idée avait surgi, sans lui épargner les détails comiques. Puis nous bavardâmes de choses et d'autres, et de fil en aiguille restâmes presque une heure pendus au téléphone. Nous avions commencé à aborder des sujets plus intimes.

— Qu'est-ce qui t'a fait le plus de mal, dans la rupture ? me demanda Bruno.

— Pourquoi est-ce que tu t'obstines à vouloir parler de ça ?

— Parce que je veux être certain que tu as pris le temps de réfléchir, et que maintenant c'est derrière toi.

— Maintenant, je pense que, vu le peu de temps que ça a duré, c'est tout réfléchi.

Gros mensonge.

— Qu'est-ce qui t'a fait le plus souffrir, quand Victor t'a larguée ?

— Je crois que c'est le sentiment d'avoir été trahie. La déception. J'avais l'impression qu'il me jetait comme une vieille chaussette. Il ne faisait que suivre son schéma habituel. Pour lui, c'était parfaitement normal.

Je fus soudain reprise par des sensations que j'aurais préféré laisser au vestiaire. Je m'obstinais à ne conserver que de mauvais souvenirs de mon histoire avec Victor, mais de temps en temps surgissait une image qui me faisait affreusement souffrir, parce qu'elle était attachée à un moment de bonheur. L'escapade à Minorque, les silences partagés sans la moindre gêne. Sa présence rassurante à côté de moi quand je me réveillais au milieu de la nuit. Son odeur. Sa bouche me murmurant qu'il m'aimait et me jurant qu'avec moi, le sexe, c'était « autre chose ».

Bruno s'éclaircit la voix. Un ange était passé. Un silence trop long, après avoir parlé de Victor.

— Et ton divorce ?

Il insistait.

— Et le tien, au fait ? (Je lançai un rire pour masquer mon inconfort devant cette avalanche de questions personnelles.) J'ai l'impression que c'est un interrogatoire.

— Tu m'as dit que tu te demandais si tu ne t'étais pas contentée d'enfouir le sujet de ta rupture, au lieu de l'affronter en face. Je veux juste éviter qu'il me saute à la figure.

— T'inquiète. Rien ne va te sauter à la figure.

— Ah bon ? Je suis juste une petite amourette de printemps ?

— Oui. Une fois l'été arrivé, je te larguerai pour une amourette estivale, et ainsi de suite jusqu'à la fin des temps.

— Et chaque fois tu prendras un mec plus jeune.

— Ça non ! J'aime bien les mecs de ton âge. Vous n'êtes plus des gamins, vous avez déjà vécu, mais en même temps vous n'êtes pas trop vieux pour…

— Avoir des pannes d'érection !

— En tout cas, il ne me semble pas que ce problème te concerne.

— Bon, je pense que le moment des aveux est venu : une fois…

— Cette fois ne m'intéresse pas.

— Avec toi, ça n'arrivera pas.

— Bien sûr que non.

Il changea de sujet.

— Tu sais, ici c'est magnifique, et je ne te dis pas ça parce que c'est chez moi. Tu vas kiffer grave.

— Kiffer comment ? Autant que je te kiffe toi, ou plus ?

— Ça me rend triste, quand tu me poses ce genre de question.

Je l'imaginai faisant la moue.

— Pourquoi ?

— Parce que je pense que même si tu me kiffais un max, tu ne me le dirais pas. Ce n'est pas ton genre.

Je compris qu'il souriait à l'autre bout de la ligne.

— Qu'est-ce que tu veux insinuer ?

— Tu me plais, murmura-t-il. Tu me plais beaucoup.

— Toi aussi.

— Mais juste pour une petite histoire sans suite, non ?

— Mes copines me disent que je suis absolument incapable d'avoir ce genre d'histoire. Ça te fait peur ?

— Non, ça me rend fou. Les meufs qui ont le courage de sortir ce genre de truc à un mec qu'elles connaissent à peine, il n'y en a pas beaucoup.

— J'en ai ma claque de ne pas pouvoir parler sincèrement, de me sentir obligée de suivre des petites stratégies à la con. Au fond, ça ne sert à rien. Ça ne m'a jamais servi à rien. Mais je ne suis pas en train de te dire que je cherche à me caser !

— Dis-moi un truc : et si tu revois ton ex, qu'est-ce qu'il va se passer ? Imagine que tu le rencontres chez l'esthéticienne, par exemple, après une épilation maillot ?

— Arrête ton char !

— Juste imagine qu'il t'invite à boire un verre.

— Franchement, ça ne me plairait pas trop.

Je me frottai les paupières énergiquement. Je ne voulais pas envisager sérieusement cette éventualité.

— Parce que tu n'as pas envie de voir sa gueule, ou parce que tu penserais à moi ?

— Un peu prématurée ta question, je dirais.

— Et donc tu ne veux pas répondre ?

Il me provoquait.

— Je n'ai pas encore la réponse.

— Je veux juste savoir où nous en sommes, où mettre les limites.

— Et tu voudrais les mettre où, ces limites ?

— Moi ? Là tout de suite, je tracerais bien un coup de pinceau autour de ta taille… et de ton nombril, ajouta-t-il à mi-voix. Sans oublier tes jambes, bien entendu…

— On dirait que nous sommes sur la même longueur d'onde.

— Viens dormir avec moi. Je laisse la porte de la cuisine ouverte pour toi, ça marche ? Ma chambre est à gauche en haut de l'escalier.

— Et Aïtana ?

— Elle dort comme une souche.

— Bon, donne-moi une demi-heure, j'arrive…

— Au fait, si je dors, réveille-moi en douceur. Je ne suis plus si jeune. Tu n'as pas envie de me tuer, pas vrai ?

— T'as raison.

— Alors assieds-toi doucement sur le lit, puis mets-toi sous les draps et embrasse-moi dans le cou. J'adore comme tu fais ça.

— Ensuite ?

— Je me retournerai lentement et je t'embrasserai aussi dans le cou. Puis je te mordillerai le lobe de l'oreille.

— Ça me plaira beaucoup. Mais je ferai peut-être un peu l'idiote.

— Tu me laisseras te toucher un peu ?

— Je pense qu'il est temps de raccrocher, lançai-je en m'installant confortablement dans mon lit.

— Ou bien, on pourrait…

— Quoi ?

— Allez… touche-toi – je regardai autour de moi comme si on avait pu me voir. J'en ferai autant, continua-t-il. En pensant à toi, nue, remuant sur moi.

Je fermai les yeux.

— Et puis quoi ?

J'entrais un peu dans son jeu.

— J'ai envie de dessiner une ligne sur ton corps qui finit par ma bouche entre tes cuisses. Alors j'insinuerai ma langue entre tes lèvres et j'attendrai que tu mouilles pour te pénétrer avec le doigt.

Je me mordis ma lèvre, j'avais les joues en feu.

— Et qu'est-ce que tu aimerais que je fasse ?

— J'aimerais sentir ta bouche autour de ma queue.

Le ton de sa voix me mit dans tous mes états. J'enfilai une main dans ma culotte. J'étais déjà trempée.

— Je suis en train de me caresser, avouai-je.

— Moi aussi. Rien que d'imaginer ta bouche… trop chaud.

— Tu préfères quel style ? Rapide ou lent ?

— J'aime quand c'est lent, et qu'on aille jusqu'au bout – je fermai les yeux. J'ai envie de te baiser fort – il baissa la voix. Tellement fort que tu demanderas grâce. Depuis le jour où je t'ai rencontrée…

— Je t'adore, articulai-je dans un gémissement. Et je t'adorerai encore plus quand tu le feras pour de bon.

— Imagine que tu es sur moi…

— Oui, ça me plaît…

— Tu mouilles ?

— Comme une chienne.

— Valeria, je bande comme un fou… Je te sens sur moi…

— J'ai envie de tout te faire.

— Moi pareil. Et je le ferai. Je ne peux plus attendre. Dès que tu entreras dans ma chambre, je te déshabillerai, je te jetterai sur le lit, je t'écarterai les jambes et je te lécherai comme personne ne te l'a encore fait. Tu me supplieras de te baiser.

Nous restâmes un moment sans rien dire. J'entendais son souffle irrégulier qui s'accélérait. Je me caressai à un rythme de plus en plus soutenu. Je l'avertis.

— Je vais jouir.

— Attends… attends-moi.

— Imagine que tu es dans ma bouche… que tu jouis dans ma bouche.

Voilà, c'était ça, la Valeria que Bruno avait réveillée !

Je gémis. Je l'entendis en faire autant. Je sentis l'orgasme m'envahir et, me caressant plus lentement, je jouis sans retenir mes cris de plaisir auxquels les siens firent immédiatement écho.

C'était donc ça, le sexe au téléphone ?

Je laissai retomber ma tête sur l'oreiller, les cheveux épars sur la taie couleur lavande. J'avais le souffle court, je tentai d'inspirer profondément pour me calmer. Bruno lançait des gémissements étouffés. Si je l'avais eu à côté de moi, je ne lui aurais pas laissé le temps de se reposer.

Après quelques secondes de silence, je l'entendis remuer.

— Donne-moi un instant, articula-t-il.

Je reposai le téléphone sur l'oreiller et fixai le plafond. J'étais étonnée – non, stupéfaite ! – de ce qui venait de se passer. Soudain, je me sentis triste, comme quand j'écoutais ces chansons avec lesquelles j'avais entretenu ma déprime après la rupture avec Victor. Je me souvenais qu'avec lui, le sexe, c'était autre chose. Une expérience que je ne pouvais avoir avec personne d'autre. Avec Victor, j'avais tout connu simultanément, le meilleur comme le pire.

J'entendis Bruno s'éclaircir la voix à l'autre bout du fil. Il me ramena à la réalité.

— Merde ! bredouilla-t-il. J'ai une envie dingue de te voir.

— Il est super tard. Qu'est-ce que tu veux faire ?

— Sauter dans ma bagnole et venir te voir, juste pour t'embrasser et se souhaiter bonne nuit. Et je te jure que je le ferais si je ne devais pas accompagner Aïtana à l'école dans quatre heures.

— Pour de vrai ?

— Je te jure. Et un de ces jours, je le ferai. Quand tu ne t'y attendras pas du tout. Et je passerai toute la nuit à t'embrasser, te baiser et… à t'adorer ! Nom d'un chien, qu'est-ce que tu m'as fait ?

Qu'est-ce que j'avais fait ? Moi aussi je me le demandais.

Victor, d'ailleurs, m'avait souvent posé la même question quand nous faisions l'amour : « Valeria, qu'est-ce que tu me fais ? »

29

Un petit point avant le départ

— Bon, si je comprends bien, tu n'as toujours pas repris tes esprits ! Tu vas le faire, ce voyage, n'est-ce pas ? observa Lola tandis que je finissais de remplir ma valise.

— Ce que je ne pige pas, c'est pourquoi une personne comme toi part en vrille parce que j'ai décidé d'aller passer quelques jours chez un ami.

— Un ami ?

— Jusqu'à nouvel ordre, c'est juste un ami. Peut-être qu'un jour il y aura quelque chose de plus.

— Et votre petit plan cul, qu'est-ce que tu en fais ?

Je me tournai vers elle en soupirant, les mains sur les hanches.

— Dis-moi une bonne fois pour toutes pourquoi tu es contre cette escapade.

— Val, tu peux aller où ça te chante, je n'ai absolument rien contre, mais je me fais du souci pour toi.

— Je t'assure que tu n'as aucune raison de t'inquiéter.

— Oui, tu l'as déjà dit, j'ai bien entendu. Mais tu te goures, et donc j'ai raison de m'inquiéter. Je te rappelle qu'il y a moins d'un an, tu étais encore mariée, et avec ton premier jules !

— Oui, je n'y connais rien aux hommes, je sais ! Mais l'expérience est mère de la science, comme on dit.

— Et alors, qu'est-ce que tu veux faire, maintenant ? Multiplier les erreurs ? T'es pas obligée de foncer la tête la première, tu sais ? Pour surmonter l'histoire avec Victor, il faut du temps.

— Ça n'a rien à voir avec Victor, contrairement à ce que tu sous-entends, et je ne vois pas en quoi ce serait une erreur – j'étais sérieuse comme un pape. Tu ne connais même pas Bruno.

— C'est la première fois que tu sors avec un mec que je n'ai pas rencontré. Et je te connais assez pour savoir que tu es super excitée. C'est juste ma façon à moi de te dire de faire gaffe.

— Tu en as parlé avec les autres ?

J'allai à la cuisine prendre une bouteille de Martini, deux verres et un bocal de cerises.

— Ne me fais pas boire à jeun.

Je retournai à la cuisine, empilai deux assiettes, des muffins au fromage et une salade d'épinards toute prête, au fromage et aux noix.

— T'as toujours ce qu'il faut, toi.

— On s'installe pour dîner ? demandai-je, un rien tendue.

— Mais ne te fous pas en rogne ! répondit-elle en remplissant les verres.

— Je ne me fous pas en rogne, mais ça me gonfle que tu me traites comme une gamine qui ne sait pas ce qu'elle fait, qu'il faut protéger contre elle-même. Et j'en ai marre que Victor surgisse toujours dans nos conversations.

— Mais ce n'est pas vrai…
— C'est lui qui m'a larguée, Lola. Lui !
— Je sais, Val. Je ne voulais pas…
— Tu n'as pas répondu à ma question. Tu en as parlé avec les autres ?
Je l'interrompis, pendant que nous nous installions sur des coussins devant la table basse.
— Oui, évidemment qu'on en a parlé.
— Et alors ?
— Nerea pense que tu es en plein délire, mais que c'est juste la phase « post-divorce ». D'après elle, avec Victor, tu aurais dû la fermer et le laisser se rendre compte tout seul, avec le temps, que vous commenciez à avoir une relation normale.
— Et Carmen ?
— Comme tu l'as déjà compris, vu ton petit sourire, elle pense qu'il faut t'encourager, et que Bruno ne sera pas forcément une histoire sans suite.
— Hmm…
— Pas trop de fromage, s'il te plaît, ça me donne des gaz. (Je la regardai en coin et je ne pus m'empêcher de pouffer ; elle continua :) Mais Carmen aussi, elle se demande pourquoi tu t'obstines à prétendre que c'est juste un plan baise, alors que nous savons toutes pertinemment que tu es biologiquement inapte à ce genre de truc.
— Je ne vois pas du tout pourquoi vous vous êtes mis ça en tête.
— Valeria, mon chou, expliqua-t-elle quand elle eut avalé une bouchée. Ce n'est pas uniquement que tu n'as aucune expérience en la matière. Ce n'est pas ce que tu recherches, et ce n'est pas ce que les hommes voient en toi. C'est aussi simple que ça. Tu es un de ces oiseaux

rares qui réussissent à transformer un coup d'un soir en histoire d'amour. Il y a une chose sur quoi je dois donner raison au mec qui t'a décrite comme une déesse : si tu étais vraiment consciente de l'effet que tu fais aux mecs, je crois que tu réussirais à les faire se prosterner à tes pieds. Littéralement.

— Tu racontes n'importe quoi.

— Absolument pas, je sais parfaitement ce que je dis. Je te rappelle que j'ai écouté un mec me parler de toi, Val – nous nous regardâmes un instant en silence. Mais tu ne veux rien savoir…

— Je ne le crois pas, c'est tout.

Lola battit lentement des cils, but une gorgée et reprit d'un ton décidé :

— Bon, il lui arrive de se conduire comme le dernier des cons, c'est vrai. Mais ça ne veut pas dire qu'il ne serait pas prêt à se prosterner à tes pieds, ma belle. La dernière chose que je l'ai entendu dire à ton sujet, c'est qu'entre vous c'était vraiment de l'amour.

— Ça va, laisse tomber.

— Il t'aime.

J'éloignai son verre.

— Arrête de picoler.

— Sans blague ? J'espérais que tu avais une autre bouteille parce que j'adore cette cochonnerie.

Elle croqua la cerise et me sourit.

30

« Asturies, chère patrie »

Pour être franche, je ne m'attendais pas du tout à ce que les autres changent d'avis sur Bruno, surtout qu'elles ne l'avaient jamais rencontré. D'un côté, elles n'avaient pas tort. Je n'étais pas experte en matière de relations avec les mecs, mais au fond, j'étais convaincue que « qui ne risque rien n'a rien ». Et puis, il me branchait grave. Appelons ça le facteur x ou, tout simplement, l'attirance sexuelle.

Je ne m'étais pas encore remise de l'histoire avec Victor, mais il fallait bien que je vive ma vie, tout comme lui avait repris ses petites habitudes. Ses plans baise, ses sorties du week-end, ses draps sens dessus dessous. À quoi bon le pleurer pendant des mois en vivant comme une bonne sœur ? Bruno avait croisé ma route, il avait tendu la main vers moi… autant la prendre. J'avais besoin de me changer les idées.

Dont acte : j'avais acheté un billet aller-retour au prétexte qu'il était tellement peu cher que, même si je changeais d'avis, la perte serait minime. Et d'ailleurs, pourquoi changer d'avis ? Une maison en pleins champs, avec du feu dans la cheminée, un mec que je venais de rencontrer… avec lequel j'allais m'envoyer en l'air. Ça ne faisait pas un pli.

Et c'est ainsi que je me retrouvai traînant ma petite valise à la sortie de l'aéroport des Asturies, cherchant Bruno dans la foule. Quand je le vis, avec son habituel sourire espiègle sur les lèvres, je sentis un frémissement me parcourir l'estomac et mes genoux se mettre à trembler. Bon signe.

Il avança vers moi, me prit la valise des mains et nous restâmes à nous regarder en silence quelques instants.

— Ton vol s'est bien passé ? Tu as pu piquer un petit roupillon ?

— Qu'est-ce que tu attends pour m'embrasser ?

J'éclatai de rire.

Il me prit dans ses bras et nous échangeâmes un de ces baisers qui commencent comme dans les films de Hollywood des années 1940 et s'arrêtent à la limite du porno.

— Je n'en reviens pas que tu sois venue, dit-il en appuyant son front contre le mien.

— Moi non plus.

Bruno avait un break avec, à l'arrière, un siège enfant. Suivant mon regard, il haussa les épaules.

— Être père d'une gamine de cinq ans, voilà aussi ce que cela veut dire.

— Cela ne me dérange pas. Au contraire, je trouve ça attendrissant.

— Tu aimes les enfants ? demanda-t-il en mettant ma valise dans le coffre.

— Beaucoup.

— Tu peux être sûre que ce soir, je t'en fais un !

Je lui donnai un coup sur le bras et il brailla.

La route pour arriver chez lui me sembla interminable. Elle serpentait sur les coteaux et, peut-être à cause de mon état de nervosité, elle me donnait la nausée : virage à gauche, virage à droite, dos-d'âne, et ainsi de suite.

Je fermai les yeux tandis que j'écoutai Bruno me décrire le salon avec la cheminée devant laquelle nous allions lire et nous embrasser. Il me sembla l'entendre parler de mes seins qui ballottaient en rythme, mais je ne relevai pas.

— Ça va ? me demanda-t-il. J'ai dit une grosse connerie et tu n'as pas réagi.

— On arrive bientôt ? balbutiai-je dans un filet de voix.

— Oui oui – je hochai la tête et respirai à fond. Merde ! tu es livide ! Je conduis si mal que ça ? Tu veux que je m'arrête ? Nous allons traverser un village et ma maison est juste deux kilomètres plus loin. Mais peut-être qu'il vaut mieux s'arrêter au village prendre un café, non ?

— Non non, je préfère qu'on arrive vite. Cette route me semble interminable.

— Descends un peu la vitre, l'air te fera du bien.

Bruno accéléra. La raison pour laquelle il était pressé n'avait rien de romantique, à mon avis. Il craignait probablement de devoir passer sa matinée à nettoyer les vomissures dans sa voiture…

Je me sentis un peu mieux dès que nous fûmes arrivés. Ouf, le voyage était terminé. Et puis l'endroit était magnifique… et riche de promesses.

À peine entrés, Bruno me fit asseoir sur une chaise dans la grande cuisine et mit en marche la cafetière électrique. Puis il sortit et revint au bout de quelques instants avec un plaid qu'il me posa sur les épaules.

— Qu'est-ce que tu fous? protestai-je.

— Attends… laisse-moi voir – il m'embrassa le front et secoua la tête. Bon, tu n'as pas de fièvre.

— Ça va, je ne suis pas malade! (J'éclatai de rire.) Ne commence pas à faire le papa avec moi!

Il s'écarta légèrement de moi et me regarda, les mains sur les hanches.

— Tu as une mine à chier.

— Merci.

Je souris faiblement.

— Pas question de baiser, j'imagine – je lui lançai un coup de pied. Viens, repose-toi un peu sur le canapé. Je vais allumer un feu, et quand tu seras en état, peut-être que tu auras envie de me faire une petite pipe – je lui lançai un nouveau coup de pied qu'il esquiva. Je déconne, tu le sais bien. Tu n'as qu'à me la toucher un peu, je serai parfaitement satisfait.

— Enfoiré!

— Voilà qui me plaît plus. Si tu m'insultes, ça veut dire que la forme revient.

— Je t'ai dit que ça va!

— OK. Alors laisse-toi dorloter.

Il me prit dans ses bras, me porta jusqu'au séjour et me déposa sur un canapé moelleux. Il plaça un coussin derrière ma tête et s'approcha de la magnifique cheminée de pierre.

— T'es ouf!

Je m'esclaffai.

— Reste là, sage comme une image.

Il sourit et alluma le feu. Après quelques minutes, je lui demandai où était la salle d'eau.

— Première porte à droite en sortant, en face de l'escalier.

La salle de bains était super bien rangée, limite impersonnelle. Les serviettes parfaitement pliées reprenaient la teinte pourpre du dessin des carreaux de faïence. Je me passai de l'eau froide sur le visage et la nuque et retouchai mon maquillage, histoire d'effacer le mascara qui avait un peu bavé sous les yeux. Je respirai profondément. Je me rendis compte que je ne me sentais pas comme quand on va chez des inconnus. Je me sentais… bien.

Quand je regagnai le séjour, le crépitement du feu m'arracha un sourire. Bruno, qui était encore agenouillé devant la chemine, se leva.

— Ça va mieux ?

— Je t'ai dit et répété que ça va. Je suis un peu crevée.

— Je te montre la maison ?

La cuisine, par laquelle nous étions entrés, était vaste et lumineuse, avec une table de bois et quatre chaises assorties. Le reste du mobilier, en bois également, était très rustique, parfait pour une maison de campagne. Il y avait une porte qui ouvrait sur le jardin à l'arrière, et une autre qui donnait sur le cellier. Parfaitement en ordre, avec des étagères de bois sur lesquelles étaient alignés les classiques bocaux de verre avec sucre, sel, farine… Est-ce que Bruno savait tenir une maison, ou est-ce qu'il avait de l'aide ?

Le séjour était lui aussi très spacieux. Au fond, il y avait une grande table de huit couverts. Les murs étaient couverts d'étagères chargées de livres. Dans un coin, un fauteuil à oreilles à côté d'un guéridon et d'un lampadaire. Au centre, devant la cheminée, le canapé marron, confortable, avec lequel j'avais déjà fait connaissance.

Nous montâmes à l'étage. Sur le petit palier, il y avait trois portes. La première ouvrait sur une autre salle de bains avec un rideau de douche décorée de petits personnages multicolores, et, sur la tablette du lavabo, une brosse à cheveux et une brosse à dents dont le manche était en forme de poupée. Visiblement la salle de bains de la petite. Ensuite il y avait la chambre de sa fille, avec le lit fait, propre et bien rangée, très lumineuse. Je fus ravie de constater qu'elle comportait également des étagères pleines de livres. La moindre des choses, quand le papa est écrivain, non ?

Enfin, la dernière porte donnait sur la chambre de Bruno. Il avait déjà apporté ma valise. Je rougis sans raison en la voyant. Il était clair depuis le début que j'allais dormir avec lui, non ?

Le centre de la pièce était occupé par un grand lit couvert d'une couette blanche immaculée. Derrière la tête de lit, une grande fenêtre avec un rebord sur lequel étaient posées des photos encadrées de sa fille. Sur les murs, encore des étagères chargées de livres. De chaque côté du lit, une petite table de nuit. Sur l'une d'entre elles, je vis un réveil et un livre fermé avec des lunettes dessus. Sans aucun doute « son » côté. Dans un coin à gauche de la porte, il y avait un fauteuil identique à celui du séjour, là aussi assorti d'un guéridon et d'un lampadaire. À droite, je vis une commode sur laquelle était posée une magnifique photo en noir et blanc. Probablement ses parents le jour de leur mariage. La chambre communiquait avec sa salle de bains. En voyant la grande baignoire, je nous imaginai en train de prendre un bain ensemble en nous embrassant comme des fous. Je piquai immédiatement un fard.

— Ta maison est magnifique.

— Merci. Et tu n'as pas encore vu ma pièce préférée.

Du palier, un autre escalier que je n'avais pas remarqué conduisait au deuxième étage. Une volée de marches qui débouchaient sur une mansarde entièrement tapissée de bois, où trônait un énorme bureau, avec des feuillets proprement empilés et un ordinateur. Là encore, des bouquins partout sur des étagères, plus une vieille machine à écrire et des classeurs numérotés. Enfin, un canapé et une table basse, où j'aperçus un paquet de clopes et un cendrier, et une gigantesque télé entourée de centaines de DVD.

— Ton *home movie*, observai-je en souriant.

— Ciné, bureau et parfois chambre. Quand Aïtana n'est pas là, c'est ici que je vis. Tu as faim ?

— Heu… oui.

— De moi, ou d'autres choses comestibles ?

— Je risque d'avoir du mal à trouver de la chair sur toi…

J'éclatai de rire.

Il me flanqua une claque sur les fesses et proposa qu'on redescende.

— Je vais te montrer le jardin.

Nous sortîmes par la porte de la cuisine qui donnait sur l'arrière. Une allée de gravier traversait une pelouse bien entretenue, semée çà et là de fleurs blanches. Deux chaises longues en teck et une petite table complétaient le tout. L'autre côté comprenait un petit potager d'où on voyait émerger quelques plants de tomates et de poivrons.

— Tu veux défaire ta valise ? J'ai ajouté quelques cintres si tu as des affaires à suspendre.

— Merci – il se mit dans mon dos et me ceignit la taille. Ta fille n'est pas là, cette semaine ?

— Je l'ai conduite à l'école ce matin. J'ai prévenu Amaïa que j'attendais de la visite, et c'est elle qui m'a dit qu'elle préférait tenir la petite à l'écart de tout ça tant que… enfin, t'as compris, tant que ce ne sera pas du sérieux.

— Vraiment ?

— Sûr. OK, je sais que pour toi je suis juste une petite histoire en passant, commenta-t-il en souriant.

— C'est compréhensible.

— Que ce soit juste une petite histoire ?

— Non, l'attitude de ton ex.

— Je ne sais pas. Espérons que ce jour viendra, non ? (Je le regardai en coin.) Va ranger tes affaires. J'ai aussi libéré le premier tiroir de la commode.

— Où as-tu rangé toutes les revues pornos que tu y conserves ?

— Sous le lit. Et ne t'avise pas d'aller regarder. Je crains que mes goûts ne te flanquent la trouille. (Ses lèvres s'étirèrent en un large sourire, il m'embrassa légèrement sur les lèvres et ajouta :) J'arrive.

J'étais juste en train de caser ma valise vide sous le lit, en jetant un coup d'œil pour vérifier s'il y avait vraiment des revues pornos, lorsque Bruno me rejoignit dans la chambre. Il portait un plateau avec des victuailles, et une bouteille verte sans étiquette.

— Du cidre. Sympa, non ? Bienvenue dans les Asturies.

— Tu cherches à me saouler ?

— Qui sait ?

De nouveau j'eus droit à ce sourire un rien sardonique qui me plaisait tant.

— Allez, ma belle, tu peux commencer à te désaper.

Pendant qu'il ouvrait la bouteille et faisait le service, je retirai ma veste de laine. Puis, le voyant occupé à verser le cidre, je me dis « et merde ! », enlevai mes bottes, puis mon chemisier blanc, que je posai sur la commode par-dessus la veste. Je continuai avec mon jean et mes grosses chaussettes, qui allèrent rejoindre mes autres effets. Quand il se retourna, j'étais en sous-vêtements.

— Bon sang ! Tu lis dans mes pensées, mon ange.

— Je te signale que tu ne t'es pas contenté de le penser.

J'éclatai de rire et me jetai sur la couette. J'avais la chair de poule. Bruno enleva en hâte son pull marron et son T-shirt blanc. Puis ce fut le tour du pantalon. Quand il s'allongea sur moi, il ne portait plus que son boxer.

Nous nous embrassâmes. Je m'abandonnai une nouvelle fois à la danse savante de sa langue humide et chaude qui explorait ma bouche et guidait la mienne. Puis il m'embrassa le menton, descendit sur le cou et décrocha mon soutien-gorge. La lumière entrait à flots dans la chambre, je me trouvai avec les seins nus sous le regard de ses yeux sombres. Il souriait.

— Tu es parfaite.

— Évidemment.

— Il faut bien que je me fende de quelques compliments pour arriver à mes fins, non ?

Je sentis son sexe érigé qui frottait contre mon clitoris. Je lâchai un gémissement. Lui aussi gémit. Il enleva ma culotte et commença à me lécher le ventre en descendant lentement, tout en écartant mes jambes. Malgré ma timidité – les caresses buccales représentent pour moi le summum de l'intimité –, je ne l'arrêtai pas. Loin de là. « Tu as bien laissé Victor le faire, et au bout du compte, ce n'était pas l'homme de ta vie, non ? »

Juste au moment où j'attendais, en proie à une certaine nervosité, qu'il glisse sa langue en moi, un poids atterrit sur le matelas avec une sorte de feulement. Je sursautai et refermai mes jambes sur la tête de Bruno.

— Hé, protesta-t-il.

— Merde, quelle trouille !

Un énorme chat noir et blanc baissa la tête, miaula une fois et se mit à nous étudier en ronronnant.

— C'est Anisakis. Fais comme s'il n'était pas là.

Ben voyons ! Je n'ai qu'une envie, me donner en spectacle à ton matou pendant que tu me bouffes la chatte !

— D'où il sort ?

J'essayai de contrôler ma respiration.

— Sais pas. Il était peut-être sous le lit, ou en enfer, peu importe…

Une autre tête féline, rousse cette fois, apparut sur le lit. J'étais encerclée.

— Lui, c'est Sangsue.

— Je t'ai déjà félicité pour les noms, je crois, commentai-je ironiquement tout en sentant un baiser sur mon mont de Vénus.

— OK. Ignore-les. Ils s'en iront.

Je sentis son haleine chaude se rapprocher un peu plus de l'endroit critique.

— Bruno… Bruno – j'écartai sa tête. Ils me font un peu passer l'envie…

Il s'ébroua, se leva, prit les deux bestioles et les porta hors de la chambre. Puis il ferma la porte. J'avais les yeux aimantés par la bosse qui gonflait son boxer.

— On peut reprendre où nous avons arrêté ? (Il haussa les sourcils.) Et ne dis pas non ou ce soir, je les fais à la broche.

— Viens.

Je souris. Des miaulements de protestation se firent entendre de l'autre côté de la porte. Je regardai Bruno avec des yeux de merlan frit.

— Je les tue ?

Il avait l'air un tantinet contrarié.

La sonnerie du téléphone m'évita d'avoir à répondre. Bruno s'allongea sur moi pour saisir le combiné.

— Allô ? Oui, Amaïa.

Il se mit sur le côté, pendant que je récupérais ma culotte et l'enfilais.

— Oui, elle l'a oublié ce matin dans la cuisine. Je l'ai rangé dans sa chambre. Je te l'apporte ? Ou je lui apporte à l'école demain matin ? (Une pause.) Non ? OK ? Ça marche. Entendu. Bises. Ciao. Aïtana a oublié son crocodile, et elle pensait qu'elle l'avait peut-être perdu.

— Elle a un crocodile. Quelle aventurière !

— C'est son jouet préféré. Elle l'appelle crocrodile. Pas moyen de lui faire prononcer correctement.

Je souris et il en fit autant. Je regardai son entrejambes… Calme plat.

— Il est rentré dans sa coquille ? demandai-je.

Il regarda dans la même direction et acquiesça en lançant un éclat de rire.

— Amaïa, elle me fait l'effet d'une dose de bromure. Il suffit que j'entende le son de sa voix pour que ça me coupe net ma libido. C'est sans doute un de ses superpouvoirs.

Je m'esclaffai et lui, secouant la tête, s'excusa.

— D'abord les chats, puis mon ex… Qu'est-ce qui va bien pouvoir nous tomber dessus, maintenant ?

— Ma mère !

— Non, ta mère, je l'ai déjà appelée pour lui dire de ne pas venir, que je voulais au moins une petite baise avec toi. (Il me regarda et soupira :) Tu as remis ta culotte, donc…

— Ça va, nous avons cinq jours. Relax.

— Si cette situation se prolonge, je vais sûrement avoir des éjaculations nocturnes. Au moins, t'es prévenue.

— Quel pleurnicheur !

Nous mangeâmes dans la chambre, descendant tranquillement la bouteille de cidre. Il était absolument délicieux, je tiens à le signaler. Puis nous nous allongeâmes de nouveau et recommençâmes à nous embrasser, mais même s'il portait seulement un pantalon de pyjama et moi une chemise de nuit, Bruno avait apparemment décidé que le moment n'était pas encore venu.

Je me réveillai vers vingt heures. Il faisait déjà nuit. Je me levai, passai à la salle de bains et me démaquillai. J'avais comme un masque noir sur les yeux. Aucun besoin de maintenir mon incognito, ici ! Et je ne voulais pas tacher la taie d'oreiller, si ce n'était déjà fait. Quand je rentrai dans la chambre, Bruno s'agitait sous les draps. Dehors, il faisait noir comme dans un four. Je me laissai tomber à côté de lui. Il ouvrit les yeux et me fixa. Puis un sourire paisible se dessina sur ses lèvres.

— J'ai rêvé… d'un tas de trucs, marmonna-t-il.

— Quoi ?

— De toi.

— Et qu'est-ce qu'il arrivait, dans ton rêve ?

— Je passais le reste de ma vie à l'adorer, elle, ma déesse, chuchota-t-il.

Nous sortîmes dans le jardin, chaudement vêtus, en portant des plaids. Bruno en disposa un sur le muret de pierres qui entourait le jardinet m'invita à m'asseoir. Puis il plaça l'autre sur mes épaules.

Il s'éloigna. Ses pas firent crisser le gravier de l'allée. Soudain, quelques lumignons s'éclairèrent. Ça sentait le froid et l'herbe mouillée, mêlés au parfum discret des fleurs. Victor et moi avions fait le projet de visiter les Asturies au printemps. En voiture, pour aller où nous voulions, nous arrêter où nous avions envie… Et nous nous serions assis dans le noir pour admirer la nuit, sentant dans nos os l'humidité et la fraîcheur du Nord.

J'entendis Bruno qui revenait, ce qui m'arracha à mes pensées. Il se posta derrière moi. Il avait une pipe à la main et me tendit un verre de vin.

— Tu fumes la pipe ?

— Quand je m'assieds ici, oui. Tu n'as jamais essayé ?

— Non.

Il s'assit à côté de moi et nous partageâmes le plaid. Je bus une gorgée. Bruno alluma sa pipe et souffla un nuage de fumée qui nous enveloppa.

— Ça sent bon, remarquai-je.

— Ce n'est pas le tabac.

— Ah bon ? C'est quoi alors ?

— Ce qui est en train de mijoter entre nous deux, mon cœur.

Je le regardai en coin et éclatai de rire. Il me tendit la pipe puis s'installa juste derrière moi, de façon à ce que je puisse appuyer mon dos contre son torse. Il nous emmitoufla dans le plaid et tira une bouffée. Son nez effleurait mon cou.

— Ça fait combien de temps que tu as cette maison ?

— Bientôt quatre ans.

— Tu étais encore marié.

— Non. Je l'ai achetée juste après le divorce.

— Aïtana était toute petite…

Je pensais à voix haute.

— Elle venait de naître.

— Et depuis… tu as eu des copines ?

— Au début, je n'avais pas envie. Je crois qu'on espérait encore pouvoir se remettre ensemble. On le voulait tous les deux, pour la petite, mais ça n'a pas fonctionné. Puis il y a deux, trois ans, j'ai rencontré une nana. Avec elle non plus, ça n'a pas marché.

— Pourquoi ?

— Tu veux entendre la vérité ou tu préfères une explication polie ?

— N'en dis pas plus. Tu as couché avec sa meilleure amie. Ou sa sœur. Ou les deux.

— Non – il éclata de rire. En vérité, elle était trop sérieuse pour moi. Trop coincée. On n'avait pas le même rythme… (Sans attendre que je lui demande des précisions, il ajouta :) Au lit.

— Je crois que tu commences à me faire peur.

— Mais non, tu n'as pas peur.

Je le vis sourire. Il me prit la pipe et se la cala dans le bec.

— En fait, tu as hâte de savoir comment je suis.

— Je n'ai pas beaucoup d'éléments de comparaison.

— D'après ce que j'ai lu, Victor va droit au but, avec les nanas.

— Heu…

Je déglutis avec difficulté.

— Mais avec moi, ça va être différent.

Il m'entoura la taille de ses bras.

— Mais encore ?

— Je peux être brusque, me chuchota-t-il à l'oreille. Je ne suis pas le parfait gentleman. J'espère que ça ne te dérange pas.

— Un peu égoïste, on dirait…

Je le provoquais.

— Si tu as des réclamations après coup, on pourra en discuter.

Sa voix n'était plus qu'un murmure.

— Pourquoi est-ce qu'on parle toujours de cul, avec toi ?

— Peut-être parce qu'on ne pratique pas. Quand on ne le fait pas, on en parle.

Il glissa une main dans la ceinture de mon pantalon. Je fis mine de rien.

— Quel calme ! Il n'y a pas un bruit. Et… je crois que je n'ai jamais vu autant d'étoiles de toute ma vie. Même au planétarium !

Sa main commençait à s'activer, tandis que je poursuivais mon bavardage.

— Hé oui…

Son autre main défit ma ceinture et le premier bouton du jean.

— Tu veux un peu de vin ? Il est délicieux.

— J'ai les mains occupées.

— J'avais remarqué.

Son majeur se faufila dans mon intimité, et il commença à me caresser régulièrement de haut en bas. Je gémis doucement, espérant de tout mon cœur que la vache Lucinda ne choisisse pas ce moment pour faire son apparition.

— Retire la pipe de ma bouche, s'il te plaît.

Je la pris et la posai sur le muret à côté du verre. Son souffle dans mon cou déchaîna un frisson qui me parcourut tout le corps, tandis que sa main continuait de me caresser.

— Dis-moi… me chuchota-t-il à l'oreille, tu préfères le lit ou le tapis du séjour ?

— Le tapis.

Bruno avait dit vrai. Il était assez brusque. Mais son style était communicatif, et je ne fis pas preuve d'une grande délicatesse quand je le déshabillai à mon tour.

Sa langue… Comment faisait-il pour embrasser si merveilleusement bien ? Un baiser de lui c'était comme… Je ne sais pas comment expliquer. C'était un peu comme revenir aux premiers baisers, qui duraient une éternité, qui nous absorbaient entièrement… Les premiers vrais baisers, dont on voudrait qu'ils ne finissent jamais. Et sa langue explorant savamment tous les recoins de ma bouche…

— Au moins je sais que tu n'aimes pas tourner autour du pot.

— Tout juste. Et je dis des jurons et des trucs cochons quand je baise. Tu es prévenue.

Les braises dans la cheminée étaient presque éteintes, mais la lueur ténue qui subsistait suffit pour que je voie Bruno descendre sa bouche jusqu'à ma culotte. Puis ses mains tirèrent d'un coup sec et je vis le bout de tissu blanc voler par-dessus son épaule.

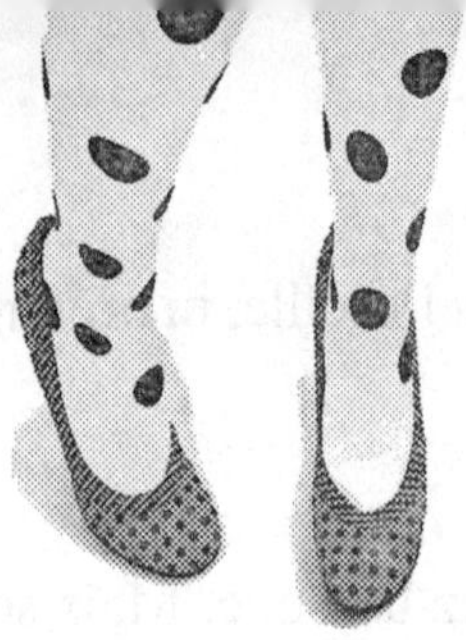

31

Interdit aux moins de dix-huit ans

Bruno n'était pas délicat non plus en matière de sexe oral, et ça ne me dérangeait pas. Il me caressa de sa langue vigoureuse et de ses lèvres habiles en écartant davantage mes jambes.

J'inspirai profondément et me détendis. Je me dis que tout allait bien, et que je pouvais éprouver de nouveau ce que Victor m'avait fait ressentir dans le passé.

L'index de sa main droite s'insinua en moi, et je me cambrai par réflexe. *Arrête, Victor, tu vas me faire jouir*. Bon sang, cet enfoiré de Victor était là entre nous, je n'arrivais pas à le chasser de ma tête. Je ne dis rien, me tordant sous les caresses de plus en plus insistantes de Bruno.

— Arrête, s'il te plaît, finis-je par l'implorer.

Bruno se redressa, enleva son jean et prit quelques capotes dans la poche. Prévoyant, le mec ! Il en enfila une sans me regarder. Son expression avait changé. Son sourire ironique s'était mué en un rictus tendu et il avait les sourcils froncés. Visiblement, il prenait la chose très au sérieux.

J'écartai les jambes quand je vis qu'il était prêt. Bruno s'allongea sur moi et glissa une main entre nos corps pour faciliter la pénétration. Je le sentis entrer timidement en moi, appuyé sur les avant-bras. Puis, dans un mouvement de hanches qui me coupa le souffle, il me pénétra plus profondément. Je lui donnai une tape sur le dos et laissai échapper un petit cri de douleur. Il resta immobile quelques instants, le temps que mon corps s'habitue à ses dimensions.

— Bon sang… protestai-je.

— Excuse – il haletait. Je vais recommencer à bouger.

— Non, non. (J'étais paniquée.) Retire-la, retire-la, s'il te plaît.

— Chut. Attends – Bruno recommença à remuer lentement, faisant plus attention. C'est mieux ?

— Oui, mentis-je, alors que j'avais envie de hurler « retire de moi cette chose monstrueuse ».

Il appuya les avant-bras sur le tapis et commença à remuer doucement, comme s'il dansait à l'intérieur de moi. C'était agréable. Je fermai les yeux, me concentrant sur cette sensation. La douleur s'en allait. Comme si je perdais ma virginité une deuxième fois.

Je me rappelai que la première fois que Victor et moi avions fait l'amour, ça m'avait aussi fait mal au début. Je sortais d'une période d'abstinence assez longue. Il avait fait super attention, y était allé doucement.

Victor, va-t'en.

Je me rendis compte qu'il fallait que je fasse quelque chose si je voulais qu'il sorte de mon esprit. Je commençai à onduler des hanches à mon tour. Bruno laissa échapper un grognement et lança un « putain de merde ! » d'une voix haute et claire.

Je souris. Il serra les dents et me pénétra. Je lançai un gémissement aigu. Nous nous retournâmes et il m'assit à califourchon sur lui, les jambes très écartées. Il me remplissait totalement… Ses grandes mains saisirent mes cuisses et guidèrent mes mouvements sur son sexe tendu. Mes seins ballottaient en suivant le rythme, sans relâche.

— Ne t'arrête pas.

Ma voix n'était plus qu'un gémissement.

J'appuyai les mains sur son ventre et ralentis le rythme, faisant onduler mes hanches et mes flancs. Il sembla parcouru par une décharge électrique.

— Merde ! balbutia-t-il. Tu es incroyable.

Je mis mes cheveux sur le côté tout en continuant de remuer sur lui. Je ne sais pas si c'est son calibre, la position ou tout ensemble, mais je dus me retenir pour ne pas jouir immédiatement. Je voulais savourer mon plaisir.

— Tu aimes bien qu'on te baise pendant que tu te contentes de regarder ?

Je haussai un sourcil et le gratifiai d'un sourire pervers et provocant.

Bruno donna une secousse qui me fit basculer le dos sur le tapis.

— Qu'est-ce qu'il y a ? Tu veux plus de mouvement et tu ne sais pas comment le demander ?

— Il faut vraiment que je demande ?

La première pénétration me coupa de nouveau le souffle, la deuxième me fit mal, la troisième fut géniale. J'enfonçai mes ongles dans son dos pour lui indiquer ce que je ressentais, et il lâcha un gémissement si puissant que je crus qu'il jouissait.

Il se redressa en m'entraînant avec lui, et m'encastra dans son corps agenouillé. Nous restâmes dans cette position d'équilibristes plus longtemps que je ne l'aurais cru possible. Soudain, il s'écarta et, sans me donner le temps de réagir, me laissa retomber sur le tapis, haletante.

Un vague sourire se dessina sur ses lèvres. Il commença à haleter en rythme et son sourire s'élargit tandis qu'il me regardait le chevaucher avec frénésie. Je me laissai retomber sur lui avec force.

— Putain, salope… (Il me regarda droit dans les yeux et ajouta :- Vas-y, baise-moi, ma déesse !

Je fermai les yeux. La dernière fois que j'avais couché avec un mec, le plaisir restait associé à une émotion amoureuse. Avec Victor, même la baise la plus sauvage et la plus déchaînée, c'était faire l'amour.

Bruno, lui, réveillait une autre Valeria.

Un gémissement me ramena au présent. Je vis Bruno, sous moi, qui se retenait. Il m'avertit :

— Si tu continues comme ça, je vais jouir.

— Attends… le suppliai-je sans arrêter de remuer. Attends-moi.

— Je ne vais nulle part.

— Attends-moi.

Il me poussa légèrement le dos vers l'arrière, relevant les hanches un peu plus à chaque assaut. Nos mouvements étaient parfaitement synchronisés.

Un frémissement m'avertit que j'allais jouir. Ses pénétrations étaient de plus en plus profondes. J'ouvris la bouche pour gémir mais aucun son ne sortit. Une onde de plaisir explosa en moi. Elle descendit jusqu'à mes pieds et inonda tout le reste de mon corps, ma taille, mes flancs, mes seins et tout le dos jusqu'au sommet du crâne. Cet orgasme dura beaucoup plus longtemps que tous ceux que j'avais connus jusque-là. Je dus attendre de reprendre mes esprits pour que ma voix revienne.

Sous moi, Bruno m'observait. Il avait réussi à se retenir.

— Maintenant, c'est ton tour, lui dis-je, épuisée.

— Pas sans toi.

Il sourit.

Nous basculâmes et j'empoignai le tapis avec force.

— Touche-toi, me demanda-t-il. Allez, touche-toi.

Je glissai ma main droite entre mes jambes et me caressai. Je sentais son sexe tendu et palpitant qui me remplissait complètement. Quand mes gémissements reprirent, Bruno jouit en moi.

— Putain de salope ! hurla-t-il.

Moi, je me contentai d'un deuxième orgasme silencieux.

Je compris rapidement que quand Bruno m'avait prévenue qu'il disait des saloperies en baisant, il ne plaisantait pas. Ce fut clair dès la première fois, et ça se confirma les fois suivantes. Il disposait de tout un arsenal d'obscénités et de jurons qu'il lançait sans retenue quand mes mouvements le faisaient mourir de plaisir. Des moments comme ça, il n'en manqua pas au cours de la semaine, et je finis par entrer dans son jeu.

Nous passâmes quasiment toute la journée du lendemain au lit, n'en sortant que pour descendre à la cuisine grignoter quelque chose et où, d'ailleurs, nous finîmes par baiser contre le mur. J'étais comme chargée à bloc. Je me rappelai qu'avec Victor, au début, ça avait été pareil. Pareil, mais différent.

Bruno, dont la palette d'obscénités semblait infinie, me fit découvrir tout un monde d'expressions cochonnes à lancer au moment clef. Je dois avouer que j'y pris goût. Au début, j'avais vraiment du mal, mais je finis par me laisser entraîner sur cette voie. Après tout, ça ne regardait que nous deux. Une façon comme une autre d'exprimer le plaisir que nous partagions ensemble. Bruno… merde ! Bruno me fit découvrir que le sexe version sport, c'est plutôt marrant. Version sport, je répète.

Nous baisâmes dans tous les coins et recoins de sa maison, à l'exclusion, bien entendu, de la chambre et de la salle de bains de sa fille. Sinon, quasiment partout, escalier compris. Je dois d'ailleurs admettre que l'expérience de l'escalier fut assez intéressante. Sans parler de la baignoire… Ni de la douche dans la salle d'eau du rez-de-chaussée. Je ne veux pas oublier non plus le canapé et la table de la cuisine. Mais le plus marrant, ce fut dans sa voiture.

— Comment, tu n'as jamais baisé dans une bagnole ? s'étonna-t-il. Comment cela est-il possible ? Tu n'as jamais été ado ? Il faut réparer cette lacune de toute urgence !

Alors que je me tordais encore de rire, il me prit par la main et me mena au fond du jardin. Il ouvrit la portière.

— Enlève ta culotte avant de monter.

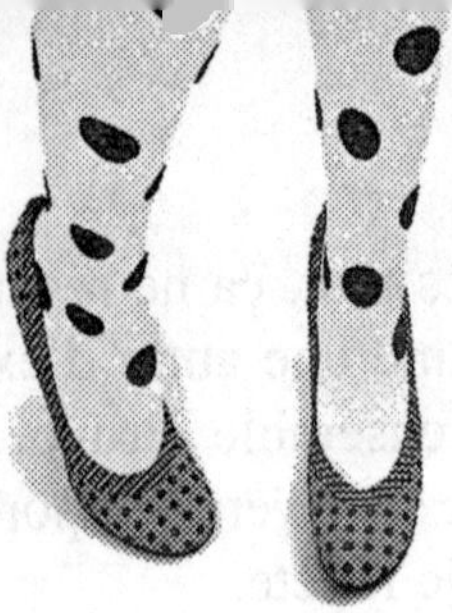

32

La dernière baise avant le départ

Quand j'entrai dans la chambre de Bruno, il était au téléphone.

— C'est d'accord, ma chérie. Mais pour le zoo, je ne suis pas très convaincu. On en rediscutera, OK ? (Il se tourna en sentant ma présence et me lança un clin d'œil.) Rediscuter, ça veut dire reparler de quelque chose, mais sans crier, sans pleurer, et en laissant l'autre finir ses phrases. OK. On en rediscute demain soir. Bonsoir ma petite chérie. Embrasse maman.

Il raccrocha et laissa tomber le téléphone sur le matelas.

— Tu dois avoir envie de la voir, observai-je.

— Oui, mais je n'ai pas envie que tu t'en ailles – il me prit par la taille et m'embrassa sur les lèvres. Ces derniers jours ont été géniaux. Même si ça va se terminer là, vu que c'est seulement une petite histoire de cul, pas vrai ?

— Tu en as déjà marre de moi ? T'es un rapide, toi !

Je lui caressai le torse. Il portait un pull de laine beige sur un t-shirt blanc et un jean Levi's *stone washed*. À croquer tout cru.

— Tu sais que… commença-t-il.

— Ne me fais pas de promesses, lui demandai-je. Je déteste quand on me dit des trucs uniquement parce qu'on pense que j'ai envie de les entendre.

— Et donc ?

— Débrouille-toi pour que je n'oublie jamais ces quelques jours.

— Tu trouves que je n'en ai pas fait assez ?

— Il faut peut-être que tu me rafraîchisses la mémoire…

Il retira son pull et le laissa tomber par terre. Nous nous embrassâmes en nous déshabillant l'un l'autre. En quelques instants, nous fûmes nus tous les deux.

— Tu veux que je te fasse ça romantique ? demanda-t-il ironiquement.

— Non. Je veux que tu me baises comme tu le fais depuis le début.

Pour moi, « romantique », ça signifiait ressentir quelque chose que, jusque-là, je ne ressentais pas pour Bruno. Mais que j'éprouvais peut-être pour un autre que je devais oublier.

Je m'assis sur le lit. Bruno s'approcha et me caressa les cheveux. J'avais la tête au niveau sa taille. Il se mordit la lèvre de désir, et je compris ce dont il avait envie.

Je me laissai tomber à genoux sur le tapis et approchai ma bouche de son érection encore hésitante. Quand je fis glisser ma langue sur la pointe, son sexe durcit immédiatement. Je remuai la tête d'avant en arrière. Je sentis qu'il me prenait par les cheveux.

— Tu fais ça trop bien… continue… ne t'arrête pas…

Je l'enfonçai dans ma gorge aussi loin que je pus, puis le retirai lentement en pressant mes lèvres, plusieurs fois de suite. Puis je me mis à jouer de la langue, descendant peu à peu jusqu'à la base. Il gémit de plaisir, étonné, quand je commençai à lui caresser les boules.

Je revins à la pointe, et commençai à sucer plus énergiquement. Les mains de Bruno, toujours dans mes cheveux, m'incitèrent avec douceur à le prendre plus profondément dans ma bouche.

— J'aime ta bouche… gémit-il.

Je m'étais déjà habituée à son style. Désormais, il m'excitait. Je le sortis de ma bouche et lui demandai :

— Tu veux aller jusqu'au bout ?

— Non, j'ai envie de faire plein de trucs avant – il me releva et m'attira vers le lit. Touche-toi.

Je portai la main à mon sexe et me caressai avec le majeur. Je mouillais grave. Bruno se touchait lentement en me regardant. Il enfila une capote et me pénétra avec une force qui me projeta en arrière sur le matelas.

Je poussai un cri sans savoir si c'était de plaisir ou de douleur, si je voulais qu'il s'arrête ou qu'il continue. Un peu les deux, probablement.

— Je vais te baiser jusqu'à ce que tu demandes grâce – je laissai fuser un éclat de rire provocant, et il continua ses assauts furieux. Tu m'excites tellement que je pourrais passer des jours et des jours à baiser ta chatte, et ta bouche, à te remplir complètement.

Je remuai. Il en profita pour se retirer, me faire me tourner et me mettre à quatre pattes sur le matelas. Puis, de nouveau, il me pénétra avec force, me faisant hurler de plaisir.

— Ça t'excite ? me demanda-t-il.

— Beaucoup…

Il me mit deux doigts dans la bouche. Je les suçai avec application. Soudain, je me rendis compte que nous pouvions nous voir dans le miroir de l'armoire, ce qui m'excita encore plus. J'étais déchaînée.

Bruno approcha ses deux doigts mouillés de mon cul et commença à me caresser entre les fesses.

— Arrête, l'implorai-je.

— Un jour, nous le ferons.

— Je ne pense pas, non… j'accompagnai ma réponse d'un éclat de rire.

Il se mit à rire lui aussi et enfonça un doigt. Je me tendis immédiatement.

— Tu n'as jamais essayé ?

— Non ! Arrête…

Il retira son doigt, me retourna et, me regardant droit dans les yeux, me dit que nous le ferions bientôt… Je lançai la tête en arrière et regardai notre reflet dans le miroir tandis que Bruno continuait ses assauts avec fougue.

— J'aime bien te regarder me baiser, haletai-je.

Il se releva et me porta dans ses bras vers le côté du lit le plus proche du miroir.

— Comme ça, tu verras mieux – il se laissa tomber sur le matelas. Tourne-toi et assieds-toi sur moi face au miroir. Maintenant vas-y, mets-la.

J'obtempérai et fus ravie de voir l'expression de plaisir sur mon visage tandis que je l'introduisais en moi. Il reprit :

— Soulève les jambes – il m'aida et je me retrouvai, jambes écartées, devant le miroir, à observer comment il allait et venait en moi. Regarde, regarde comme je te baise. Regarde comme je te fais jouir…

— Oui, oui… balbutiai-je.

Notre rythme s'accéléra. Ses doigts me caressaient tandis qu'il me pénétrait. Nous voyions tous les détails dans la glace. J'eus un premier orgasme, brutal et sauvage, puis un deuxième, inattendu, beaucoup plus doux.

— Je viens… m'avertit-il.

Je me levai, le sortis de moi et me mis de nouveau à genoux. Je retirai le préservatif. Sa queue avait un goût de caoutchouc, mais franchement, je m'en fichais complètement. Bruno jouit dans ma bouche.

Si Nerea était passée par là, elle aurait fait un infarctus, assurément. Mais bon… le sexe, c'est comme ça. C'est du sexe.

Pfff… il fait un peu chaud, vous ne trouvez pas ?

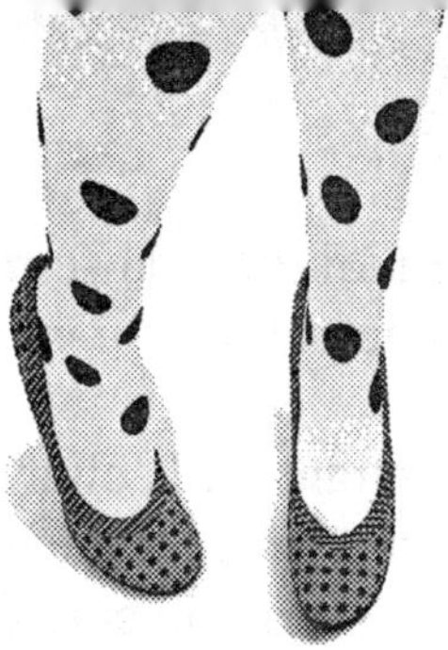

33

Où Valeria redevient une personne bien élevée

Quand nous nous dîmes au revoir à l'aéroport, nous étions un peu tristes. Ces cinq jours avaient été géniaux, et nous n'allions pas nous revoir pendant plusieurs semaines, nous ne savions même pas combien. Bruno n'avait pas écrit une ligne, il n'avait absolument pas travaillé et moi… encore moins. Disons que nous nous étions livrés à un autre genre de travail. Et sur ce plan, nous n'avions pas chômé ! Je crois que j'en garde encore des crampes dans les fesses.

Nous étions un peu émus, aussi. Je n'étais pas la seule à penser que ce séjour s'était déroulé à la perfection. Et il pouvait être le premier d'une longue série. Une porte s'était ouverte… Je pouvais me moquer tant que je voulais de la vulgarité de Bruno, de sa sincérité sauvage, mais il fallait au moins reconnaître que quand il faisait quelque chose, il se donnait à fond. Est-ce qu'il allait prendre notre histoire au sérieux ? Ou est-ce que ça allait rester une aventure sans lendemain ?

Je pris un taxi pour rentrer chez moi, avec la ferme intention de faire tourner deux machines à laver, prendre un bain enfin seule et dormir un peu.

La première chose que je vis en entrant fut le clignotement rouge de mon répondeur. Et merde ! Je branchai la cafetière, allumai le chauffage, m'assis sur le bord du lit et écoutai mes messages.

« Valeria, ma chérie, j'avais oublié que tu partais à la campagne. Je n'ai rien de particulier à te dire. » La voix de ma mère se tut, puis j'entendis mon père murmurer quelque chose. Ma mère reprit. « Ah oui, au fait. Ton père se demande si ces "vacances" signifient que tu t'es remise à travailler. Des bêtises. On s'app... » Le message continuait, mais je le coupai pour passer au suivant en espérant qu'il soit plus agréable.

« Valeria ! (Le hurlement de Lola me fit sursauter.) Qu'est-ce que tu attends pour revenir ! Je ne t'appelle pas sur le portable parce que tu vas répondre par monosyllabes. Alors ? Tu te l'es tapé ? Allez, reviens ! Au moins tu t'es trouvé un vrai mec. Moi, tu sais... qui couche avec bébé se réveille tout mouillé... » Pas de bonjour, pas d'au revoir. Juste la tonalité du téléphone après qu'elle a raccroché.

« Valeria, c'est José. Comme ton message dit que tu reviens lundi après-midi, pas la peine que je te dérange sur le portable. Le magazine est très intéressé. Ils payent super bien au mot, mais fais comme si je ne t'avais rien dit. Au fait, j'ai fini *Dans le miroir de Valeria*, franchement pas mal. Espérons qu'au final, c'est la licence poétique qui en fait l'intérêt. Appelle-moi lundi. »

Je me levai, j'esquissai quelques pas de danse, très contente, et allumai une clope pour célébrer la victoire. Le message suivant me fit stopper net. Je souris.

« Tu me manques. Surtout sur le tapis du séjour. Je m'allonge dessus… mais sans toi ce n'est pas pareil. Voilà, c'est tout. Je mets mon zob dans la glace en attendant ton coup de fil. »

Les semaines suivantes furent hyper stressantes. Je savais ce que voulait dire bosser comme une malade, le problème n'était pas là. Ce qui était en jeu, c'était un job pour un important magazine féminin qui pouvait me rapporter un gentil paquet chaque mois. Rien d'extravagant, mais assez pour voir venir.

Je dois avouer que la première personne que j'appelai fut Bruno, pour lui annoncer la bonne nouvelle. Il se réjouit comme si elle le concernait personnellement. Est-ce que je me gourais, ou est-ce qu'on commençait à se comporter comme un couple ?

Quand je réussis enfin à avoir José à l'autre bout du fil, nous convînmes d'un déjeuner avec la rédactrice en chef du magazine le mercredi. Je devais apporter plusieurs propositions, au cas où, et pour montrer que je suis une personne dynamique, créative et pleine d'idées, pour reprendre les termes de José. Lui, je pense qu'il était ravi de la publicité gratuite que ça allait faire à sa maison d'édition. Mais il ne se joindrait pas à nous pour le déjeuner. Il me laissait affronter l'épreuve en solitaire.

Je passai toute la nuit du lundi devant mon ordi, à rassembler des fragments de textes dispersés qui, si je les mettais en forme, pouvaient être à peu près présentables. J'écrivis aussi deux ou trois choses nouvelles. Je ne me rappelle pas combien de cafés je bus durant cette nuit, en tout cas il y en eut beaucoup. Je me couchai à sept heures mardi matin, dormis jusqu'à onze heures et, après une douche et le premier café de la journée, me remis au travail. Je voulais pouvoir me coucher tôt pour ne pas me pointer au rendez-vous avec une tronche de zombie.

Quand je sortis du métro le jour venu, à côté du resto où nous avions rendez-vous, j'appelai les copines l'une après l'autre. Je pleurnichai un peu, j'étais au bord de la crise de nerfs. Elles m'encouragèrent chaleureusement et me souhaitèrent bonne chance sur tous les tons. Je respirai un bon coup, regardai mon reflet dans une vitrine pour vérifier que tout était en ordre et avançai d'un pas décidé. La chance, c'est une question d'attitude.

Je repérai la rédactrice au bar du restaurant, un verre de vin blanc à la main. Elle avait des cheveux châtains mi-longs, un sourire éblouissant et de grands yeux marron très expressifs. Elle me plut au premier coup d'œil. En plus, elle était top glamour : jean corsaire, chemisier blanc à boutons dorés, perfecto spectaculaire. Sans oublier qu'elle était perchée avec aisance sur des stilettos Ferragamo qui me faisaient mourir d'envie. Nous nous fîmes la bise. Je m'excusai de l'avoir fait attendre, mais elle me répondit qu'elle était arrivée en avance pour s'échapper de l'hystérie collective qui avait envahi la salle de rédaction, comme toujours à quelques jours du bouclage. Elle me fit me sentir à l'aise immédiatement, et lâcha même quelques compliments sur mon look.

— Valeria, la couleur de ton vernis est sublime. C'est Vendetta de Chanel, non ?

— Heu… oui, répondis-je, impressionnée. Tu as l'œil !

— Mon œil de pro ! (Nous nous installâmes à la table qu'elle avait réservée.) Je craque pour ton maquillage *smoky eyes*. Les filles de la rubrique « Beauté » vont t'adorer. Et rien qu'à voir ton fantastique jean DKNY, je parierais que ce sera pareil pour l'équipe « Shopping ».

J'avais l'impression d'être plongée dans une langue que je comprenais mais que j'étais bien incapable de parler avec aisance.

— Je l'ai acheté sur un coup de tête, avouai-je, concise et souriante.

Nicoletta, c'était son nom, était une femme avisée. De ces femmes qui savent garder leur naturel en toutes circonstances. Plutôt que d'entrer immédiatement dans les détails pratiques, nous engageâmes une conversation sur les dernières tendances, les voyages qui m'avaient marquée, mes anciens boulots, ma formation et mes années de fac. Si elle était en train d'évaluer mon parcours, elle le faisait avec beaucoup d'élégance. Pour la première fois, j'eus l'impression qu'on me donnait l'occasion de mettre en valeur tout ce que mon CV ne montrait pas.

Nous parlâmes d'*Ode* et elle me dit qu'elle comptait parmi mes lectrices. Mon éditeur lui avait envoyé un exemplaire de *Dans les pas de Valeria,* et elle m'avoua qu'elle avait même réussi à mettre la main sur le brouillon de la deuxième partie. Ainsi, en parlant de mon travail d'écrivain, nous en vînmes immanquablement à aborder le sujet de ma vie sentimentale.

— Dis-moi. Le beau Victor existe bel et bien ? Nous fantasmons toutes sur lui à la rédaction.

— Bon… (Je m'esclaffai.) Je ne sais pas comment vous vous l'imaginez, mais la réponse est oui. Hélas ! Je ne t'en dis pas plus, je ne veux pas spoiler.

— C'est donc qu'il va y avoir une troisième partie ?

— Oui.

— Tu as déjà commencé à l'écrire ?

— Disons que je suis en train de la vivre, plutôt.

— Tu sais, je crois que les lecteurs ne pensent pas tous que c'est une histoire vraie.

— Ça vaut mieux. Ma mère n'était pas franchement ravie. Du coup, je lui ai fait croire que c'était à moitié inventé.

— Je n'ose même pas imaginer ce que dirait ma mère dans une situation du même genre. Et alors, maintenant ? Tu es avec quelqu'un ?

J'éclatai de rire. Je me sentais à l'aise, malgré la nature très personnelle de la question.

— Oui. Je crois que oui.

— C'est Victor ? OK, non, ne dis rien… (Elle pouffa à son tour.) J'attends la troisième partie.

— Pas avant plusieurs mois.

— Plusieurs mois… répéta-t-elle. Alors, dis-moi. Qu'est-ce que tu ferais si tu disposais d'une demi-page dans notre magazine ?

— Une demi-page ? Hum… je pense qu'il me faudrait une page entière – je lui lançai un clin d'œil.

Je dus lui donner exactement la réponse qu'elle attendait, à en juger d'après son sourire. Nous bûmes un autre verre, prîmes un dessert pour deux et bavardâmes comme de vieilles connaissances. Ça se présentait bien.

Nous nous saluâmes à la porte du restaurant. Elle me lança « on se parle bientôt » avant de s'engouffrer dans un taxi. Elle emportait sous le bras un dossier avec tous mes projets.

José m'appela quelques jours plus tard pour me dire qu'il avait eu un retour extrêmement positif. Il ne savait rien de précis concernant le magazine, mais mon livre allait sortir en mai. Dix mois après le premier.

— Il va y avoir un effet d'entraînement. Ça va te faire décoller. Tu peux t'atteler au troisième, ma biche.

C'est très réconfortant, que quelqu'un pense que tes écrits peuvent avoir du succès. Mais, en même temps, terriblement angoissant. Et si ça ne marche pas ? Et si le bouquin ne se vend pas ? En réalité, il n'y avait pas de raison que ça foire. Le volume précédent avait démarré très doucement mais, avec le bouche-à-oreille, les ventes commençaient à monter. *Ode* avait connu le même sort, et en plus il avait remporté un prix. Le bonheur !

Je me dis que si ça avait été à refaire, je n'aurais sans doute pas quitté mon boulot comme je l'avais fait alors. Mais au bout du compte, je ne m'en étais pas si mal tirée. Je m'étais débrouillée, disons.

Tout ce qui m'était arrivé, ma situation économique précaire, mon divorce et la relation avec Victor, qui s'était soldée elle aussi par un échec, était le fruit de mon immaturité. Je me croyais parfaitement adulte quand j'avais décidé de me marier, mais je n'avais aucune idée des tours que la vie peut nous jouer. Et ça aurait pu être bien pire !

La vie nous impose, à nous les femmes, de jongler avec de multiples rôles, de multiples tâches. Et sans un minimum de maturité, c'est impossible. Pour la vie de couple comme pour le reste. Et plus les autres nous aident, plus on est protégées, plus on a de mal à sortir du cocon dans lequel, au fond, on se sent bien.

Après le coup de fil de José, je ne pensai qu'à une chose : la sortie de mon troisième roman, le deuxième d'autofiction. Du coup, je laissai tout le reste de côté pendant quelques jours. J'entrai dans un état d'introspection intensif. Je ne fis rien d'autre que réfléchir, réfléchir et réfléchir, sans but particulier. Je laissai mes pensées divaguer jusqu'à une sorte d'abrutissement.

Lorsque je revins à la vie, je me rappelai qu'on était déjà en mars et qu'il ne faisait plus si froid. Ça faisait presque trois mois que je connaissais Bruno… et presque trois mois que Victor et moi avions rompu. Les papiers du divorce étaient signés depuis six mois, Adrian était parti de la maison neuf mois auparavant.

Avec Bruno, on se téléphonait tous les jours, et même parfois deux fois par jour. Et je me sentais super frustrée de ne pas pouvoir l'embrasser dans le cou quand je l'écoutais me parler. Mais, outre l'écriture de ses romans, il avait pas mal d'obligations. Il écrivait régulièrement pour diverses publications et animait une émission de radio. Sans compter qu'il avait sa fille de cinq ans. Il ne pouvait pas la mettre dans son sac à dos et me l'amener en lui disant: « Regarde, c'est la dame avec qui papa fait l'amour. » Je mourais d'envie d'être avec lui. Mais les conditions n'étaient pas réunies pour démarrer une véritable histoire. Et puis… est-ce que j'en voulais vraiment une ?

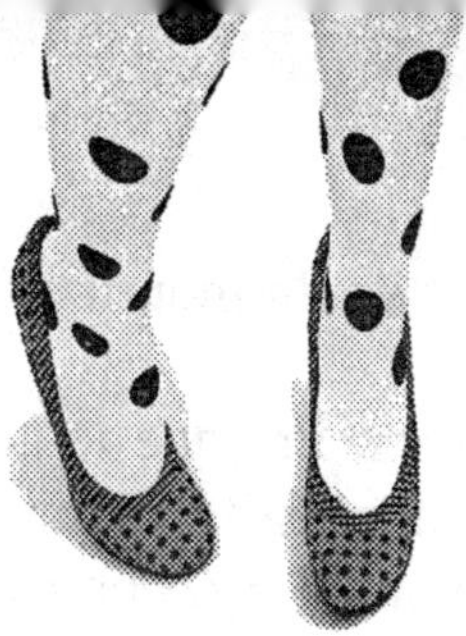

34

Les mariages…

Carmen se regarda dans le miroir et se dit que si elle avait tenu bon pendant dix ans avec un boss qui était un crétin fini, elle n'allait quand même pas se laisser démolir par les préparatifs de son mariage. Mais malgré ce raisonnement sans faille, elle sentait qu'elle était à bout de nerfs.

Elle avait des cernes, elle perdait des cheveux, elle n'arrêtait pas de se ronger les ongles et de grignoter tout ce qui lui tombait sous la main. Jamais elle n'avait été aussi nerveuse. Nerveuse n'est pas le mot juste. Proche du *burn out* serait plus exact. Tout ce dont elle aurait dû s'occuper, selon Nerea, lui semblait absolument incompréhensible. Elle n'avait jamais le temps de rien faire et les kilos étaient toujours là… avec même quelques copains en plus.

Elle venait de rentrer après le deuxième essayage de la robe de mariée. Quelle déception quand elle s'était vue ! Elle n'arrivait pas à se débarrasser de cette image totalement déprimante. Dans son esprit, la robe lui allait à la perfection. Quand la couturière lui avait demandé si elle avait pris du poids, elle aurait voulu mourir sur-le-champ.

Elle était allée à plein de mariages. Presque toutes ses amies d'enfance, au village, étaient passées devant le maire, et plusieurs avaient déjà des mômes. Elle connaissait par cœur le type de potins dont la mariée fait l'objet et n'avait aucunement l'intention d'être la victime des mauvaises langues. Même sa future belle-doche s'était mise de la partie.

— Tu es un peu grassouillette, Carmen. La robe ne va pas bien t'aller, et tu n'aimeras pas les photos.

La seule chose qui l'avait réconfortée, c'est que Barto avait réagi super mal à la remarque de sa mère. Mais au fond, elle se demandait si celle-ci n'avait pas raison.

Elle se déshabilla dans la salle de bains et monta sur la balance. Quand elle baissa les yeux et vit le verdict, elle se cacha le visage dans les mains et fondit en larmes.

Ce qui la mortifiait le plus, c'était de se mettre à pleurer pour ça ! Elle avait toujours été consciente du corps qui était le sien, et elle savait pertinemment qu'elle ne pouvait pas changer la nature. Ça ne la dérangeait pas d'avoir des formes. Jamais elle n'y avait attaché d'importance. Et puis le temps passe pour tout le monde. Toutes ces nanas qu'elle connaissait qui passaient leur vie à être au régime, obsédées par le moindre bourrelet, allaient se retrouver à cinquante ans comme des sacs d'os à la peau ridée et une vie complètement vide, incollables sur les hydrates de carbone et les produits miracle, mais à part ça…

Bon, c'est ce que nous trois lui disions chaque fois qu'elle nous racontait que telle ou telle copine d'enfance au village était restée super mince, et qu'elle devait sans cesse supporter des remarques désobligeantes sur ses rondeurs.

— Carmen, tu es comme tu es. Belle comme un cœur, avait répliqué Lola pleine de mépris pour ces langues de putes. Elles sont juste jalouses parce que tu n'as pas besoin de t'habiller en 38 pour avoir un look de déesse. Tu es jolie naturellement. Tu as des formes délicieuses, et ceux qui ne sont pas d'accord peuvent aller se faire foutre !

Lola, toutes griffes dehors, prenait évidemment la défense de sa copine. Mais Carmen n'avait aucune envie de se retrouver au centre des critiques le jour de son mariage. Elle voulait se sentir au top de sa beauté, que Barto la trouve sublime, et que le monde entier oublie qu'elle ne portait pas un 38.

Elle sanglota, se sentant comme une idiote, jusqu'à ce que se fasse entendre le bruit de la clef dans la serrure.

— Chérie... c'était la voix de Barto, fatiguée. Désolé, je débarque sans prévenir. Mais ma mère était vraiment insupportable. Il fallait que je me casse.

Il entra dans la chambre de l'appartement qu'ils s'apprêtaient à habiter ensemble, mais dans lequel seule Carmen avait emménagé jusque-là. Il enleva sa veste et continua de parler en direction de la salle de bains, dont Carmen venait de fermer la porte.

— Je me mets en pyjama et je prépare à dîner, qu'est-ce que tu en dis ?

Elle sécha ses larmes, se démaquilla et enfila une chemise de nuit. Avant de sortir, elle secoua ses cheveux pour les ramener sur son visage, espérant cacher ses joues rougies. Quand Carmen pleure, son visage se couvre de plaques rouges, la pauvrette !

— Je n'ai pas faim, mon amour.

Elle lui colla un baiser rapide sur les lèvres, soulagée qu'il n'ait pas pensé à allumer, et s'apprêta à aller à la cuisine lui préparer quelque chose. Mais une main se referma sur son poignet et la stoppa net. Quand elle se retourna, elle vit qu'il avait les sourcils froncés.

— Qu'est-ce qu'il se passe ? demanda-t-il le plus sérieusement du monde.

— Rien. Pourquoi veux-tu qu'il se passe quelque chose ?

— Pourquoi tu as pleuré ?

— Mais non, je n'ai pas pleuré, mon cœur. Je viens de me démaquiller. Ça m'a rougi les yeux, c'est tout.

— Ma chérie… (Barto soupira.) Tu penses vraiment que j'épouserais une femme que je ne connais pas ?

Elle le regarda, les lèvres serrées, tentant de se retenir, mais en vain. Un torrent de larmes jaillit de ses yeux. Il la serra dans ses bras.

— Tout va bien. Ne pleure pas, ne t'inquiète pas. Dis-moi seulement ce qu'il y a. C'est ma mère ? Elle t'a dit quelque chose ?

— Non… balbutia Carmen.

— Le boulot ? Allez, raconte.

Il s'écarta de quelques centimètres, sécha ses larmes avec ses pouces et lui demanda une nouvelle fois de dire ce qu'elle avait sur le cœur.

— Ça me tue de te voir pleurer, mon amour.

— C'est que – elle commença son explication entre deux hoquets – j'ai essayé la robe de mariée et… je suis un vrai boudin !

L'expression de Barto passa de préoccupée à stupéfaite. Puis il ébaucha un sourire.

— Arrête de te foutre de moi.

— Non, je ne me fous pas de toi…

Les larmes repartirent de plus belle.

Il lui secoua doucement les épaules, avec affection.

— Mon amour ! (Il éclata de rire.) C'est juste l'anxiété. Tu ne peux pas être un boudin. Absolument impossible ! Tu es ce que j'ai jamais vu de plus beau de toute ma vie !

— Je suis trop ronde !

Le sourire de Barto s'effaça.

— Je ne veux pas t'entendre raconter ces fadaises, même pour plaisanter.

— Je ne plaisante pas. Je suis une horreur.

— Tu crois que tu me fais horreur ?

— Noooon... murmura Carmen encore en larmes.

— Et alors ?

— Tout le monde me regardera et pensera que je suis nulle, incapable de se retenir de bouffer. Ils penseront... que je termine tes assiettes.

— C'est ce qu'on verra – il lui souleva le menton. Regarde-moi et dis-moi, s'il te plaît, que tu te mets dans cet état parce que tu es épuisée, ou anxieuse, ou que c'est le syndrome prémenstruel. Je n'ai rien pigé...

— Toi ?

Il hocha la tête et lui prit le visage dans les mains.

— Je devrais te répéter plus souvent que tu es la femme la plus belle du monde, que ta façon de marcher me rend fou, et que je passerais la journée à te déshabiller et à te faire l'amour. Tu es irrésistible. Pendant toute la cérémonie, je n'aurai qu'une idée en tête, le moment où nous nous retrouverons au lit. Parce que quand tu jouis... le reste du monde n'existe plus.

Ils s'embrassèrent et elle lui passa les bras autour du cou. Il la souleva et la porta jusqu'à la chambre. Là, il prit sa main et la colla contre son entrejambe.

— Comment peux-tu penser une chose pareille, toi qui es la seule à me mettre dans cet état avec un seul petit bisou ?

Puis pendant une heure, pour Barto, le reste du monde cessa d'exister.

Lorsque Carmen, nue et décoiffée, se leva pour aller à la salle de bains, elle se dit qu'en effet, elle avait dû perdre la boule si elle accordait plus d'importance aux ragots malveillants qu'à l'image que lui renvoyait son mari.

35

Opinion

Lola, à la porte de chez elle, disait au revoir à Ray avec énergie et enthousiasme. Et quand Lola salue un amoureux de cette façon, cela signifie trois choses :

– elle kiffe le mec grave ;

– il l'a satisfaite ;

– elle a la bouche trop occupée pour parler.

Elle était donc occupée à rouler une méga-pelle à son copain de dix-neuf ans, avec une main qui s'était glissée dans la ceinture de son pantalon.

— Arrête, l'implora Ray.

— On entre ? proposa-t-elle avec un sourire coquin.

— Je n'en reviens pas que tu aies encore envie – il éclata de rire. Mais je ne suis plus en état de répondre à tes attentes, et je doute que ton pote qui va arriver apprécie le spectacle.

— Au contraire, je pense qu'un peu de voyeurisme lui serait très agréable.

Ils éclatèrent de rire tous les deux et recommencèrent à s'embrasser.

Quand Victor sortit de l'ascenseur en mastiquant un chewing-gum, il tomba nez à nez avec une scène quasi porno devant la porte de Lola. Il envisagea un instant de remonter dans l'ascenseur, mais finalement se contenta de toussoter.

Lola se tourna vers lui en souriant, les lèvres rouges et gonflées après sa séance de baisers. Il lui rendit son sourire et la salua d'un geste.

— Prends ton temps…

Elle se retourna et chuchota quelque chose à l'oreille de Ray. Victor était frappé par l'allure du jeune homme. Il faisait plus que son âge. Grand, baraqué mais mince, il ressemblait un peu à un joueur de football américain.

Quand ils finirent par se détacher l'un de l'autre, Ray s'avança vers lui et lui tendit la main.

— Bonjour, je m'appelle Ray. Je suis le mec de Lola.

Lola, derrière lui, leva les yeux au ciel.

— Enchanté. Victor, un ami.

— Mon meilleur ami, corrigea-t-elle.

Ils échangèrent un sourire.

— Bon, il vaut mieux que je m'en aille. Je vous laisse, vous avez sûrement plein de choses à vous dire.

— Tu ne veux pas boire un verre avec nous ? demanda Victor aimablement.

— Il a déjà eu sa dose de Lola, t'inquiète ! Maintenant, c'est ton tour.

— Façon de parler, j'espère… plaisanta Ray.

Ils éclatèrent de rire tous les trois, puis Ray s'en alla.

— Bien élevé, le jeune homme, observa Victor.

— Comment tu le trouves ?

— Personne ne dirait qu'il n'a même pas vingt ans. Et puis franchement… je trouve que vous faites un beau couple. Tiens, ajouta-t-il en lui tendant une bouteille de gin.

— Super. J'ai du Schweppes au frigo.

— Moi, je le boirais même sec, vu que…

— Qu'est-ce qu'il t'arrive ?

Elle le regarda en coin.

— Que veux-tu dire ?

— Mec, quand moi j'ai envie de boire du gin sec, soit j'ai une gueule de bois de tous les diables, soit je suis triste à mourir.

— Ni l'un ni l'autre. Allez, sers-moi un verre.

— OK. Quand nous irons ensemble aux alcooliques anonymes, je pourrai être ta marraine.

Victor tira de sa poche l'invitation à l'anniversaire. Il la lui montra.

— Tu viens me confirmer en personne que tu vas venir ? demanda-t-elle, absorbée par la préparation des gin-tonics.

— En fait, je pense qu'il vaudrait mieux que je ne vienne pas.

— Mais tu viendras, parce que c'est important pour moi.

— Ce sera un sale moment pour elle comme pour moi.

— Ça fait déjà quatre mois que vous avez rompu. Pourquoi veux-tu que ça se passe mal ? Vous avez repris votre vie, c'est tout. Il y aura plein de gens. Vous vous saluerez poliment et basta. Rien d'autre. Tu peux même te contenter d'un petit signe de tête, comme tu le fais quand tu te la joues hyper cool.

Victor prit le verre qu'elle lui tendait et alla vers le canapé. Lola sortit de la cuisine en croquant un concombre.

— Tu en veux un ? demanda-t-elle.

— Non, je préférerais une clope.

— Je croyais que tu avais arrêté.

— J'avais arrêté. Tu m'en files une ? (Elle lui indiqua le paquet posé sur la table basse.) Et donc, reprit-il après s'être allumé une cigarette, elle a rencontré quelqu'un ?

— Elle voit un mec. Je n'en sais pas plus.

— Bien sûr que si, tu en sais plus, mais tu ne veux rien me dire.

Victor haussa les sourcils avec un sourire gêné.

— Exactement. Ne me mets pas dans une position embarrassante.

— Jamais de la vie – il lui caressa le genou.

— Est-ce que tu penses que vous pourriez faire une scène ? Dans ce cas, il vaut peut-être mieux que tu ne viennes pas.

— Je ne crois pas. J'avoue que la façon dont elle s'est excusée après sa scène injustifiée dans mon bureau m'est restée en travers de la gorge… mais…

— Au fait, tu as dû prendre le traitement ?

Il hocha la tête en tirant sur sa clope.

— Oui, antibiotiques et pas de rapports sexuels pendant une semaine.

— Tu as survécu ?

— Mieux que tu ne l'imagines.

— Te voilà devenu un ascète ? Tu ne sens plus l'appel de la nature, mon chou ?

— N'exagérons rien. Hier soir, je me suis fait Virginia. Et oui, je sais, tu as du mal à avaler qu'on se voie.

— Elle, par contre, j'imagine qu'avaler ne lui pose aucun problème.

Il éclata de rire et haussa les épaules.

— Il y a une autre meuf… que je vois de temps en temps. Elle s'appelle Cristina. Une rousse avec des formes. Elle est mignonne comme tout, et au lit… une vraie bombe. Nous prenons du bon temps ensemble. Mais à chaque fois, je suis soulagé qu'elle s'en aille.

— Tu n'as pas trouvé la meuf qui te convient, Victor.

— Peut-être que je ne suis pas fait pour être avec une meuf.

Il resta quelques instants à fixer les volutes de fumée dans le petit salon de Lola.

— Peut-être parce qu'aucune meuf n'est Valeria.

— Laisse tomber.

— Bon, alors viens à ma fête et montre-moi que j'ai tort. Parce que si j'ai raison, ça signifie que tu es le dernier des imbéciles et que tu as largué la femme de ta vie parce que… parce que quoi, exactement ?

— Merde, Lola ! (Il protesta, dans un mouvement d'humeur.) Je l'ai quittée parce qu'elle demandait des choses que je ne pouvais pas lui donner. Et parce que nous avons tout bousillé.

— Je suis aussi traductrice de Victor en espagnol. Et tu sais ce que ça signifie, ce que tu viens de me dire ?

— Étonne-moi !

Il porta le verre à ses lèvres d'un air blasé.

Lola se mit à caqueter comme une poule et Victor ne put s'empêcher d'éclater de rire, recrachant sur Lola une partie de son verre.

— Espèce d'abruti, mal-baisé de merde ! Arrête de me cracher dessus sauf si tu as des visées érotiques, bordel !

— OK, je viendrai à ta foutue teuf. Mais uniquement pour que tu saches à quel point je t'adore, vieille salope !

36

Normalité

Bruno entra chez moi et resta quelques instants à regarder autour de lui, le sourire aux lèvres. Puis il s'esclaffa.

— Ma cage à lapin te plaît ? lui demandai-je

— Sérieusement, tu as vécu ici avec ton mari ? Ça ne m'étonne pas que vous ayez divorcé.

— Parfois, tu es aussi agréable qu'une goutte de citron dans l'œil !

Il me prit dans ses bras, me palpant les fesses au passage.

— Tais-toi donc ! dit-il en riant. Tu m'as manqué… grave.

— Et toi aussi.

Nous nous embrassâmes et tombâmes sur le lit. Il entreprit de me déshabiller.

— Bruno… Je gémis quand il prit un de mes seins dans sa bouche en mordillant doucement le mamelon.

— Qu'est-ce que tu fais quand je ne suis pas là ? Qui peut te remplir comme moi ? murmura-t-il en glissant la main dans ma culotte.

— Personne… avouai-je.

Avec lui, je me sentais à l'aise, je pouvais me permettre d'être sincère et passionnée. Entre nous, les choses étaient claires. J'étais consciente que sa vie était centrée sur sa fille, et je ne m'attendais pas à ce que ça change. Au fond, c'était normal. Je voulais être importante pour lui, mais pas le centre du monde.

Pendant l'heure qui suivit, dans mon petit appartement, ce ne furent plus que gémissements, halètements et obscénités.

Nerea reprit la calculette en faisant la grimace. Pas d'erreur possible. Elle avait dépassé le budget de mille euros, et elle ne savait pas où faire des coupes.

Elle prit son téléphone et appela Carmen, qui était probablement au boulot.

— Salut, Carmen. J'ai un problème, lança-t-elle d'un ton précipité.

— Qu'est-ce qu'il y a ?

— C'est la fête de Lola. Elle me revient au double de ce que nous avions convenu. Même en calculant au plus juste.

— Qu'est-ce qui est compris ?

— Tout. Et quand je dis tout, je te garantis que Lola va adorer quand elle verra le résultat.

— Raconte…

— Un videur à l'entrée. Ça va trop lui plaire.

— Ça, c'est sûr !

Carmen éclata de rire.

— Et il ne revient pas trop cher, en plus. C'est un ami d'ami de… peu importe. Puis un *photocall* avec le logo de ma boîte partout. Ça, c'est moi qui le paye entièrement parce que je pourrai réutiliser les photos. Quoi d'autre ? Ah oui, le photographe. Il m'a été recommandé par la fille qui me donnera un coup de main pendant la fête. Puis le service traiteur. J'ai les serveurs à bon prix, des copains de ma nièce. Open-bar avec cocktails. Ça, ça coûte un max. Vidéo souvenir. DJ, qui prend plus qu'un ministre. Lumières. Gâteau. Et les invitations qui seront envoyées par la poste

— Merde ! C'est top !

— Oui, je te l'ai dit. Mais voilà, j'arrive à deux mille. Je suis disposée à mettre plus, mais sincèrement je ne peux pas me permettre d'investir plus de… huit cents.

— Combien met Lola ?

— Six cents.

— Ça marche. Huit cents plus six cents, mille quatre cents. Moi je mets trois cents, et Val aussi. Le problème est réglé.

— Mon chou, tu te maries, tu vas avoir besoin d'argent. Et je parle en connaissance de cause, vu que c'est moi qui organise ton mariage.

— Même pour Val, ce ne sera pas si facile, mais je pense que c'est une solution. Non ?

— Oui, probablement.

— Donne-moi tes coordonnées bancaires, je te fais un virement.

Lola ouvrit la porte et Ray entra avec un grand bloc à dessin sous le bras. Il portait un chapeau gris, une veste treillis et un jean tellement déchiré qu'il s'en fallait de peu qu'on puisse encore le qualifier de pantalon.

Lola le regarda de la tête aux pieds sans indulgence.

— Où est-ce que tu vas avec ce chapeau, mon biquet ?

— Comment ? (Il fronça les sourcils.) Ah ça, c'est mon borsalino.

— T'as une de ces dégaines…

Ray enleva son chapeau et le lança sur le canapé sans faire de commentaires. Il n'avait pas très envie de commencer à se prendre la tête avec Lola à propos de son look. Puis il s'assit tandis que Lola allait chercher à boire dans la cuisine.

— Une petite bière ?

— Tu n'aurais pas un Coca ? demanda-t-il en enlevant sa veste.

— Si tu veux, je peux aussi te servir un verre de lait chaud avec des biscuits en forme de dinosaure.

Ray leva les yeux au ciel sans répondre. Il lança sa veste sur la table de l'entrée, faisant tomber par terre une liasse de papiers. Il se leva en maugréant et les ramassa. Il ne put s'empêcher de jeter un coup d'œil.

— Comme tu ne m'as pas répondu… pas de biscuits, dit-elle en lui passant un rafraîchissement. Qu'est-ce que tu regardes ?

— J'ai fait tomber ces papiers sans le faire exprès. Qu'est-ce que c'est ?

— Juste des papiers.

Ray en prit un et commença à le regarder tout en remarquant la nervosité subite de Lola.

— C'est une liste d'invités. Pour le mariage de ton amie ?

— Non. Pour ma fête d'anniversaire.

— Tu fais une teuf pour ton anniv ? demanda-t-il avec l'expression d'un chiot abandonné.

— Oui, mes vingt et quelques…

— Et ? (Il posa son Coca sur la table et mit ses mains dans ses poches.) Tu n'avais pas l'intention de m'inviter, pas vrai ?

— Eh bien, vu que c'est aussi ton anniv, j'étais sûre que t'avais déjà organisé quelque chose avec tes potes. Une méga bouteille dans un bar destroy, quelque chose dans ce genre-là…

— Non. Je pensais que nous allions le fêter ensemble.

— OK, pas de problème – elle prit un stylo et inscrivit le nom de Ray sur la liste. Voilà, je viens de t'ajouter.

Ray hocha la tête, mais avec un geste qui fit comprendre à Lola que l'affaire n'allait pas se terminer là.

— Mais, dis-moi, Lola. À ta teuf, je viens comme ton amoureux ou quoi ?

— Oh, Ray, amoureux, je déteste ce mot !

— C'est pourtant ce que je suis, non ? Ton amoureux, ton mec, quoi !

— Appelle ça comme tu voudras, répondit-elle d'un ton condescendant.

— Eh bien oui, c'est le mot qui me convient. Sinon, j'y vais comme ton escorte, ou comme le mec qui te baise quand tu n'as rien de mieux à faire ?

Lola fut étonnée de la dureté avec laquelle il avait parlé. Résistant à l'envie qu'elle avait de lui hurler à la figure, elle se dit qu'il fallait tirer les choses au clair.

— Il y aura un max de monde, Ray. Je vais être très occupée et…

— OK. Pigé.

— Amène un pote. Comme ça tu ne t'emmerderas pas.

— Évidemment, vu que tu ne vas pas me présenter à tes amis…

— Mec, je ne vais pas passer la soirée à aller de l'un à l'autre pour te présenter à tout le monde… Je veux pouvoir profiter un peu de ma soirée.

Ray soupira et empoigna sa veste. Il l'enfila sous le regard attentif de Lola, puis ramassa son bloc à dessins et se dirigea vers la porte.

— Je suis un gamin, c'est ça ? Un gamin qui va te mettre mal à l'aise. Alors laissons tomber. Faisons les choses à ta manière : tu m'appelles quand tu as envie d'une petite baise ou que tu ne veux pas être seule. Et pour le reste, rien à foutre. Ça marche ?

— Mais qu'est-ce qui te prend ?

Elle le regarda, stupéfaite.

— Ce qui me prend ? OK, Lola, ciao. Il vaut mieux que je m'en aille.

— Ne t'en va pas !

Ray referma la porte, mais Lola la rouvrit et sortit sur le palier.

Je répète, elle le suivit sur le palier. Incroyable.

— Ce n'est pas en réagissant comme ça que tu vas me démontrer quoi que ce soit, dit-elle.

— Ah bon, parce que je dois te démontrer quelque chose ? Et toi aussi, tu as quelque chose à me démontrer ?

— Pourquoi est-ce que moi, je devrais…

Elle pointa un index sur sa poitrine.

Et alors, pourquoi est-ce que je dois payer en permanence parce que je suis né neuf ans après toi ?

— Mais… tu es encore un gamin, Ray.

— Tu veux que je te dise ? La vérité, c'est qu'en ce moment, la gamine, c'est toi. Appelle-moi quand tu auras un peu grandi, et que tu te ficheras de ce que pensent les autres des mecs avec lesquels tu sors. Pour la baise, tu es prête à tout, mais dès qu'il s'agit de m'appeler ton « amoureux », rien ne va plus et tu te planques. OK, fais ce que tu veux de ta vie, mais ne compte plus sur moi.

— Mais je me foutais déjà de ce que pensent les autres quand tu portais encore des couches.

— Tu vois ? (Ray s'arrêta devant l'ascenseur.) Moi, je ne fais pas ce genre de réflexion. C'est toi, et toi seule. Tu te fous de ce que peuvent bien penser tous tes copains de baise, OK. Mais moi, je n'ai pas envie d'être l'un d'eux. Bizarre, non ?

Sur ces mots, il entra dans l'ascenseur d'un pas décidé.

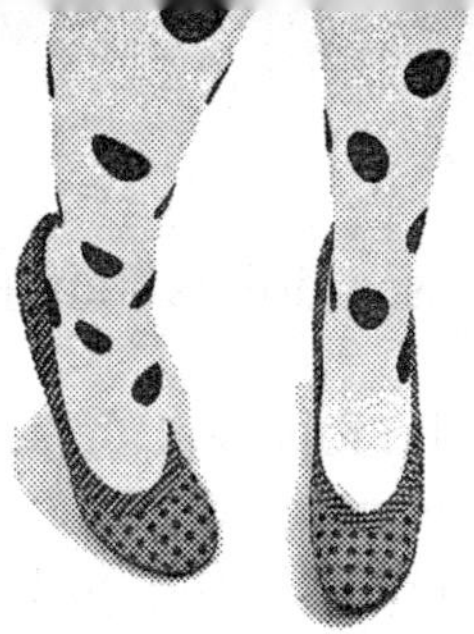

37

Avant la fiesta

Vendredi 30 mars

Nerea débarqua chez moi avec une mine radieuse. Elle avait rassemblé ses cheveux dans une queue de cheval, elle portait un jean, des chaussures de sport Carolina Herrera, un col roulé marron et une doudoune beige.

— Val ?

— Installe-toi, lui dis-je depuis la cuisine. Toujours aussi ponctuelle.

Je lui proposai un café qu'elle accepta avec un large sourire. Cela faisait un temps fou que je ne l'avais pas vue avec une expression aussi sereine. Elle semblait avoir plusieurs années de moins, comme ces tableaux qui retrouvent tout leur lustre après une restauration.

Je déposai un plateau avec les tasses sur la table basse, puis pris une enveloppe dans la poche de mon jean et la lui tendis.

— Allez, compte.

— Je te fais confiance.

— Mais moi, je ne fais pas confiance à mes talents de comptable. Je n'ai pas l'habitude.

Nerea ouvrit l'enveloppe et de ses doigts habiles effeuilla les billets. Elle sourit.

— Trois cents, parfait. Merci mille fois, Val. Je sais que pour toi, ce n'est pas facile en ce moment.

— Tu parles, c'est la galère totale, comme je t'ai dit au téléphone. Mais qu'est-ce qu'on peut faire ? Adieu, son cadeau de mariage, adieu les cadeaux pour la naissance de ses enfants ! (J'éclatai de rire.) Comment vont les préparatifs ?

— Bien… J'y passe toute ma journée comme si j'étais au boulot, incroyable, non ? Ça va être la soirée de l'année. Lola ne s'y attend pas. C'est pour ça que je ne voulais pas me retrouver à court, dit-elle en indiquant l'enveloppe qui contenait l'argent.

— Tu sais pourquoi j'ai lâché tant de fric ? lui demandai-je en m'asseyant sur un coussin.

— Pourquoi ?

— Si c'était seulement pour la teuf de Lola, je t'aurais dit qu'on pouvait très bien faire ça avec quelques lampions et des serpentins.

— Et alors ?

— Je veux pouvoir me vanter dans quelques années d'avoir été ton mécène pour la première fête que tu as organisée.

— Tu crois que ça va marcher ? demanda-t-elle d'une voix tremblante.

— Ça ne fait pas un pli : tu as réussi à me faire cracher trois cents euros en un clin d'œil, tu ne devrais avoir aucun problème avec les gens friqués. Maintenant, raconte.

— J'ai réuni la liste des invités de Lola avec celle de ses amis que Carmen et toi avez proposée. Au bout du compte, en éliminant les noms qui reviennent plusieurs fois, on arrive à soixante-quinze. Je trouve que c'est un bon chiffre.

— Elle se doute de quelque chose ?

— Pas le moins du monde. Elle a passé la semaine à se plaindre parce qu'on ne la laissait inviter que vingt personnes. Pour elle, ce sera la surprise totale. J'ai déjà envoyé les invitations. Tiens, voici la tienne.

Elle me tendit une enveloppe noire sur laquelle était écrit en lettres dorées « Seras-tu à la hauteur ? ». Très provocant, parfaitement dans le style de Lola. À l'intérieur un bristol, également noir, donnait les détails : adresse, date et heure, le *dress code* et un numéro de téléphone pour confirmer sa présence.

— Il faut absolument téléphoner, ou ça suffit que je te dise que je ne manquerais cette teuf pour rien au monde ?

— Nous, nous sommes déjà confirmées. De même que le traiteur, le DJ, le videur à l'entrée, la fille qui va me donner un coup de main et le photographe.

— J'allais oublier – je me levai et pris une boîte métallique qui avait dû contenir des biscuits. Là-dedans, il y a toutes les photos avec Lola.

Nerea les regarda en souriant. Elle reconnut qu'il y avait matière à faire une vidéo géniale.

— Tu as déjà la tenue ? me demanda-t-elle.

— Pour le mariage de Carmen, oui. Regarde.

Je pris dans l'armoire une housse de coton sur un cintre et descendis la fermeture éclair, dévoilant une robe bleu Klein avec une épaule dénudée.

— Super belle.

— Merci. J'aurai aussi un chapeau. Je suis en train de le confectionner moi-même. Je ne te le montre pas parce qu'il n'est qu'à moitié fait et on dirait un accessoire à la Lady Gaga, expliquai-je.

J'étais contente d'avoir résolu le problème d'une façon esthétique et économique.

— Et pour la fête ?

— Bon, il faut que je voie. Quelque chose. Un jean et un top…

Nerea leva le sourcil gauche, farfouilla dans son sac et en sortit un magazine où plusieurs pages étaient marquées de post-it de couleur.

— Je ne l'ai encore montrée à personne, mais j'aimerais bien que tu regardes. C'est la robe que je vais porter. C'est décidé. Tiens, regarde.

— Tu plaisantes ?

— Non, répondit-elle d'un ton sec. N'oublie pas l'invitation : « Seras-tu à la hauteur ? »

— Ma belle, je crois que rien ne pourra jamais être à la hauteur de cette robe !

Nerea éclata de rire. Je la regardai en silence. Depuis un mois, une question me taraudait, que je gardais pour moi. J'espérais ne pas avoir à la poser, mais la date se rapprochait et…

Elle soutint mon regard, puis finit par faire claquer sa langue.

— Allez, demande-moi.

Elle croisa les jambes.

— Vous lui avez aussi envoyé une invitation ?

— Oui. C'est un des meilleurs amis de Lola, et il était le premier sur sa liste, mon chou.

— Oh…

— Mais je crois qu'il n'a pas encore confirmé, et de toute façon, même s'il vient, il n'y a plus rien entre vous. Vous avez rompu, tu t'es excusée pour la scène totalement déplacée que tu lui as faite, et maintenant tu sors avec un autre homme. Si vous vous croisez, vous

vous saluerez comme des personnes civilisées et « au revoir et merci ».

Au revoir et merci ? Pour moi, ce n'était pas si clair.

Vendredi 6 avril

Lola déboula chez moi comme un éléphant dans un magasin de porcelaine. Elle était chargée de sacs, sa besace pendouillait à son épaule et elle tenait son agenda rouge à la main.

— Un jean et un top ? Je rêve ! lança-t-elle d'une voix stridente.

— Lola…

— Je t'ai apporté des trucs à moi pour que tu les essaies.

— Et toi, tu vas mettre quoi ?

— Regarde, je viens de passer au pressing.

Elle laissa tomber les sacs par terre et sortit de la housse du pressing une robe minuscule de velours pourpre, décolletée en V, sans manches, avec la taille marquée par une ceinture de la même couleur ornée d'appliqués brillants.

— Putain la robe !

Je ne pus retenir mon exclamation.

— Je le savais. Je vais devoir me mettre en mode détox trois jours avant si je ne veux pas qu'elle me moule trop.

— Tu seras sublime.

— Évidemment, confirma-t-elle d'une voix tranquille. C'est mon anniversaire. Vous devez toutes être canon, mais vous n'avez pas le droit de m'éclipser. C'est comme ça.

— Tu as vu la robe de Nerea ?

— Oui. La salope ! (Elle éclata de rire.) Regarde un peu ce que j'ai apporté.

— Lola, nous ne faisons pas la même taille. Ça va être trop petit.

— Essaye, tu verras que non.

Elle sortit d'un sac une minijupe bordée de paillettes noires, une robe rouge épaules nues, une jupe super mini en jean avec du strass… Je la regardai en silence.

— Tu as fumé la moquette ou quoi ?

— Qu'est-ce qu'elles ont, mes fringues ?

— Elles sont minuscules. T'es sûre que ce n'est pas ta lingerie ?

— Jette au moins un coup d'œil sur cette robe – elle plongea la main dans un sac et commença à farfouiller. Je ne l'ai jamais portée. Je la trouve un peu trop discrète.

— Bon, c'est déjà ça. Plutôt bon signe.

Puis elle sortit d'un autre sac une montagne de mini-tops brillants en lycra, au milieu desquels elle trouva une robe fourreau de dentelle noire. Elle la lissa de la main en précisant qu'il fallait juste la faire repasser au pressing.

Elle était courte, super courte, mais très belle, avec des manches de dentelle noire qui arrivaient juste en dessous du coude et une encolure arrondie. Elle se portait sur une combinaison noire à bretelles ultrafines décolletée en cœur et encore plus courte, de sorte que le décolleté et une bonne partie des cuisses n'étaient couverts que par la dentelle. Coquine, oui, mais avec classe.

— Waouh, elle est géniale.

— Pourquoi tu ne l'essaies pas ? (Elle regarda l'étiquette.) C'est ta taille.

— Je ne sais pas Lola. Je n'ai pas l'habitude de porter ce genre de truc hyper court et hyper moulant. J'aurais l'impression de me balader en déshabillé La Perla.

— Allez, passe-la.

Je la pris. J'enlevai le pull informe et le short en jean déchiré que je portais et demandai à Lola de m'aider à l'enfiler. Après avoir passé la tête, je mis mes bras dans les manches et fis glisser la robe. Je lui demandai de me remonter la fermeture éclair dans le dos.

— Si elle ne monte pas, ne force surtout pas, lui intimai-je. Je n'ai pas envie d'être obligée de la faire exploser comme Hulk.

— Ça monte sans problème.

J'entendis le crissement de la fermeture éclair qui confirmait ses dires.

Lola fit deux pas en arrière et me regarda. En me retournant vers elle, je vis du coin de l'œil qu'elle était bouche bée. Je pris dans l'armoire une paire d'escarpins à talons hauts que je glissai à mes pieds.

— Alors ?

— Je te la donne. Mais t'as intérêt à la mettre à ma teuf !

En me regardant dans la glace, je fus moi-même étonnée du résultat.

— T'as un corps de sirène, ma loute. C'est un péché de ne pas le montrer plus.

— Et avec cette robe, tu ne trouves pas que je le montre un peu trop ? demandai-je en m'inspectant sous toutes les coutures.

— Non. Tu es parfaite. Sérieusement, Valeria. Ne commence surtout pas à te faire des idées.

— C'est trop, Lolita.

Je lui demandai de descendre la fermeture éclair.

Elle s'approcha et s'exécuta.

— Je la laisse ici, comme ça tu pourras réfléchir. OK ?

Puis, pendant que je me rhabillais, elle se mit à tourner en rond dans le studio, l'air abattu.

— Qu'est-ce qu'il t'arrive ? Des problèmes avec Ray ?

— Non. Enfin, un peu… Mais ce n'est pas ça qui m'inquiète. C'est les problèmes avec toi.

— Mais tu n'as aucun problème avec moi !

J'éclatai de rire.

— Pas encore. Mais quand je te dirai que j'ai insisté pour que Victor vienne à la soirée… Bonjour les dégâts !

Je la regardai, étonnée. Puis je respirai à fond et hochai la tête.

— T'inquiète, Lola. Je sais que vous êtes très proches. Je ne veux absolument pas te mettre entre le marteau et l'enclume.

— Merci – elle était totalement sincère. Bon, mais qu'est-ce que c'est que cette baraque ? Apporte-moi quelque chose à boire, merde !

Lola partit rapidement. Elle avait beaucoup de choses à faire. Quasiment comme si elle allait se marier dans une semaine. Elle avait rendez-vous pour un soin visage et une extension de cils. Et elle voulait faire un saut chez Ray pour s'excuser. Ça, elle s'était bien gardée de me le dire. Toujours est-il qu'elle se pointa à la porte de l'appartement qu'il partageait avec trois autres post-adolescents. Elle demanda si Ray était là au gamin échevelé qui vint lui ouvrir.

Quand il apparut dans le couloir, ça lui fit un coup de le voir et elle ne put s'empêcher de sourire. Lui resta de marbre. Il était maculé de peinture jusqu'aux cheveux.

— Qu'est-ce que tu veux ?

— Tu es en train de peindre ? demanda-t-elle d'une voix douce.

— J'ai un boulot à terminer.

— Je viens me mettre à tes pieds. Ne me rends pas la tâche trop difficile – il se mordit la lèvre inférieure. Mais quand même, tu n'as que vingt ans !

Elle pleurnichait, entre rire et larmes.

— El alors ? (Il haussa les épaules.) Quand tu ne le savais pas, ça ne te gênait pas. Dis-moi ce qu'il y a de changé.

— C'est juste que je me souviens de mes vingt ans, et je n'arrive pas à t'imaginer à ma soirée d'anniversaire. Moi, à vingt ans, je dansais sur le comptoir, je buvais de la tequila à la bouteille et je me mettais topless dans la cabine du DJ – Ray prit une mine perplexe. Avoir vingt ans, c'est ça ! Se bourrer la gueule et pisser de rire en se foutant du monde entier. Ce n'est pas ce que je veux pour ma fête d'anniversaire, devant tous mes amis.

— Tu parles de tes vingt ans, Lola, pas des miens. Moi je ne me bourre pas la gueule comme un taré, je ne me fous pas à poil et je ne vais danser nulle part. Je ne l'ai jamais fait, et je ne crois pas que c'est maintenant que je vais commencer.

— Mais tu as vingt ans… c'est dans ta nature !

— Est-ce que tu te rends compte ? Tu me demandes de rendre des comptes pour tes vingt ans à toi, pas pour les miens. Ça ne me semble pas un grand signe de maturité.

— J'ai peur que… elle renifla. J'ai peur que tu te pointes avec un look de bouffon.

— Bouffon ?

Le terme sembla lui rester en travers de la gorge.

— Oui, avec ce chapeau d'artiste maudit, ce jean super déchiré et…

— Commençons par le commencement.

— Quel commencement ?

— Si je viens à ta fête, c'est pour être avec toi, que je sois en smoking ou sapé comme un clown. Tu veux que je vienne ?

Lola réfléchit un instant.

— Je ne sais pas.

— Bon. Quand tu sauras, appelle-moi.

Il fit un pas en arrière et, sans plus de cérémonie, ferma la porte.

Mercredi 11 avril

Carmen me téléphona pour me demander si j'avais choisi ma tenue pour la fiesta de Lola.

— En fait je ne suis pas sûre. J'hésite entre une robe que Lola m'a prêtée et une autre à moi.

— Mon petit doigt m'a dit que tu es sublime dans celle de Lola.

— Peut-être, mais avec la mienne, je peux marcher sans que ce soit un attentat à la pudeur.

— Ne fais pas l'idiote. Tu n'as rien à cacher, alors montre-le.

— Et toi, qu'est-ce que tu vas porter ?

— Une robe bustier vert bouteille plus moulante que la peau du diable. Je crois que je ne vais même pas mettre de culotte. Barto bouillonne.

— Ça ne lui plaît pas ?

— Au contraire, je pense que ça lui plaît trop, ce genre de truc. C'est un mec à l'ancienne.

— Ouais.

— Val, si j'étais toi, je porterais la robe de Lola, insista-t-elle. Si j'avais un corps comme le tien, je pense que je me baladerais à poil dans la rue. Mets-la. Pour me faire plaisir.

Nous restâmes quelques instants sans parler. Carmen toussota.

— Qu'est-ce qu'il y a ? demandai-je.

— En fait, je t'appelais pour te dire que…

— Il a confirmé ?

Je fermai les yeux.

— Oui ? Ce matin même.

— Merde. Le con.

— On pouvait s'en douter, mon chou. Surtout après la scène que tu lui as faite dans son bureau. Il va venir et se la jouer super cool.

— Il devrait s'abstenir.

— C'est une fête, il est invité. Et n'oublie pas que Lola et lui sont très liés.

— Mais il devrait penser que j'y serai et que j'ai plus de droits que lui et que…

— Valeria. Arrête de te prendre le chou. Accepte, en adulte, qu'il fasse ce qu'il veut… mais porte la robe de Lola. Ça me plairait trop qu'il se casse la gueule dans l'escalier rien qu'en te voyant.

Jeudi 12 avril

— Salut, lança Bruno. Qu'est-ce que tu fais ?

— Pas grand-chose. Je suis à la maison. Je me suis fait une manucure et une pédicure, pour la soirée de demain.

— Ah oui. Tu vas aussi prendre un bain de lait d'ânesse pour que ta peau soit plus lumineuse ? demanda-t-il histoire de me taquiner.

— Non. Mieux vaut le sang de dix vierges.

— Bon sang, ça y est, tu me fais déjà bander.

— Bruno, pourquoi est-ce que tu ne viens pas ?

— Je ne peux pas. Je te l'ai déjà dit.

— Je vais porter une robe d'enfer, quasi à poil. Tu ne devrais pas rater le spectacle.

— OK, mais comme je peux te voir complètement à poil de temps en temps… À poil sur moi, sous moi, dans la douche, à genoux…

— Arrête de dire des cochonneries. Viens.

Je le suppliai presque.

— Je ne peux pas. J'ai des obligations. Et j'en aurai toujours. Ce n'est pas facile d'avoir un mec qui vit à des centaines de kilomètres et qui est père d'une petite fille.

— Je m'en étais aperçue.

— Dis-moi. Il va y aller, non ?

J'ouvris la bouche pour répondre, mais comme je mettais un peu plus de temps que nécessaire, Bruno éclata de rire.

— Tu as peur qu'il te voie seule ?

— Je n'ai peur de rien. Ni de le voir, ni de ne pas le voir, de rien, point barre ! Victor, je n'en ai plus rien à foutre.

— Tu veux te faire voir avec ta nouvelle conquête ?

— Arrête de dire des conneries.

J'étais blessée.

— Mais non, c'est la pure vérité. Peut-être que celle qui se conduit comme une petite fille…

— C'est moi.

Oui, c'était moi. Sans l'ombre d'un doute.

— Peut-être, acquiesça-t-il d'un ton satisfait.

— Laisse tomber. C'est juste que Carmen y va avec Barto et je suis sûre que Lola va se pointer avec son mec.

Ça m'aurait fait plaisir que tu fasses leur connaissance, c'est tout.

— Je ne peux pas, Valeria. Un point c'est tout.

Quand Bruno dit « un point c'est tout », c'est comme ça et pas autrement. On comprend, dans ces cas-là, qu'il est père. Et moi… on comprenait que j'avais besoin de me sentir protégée.

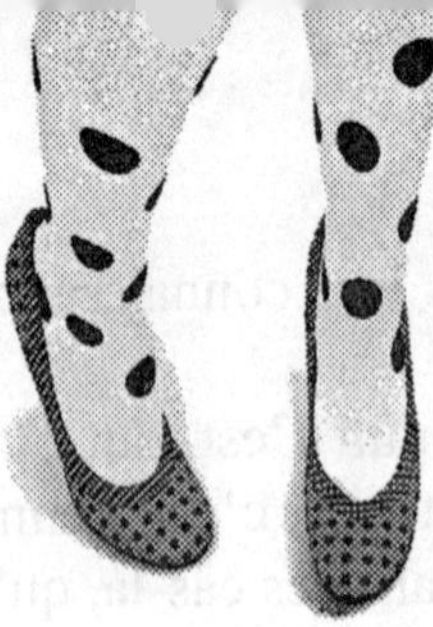

38

À vos marques, prêts…

Au bout de la dixième sonnerie dans le vide, Lola commença à désespérer. Elle se dit que Ray l'avait larguée, mais en même temps elle n'arrivait pas à y croire. Elle raccrocha et entreprit de rédiger un texto, qu'elle effaça immédiatement, de même que la quarantaine d'autres tentatives. Finalement, elle trouva la version définitive :

> Ray, je t'ai appelé au moins dix fois. Je ne sais pas si tu as oublié ton portable quelque part ou si tu me fais la gueule. Mais la fête est aujourd'hui, et je ne sais toujours pas si tu vas venir… et si je serai accompagnée le jour de mon anniversaire. Appelle-moi, s'il te plaît.

Puis elle s'assit de nouveau sur son lit et croisa les jambes. Elle jeta un coup d'œil sur sa robe, suspendue à la poignée de l'armoire, puis à la pendule. Elle avait rendez-vous chez le coiffeur, il était temps d'y aller. Elle soupira. Elle savait que si Ray ne venait pas, elle se moquait éperdument de la fête.

Maudit gamin !

Moi, j'étais comme Lola, assise sur mon lit, une clope au bec, en train de regarder la robe que j'avais finalement accepté de porter. Histoire de faire quelques économies, je m'étais mise au tabac à rouler.

Par association d'esprit, je repensai à Bruno fumant la pipe dans son jardin. Merde ! Si seulement il avait pu venir. Il ne me semblait pas que je lui demandais la lune. Je l'avais invité très longtemps à l'avance. Je voulais qu'il vienne à l'anniversaire de Lola, et pas seulement parce que je savais qu'il y aurait aussi Victor. Oui, j'ai bien dit « pas seulement ».

Du coup, évidemment, je me mis à penser à Victor. Cela faisait plus de quatre mois que nous nous étions quittés. Le fait de savoir qu'il allait venir me rendait nerveuse. En le revoyant, toutes les émotions que j'avais ressenties avec lui, absurdes si on considère le type d'homme qu'il est, allaient remonter à la surface. J'allais retenir mon souffle comme en apnée, sourire en serrant les fesses, pour finir par me laisser submerger par une nervosité qui allait me tordre les boyaux.

En plus, je risquais de me comporter comme une pétasse totale, par exemple en fourrant ma culotte dans sa poche juste pour m'assurer qu'il n'irait pas avec une autre. Qu'il rentre avec moi ou non, son ego serait gonflé à bloc, parce que je savais que je n'allais pas détacher mon regard de lui de toute la soirée, et qu'il s'en rendrait compte. Cette éventualité ne me plaisait pas du tout. J'avais besoin d'un bouclier affectif, qui me rappelle que Victor m'avait larguée parce qu'il ne m'aimait pas, et que j'étais en train de commencer quelque chose de nouveau.

Je ne voulais plus être faible. Tout ce que j'avais fait avec lui portait la marque de la faiblesse et du manque de volonté. En tout cas, c'est ce que je pensais à ce moment-là. J'avais été une marionnette. Une marionnette en chaleur. Et avec Bruno…

La sonnette retentit. J'aurais voulu que ce soit Bruno. C'était Lola. Elle était en jean cigarette, avec des ballerines et un pull dont le décolleté laissait entrevoir la dentelle de son soutien-gorge. Jusque-là, rien que de très normal. Mais quand mon regard remonta vers son cou, je remarquai qu'il manquait quelque chose. Sa crinière brune. Je cherchai une queue de cheval, un chignon… Rien ! J'ouvris des yeux comme des soucoupes et Lola entra d'un pas rageur.

— Mais qu'est-ce que… ? balbutiai-je.

— Mes cheveux ? Tu te demandes où sont mes trente centimètres de cheveux ?

— Exactement.

— Tout ce que je peux te dire c'est qu'ils ont fini à la poubelle quand cette salope de coiffeuse a terminé son travail de boucher.

Elle arborait une coupe mi-longue déstructurée, mal mise en place, et je voyais qu'elle était sur le point de se mettre à hurler, ou à chialer, ou à taper du pied, ou tout à la fois.

— Bon, on se calme, Lola. On va trouver une solution.

— C'est tout vu ! Tu as toujours la tondeuse d'Adrian ? Je vais me raser la tête.

— Arrête tes conneries.

— Val, la teuf, c'est aujourd'hui !

Elle fit la grimace.

— Je sais. Mais ce n'est pas en faisant ton apparition avec une tronche à la Kojak que tu vas régler le problème.

— Et seule, en plus !

Elle s'assit dans le fauteuil et s'y recroquevilla. J'eus l'impression qu'elle avait les yeux humides…

— Non, Lola, tu ne vas pas te mettre à chialer ! Ce n'est pas ton style. Ton style, c'est de nous faire sentir ridicules quand nous pleurons, nous.

— OK. Je me calme.

Ça ressemblait surtout à de l'autopersuasion.

— Je te sers quelque chose ?

— Oui. Une perruque.

Nous éclatâmes toutes les deux d'un rire nerveux.

— Alors… voyons. (Je m'approchai d'elle et mis ma main dans ses cheveux en évaluant la situation.) Il me semble qu'il y a une solution… Peut-être que si je rectifie un peu la frange, en la laissant plus épaisse d'un côté…

— Oui… dit-elle, pleine d'espoir.

— Puis on les frise au fer céramique et on ébouriffe pour défaire les boucles.

— Tu sais faire tout ça ?

— Disons que le moment me semble venu d'apprendre.

Lola s'assit sur le tabouret de la cuisine. J'humidifiai ses cheveux et lui posai un sac-poubelle sur les épaules. Je brandis comme une arme mes ciseaux de couture, sans arriver à me décider.

Je lui fis une raie sur le côté et nous décidâmes ensemble de la hauteur que nous voulions donner à la frange.

— OK. Un… deux… comptai-je.

— Non, stop !

— Tu voulais les raser comme Demi Moore dans *À armes égales*, et maintenant ça te flanque la trouille de couper un peu de frange ?

— Arrête ton char. Toi aussi tu as la trouille. Tes mains tremblent.

À ce moment, la sonnerie de l'interphone retentit.

— Merde, ça doit être ma sœur. Elle m'avait dit qu'elle passerait peut-être me donner un coup de main avec mes cheveux.

— Bien. Si ça se trouve, elle peut faire quelque chose pour les miens.

— Si tu n'as pas confiance en moi, je ne te conseille pas trop de te fier à ma frangine !

J'appuyai sur le bouton de l'interphone sans demander qui c'était, et je me remis à contempler Lola, assise sur le tabouret, les épaules couvertes du sac en plastique. Elle me faisait pitié, on aurait dit une gamine abandonnée.

— Tu sais, je crois que c'est la première fois que je te vois démaquillée en plein jour – je tirai sur une de mes clopes roulées main. Tu as un visage de petite fille.

— Arrête tes conneries. C'est la coupe qui me donne l'air d'une gamine de treize ans.

— Eh bien comme ça, vous êtes bien assortis, avec ton amoureux !

On frappa à la porte juste au moment où j'esquivais le peigne que Lola venait de me lancer à la figure. J'ouvris et me retournai aussitôt vers la cuisine.

— Tu débarques à point nommé, Rebeca. Aide-nous avec la frange de Lola. Sa coiffeuse a dû se fumer une pipe d'opium au petit-déjeuner.

J'entendis la porte de refermer. Le visage de Lola avait pris une expression indéchiffrable. Je me demandai si je n'avais pas laissé entrer des témoins de Jéhovah.

Je me retournai et vis Bruno debout devant la porte. Il mâchait un chewing-gum et était en train d'enlever son anorak. Il avait un look d'enfer.

— Salut, bredouillai-je.

— Salut.

Il déposa une petite valise à côté du lit, son anorak sur le matelas, et retroussa les manches de son pull. Je fus prise d'une envie dingue de le renverser sur le lit et de l'embrasser à perdre haleine. Mais je restai comme une idiote sans savoir quoi dire.

— Qu'est-ce que vous êtes en train de faire ? demanda-t-il comme s'il était mon voisin venu me faire une petite visite pour tuer le temps.

— Eh bien, bafouillai-je, la coiffeuse de Lola lui a bousillé les cheveux. Elle voulait une frange… plus de frange… sur le côté. Tu vois…

— Je vois.

Il continua de mâchouiller son chewing-gum en silence.

— Mais nous n'arrivons pas à le faire.

— Pourquoi ?

— Je ne sais pas.

Lola me regarda comme si j'avais laissé entrer Hannibal Lecter et que je lui avais proposé de me mordre une fesse. Bruno me prit les ciseaux des mains et, d'un pas décidé, avança vers Lola avec le sourire.

— Valeria… hurla-t-elle, épouvantée.

— Salut Lola. C'est comme l'épilation à la cire. Il faut faire ça sans hésiter, et sans regarder. De ce côté-ci ?

— Valeriaaaaa !

Lola fut prise de panique devant ce mec qu'elle ne connaissait pas.

Il coupa sans me donner le temps de reprendre les ciseaux. Lola ferma les yeux de toutes ses forces et se mit à sangloter tandis que Bruno, super concentré, retouchait la coupe. Quand il eut terminé, il posa les ciseaux sur la table, prit son paquet de clopes et s'en alluma une.

— Voilà, c'est fait. Après l'effort, le réconfort !

Lola s'en alla après que je lui eus séché les cheveux, fait des ondulations au fer, et modelé un peu à la cire pour parachever le tout. Franchement… la frange lui allait super bien. Il fallait juste agir sans tergiverser, Bruno avait raison.

Après les présentations, il me sembla qu'ils se plaisaient. Lola s'était trouvée trop belle dans la glace, de sorte qu'elle était soulagée. Et lui, comme toujours, s'était montré marrant, très ouvert.

Je regardai la pendule. J'avais encore quatre heures pour me préparer, c'est-à-dire largement assez… sauf si ce qui était en train de se préciser durait trois heures. On ne sait jamais…

Bruno écrasa une clope dans le cendrier, alla à la cuisine, balança son chewing-gum dans la poubelle et commença à en mâchouiller un autre. Puis il me rejoignit.

— Alors ? me demanda-t-il en se plantant droit devant moi.

— Je ne t'attendais pas. Je ne sais même pas quoi te dire.

— Mouais, en fait je n'aurais pas dû venir. C'est comme quand je dis à ma fille de se taire parce qu'elle me répond et qu'immédiatement après je recommence à parler avec elle.

Il avait pris un ton très sérieux.

— Mais elle a cinq ans.

— Précisément.

— Ce n'est pas si grave, non ? Que je te demande de venir à une teuf. C'est juste que… Ça me fait plaisir de faire quelque chose avec toi, de te présenter à mes amis et…

— J'espère que tu comprends que je ne vais pas pouvoir le faire à chaque fois…

Il lâcha un petit sourire.

— Évidemment.

— Il est possible que je vienne souvent les mois prochains, pour des questions de boulot, mais tu dois accepter le fait que j'ai des obligations. Ma fille.

— Je comprends, je t'assure. Mais… pourquoi es-tu venu après m'avoir dit que c'était impossible ?

— Je voulais te faire la surprise.

— Hier, tu savais que tu allais venir ?

— Bien sûr. Mais bonjour l'accueil ! (Il se passa la main dans les cheveux.) Je ne crois pas que je recommencerai. J'imaginais qu'en me voyant, tu allais te jeter dans mes bras, m'embrasser éperdument et m'attirer vers ton lit tout en te déshabillant.

Je souris, enlevai monT-shirt et mon short et les laissai tomber par terre. Il descendit ma culotte sur mes hanches, comme il aimait faire, et secoua mes cheveux pour les faire retomber sur mes seins.

— Comme ça, c'est mieux ?

Il s'assit sur le lit en murmurant que ça commençait à s'améliorer nettement. Je mis une main sur son torse, le poussai pour qu'il s'allonge sur le dos et m'assis à califourchon sur lui.

— Dis-le-moi, chuchotai-je.

— Enlève le reste.

Je retirai mon soutien-gorge, l'envoyai valdinguer à l'autre bout de la pièce, et, me penchant sur lui, je répétai :

— Dis-le-moi…

Bruno me regarda dans les yeux, plus exactement d'abord l'œil gauche puis l'œil droit, du moins c'est ce qu'il me sembla. Puis il sourit. Je l'entendis articuler entre ses dents serrées :

— Baise-moi fort, ma déesse.

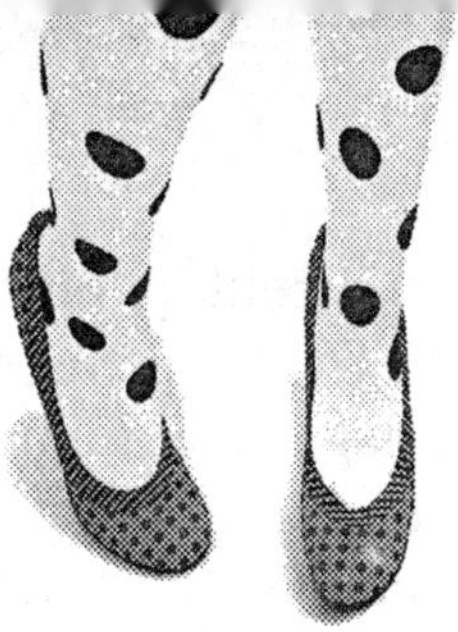

39

La fête

Dans le miroir de la salle de bains, je vis Bruno qui se levait et tentait sans succès de discipliner à la main sa tignasse bouclée. Après notre partie de jambes en l'air, je me sentais comme un puzzle dont les morceaux auraient été assemblés de travers. Les voisins étaient probablement sur le point de décrocher leur téléphone pour appeler un exorciste, parce que les blasphèmes et les obscénités qui sortaient sans retenue de la bouche de Bruno avaient monté d'un cran en volume et en intensité.

Bruno me rejoignit et se colla contre mon dos. Il appuya ses mains sur le lavabo, me serrant entre ses bras. Je me retournai et l'embrassai.

— Qu'est-ce que je mets, boss ? J'ai apporté plusieurs options. Costard ?

— Non, pas la peine.

— OK. En attendant, je me prends une douche.

Je continuai de regarder dans le vide après qu'il eut disparu derrière le rideau. Il y avait dans l'air quelque chose qui me plaisait, même si je n'arrivais pas à le nommer. Ça me faisait penser aux premières années de mariage avec Adrian, dans cet appart si petit qu'on ne tenait pas à deux dans la salle de bains. Ou aux premiers mois avec Victor, quand je croyais partager avec lui une intimité plus grande que celle que j'avais connue avec mon mari. C'était peut-être simplement que je commençais à y croire ? Mais toute cette baise…

En sortant de la douche, encore mouillé et avec une serviette autour des hanches, Bruno me parut craquant. Si viril, si vigoureux, si vrai… Je laissai tomber mon opération coiffure pour lui quémander un baiser.

Comme dans un film, Bruno m'enveloppa dans ses bras avec naturel et m'embrassa, me regardant dans les yeux à chaque fois que nos bouches changeaient de position. Nous perdîmes un quart d'heure à nous embrasser comme des ados… et dix minutes de plus à baiser comme des lapins contre le carrelage de la salle de bains.

L'invitation indiquait que la fête commençait à dix heures, mais nous savions toutes qu'elle ne démarrerait pas vraiment avant que Lola ait fait son apparition, c'est-à-dire à onze heures. De sorte que, exactement comme nous en étions convenues, Carmen, Nerea et moi nous retrouvâmes à la porte de l'espace loué pour l'occasion à dix heures et demie, tandis que Bruno cherchait une place de parking. Il m'avait regardée rejoindre les copines avec la même expression que lorsque, déjà habillée et en train d'enfiler mes escarpins, je lui avais demandé ce qu'il pensait du résultat et qu'il m'avait répondu avec un énigmatique : « … beaucoup de peau. »

Nerea était postée à l'entrée de la salle, sur un tapis rouge qui partait du trottoir. Elle portait les cheveux rassemblés dans une queue de cheval impeccable, et son maquillage parfait lui donnait un petit air de poupée Barbie. Un top model. Ou une dominatrix des temps futurs qui, sous des apparences trompeuses, porte des sous-vêtements en latex et cache un fouet dans son sac. Sa robe était spectaculaire. Je ne pouvais imaginer aucune autre femme capable de porter une robe pareille avec une telle classe. Bleu outremer avec des paillettes noires, courte, une seule manche, moulant son corps comme un gant. Aux pieds, des Louboutin strass noir aux talons vertigineux. Elle avait une oreillette et tenait à la main un dossier avec la liste des invités.

En me voyant, elle resta bouche bée puis éclata de rire. Je piquai un fard d'enfer, pensant que j'étais ridicule avec cette robe si courte et si moulante, mais la réaction de Barto quand il me vit me fit comprendre que je me plantais. Carmen le foudroya du regard. Il détacha ses yeux de mes jambes et fixa le trottoir.

— Tu n'étais pas en train de la mater, rassure-moi… demanda Carmen, les mains sur les hanches.

Barto éclata de rire et s'adressa à moi.

— Excuse, je n'ai pas du tout l'habitude de te voir… comme ça. On dirait une autre femme.

— Le grand jeu !

Nerea riait toujours.

Je rougis encore plus et écartai mes cheveux.

— Et ton mec ? demanda Carmen, splendide dans sa robe verte très ajustée.

— Il est allé garer la voiture. Je suis descendue parce que j'ai un besoin urgent. Je vous le présente dès qu'il arrive. Soyez gentils avec lui, *please*, ajoutai-je en agitant les jambes nerveusement.

— En bas. Au fond à droite, indiqua Nerea en me faisant entrer.

— Ton ombre à paupières bleu électrique est géniale.

J'allais entrer mais un détail me revint à l'esprit et je stoppai net. Je me retournai vers eux, l'air grave.

— Au fait, vous ne connaissez pas Bruno, il faut que je l'attende !

— Mais si, j'ai vu sa photo sur la quatrième de couverture.

— Carmen, il n'y a pas sa photo sur le livre que je t'ai prêté.

Elle rougit comme une tomate et, se cachant derrière Barto, m'avoua qu'elle l'avait *googlé*.

Au moment où j'allais entrer, je les entendis chuchoter dans mon dos. J'allais demander à Nerea ce que signifiaient ces messes basses, mais elle répéta avec un sourire tendu :

— Au fond à droite.

Puis elle fit signe à l'armoire à glace qui faisait office de Cerbère de me laisser passer et j'entrai enfin. La salle était assez obscure. Deux mecs que je ne connaissais pas sifflèrent sur mon passage. Ça me fit bizarre.

Le photographe essaya de m'arrêter, mais je m'esquivai, non sans avoir remarqué au passage qu'il était carrément mignon. Je suivis les indications de Nerea et avançai vers le fond de la salle. À un moment donné, je me rendis compte que quelqu'un me suivait du regard. Et c'est là que je compris les échanges mystérieux entre Nerea et Carmen.

Vous l'aurez deviné, c'était Victor.

Je baissai les yeux et fis semblant de ne pas l'avoir vu, même s'il aurait fallu être aveugle pour ça. Dans les soirées, comme d'ailleurs en pleine rue par un mardi pluvieux, Victor attire toujours les regards. Et là, on ne voyait que lui. Avec ses yeux verts qui me fixaient… Verts comme le vert le plus vert du monde.

Je me précipitai aux toilettes. Il fallait que je rejoigne les copines au plus vite. Victor était mon talon d'Achille, et j'avais besoin de quelqu'un pour me soutenir au cas où une flèche aurait atteint ce fichu talon.

Je m'attardai un peu plus que nécessaire. J'avais besoin d'un sas, d'un moment de silence et d'invisibilité pour reprendre contenance. En fait, je ne fis rien d'autre que me répéter comme un mantra « ne fais pas de conneries ».

Quand je ressortis, je dus passer à côté du bar où il se trouvait. Je priai le ciel qu'il ne me voie pas.

Victor. J'avais beau coucher avec un autre mec depuis quatre mois, il suffisait que je l'aperçoive pour que mes genoux se mettent à trembler.

Je ne le vis pas dans les parages et me hâtai de rejoindre l'escalier, mais je sentis deux doigts me saisir le poignet en me tirant légèrement.

— C'est toi ? murmura-t-il tout contre mon cou.

En une nanoseconde, j'eus la chair de poule de la tête aux pieds. Mes cuisses se raidirent, mon cœur se mit à battre à tout rompre et mes mamelons se durcirent. Ça fait beaucoup, pour deux syllabes.

Je me tournai vers lui et nous nous regardâmes. J'eus l'impression que nous étions tous les deux super tristes.

— Salut Victor. (Je souris avec douceur.) Ça va ?

— Heu… Ça va. Je suis venu avec…

Il indiqua des amis sans se retourner. Ses yeux restaient fixés sur moi, glissant le long de mon visage, de mon cou, de mon décolleté.

En levant les yeux, je vis Juan et Carlos qui me mataient comme deux chasseurs qui ont repéré un lapin.

— Ciao les mecs ! Ça boume ?

Je jouai la meuf sympa.

— Trop cool ! répondit Juan en levant le pouce sans quitter mon décolleté des yeux.

Quand je me retournai, Victor détourna le regard de mes courbes et remonta jusqu'à mes yeux.

— Tu es… (Il sourit timidement.) Les mots me manquent. Tu es divine. Je ne sais pas quoi dire d'autre.

— Merci.

Je répondis comme si ça me laissait de marbre qu'il me regarde comme ça.

Et là, je le vis vraiment. Auparavant, c'est comme si j'avais eu un hologramme devant moi, mais là, c'était bien lui : Victor avec son mètre quatre-vingt-dix, ses hanches étroites, son dos musclé, sa bouche sensuelle, ses cheveux parfaitement coiffés, ses yeux verts lumineux et sa barbe de trois jours. Et son eau de toilette, Allure Sport de Chanel. Il portait une chemise blanche avec une cravate noire, un pantalon noir et une veste de tweed gris. Un long frisson remonta de mes cuisses jusqu'au cœur et me laissa le souffle court. Comme toujours.

Je sais que nous avons toutes connu ça au moins une fois. Tu le vois, tu retiens ton souffle, tu arrêtes de respirer sans t'en rendre compte jusqu'à ce que la tête te tourne. Tu sens ton cœur battre comme un fou dans ta poitrine, ton pouls pulser sur tes tempes et jusque derrière les yeux. Pas parce qu'il a un look à se damner ou des yeux verts irrésistibles. Non. Uniquement parce que c'est lui.

Nous éclatâmes ensemble d'un rire gêné après ce silence un peu trop long, les yeux dans les yeux. Il se passa la main sur le menton et commença à parler.

— Si j'avais su que tu viendrais comme ça… je me serais sapé un peu mieux. J'arrive directement du boulot ou presque – il était un peu mal à l'aise. Raconte. Tout va bien ? Ta nièce ?

Sa question m'adoucit quelque peu.

— Très bien – je souris. Elle est superbe, très éveillée. Adorable. Et ton neveu ?

— Génial. Je préfère ne pas commencer à parler de lui parce qu'il me rend gâteux – il fit une pause. Je vais te commander un verre.

— Merci, mais en fait j'étais juste allée aux toilettes. J'attends…

— Lola arrive ?

— Non – j'éclatai de rire. Lola se fait attendre encore un peu. Elle va faire une entrée en fanfare, tu la connais.

— Mais… je ne sais pas si elle va réussir à monopoliser toute l'attention, avec toi dans les parages – il lâcha un petit rire gêné et se frotta les yeux. Putain, cette robe, c'est une arme de destruction massive !

Je me demandai si la seule chose qui retenait son attention était une robe qui montrait plus qu'elle ne cachait… et ça me mit en rogne. De sorte que je répondis la première chose qui me vint à l'esprit :

— C'est exactement ce que dit Bruno.

Je laissai tomber l'info avec désinvolture tandis que je regardais en direction de la porte.

— Comment ?

Il fronça les sourcils. Et là, j'eus du bol, parce qu'au même moment je vis s'avancer au milieu des invités la pétulante Nerea, puis Barto suivi de Carmen et Bruno qui bavardaient le sourire aux lèvres.

— Attends, lançai-je en posant ma main sur son avant-bras.

Mes doigts commencèrent à jouer involontairement avec la légère toison et quand je m'en aperçus, je rougis comme une tomate. Ce geste m'était venu tout naturellement…

Je m'approchai de Bruno et me jetai à son cou. J'étais soulagée d'échapper à ce qui semblait subsister entre Victor et moi. Il sourit et réagit comme si, avant d'entrer, on lui avait donné des instructions pour jouer le rôle de la cerise sur le gâteau. Il me souleva dans ses bras et me roula une pelle si spectaculaire que quelques invités s'écartèrent pour mieux profiter du spectacle. Puis il me reposa par terre et me gratifia d'une claque sur les fesses. Je le pris par la main et nous nous tournâmes vers Victor, qui nous fixait d'un regard sombre.

— Excuse-moi, je te présente Bruno.

— Bruno Aguilar. J'ai lu tes bouquins – le sourire qu'il lui adressa en lui tendant la main était un tantinet crispé. Et puis je t'ai vu au colloque avec Valeria, naturellement.

Merde, il n'avait pas l'œil dans sa poche ! Il n'était même pas resté dix minutes, mais il avait capté pas mal de trucs, on dirait.

Bruno lui tendit la main en souriant.

— Enchanté ? Et toi ?

— Je suis Victor. Son ex.

Carmen et Barto laissèrent échapper un petit gloussement et s'éclipsèrent vers le bar. Je me trompais, ou cette précision était un rien déplacée ?

Bruno, sans rien perdre de son naturel, prit une mine étonnée.

— Ah bon ? Je croyais que son ex-mari s'appelait Adrian.

— Oui, Adrian, c'est son ex-mari. Moi, c'est après… ou en même temps, difficile à dire.

J'eus envie de lui balancer dans les couilles un coup de pied mortel style Steven Seagal, mais je me contentai de sourire placidement à Bruno, qui passa son bras autour de ma taille et me chuchota à l'oreille qu'on pourrait peut-être aller chercher un verre.

— Absolument. Bon, Victor, ravie de t'avoir vu.

Je tournai les talons, trouvai une place au bar et appelai le serveur. Dans mon dos, Bruno me tenait par la taille. Barto hésitait entre une bière et une boisson sans alcool, tandis que Carmen et Nerea se faisaient un « tape-m'en cinq », trop contentes de voir l'expression déconfite qui figeait le visage de Victor.

En cet instant précis, la sonnette de Lola retentit. Elle alla ouvrir et se trouva nez à nez avec un Ray totalement looké pour l'occasion. Genre top model du mois. Jean vieilli, T-shirt avec message et veste noire, le tout complété par une barbe de trois jours qui faisait de ce gamin d'un mètre quatre-vingt-cinq un vrai régal pour les yeux. Mais en l'occurrence, Lola se foutait pas mal de son look. Elle sauta à son cou en tentant de lui cacher que ses joues tremblaient. En l'embrassant, elle lui sortit un truc que très peu de gens peuvent se vanter d'avoir entendu dire.

— Je suis vraiment désolée. Excuse-moi, Ray…

Il l'embrassa et la serra dans ses bras de toutes ses forces.

Lola fit une entrée triomphale, comme une star à la première d'un film. La musique changea et tous les spots convergèrent sur elle. Et elle, au lieu d'être intimidée de se retrouver au centre de l'attention de soixante-quinze de ses amis les plus intimes (sachant qu'il y avait une quarantaine d'hommes et qu'elle s'était envoyée en l'air avec au moins la moitié d'entre eux), assura un max. Une vraie diva. Elle lança des baisers, des cris de joie, se laissa mitrailler avec grâce en prenant toutes les poses que le photographe lui demandait. À quelques mètres d'elle, Ray, qui de loin faisait beaucoup plus que son âge, la regardait à la fois gêné et souriant. En musique de fond, la chanson *Purpurina* d'Alberto Gambino. Très hot, parfaite pour Lola.

Nous l'attendions à côté de l'estrade du *photocall* pour l'embrasser. Nerea ajusta son oreillette et prit un talkie-walkie dans lequel elle murmura quelques mots. Une fille qui semblait surgie de nulle part indiqua à Lola l'endroit où nous l'attendions. Elle vint vers nous en sautillant et en criant comme une gamine à laquelle on vient d'offrir un jouet, submergée par l'émotion. Elle nous prit dans ses bras, lança encore des baisers, et sourit aux flashes avec le naturel d'une pro. Nerea et Carmen s'extasièrent devant sa coupe de cheveux et elle, boostée par l'euphorie, m'embrassa sur la bouche, me faisant reculer d'un pas. Tous se mirent à siffler et moi, pliée de rire, je cherchai à la calmer un peu.

Nerea s'approcha et lui donna une accolade, puis lui passa un micro en l'invitant à dire quelques mots. Elle monta sur l'estrade sans se faire prier. Tout le monde l'applaudit. Sa robe lui allait trop bien, il faut le reconnaître. Elle était sublime.

Ray, avec lequel aucun de nous n'avait encore fait connaissance, se joignit à nous avec un sourire. Je m'approchai de Bruno et le laissai me prendre par la taille, tandis que Carmen et Barto en faisaient autant. Nerea fit signe au photographe pour qu'il immortalise l'instant.

— Bon, commença Lola. Waouh. Vous êtes tous des enfoirés. Mes beaux salauds ! (Un éclat de rire général parcourut la salle.) Quand je vous ai appelés…

vous vous êtes tous défilés avec des excuses. J'espère que vous serez bien punis. Par une crise d'hémorroïdes, par exemple ! (Nouvel accès d'hilarité.) Tout d'abord, je tiens à remercier Nerea Carrasco, sans laquelle cette fête n'aurait pas été possible. Tu es top, beauté ! Bon, quoi d'autre ? Vu ce que ça me coûte, j'espère que vous allez bien vous bourrer la gueule. Avec un peu de chance, le mec hyper *cute* qui fait les photos vous immortalisera au moment où vous avez l'air le plus débile. (Une voix masculine demanda où étaient passés ses cheveux, et elle, secouant sa frange, répondit :) Se renouveler ou mourir, telle est ma devise, mais t'inquiète, je t'ai gardé une mèche, comme ça tu pourras la renifler pendant que tu t'astiques… Au fait, vous avez vu mes copines Carmen et Valeria ? Merde, elles sont bonnes, non ? Trop tard, les mecs, elles sont prises. Mais bon, qui sait ? Peut-être qu'avec un verre ou deux vous pourrez les persuader de faire une petite partouze – Barto et Bruno éclatèrent de rire à leur tour quand on se mit à nous acclamer. Nous, nous n'avions qu'une envie, nous cacher et disparaître. Bon, assez ! Buvez et baisez avant la fin du monde.

Les applaudissements qui éclatèrent firent trembler les murs et la musique reprit plein pot. Une bonne dizaine de serveurs, qui avaient tous l'air d'être des lycéens, apparut avec des plateaux chargés de nourriture.

Lola descendit de l'estrade, gratifia Ray d'une pelle à donner un infarctus et le conduisit vers nous. Elle fit enfin les présentations.

— Ray, c'est mes trois copines : Nerea, Carmen et Valeria. Les mecs, c'est Barto, le futur mari de Carmen, et Bruno, le jules de Val. Les filles, je vous présente Ray, mon amoureux.

En entendant le mot « amoureux », le visage de Ray s'éclaira.

Au fond de la salle, un écran s'illumina et des photos de Lola commencèrent à défiler. Le *photocall* se remplit d'invités qui voulaient se faire tirer le portrait avec elle.

Verre de vin blanc en main, c'était son quatrième, Nerea vint nous informer que le service traiteur était terminé et que si nous voulions quelque chose, il fallait désormais le demander au bar.

— Mais ne faites pas la queue, demandez-moi ce que vous voulez et on vous l'apportera.

— Tu ne vas pas t'amuser de toute la soirée ? lui demandai-je.

— Si, une fois qu'on aura apporté le gâteau. Avant, non. C'est mon boulot.

Elle disparut dans la foule avec son oreillette, comme un agent du FBI dans une soirée à la Maison Blanche.

Quand je vis Carmen et Barto danser collés l'un à l'autre, je compris que cette soirée allait marquer un tournant. Il y aurait un avant et un après. Partout où se portait mon regard, je voyais des gens danser, se livrer à des effusions, se marrer. Si je n'avais pas su que c'était Nerea qui avait tout organisé, j'aurais pensé qu'on avait mis de l'ecstasy dans tous nos verres pour qu'on s'éclate.

Lola dansait, sautillait et buvait. Je la vis vider un verre sur la tête de quatre ou cinq mecs, au moins. Le pire, c'est que les victimes semblaient plus que consentantes et éclataient de rire. Il n'y avait qu'elle pour pouvoir faire ça et se sentir comme une fleur.

Elle s'approcha de Victor et le prit dans ses bras affectueusement. Au lieu de détourner le regard comme j'en avais eu l'intention, je les fixai assez longuement pour comprendre ce qu'il y avait entre eux. Ce n'était pas de l'amour, pas du désir. C'était une de ces amitiés indestructibles qui résistent aux mésaventures amoureuses de l'un et de l'autre… comme la mienne.

J'inscrivis une note sur mon petit pense-bête mental: « Ne jamais emmerder Lola avec cette histoire. » Elle ne méritait pas ça.

Puis je me serrai contre Bruno et lui demandai s'il aimait danser. Il me répondit que ce n'était pas son truc.

— Je me trémousse si on me le demande, mais sans la moindre grâce, je te garantis.

— Impossible, vu comme t'es doué au plumard! répondis-je, désinhibée par l'alcool.

— Mais si, je t'assure. Vous dites toutes la même chose.

Il se marra, et commença à bouger en rythme en m'empoignant les fesses. J'appuyai le dos contre son torse et me mis à remuer. Je descendis mon verre et fis un signe à Nerea. Moins d'une minute plus tard, mon verre vide était remplacé par un gin-tonic fraîchement préparé. Cool, le statut de VIP dans une soirée!

Soudain, la musique s'arrêta sur un son strident, comme si on avait débranché la sono, et toutes les lumières s'éteignirent. On entendit des sifflements et des cris. Dont le mien, parce que Bruno avait profité de l'obscurité pour glisser sa main sous ma robe et tenter de m'enlever ma culotte. On commença à entendre *Dog Days Are Over*, une chanson de Florence & the Machine que nous adorons, tandis que se succédaient sur l'écran des photos de Lola: Lola bébé nue sur un tapis; Lola au berceau; Lola à sept ans, édentée; Lola portant des tresses; Lola déguisée en lion; Lola avec un look année 1990 à faire peur, collants à fleurs et serre-tête ; Lola à la fac fringuée en punk ; Lola montrant son ventre avec un top que ma mère aurait brûlé ; Lola buvant un verre ; Lola en train d'étudier, lunettes sur le nez, à la bibliothèque de la fac ; Lola en tenue de bureau, lors de son premier jour de boulot ; Lola faisant un doigt d'honneur, geste qu'elle seule sait faire avec élégance.

Puis ce fut le tour de petites vidéos où apparaissaient tour à tour les invités de la soirée.

— Lola... disait Nerea qui lançait le bal. Lola, c'est la reine !

Après quoi nous défilâmes l'un après l'autre pour raconter brièvement un souvenir que nous avions avec elle. Un juron bien senti, lancé au moment opportun, un rêve, une de ces nuits dont on voudrait qu'elles ne finissent jamais, un moment de beauté, la luxure, un rouleau compresseur. Il y en eut pour tous les goûts. Moi, j'étais assise sur mon canapé, en short avec des chaussettes et une queue de cheval dépeignée. Je disais : « Lola, c'est un doigt d'honneur avec de la classe. » Nerea m'avait enregistrée un soir après que nous avions descendu une quantité inavouable de bières.

Peu après apparaissait Victor dans son bureau, en chemise blanche, le col ouvert. Il esquissait un sourire, baissait les yeux vers sa table de travail sur laquelle était posé un livre ouvert, et lisait : « Lolita, lumière de ma vie, feu de mes reins. »

Les premiers mots de *Lolita* de Nabokov. Le livre que je lui avais offert pour son anniversaire. Il l'avait lu dans mon lit, parfois appuyé contre mon épaule nue.

Je me tournai et le repérai à côté du bar. Il me regardait. Le message concernait-il Lola ou m'était-il adressé ? Ma gorge se noua. Je tentai de la dénouer avec un gin-tonic.

Lola entra de nouveau en scène après les vidéos et un serveur lui apporta un gigantesque gâteau constitué de petits *cup cakes*. Les flashes reprirent de plus belle. Lola était aux anges. Mordant dans le gâteau, embrassant un mec… Pauvre Ray. J'aurais juré qu'il ne savait plus où se mettre.

Puis Nerea, parfaitement à l'aise, rejoignit Lola et lui donna son cadeau d'anniversaire. Elle avait très bien joué le coup en demandant à chacun d'entre nous de donner six euros, et collecté de quoi acheter une paire de Louboutin noires avec leur célèbre semelle rouge. Lola était folle de joie. Elle les enfila en un quart de seconde, mais Carmen et moi réussîmes à la convaincre qu'elle avait un peu trop picolé pour se percher sur des talons de quinze centimètres. Nerea mit les chaussures de côté… et commença à profiter de la soirée.

L'alcool, la musique à fond, Bruno agrippé à mes hanches, et tous ces gens qui dansaient tandis que les basses résonnaient dans mon estomac. Quelle sensation ! Je me libérai. Je me libérai et me sentis plus relax. Ma robe ne me posait plus de problèmes. Je ne me demandai même pas si j'avais mal aux pieds. Ni pourquoi ma gorge se nouait quand je voyais Victor. Ni si Bruno comprenait que la situation était plus délicate et tendue qu'il n'y paraissait.

Quand je regardai en coin la montre de Bruno, je vis qu'il était une heure et demie. La fête battait son plein. Jusqu'à quatre heures au moins, ça allait être la teuf du siècle.

Lola et Ray dansaient au centre de la piste. De temps en temps, ils se roulaient une méga pelle au milieu des encouragements de l'assistance. Carmen était pliée de rire. Elle disait qu'ils lui rappelaient Shakira et Piqué. Bruno rebondit en commençant à parler des photos qui montraient l'entrejambe de Piqué. Pour conclure, Barto, Carmen, Nerea, Bruno et moi fîmes un concours de shots au bar. Barto fut le premier à être éliminé : dès le premier, il fit la grimace. Puis Nerea et Carmen, au deuxième. Carmen réprima un hoquet et Nerea cracha le sien par le nez. Quant à moi, je réussis à surmonter la nausée jusqu'au troisième. Bruno fut le seul à réussir à s'en envoyer quatre d'affilée sans avoir de haut-le-cœur. Il fut donc déclaré vainqueur.

Nerea commença à se laisser aller. Après quelques verres, je la vis entre les bras d'un jeune mec. Elle levait les bras et ondulait en rythme. J'en restai bouche bée… surtout parce qu'avec la quantité d'alcool que j'avais ingurgitée, je n'étais plus tellement en état de faire autre chose.

J'avais perdu Victor de vue depuis un moment. Je pensai qu'il s'était barré et me sentis à la fois soulagée et angoissée. Angoissée, parce que je ne voulais pas qu'il soit parti avec une meuf et parce que j'avais envie de le voir. Soulagée, parce que je savais que cela valait mieux pour nous deux.

Bruno et Barto, qui semblaient avoir sympathisé, se retirèrent dans un coin un peu séparé qu'ils avaient baptisé « zone fumeurs ». Carmen et moi décidâmes de remonter, histoire de prendre un peu l'air. Nous voulions demander à Nerea si elle voulait se joindre à nous, mais elle était en plein fou rire (très théâtral, est-il besoin de le préciser) avec le photographe très mignon. Nous nous dirigeâmes donc vers la sortie, en passant devant Lola et Ray qui continuaient de se papouiller. Hasard ou non, devant la porte je tombai nez à nez avec Victor.

— Hééé…

Rien qu'à entendre la façon dont il me saluait, je compris que lui aussi était bourré.

— Qu'est-ce qu'il y a ? demandai-je, sur les nerfs.

Carmen s'éloigna de quelques pas et resta là à attendre.

— Tu sors ?

— Oui.

Ma réponse dut sonner plutôt comme « ouheuai ».

— Super, moi aussi.

Je regardai Carmen qui me demanda si je voulais qu'elle nous accompagne. Je lui fis signe que non, et elle redescendit. À la porte, je saluai le videur comme si c'était un copain d'enfance et lui demandai d'appliquer fortement sur ma main le tampon de sortie.

— J'ai peur de ne pas me rappeler où j'ai passé la soirée en me réveillant demain matin. Comme ça, au moins, j'aurai une piste !

Le type, malgré sa mine peu amicale, éclata de rire, faisant apparaître deux fossettes trop chou.

— Hééé, recommença à bêler Victor.

— Dis-moi.

— T'as une clope ?

Tu ne fumes pas, répliquai-je en faisant ma coquette.

— Si, de temps en temps. Alors ?

— OK, mais il y a une zone fumeurs à l'intérieur.

— Je sais, mais je viens de descendre cinq shots d'une liqueur infernale et je crois que j'ai besoin d'un peu d'oxygène.

Je pris mon porte-cigarettes argenté et lui tendis une clope, en en prenant une pour moi. Je les allumai avec mon Zippo noir. Victor sourit en aspirant sa première taffe.

— C'est ton amoureux ? demanda-t-il en s'appuyant au mur.

— Quelque chose dans ce goût-là.

— Quelque chose dans ce goût-là ? Vous avez une histoire ? Je croyais que tu n'aimais pas ça, les amourettes.

Je ris en sourdine.

— Ne t'attends pas à ce que je réponde. Je ne vais pas mordre à l'hameçon.

— Au fait, tu ne trouves pas qu'il est un peu vieux pour toi ?

— Il n'a que deux ou trois ans de plus que toi. Tu penses que tu étais trop vieux pour moi ?

— Il fait plus vieux que moi.

— Bououh, mauvaise langue !

Je lui aurais bien rétorqué qu'au moins Bruno était un homme, et lui… un bébé en couche-culotte.

— Un peu, je le reconnais. C'est sans doute que je n'ai pas encore digéré le coup de la boîte de chocolats.

— Et toi, tu es venu seul ?

Je changeai de sujet.

— Avec mes potes, je te l'ai déjà dit.

— En chasse ?

Je m'en fichais bien, comme vous vous en doutez…

— Disons… plutôt du lèche-vitrines. Mais ce que j'ai vu n'est plus disponible.

— C'est-à-dire ?

— Ça appartient déjà à quelqu'un. Et tu vois très bien ce que je veux dire.

— Eh bien t'as tout faux.

— Sur quel plan ?

Je fis un pas dans sa direction, me rapprochant dangereusement de lui. Ses mains, rapides, me prirent la taille.

— Je n'appartiens à personne, parce que je ne suis pas une chose. Je suis une femme. Et si j'ai quelque chose, c'est un compagnon, pas un propriétaire.

— Que tu sois une femme, je m'en étais aperçu, merci ! Ta robe ne laisse aucun doute à ce sujet.

— C'est Lola qui me l'a prêtée.

Je préférai reculer d'un pas, et faire comme si je n'avais pas compris.

— La robe est très mignonne, mais je n'en ai rien à foutre – il haussa les épaules. Tu sais très bien que ce qui me plaît, c'est toi. Tu peux te fringuer comme ça te chante, ça ne change rien.

— Oh…

Je reculai un peu plus, en vacillant légèrement, les yeux fixés sur le sol. J'étais bourrée.

— Et tu sais ce qui m'est revenu en mémoire ?

— Quoi ?

— L'après-midi où je t'avais accompagnée pour choisir une robe… J'avais dû remonter la fermeture éclair…

Je n'en pouvais plus. Trop de souvenirs, trop de sensations, et cette fichue question qui continuait de me tarauder : pourquoi est-ce qu'avec lui tout avait tellement d'importance ? Pourquoi ? Ça avait duré six mois, bordel ! Nous aurions déjà dû tourner la page, tous les deux.

Il continua :

— Il y a une autre robe dont je me souviens très bien. La noire. Celle que tu portais le jour où nous nous sommes rencontrés. Tu l'as mise aussi pour rencontrer mes parents.

— Je n'ai pas le souvenir que tu m'aies présentée à tes parents. C'était juste une fiesta d'anniversaire, sans engagement, non ? Comme entre nous : pas d'engagement, pas d'explications.

— OK, c'est bon, je suis un con.

— Ça c'est sûr.

Je me rendais compte que la blessure était loin d'être refermée.

— Je suis d'accord. J'ai fait un max de conneries quand j'étais avec toi, mais maintenant tu es avec un autre.

— On est en train de s'apprivoiser.

Mon estomac commença à donner des signes de nervosité.

— Depuis quand ?

— Je ne sais pas, décembre, plus ou moins.

Je me passai la main dans les cheveux.

— Mais nous avons rompu en décembre.

— Nous n'avons pas rompu, Victor. Tu m'as larguée. Nuance. Bruno et moi avons fait connaissance en décembre.

— Je sais quand vous vous êtes rencontrés. J'aurais dû rester au colloque.

— Entre autres.

— Tu es passée immédiatement à un autre ?

— D'après toi, j'aurais dû observer une période de deuil ?

— OK, tu m'as donné une leçon. J'ai du mal à digérer.

Il fit une moue.

— C'est comme ça et pas autrement. Les histoires finissent, et la vie continue. Je suis sûre que tu vas aller de l'avant toi aussi, Victor.

J'aurais bien aimé lui faire entrer ça dans la tête à coup de poing. Qu'il comprenne que cette discussion déguisée en aimable bavardage ne servait à rien. Puisqu'il m'avait larguée, il fallait maintenant qu'il disparaisse et me fiche la paix. Comme ça, tout serait beaucoup plus facile.

— Moi, je ne suis avec personne, annonça-t-il du ton le plus sérieux du monde.

— Tu n'as jamais été avec personne. Même quand en théorie tu étais avec moi.

— C'est faux – il secoua vigoureusement la tête. Mais que je sois un con, je l'accepte.

— Les meufs entrent dans ta vie puis elles en sortent, pffft… c'est comme ça, tu n'as aucune raison de t'excuser.

Je voulais qu'on arrête cette conversation.

— Les meufs, pas toi. Tu n'es pas une meuf, tu es ma copine.

Dans un premier temps, je ne sus quoi répondre. J'eus l'impression que mes jambes cédaient sous moi, comme si on m'avait donné un coup derrière les genoux. Mes jambes se mirent à trembler. La gorge me piquait, j'avais la nausée et mon cœur battait à tout rompre.

« Tu es ma copine. »

J'eus envie de pleurer. Je voulais juste me retrouver chez moi au fond de mon lit. Le voir me causait une douleur insupportable.

— Dis-moi, ce Bruno et toi… c'est du sérieux ?

— Je n'en sais rien, Victor, mais j'aimerais bien que tu m'expliques ce que ça peut bien te faire, maintenant.

Victor se passa la langue sur les lèvres. Il leva les yeux au ciel, laissa échapper un petit rire gêné et haussa les épaules.

— Tu me manques. C'est tout.

Un coup de poing à l'estomac. C'est tout.

Il voulait encore me prendre par les sentiments, tendre son filet et ramasser sa proie pour n'en faire qu'une bouchée. Et moi qui étais arrivée en pensant lui faire mordre la poussière ! Pourquoi est-ce que je me sentais si mal ? Pourquoi est-ce que je me servais de Bruno ?

— Ah bon je te manque ! (Mon ton était glacial.) Tu aurais peut-être pu y penser il y a six ou sept mois, quand tu as décidé qu'il valait mieux laisser tomber – mon ton monta d'un cran. Réfléchir un peu plus… tu sais quand. Le jour où tu m'as dit que tu étais trop immature pour me donner ce que je te demandais !

— Valeria…

Il me prit la main.

— Non ! C'est maintenant que tu me vois que tu te rappelles que je te manque ? (J'éclatai de rire et, tout à coup, tout me parut parfaitement comique.) Je rentre. Laisse-moi passer.

— Tu es blessée, je sais, mais…

— Je ne suis pas blessée. Tu ne vois pas que j'ai tourné la page ? Que je vis ma vie ? Fiche-moi la paix.

— Je n'ai pas besoin de te voir pour savoir que tu me manques. Merde !

— Laisse-moi – ma voix était un gémissement. Laisse-moi s'il te plaît.

Victor me tira par le poignet et m'attira vers sa bouche. Il ne m'embrassa pas. Mais il était là, à quelques millimètres de mon visage. Nous nous regardâmes dans les yeux et il murmura encore une fois que je lui manquais.

— Tu me manques, et tu me manqueras tous les jours. Quand je me réveillerai, je sentirai ton absence à côté de moi. Quand j'irai me coucher, tu me manqueras, même si je suis avec une autre. En admettant que j'aie encore assez de force pour continuer ce jeu-là.

Je jetai ma clope. Un léger nuage de fumée nous enveloppait. Je restai là, les yeux fixés sur lui, ne sachant pas si j'allais réussir à lui résister. Tellement fixés sur lui que je ne vis même pas Bruno arriver près de nous.

40

Grandis !

Victor me tenait par les poignets et ses lèvres, à la hauteur de mes yeux, semblaient prêtes à se poser sur moi. Pas besoin de faire un dessin pour raconter ce qu'avait dû penser Bruno en nous voyant.

Je m'écartai brutalement de Victor.

— Salut, lança Bruno, un sourire ironique aux lèvres. Alors ? On prend l'air ?

Nous ne répondîmes pas, comme deux gamins pris en train de faire l'école buissonnière.

— Victor, est-ce que tu peux me laisser un moment avec Valeria ?

Victor le regarda en silence quelques secondes puis jeta sa clope par terre.

— Merci pour la cigarette.

Puis il retourna à l'intérieur.

Je regardai Bruno d'un air inquiet. Lui ne montrait rien de particulier. Il consulta sa montre, palpa ses poches à la recherche de son paquet de clopes puis, quand il le trouva, en alluma une.

— Bruno ? murmurai-je.

— Tu en veux une ?

— Non merci.

Il se tourna vers moi et sa bouche s'étira en un sourire résigné.

— Prise, hein ? En flagrant délit.

— On rentre à la maison ?

Je n'avais aucune envie d'avoir une autre discussion, cette fois avec lui, en cet endroit précis.

— Non. Moi j'y vais, mais toi, reste.

— Mais tu as toutes tes affaires chez moi…

— T'inquiète. J'irai à l'hôtel.

— Bruno – je lui pris le bras –, ce n'est pas ce que tu pourrais croire. Je n'étais pas sur le point de l'embrasser.

Bruno sourit, tira sur sa clope et me regarda droit dans les yeux.

— Valeria, ma biche, je sais que vous n'alliez pas vous embrasser, mais laissons tomber pour ce soir, OK ?

— Non. Non, non.

Je me sentis soudain le cœur serré.

— Rien de grave. Bon, j'y vais. Amuse-toi bien, dors, et réfléchis. On se parle demain.

— S'il te plaît, reste.

La voix me manquait.

Il continua de sourire, mais comme un père qui cherche à enseigner quelque chose à une petite fille dont il devine les réactions.

— Viens…

Nous nous mîmes à l'écart des lumières. Je me dis qu'il voulait que personne ne puisse voir mon visage quand il s'en irait. Il plongea ses mains dans les poches de son pantalon et sourit.

— Valeria, je vais être clair, OK ? Il faut que tu grandisses – j'ouvris les yeux, quelque peu interloquée. Tu es encore une gamine, mon chou. Tu me plais beaucoup, crois-moi, et je ne te dis pas ça pour te blesser. Je ne peux pas mettre la main sur le cœur et jurer que je t'aime, parce que ce serait faux. C'est trop tôt. Et je ne parle pas simplement de tomber amoureux comme quand on a quinze ans, mais d'aimer vraiment. Aimer sans blesser et sans se tourmenter, pas comme dans les romans. Pour moi, c'est le seul amour qui vaille la peine. Tu me suis ?

Je hochai la tête. Il s'éclaircit la voix et reprit :

— Je ne suis pas amoureux de toi, mais je sais que je pourrais le devenir, et que si nous continuons de nous voir, un de ces jours je le serai. Et tu me manqueras quand tu ne seras pas avec moi. J'aurai envie d'être tout le temps avec toi. Je ne cherche pas à te convaincre. Je veux seulement être sincère, et me protéger. Je déteste les drames et les conflits. Évitons de nous faire du mal. Il faut que tu mûrisses, parce que c'est seulement comme ça qu'on pourra arriver à être ensemble. Maintenant, c'est toi qui dois décider si tu as vraiment envie d'être avec moi. Pour de bon. Ou du moins essayer. À toi de voir si tu as envie de grandir et de tourner la page. Et donc je te le demande : est-ce que c'est ce que tu veux ?

Grandir. Laisser tomber les drames et les conflits. Une vie plus facile, en tout cas plus sereine. Une vie d'adulte. C'était vrai. Comment Victor aurait-il pu m'aimer d'un amour adulte et vivable, avec tous ces déchirements, tous ces drames ? Peut-être, tout simplement, que j'avais craqué pour un mec qui n'était pas fait pour moi. Mais… une vie sans Victor ?

La bouche entrouverte, je regardai Bruno comme si j'allais dire quelque chose, mais en fait je n'avais rien à ajouter.

— Réfléchis bien, Valeria. Repense à cette soirée. Depuis le moment où nous sommes sortis de chez toi jusqu'à maintenant. Passe tout en revue. Médite. Tu n'as pas besoin de le faire maintenant. Retourne avec tes copines, buvez encore quelques verres, et après, laisse la nuit te porter conseil. Et réfléchis.

Je déglutis et ce fut comme si je me voyais de l'extérieur, absurdement sûre de moi parce que j'avais choisi une robe sexy dont je pensais qu'elle me mettrait en valeur. En fait, je n'étais pas comme ça. Je ne l'avais jamais été. Qu'est-ce qu'il m'était arrivé ?

J'eus honte. Je me sentis ridicule… et complètement idiote, parce qu'en cet instant précis je n'arrivais pas à discerner la bonne voie. Est-ce que c'était Bruno ? Est-ce que c'était Victor ? De quoi Valeria avait-elle besoin pour le reste de sa vie ?

Mes yeux se remplirent de larmes, mais je ne pleurai pas. Je respirai à fond et hochai la tête. Bruno m'embrassa sur la joue en me prenant l'épaule. Puis il fit volte-face et s'en alla calmement. Il descendit jusqu'au carrefour où des taxis stationnaient.

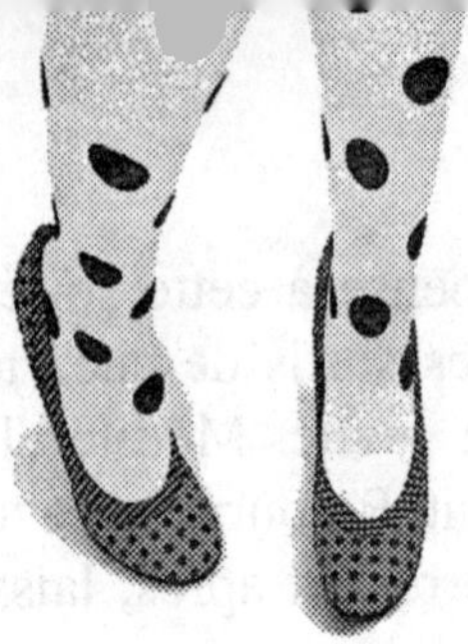

41

Gueule de bois

Les shots mirent une bonne heure à faire leur effet sur Carmen et Barto. Du coup, ils ne se demandèrent même pas pourquoi Victor était revenu avec une tête d'enterrement, pourquoi il avait sifflé deux verres quasiment cul sec avec ses potes, ni pourquoi il était reparti, seul, et définitivement. Ils ne se demandèrent pas non plus pourquoi Bruno, après leur avoir dit qu'il montait me retrouver dehors, n'avait pas réapparu en ma compagnie.

Ils commencèrent à s'embrasser dans un recoin sombre. Puis, à côté des toilettes, ils se livrèrent à de véritables préliminaires en bonne et due forme. À ce stade, ils décidèrent de rentrer pour finir ce que l'alcool et la musique avaient si bien commencé. Ils ne dirent pas au revoir à Nerea parce qu'ils ne la virent pas parmi les invités, non plus qu'à Lola parce qu'elle aussi avait disparu. De mauvaises langues prétendirent qu'on avait entendu des gémissements dans les toilettes pour femmes, de sorte que nous pouvons nous faire une petite idée de l'endroit où se trouvait Lola.

Le trajet en taxi leur sembla interminable. Une fois dans l'appartement, ils ne se donnèrent même pas la peine de se déshabiller. Carmen retira sa culotte sans aucune gêne et s'assit à califourchon sur Barto, tandis que celui-ci déboutonnait son pantalon. Sans plus de façons, il la pénétra, lui faisant rejeter la tête en arrière et se mordre les lèvres en gémissant.

Ni l'un ni l'autre ne vérifia sur le calendrier si la date était OK. Ni l'un ni l'autre ne tendit la main vers le premier tiroir de la table de nuit de Carmen, où étaient rangés les préservatifs. À quoi bon ? Et, bien entendu, ni l'un ni l'autre n'appuya sur la pédale de frein quand, le moment venu, ils sentirent l'orgasme arriver.

Un assaut de plus et Carmen explosa dans un gémissement prolongé tandis que Barto jouissait en elle, la serrant fortement par la taille, collé à son cou, haletant.

— Je t'aime, lui dit-il sans même attendre d'avoir repris son souffle. Plus que ma vie.

Carmen se laissa tomber sur lui, appuya la tête contre son épaule et respira son eau de toilette avec délectation…

Nerea se réveilla complètement dans les vapes. Elle se redressa et fit le point mentalement. Bon, au moins, elle était sûre d'une chose : elle était chez elle, dans son lit.

En face, néanmoins, le miroir de sa coiffeuse lui renvoyait une image d'elle-même pour le moins bizarre. Son maquillage avait coulé, et à voir ses yeux, on aurait pu croire que la veille, elle était allée non à une soirée d'anniversaire mais à un bal costumé, déguisée en raton laveur. Sa queue de cheval était à moitié défaite avec des cheveux qui partaient dans tous les sens, un peu comme les auréoles des fresques romanes, et s'était étalée en forme de palme sur un seul côté de la tête. Elle avait une tronche d'idiote.

Elle remua, déterminée à s'asseoir dans le lit, mais fut submergée d'une vague de nausées gigantesques. Elle réussit malgré tout à se livrer à quelques observations de première importance :

– Elle portait toujours sa robe. Les paillettes lui avaient éraflé les cuisses et les bras, mais c'était un détail. La robe, qui coûtait une véritable fortune, inversement proportionnelle à la surface du tissu, semblait intacte.

– Elle n'avait plus sa culotte. Après un rapide scan de sa chambre, elle la repéra sous le lampadaire, ce qu'elle ne réussit pas à s'expliquer jusqu'à ce qu'elle remarque… qu'il y avait un jeune premier à moitié nu qui dormait la bouche ouverte à côté d'elle.

Oh mon Dieu !

Elle se leva. Elle enfila sa culotte, défit ses cheveux, trouva un chouchou élastique et se fit un petit chignon. Puis elle s'approcha de l'autre côté du lit et tapota le bras du jeune homme qui, d'après ce qu'elle pouvait voir, avait un dos bien musclé sous sa vilaine chemise. Carrément horrible, la chemise, et toute froissée. Un vague murmure émergea de la bouche du bel endormi. Nerea eut envie de hurler.

— Hé… toi, dit-elle d'une voix très décidée. Je crois qu'il est temps que tu partes.

Le mec se redressa et se passa la main dans les cheveux, les ébouriffant encore plus. Cette tignasse couleur cannelle lui rappelait quelqu'un.

— Qu'est-ce qu'il y a ? marmonna-t-il d'une voix somnolente.

— C'est l'heure de t'en aller.

Elle essaya de prendre un ton impérieux.

Le mec se redressa en faisant une sorte de flexion, et Nerea ne put que s'étonner qu'un dos aussi mince comporte autant de muscles. Elle retint un petit soupir, puis un cri quand elle le reconnut. Jorge, le photographe. Oui, celui-là même avec lequel elle avait conclu un accord pour qu'il prenne les photos du mariage de Carmen. À en juger d'après le nombre de capotes utilisées qui jonchaient la table de nuit, l'accord avait été fructueux.

— Jorge ! brama-t-elle d'une voix stridente.

— Ne crie pas, Blondie, *please*. Qu'est-ce qui se passe ?

— Ce qui se passe ? Mais… qu'est-ce que tu m'as fait ?

Elle se passa instinctivement la main entre les jambes.

— Ce que je t'ai fait ? Moi ? (Il n'en revenait pas.) C'est toi qui m'as sauté dessus dès l'entrée.

— T'es complètement fou ? Ou drogué, c'est ça ?

— Nerea, ma jolie, relax !

Il se rallongea.

Elle, au bord de la crise de nerfs, prit toutes les affaires de Jorge qu'elle trouva par terre et les lui lança à la figure.

— Jorge, avant que je ne me mette à hurler, va-t'en.

Il haussa les épaules, se leva, enfila son pantalon et boutonna sa chemise.

— Vous les meufs, vous êtes vraiment bizarres, maugréa-t-il. Je me demande si je ne ferais pas mieux d'attendre qu'on publie un mode d'emploi.

— Tais-toi, protesta Nerea. Et comment fais-tu pour porter une chemise aussi horrible, bon sang ?

Il se contenta de sourire.

Oh… Il était trop craquant quand il souriait. Non ? Non, non non non. Nerea devait reprendre ses esprits.

— Au revoir, Jorge, lâcha-t-elle froidement. Et débarrasse-moi de ces cochonneries, s'il te plaît – elle indiqua les préservatifs.

— On se voit le 6 juin ? demanda-t-il en ramassant son portefeuille par terre.

Il enfila ses Converses qui n'étaient même pas délacées.

— Et pourquoi est-ce que nous devrions nous voir le 6 juin ?

— Parce que tu m'as engagé pour un mariage.

Il prit les capotes et les enveloppa comme il put.

— Ah oui, bien sûr. OK. On se voit le 6 juin.

Quand Jorge eut refermé la porte, Nerea commença évidemment à se rappeler ce qu'il s'était passé. Oui, en effet. Très probablement, elle s'était comportée comme une chatte en chaleur. Elle se cacha le visage dans les mains. Est-ce qu'elle avait encore le temps de trouver un autre photographe ? Pour le mariage de Carmen, c'était hors de question. Trop risqué.

Elle retourna dans sa chambre, fit un balluchon avec les draps et, avant de les mettre dans la machine, se demanda sérieusement si elle ne devrait pas les brûler.

Ces draps étaient les seuls témoins que Nerea le glaçon s'était muée en Nerea le volcan et avait eu une aventure d'un soir. Oui… mieux valait les faire disparaître.

Quand elle sortit faire son jogging, elle emporta un sac-poubelle qu'elle jeta dans le premier conteneur. Exit les draps.

Lola ouvrit un œil à trois heures et demie de l'après-midi. Elle se réveilla parce qu'un parfum agréable lui chatouillait les narines, sinon elle aurait dormi au moins jusqu'au mardi. Elle se retourna et vit Ray, les cheveux mouillés, qui était en train de pousser vers elle un plateau sur lequel étaient posés un verre de jus d'orange, un café, des concombres et une assiette de macaronis au fromage gratinés. S'il y avait un menu au paradis, pour Lola, c'était celui-là.

— Bonjour, articula-t-elle d'une voix molle.

— Bonjour, ma crétine préférée.

Lola le regarda entre ses cils à moitié collés par le mascara.

— Pourquoi tu me traites de crétine ?

— À cause d'hier soir.

— J'ai fait n'importe quoi ?

Elle sourit en se grattant le crâne.

— Au moins tu n'as pas montré tes nichons depuis la cabine du DJ.

— Tu vois ? Si ça ne m'est pas venu à l'esprit, c'est vraiment que je vieillis.

— Détrompe-toi – Ray rigola en secouant la tête. C'est juste que j'ai réussi à te convaincre qu'il valait mieux t'abstenir.

— Je commence à croire que tu as peut-être raison, et que la gamine, c'est moi.

Puis elle l'embrassa et, avant d'empoigner sa fourchette, regarda du coin de l'œil la boîte qui contenait les Louboutin. Quelques souvenirs de la soirée lui revinrent en mémoire. Elle rit intérieurement et se dit que ça avait vraiment été la fête d'anniversaire la plus géniale qu'elle aurait jamais. Elle était comblée.

Je me réveillai en sursaut. La première chose qui me vint à l'esprit, c'est que j'avais déçu Bruno. Je me cachai le visage dans l'oreiller et me demandai ce que c'était que toute cette lumière qui entrait dans ma chambre. Quelle heure pouvait-il bien être ?

Ma main chercha à tâtons mon portable sur la table de nuit, mais tout ce qu'elle trouva, c'est un réveil numérique que je ne me rappelais pas posséder. J'ouvris un œil. Avec la gueule de bois que je tenais, la moindre lueur était une souffrance. Je vis des traces de mascara sur des draps lilas. Cette tache, il allait falloir la frotter à la main, merde !

C'est à ce moment que je commençai à mettre les points sur les « i ». Réveil numérique ? Autant de lumière dans la chambre ? Des draps lilas ?

— Non, putain, c'est pas possible ! balbutiai-je.

Je me tournai vers l'autre côté du lit et tombai nez à nez avec Victor. Il était en train de se redresser en se frottant les yeux.

— Bon sang, lâcha-t-il.

J'étais nue et, pour autant que je puisse en juger, lui aussi. Je ne me rappelais même pas comment j'avais atterri là.

— Nous avons baisé ?

J'étais au bord de l'hyperventilation.

— Non… répondit-il d'une voix pâteuse. Cette nuit, je n'ai baisé avec personne.

Il écarta l'édredon et se leva, entièrement nu. Je me cachai le visage dans les mains.

— On croirait que tu ne m'as jamais vu, marmonna-t-il.

Je fis la grimace. Je me rappelais que j'avais regagné la salle pour récupérer mes affaires, prête à rentrer chez moi. Je l'avais croisé en remontant. Nous avions discuté, et crié. Mais c'est comme si on avait effacé la bande-son. Mes souvenirs étaient muets.

J'entendis Victor entrer dans la salle de bains, puis le bruit de la douche. Je me levai à mon tour et enfilai mes sous-vêtements, épars sur le sol de la chambre. Où était ma robe, merde ? Je cherchai entre les draps, sous le lit, derrière le fauteuil de cuir… Rien.

Victor entra dans la chambre, une serviette nouée autour des hanches et les cheveux mouillés. Il me regarda un instant et baissa les yeux.

— Je ne trouve pas ma robe.

Il ne releva pas. Il se contenta d'ouvrir des tiroirs, d'en sortir des affaires et de les poser sur la commode.

— Victor, s'il te plaît…

J'essayai de prendre un ton aimable.

— Hier soir, tu m'as sorti que je ne suis qu'un imbécile de plus, qui n'a rien d'autre à offrir au monde qu'un calibre à peu près potable. C'est exactement ce que tu m'as hurlé à la gueule juste après que je t'avais avoué que je n'arrivais pas à m'imaginer sans toi.

Ah oui… j'avais bien dit ça. Les souvenirs commençaient à émerger.

— Tu m'as aussi balancé que je t'avais fait plus de mal que ton mari, que tu voudrais pouvoir m'effacer complètement de ta vie… ne m'avoir jamais connu. Que je ne sais rien donner de bon et que je suis un médiocre. Et aussi que je ne sais pas aimer, parce que je ne le mérite même pas – j'ouvris la bouche pour répliquer mais il ne m'en laissa pas le temps. Après toutes ces horreurs, d'après toi, comment je me sens ?

J'eus comme un flash de moi beuglant, crachant des mots d'insulte sans queue ni tête. Et de lui qui répondait sur le même ton. Je me vis le poussant, et lui qui me retenait et me hurlait de ne plus jamais essayer de le frapper. Et un baiser. Victor m'avait dit qu'il voulait ma présence quand il rentrait chez lui. Et il avait sangloté.

— Je t'ai fait… chialer?

Il se tourna vers moi.

— Ta robe est dans le salon, là où tu l'as retirée, avec tes chaussures.

Je sortis de la chambre. J'étais hyper mal. Hyper hyper mal. Mal pour Bruno, mal pour Victor, et mal pour moi, surtout. Réduite à déambuler en sous-vêtements dans un appartement qui n'était pas le mien et où je ne me sentais pas la bienvenue. Je trouvai ma robe en boule à côté des coussins en désordre sur le canapé. Je l'enfilai, l'arrangeai du mieux que je pus et regagnai la chambre, mes chaussures à la main, pour récupérer le reste de mes affaires. Il était déjà habillé.

— Pourquoi nous n'avons pas baisé? demandai-je tout à trac. Nous étions à poil, bourrés…

— Si tu ne te rappelles pas, je ne vois pas ce que ça peut te faire.

Je me frottai le visage.

— Je suis désolée. OK? Excuse-moi. Mais il faut que tu comprennes qu'hier…

Il me demanda de m'en aller. Je glissai mes pieds endoloris dans mes chaussures, pris ma veste et mon sac et me dirigeai vers la porte de l'appartement en évitant de me regarder dans la glace. Je n'avais pas besoin de me voir pour savoir quelle gueule j'avais.

— La prochaine fois que ça te prend, pas la peine de dormir chez moi, lança-t-il du couloir.

Je m'arrêtai pour le regarder, il entra dans la cuisine. Je le suivis.

— Je ne vois pas de quoi tu veux parler. Il n'y aura pas de prochaine fois.

— Bien sûr que si. Comme toujours – il inspira profondément, alluma la cafetière et mit ses lunettes. J'imagine que la prochaine fois, tu ne chialeras pas quand je te la mettrai. Peut-être que c'est moi qui pleurerai.

Je me pétrifiai sur place. Merde… c'était vrai. Je battis des paupières et je nous vis sur le lit. Je sentis Victor qui essayait d'entrer en moi…

— Tu veux vraiment que je m'en aille comme ça ?

Il ne répondit pas et je restai là à l'observer, la mâchoire tendue, les cheveux en bataille.

Les jeux étaient faits. Victor n'était plus à moi, ni moi à lui.

Quand enfin je tournai les talons pour rentrer chez moi, décidée à faire un grand ménage thérapeutique, je sentis ses doigts se refermer sur mon poignet.

— Non, attends, Val. Ne pars pas.

Perplexe, je levai les yeux vers lui. Il me prit la nuque m'attira vers sa bouche. Je le laissai m'embrasser sans me faire prier. Le goût de sa salive, mêlé à celui du dentifrice, m'envahit la bouche.

— Je t'aime, murmura-t-il en appuyant son front contre le mien. Je préférerais que ce ne soit pas la vérité, et je sais que toi aussi. Mais je ne peux rien y faire.

Si j'avais réfléchi un quart de seconde, je l'aurais écarté avec douceur, je lui aurais demandé pardon pour tout et je lui aurais juré que j'allais disparaître de sa vie. Mais peut-être que le pouvoir de la réflexion est surévalué. Ou que chez moi, ça cloche de ce côté-là.

Et donc, je fis exactement le contraire.

Je m'enroulai à lui et, agrippant son T-shirt, je le collai de nouveau contre ma bouche. Le reste du monde ne comptait plus. Il me souleva et j'encerclai ses hanches de mes jambes.

— Cette nuit, nous avons fait l'amour, gémit-il. Dis-moi que tu te souviens.

Je fermai les yeux en m'abandonnant à ses mains qui s'étaient glissées sous ma robe, et à ses lèvres humides sur mon cou.

La nuit d'avant… Oui, nous avions fait l'amour dans sa chambre, lentement. La tête me tournait et lui, allongé entre mes cuisses, poussait avec une douceur déconcertante jusqu'à entrer profondément. Et nous l'avions fait sans capote. Il avait joui en moi. Nos sucs s'étaient mêlés, puis nous nous étions caressés, avions eu un deuxième orgasme, la bouche fermée, sentant l'alcool. Victor m'avait dit qu'il m'aimait, et nous avions refait l'amour. Sa chair qui m'ouvrait, qui glissait dans mon sexe encore plein de son sperme. Il m'avait demandé de lui pardonner, suppliée de ne pas retourner vers Bruno…

— Je me souviens, maintenant.

Il m'assit sur le comptoir de la cuisine et défit son pantalon. Je baissai ma culotte et écartai les cuisses pour le recevoir en moi. Son érection était tout juste naissante et j'étais encore fermée.

— La dernière fois, s'il te plaît, c'est la dernière fois.

— Je t'aime trop.

Sa voix semblait sur le point de se briser.

Il entra en moi d'une poussée qui m'arracha un cri.

— Plus jamais, Victor.

— Donne-moi cette dernière fois.

Nous nous embrassâmes comme des fous. J'étais comme une poupée de chiffon entre ses mains puissantes qui avaient agrippé mes hanches et rythmaient mes mouvements. Je jouis en silence en même temps que lui. Il continua d'aller et venir en moi tant que son érection subsistait. À la fin, je sentis son sperme couler le long de mes cuisses.

Nous nous douchâmes ensemble. Après, il me prit dans ses bras. Je pleurais, j'étais morte de honte. Il me caressa les cheveux pour me calmer.

— C'est fini, lui annonçai-je. Nous ne pouvons pas…

— Je sais. C'était la dernière fois.

42

Le mariage

La mariée entra au son du *Canon* de Pachelbel interprété par trois violons et un alto. Tout était parfait. Nerea n'aurait pas fait mieux pour elle-même. Carmen était splendide. Elle baissa un peu la tête et sourit avant de regarder son père, totalement émue.

J'inspirai. Ma Carmen…

Son épaisse chevelure couleur caramel, qu'elle n'avait jamais teinte, retombait sur ses épaules, retenue seulement par deux peignes brillants. Elle portait des créoles d'or blanc que nous lui avions offertes. Aucun autre bijou, à l'exception de sa bague de fiançailles. Avec son maquillage très léger, elle ressemblait à une gamine, une gamine très amoureuse. Depuis deux mois, elle était radieuse.

Barto l'attendait à l'autel, les mains tremblantes. Il respira à fond plusieurs fois. D'où nous étions, nous vîmes que ses yeux brillaient plus qu'à l'accoutumée. Le père de Carmen la laissa à son futur époux et alla s'asseoir à côté de sa mère, qui pleurait furtivement.

Carmen debout à côté de Barto, avec son long voile qui faisait une traîne sur le tapis, était spectaculaire.

Nerea ne put retenir ses larmes plus longtemps. Je la pris par la taille et sentis, moi aussi, les larmes couler sur mon visage. Lola regardait fixement devant elle en se mordant la lèvre.

La cérémonie se déroula sans accroc. Lorsque la soprano entama un *Ave Maria*, nous eûmes tous la chair de poule et même la mère de Barto, qui avait continué de manifester son désaccord, faillit tomber dans les pommes.

Ils échangèrent les vœux et se passèrent les alliances en se promettant un amour éternel. J'y croyais. En ce moment-là, je croyais que l'amour peut être plus fort que les contingences. Le secret, ce n'était pas le mariage mais le désir de créer un rapport harmonieux. Rien à voir avec ces gens qui s'aiment mais entre lesquels ça ne fonctionne pas. Suivez mon regard…

En sortant, ils reçurent avec grâce la pluie de riz et de pétales de roses. Et tous les vœux de bonheur que nous leur lançâmes. Ils avaient le courage de vivre leur amour, sans mélodrames, sans subterfuges.

Le courage. Je pensai à Lola. À la regarder, avec ses grands yeux noirs, elle me semblait une héroïne, un modèle à suivre. Elle avait finalement surmonté ses préjugés. Elle présentait son amoureux de vingt ans avec une totale assurance… comme quand elle nous disait qu'il n'y avait rien de mieux qu'un petit jeune pour s'envoyer en l'air.

Des mèches blondes qui volaient dans le vent me firent porter mon regard vers Nerea. Trop belle. Et à propos de courage… Elle avait monté seule son entreprise à la force du poignet. Avec son propre argent, ses casse-tête et ses journées de travail de douze heures ou plus. Le résultat était là : en devenant actrice de sa propre vie, elle avait fait du mariage de Carmen un modèle de perfection.

Je ne pus m'empêcher de me sentir un peu idiote. Mon courage à moi, je me demandais où il pouvait bien se cacher. J'ai trop parlé de moi pour essayer de faire croire que je pouvais me compter dans le groupe. Mais au moins, je commençais à comprendre que la vie, c'est autre chose que des histoires scabreuses tissées par des mains d'hommes.

J'avais au moins résolu deux ou trois trucs. Je bossais, j'écrivais des articles. J'avais une page entière dans un magazine que j'adorais et que j'avais toujours acheté religieusement. Et où je ne parlais pas des hommes. Je laissais le sujet aux expertes ! Moi, Valeria, je me contentais d'écrire sur ce que je connaissais. Un article nostalgique sur les voyages qui jalonnent le cours de notre vie. Un autre sur la rue dans laquelle nous avons grandi. Une page sur une chanson entendue au bord de la mer, et qui fait revenir en cascade une foule de souvenirs. Parfois, une info entendue à la radio me suffisait pour que je remplisse une page de désirs, d'ambitions, d'espoirs ou de réflexions.

Valeria, dont le seul art est l'écriture. Finalement, ce qui compte, c'est que les lecteurs se laissent emporter, non ?

Carmen et Barto montèrent dans leur voiture décorée de tulle pour la séance de photos de rigueur avec baisers et sourires, comme si ces baisers et ces sourires-là étaient uniques. En bas de l'escalier de pierre de la chapelle, nous les regardâmes partir. Nous formions comme un petit arc-en-ciel : Lola, en robe longue mauve, Nerea, avec sa robe de soie *vintage* vert bouteille et moi en bleu Klein.

Nerea le glaçon s'était reprise en main. Finies les larmes. Elle avait le soleil dans les yeux, ce qui lui faisait froncer les sourcils. Une brise agita de nouveau ses cheveux lorsque Jorge passa devant elle un casque de moto à la main et son sac de photographe en bandoulière. Il lui lança un regard bref mais intense. Et Nerea ? Elle ne bougea pas la tête d'un millimètre mais tourna les yeux dans sa direction, sans le regarder. Elle se contenta de remettre en ordre le gravier que Jorge avait piétiné.

Je lançai un regard à Lola, en espérant qu'elle avait capté cet instant de tension que je ne comprenais pas, n'étant pas au courant des frasques de Nerea. Lola se rapprocha de Ray. Il l'accueillit d'un sourire et d'un baiser sur les cheveux. Ils se regardèrent et s'enlacèrent par la taille. Pour la première fois depuis longtemps, je voyais Lola détendue.

Moi, quelques marches plus haut, je regardai la foule des invités. J'aurais aimé me débarrasser de la mélancolie qui nous saisit toujours quand une amie proche se marie. La certitude qu'une part d'elle s'en va pour toujours.

Quelqu'un me tendit sa main. Je la saisis avec un sourire de circonstance et son propriétaire, qui portait un magnifique costume noir sur une chemise blanche et une cravate grise, m'aida à descendre les marches. Puis il me passa un bras autour de la taille et m'embrassa.

— Tu es triste ?

— Oui.

Je m'accrochai à son cou.

— Tu n'as pas le droit. C'est le mariage d'une de tes meilleures amies.

— Ce n'est pas ça… Mais maintenant, elle n'est plus notre petite. Elle s'appartient entièrement.

Lola m'engueula, elle me trouvait carrément rabat-joie. Puis elle me sourit et reporta son attention sur Ray.

L'homme au beau costume me serra un peu plus contre lui, et je sentis son parfum avec plaisir.

— Tu sais, c'est ce qu'elle a choisi pour aller de l'avant, pour grandir. Ça ne signifie pas du tout qu'elle va arrêter d'être ce qu'elle est pour toi. Il n'y a aucune raison que le reste disparaisse. Tu verras bien.

Bruno m'embrassa, et comme toujours je sentis une onde sexuelle me parcourir tout le corps. Avec lui, la tendresse, faire vraiment l'amour, c'était compliqué.

Mais je pensais avoir fait le bon choix. J'en avais assez des drames permanents. Avec Victor, c'était trop intense, nous ne savions pas le gérer. Et je doutais qu'on en soit jamais capables.

Comme pour tout ce qui est important dans la vie, ce choix s'était probablement imposé à moi. Les explications rationnelles ne servaient pas à grand-chose. Peut-être qu'après la conversation que j'avais eue avec Bruno avant qu'il quitte la soirée, je m'étais dit qu'il pouvait m'offrir quelque chose de vrai. Ou bien c'était la dernière nuit avec Victor qui m'avait convaincue qu'il valait mieux ne pas tenter de recoller les morceaux.

Bruno ne promettait rien d'impossible, rien dont il ne se sentait pas capable. Il m'avait juste dit que je serais sa déesse, et que nous trouverions notre intimité, au-delà du désir. Nous l'avions trouvée.

Je devais éviter de penser à Victor. Parfois il me semblait que j'avais choisi la facilité et renoncé à lutter.

Non. Victor était trop pour moi, et moi trop pour lui, même si je ne savais pas quoi mettre dans ce « trop ».

Mais alors, pourquoi mon portable me semblait-il palpiter dans mon sac comme le cœur révélateur d'Edgar

Poe ? Tant que je n'aurais pas effacé le message, je savais qu'il continuerait de palpiter.

Je me convainquais que c'étaient seulement des mots :

> Je t'ai dit que c'était la dernière fois, je sais. Mais… il faut que je te voie. Que je sente ton parfum. Que tu me regardes encore comme tu m'as regardé l'autre nuit. Reviens, s'il te plaît. Ce n'est pas seulement que tu me manques. Maintenant, j'ai besoin de toi.

Rien que des mots, je sais. Mais…

Tout à coup, la vie semblait avoir perdu ses couleurs. Je ne la voyais plus qu'en noir et blanc.

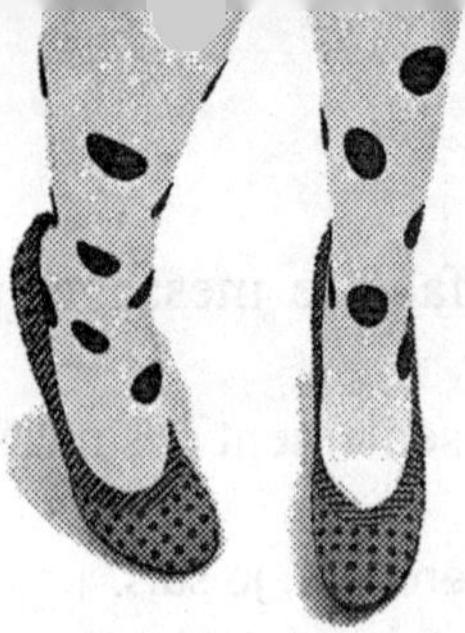

43

Le final?

Victor ouvrit la porte de chez lui et tomba sur Cristina. Elle portait une robe d'été verte qui lui allait à ravir. Comme toujours, sa bouche était écarlate.

— Salut. Nous avions rendez-vous?

— Heu… non – elle était gênée. Mais je suis en vacances, je n'avais rien à faire et j'ai pensé que…

— Entre.

Victor n'était pas d'humeur, mais ce n'était pas la faute de Cristina. Il fit bonne figure.

— Un café? Une bière?

— Une bière, merci.

— Qu'est-ce que tu racontes? demanda-t-il en ouvrant le frigo.

— Pas grand-chose – elle but une gorgée et s'approcha de lui. Tu veux bien m'embrasser?

Victor allait répondre mais il capta des effluves qui le déconcertèrent.

— C'est quoi, ton parfum?

— Coco Mademoiselle. Tu aimes?

Il hocha la tête, la gorge nouée.

Cristina se colla à lui et l'embrassa. Il ferma les yeux, lui rendit son baiser et lui caressa les cheveux. Dans le noir, elle devenait quelqu'un d'autre…

Sans réfléchir, il lui demanda avec douceur s'il pouvait l'emmener dans la chambre. C'est elle qui le conduisit. Ils se déshabillèrent. Victor ferma les yeux pour ne pas la voir. Il l'aimait bien, mais il n'avait pas besoin d'elle.

Il fit glisser la culotte sur sa peau. Il imaginait une rougeur sur des joues qui n'étaient pas celles de Cristina.

— Viens ici, ma douce.

Cristina s'étonna de cette tendresse inhabituelle. Une marque de vulnérabilité ? Elle préféra ne pas s'y arrêter pour réfléchir et se laissa emporter.

Victor dut freiner son imagination des quatre fers. Il enfila un préservatif et se jeta sur elle. Il ferma les yeux en la pénétrant. Son odeur et le toucher de sa peau n'étaient pas les mêmes. Son parfum… il fallait qu'il se concentre sur la fragrance du parfum entre les draps. Il ne lui en fallait pas plus pour le ramener à la femme qu'il aurait voulu avoir entre ses bras.

Il réussit à se faire illusion, au point que Cristina cessa d'être Cristina et que la baise se transforma en quelque chose d'autre. Il la pénétra, lentement, avec tendresse. Il l'embrassa dans le cou, sur les joues, sur les épaules. Il la serra contre lui et fut pris d'une envie folle de lui dire qu'il l'aimait. Qu'il réprima en se mordant la lèvre.

Cristina n'avait jamais vu Victor dans cet état. Il était tellement absorbé par ce qu'il faisait qu'il semblait absent. Une grande douceur avait remplacé les emportements habituels. Et c'était tellement agréable… peut-être que c'était ça, faire l'amour ? Elle caressa le dos de Victor et se cambra, tandis qu'il continuait de la pénétrer, les yeux fermés.

— Ma douce, répéta-t-il entre deux halètements. Ne t'en va pas.

Ils s'embrassèrent et laissèrent le plaisir monter crescendo, attendant la chute libre de l'orgasme. Cristina ne s'était jamais sentie aussi unique.

Victor se blottit contre son cou et inspira profondément. Les émotions passées affluèrent dans la chambre. Le frémissement à l'estomac quand il l'avait raccompagnée pour la première fois. Sa joie communicative quand elle éclatait de rire. La panique qui l'avait saisi quand il avait compris qu'il avait besoin d'elle et de personne d'autre. L'envie que le temps s'arrête quand ils faisaient l'amour, sa longue chevelure ondoyant au rythme de ses hanches sur lui. Elle le remplissait entièrement. Comme la dernière fois, quand ils s'étaient étreints avec désespoir, au bord des sanglots.

Il sentit un frisson au plus profond de lui, annonciateur de l'orgasme.

— Jouis, ma douce… jouis avec moi.

Les yeux fermés, il se la rappela, nue dans une grande chambre où le vent agitait doucement les rideaux, sur cette île qu'il aimait tant.

Il lui avait dit « je t'aime, mon cœur », et elle, étonnée, lui avait dit « moi aussi » entre deux gémissements. Avec ses cheveux dorés, presque cuivrés. Ses longs cils. Ses petits seins ronds et fermes qui palpitaient dans ses mains. Si souvent anxieuse, si souvent rougissante. Espérant toujours qu'il allait donner le meilleur de lui-même.

L'orgasme fut confus, comme s'il arrivait par hasard. C'était comme ça quand il faisait vraiment l'amour.

Il avait besoin de lui dire qu'elle lui manquait. L'air lui manquait. Il respira profondément et ouvrit les yeux.

Il allait lui dire de rester… mais ce n'était pas elle qui était entre ses bras.

Il se laissa retomber sur le côté en laissant échapper un juron entre ses dents. Cristina se pelotonna contre l'oreiller et le regarda. Elle se demandait s'il n'était pas en train de naître quelque chose de fort entre eux. Elle lui caressa les cheveux.

Victor se redressa, enfila un pantalon de pyjama et s'assit sur le lit, la tête entre les mains.

— Je suis désolé, Cristina.

— De quoi ?

Elle se releva et l'embrassa dans le dos.

— De ce qui vient de se passer. Va-t'en, s'il te plaît.

— Mais…

— S'il te plaît, insista-t-il.

Elle se leva et s'habilla. Victor savait que ce n'était pas avec elle qu'il venait de faire l'amour.

— Si tu as besoin de quelque chose…

— Je crois que nous ne nous verrons plus, Cristina.

Elle avança vers la porte, gênée. Avant de sortir, elle griffonna un mot sur une de ses cartes qu'elle laissa sur le comptoir de la cuisine.

Si tu as envie de parler, appelle-moi.

Elle savait qu'il ne le ferait pas. Et elle non plus ne l'appellerait pas.

Victor passa plus d'une heure assis sur le bord de son lit, le regard perdu dans le vide, repensant à tout ce qu'il avait fait de travers, et aux quelques actes dont il n'avait pas à rougir.

Tout avait changé. Il pouvait essayer de reprendre sa vie d'avant, mais ce ne serait jamais plus pareil. Elle l'avait changé. Avec elle, le mot « sexe » s'était enrichi d'un sens nouveau.

Il tendit la main et prit son portable sur la table de nuit. Il regarda ses SMS et trouva celui qu'il cherchait. Un message qui était resté sans réponse, et le resterait peut-être toujours :

> Je t'ai dit que c'était la dernière fois, je sais. Mais… il faut que je te voie. Que je sente ton parfum. Que tu me regardes encore comme tu m'as regardé l'autre nuit. Reviens, s'il te plaît. Ce n'est pas seulement que tu me manques. Maintenant, j'ai besoin de toi.

— S'il te plaît, Valeria, reviens, murmura-t-il.

Ne retentit plus dans la chambre que le tic-tac du réveil.

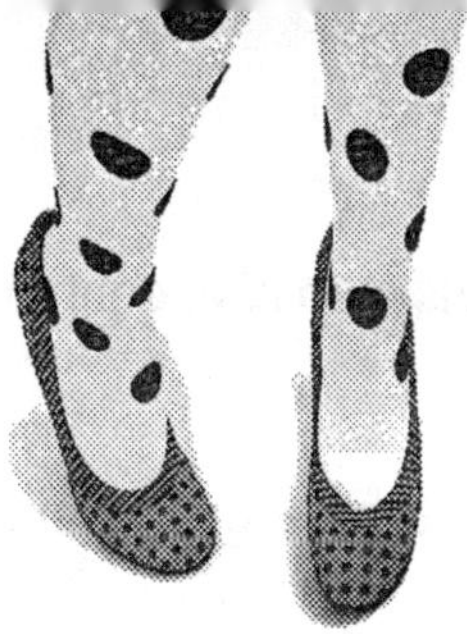

Remerciements

Pour éviter de trop me répéter, je vais tâcher d'être brève en espérant n'oublier personne.

Merci…

À Oscar, l'amour de ma vie.

À mon père et à ma mère, qui sont toujours à mes côtés.

À Lorena, pour ses conseils judicieux.

À Marc, la lumière de ma vie.

À Maria, parce que, grâce à elle, où que nous soyons, je me sens toujours chez moi.

À Aurora, Laura Ll, Maria G, Vega, Jazmin, Paula, Maria H, Raquel, Laura L, Jessy, Catu, Lari, Estefi, Alma O, Lucia A, María M, Alma L, Ani, Maria D, Marieta, Vero, Su, Toni, Javichu, Roman, Rafa… pour toutes ces années d'amitié véritable. À Alba, pour les années qui nous attendent.

À Chu, Jorge, Cris, Juan Angel, Bea, Varo, Félix, José, Mar… qui sont ma famille à Madrid.

À l'équipe du bureau, grâce à laquelle chaque jour apporte quelque chose de spécial.

À Ana, mon éditrice, pour la confiance qu'elle m'accorde.

À tous mes lecteurs, grâce auxquels mon rêve continue d'être une réalité.

P.S. : Si j'ai oublié quelqu'un, j'espère qu'on saura me pardonner.

Cet ouvrage a été composé
Par Atlant'Communication au Bernard (Vendée)

Impression réalisée par
CPI France
en octobre 2019
pour le compte des Éditions de l'Archipel
département éditorial
de la S.A.S. Écriture-Communication.

IMPRIM'VERT
Votre imprimeur agit pour l'environnement

Certifié PEFC
Ce produit est issu de forêts gérées durablement et de sources contrôlées.
PEFC
10-31-3068
pefc-france.org

Imprimé en France
N° d'impression : 3035616
Dépôt légal : novembre 2019